天狗文庫

司马辽太郎

1923—1996

毕业于大阪外国语学校，原名福田定一，笔名取自「远不及司马迁」之意，代表作包括《龙马奔走》《燃烧吧！剑》《新选组血风录》《国盗物语》《丰臣家的人们》《坂上之云》等。司马辽太郎曾以《枭之城》夺得第42届直木奖，此后更有多部作品获奖，是当今日本大众类文学巨匠，也是日本最受欢迎的国民级作家。

司马辽太郎作品集
SHIBA RYCTARO WORKS

风神之门【上】

【日】司马辽太郎——著
周晓晴——译

しばりょうたろう
SHIBA RYOTARO WORKS
風神の門

重庆出版集团 重庆出版社

版贸核渝字（2021）第055号

图书在版编目（CIP）数据

风神之门 /（日）司马辽太郎著；周晓晴译．—重庆：重庆出版社，2021.12

ISBN 978-7-229-16075-3

Ⅰ．①风… Ⅱ．①司… ②周… Ⅲ．①长篇小说—日本—现代 Ⅳ．①I313.45

中国版本图书馆 CIP 数据核字（2021）第 196112 号

风神之门

FENGSHEN ZHI MEN

［日］司马辽太郎 著　周晓晴 译

责任编辑：许宁　魏雯
装帧设计：谢颖设计工作室
责任校对：杨媚

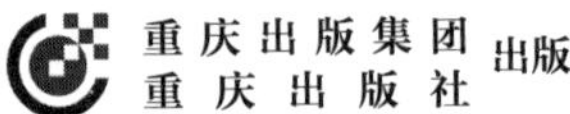

重庆市南岸区南滨路162号1幢　邮政编码：400061　http://www.cqph.com
重庆出版社艺术设计有限公司 制版
重庆豪森印务有限公司 印刷
重庆出版集团图书发行有限公司 发行
E-mail:fxchu@cqph.com　邮购电话：023-61520646
全国新华书店经销

开本：890mm×1230mm　1/32　印张：23　字数：396千
2021年12月第1版　2021年12月第1次印刷
ISBN：978-7-229-16075-3
定价：118.00元

如有印装问题，请向本集团图书发行有限公司调换：023-61520678

目录／Contents

八濑之里

从京都到八濑，有三里路[1]。沿着高野川逆流而上，过了洛北的冰室之里[2]，右边叡山斜坡逼入视线，正面比罗山巍然耸立，顿时就有了置身山间的感觉。

一位武士在枯草丛生的山间小道上悠然策马缓行。他高高的个子，手脚颇为结实。身着绣有银线的卯花色[3]华丽羽织，腰间插着一长一短绘着金漆的蜡色鞘无反[4]刀。看他举手投足间的气派，即便不是公家的诸大夫，也当是诸侯家里的庶子一类的人物了。

奇的是他身边并没有簇拥着随从。不仅如此，那张甚是白净的脸上，一双眼分明闪烁着异样锐利的光。如此反常，倒是让往来的本地人也猜不透这武士的来历了。

那是庆长十八年（1613年）十二月的一天。

“孙八。”

马上的武士唤了牵着缰绳的下仆一声。这下仆四十岁上下，也不像是个简单人物。他脸上缺了眉毛和左眼，像是被火药一类的给炸伤过。下仆微微向上扬了扬仅存的右眼，应声道：

“有何吩咐？”

“我要下马。”

“就快到八濑之里了。还请再忍耐片刻。”

“我脚都冻僵了！这京都还真是个奇怪的地方，一过冰室，竟一下子冷成这样。”

武士说着便跳下了马，慢悠悠地朝前走去。

身后西面的天空里，冬日的残阳正冷冷清清地没入地平线。

“这一带都没什么人烟了啊。”

“再往前走，想是也碰不上当地人了。毕竟到了八濑，再往前就没了路。”

“还有不到十町[5]的路程吧？真想赶紧在八濑的盐釜风吕[6]里好好地享受一番呐。我这背后啊已经是冷嗖嗖的了。”

“没想到有雾隐之称的伊贺服部才藏老爷也变得这么没志气了啊。”

“可不是嘛。”武士自嘲道，“虽说干的是赚钱的生意，可帮堺的买卖人工作，这身心都着实愚钝不少。真怀念从前提着脑袋在刀口上讨生活的日子。”

“瞧您这都说的什么话，老爷您还年轻着呐，发达的日子还在后头呢。”

“发达?”

晦暗的暮色中，武士一咧嘴，露出一口白牙：

“‘堺仕’这行，就是干上一百年，也断没个出人头地的可能。”

“堺仕”——伊贺隐语。是对那些受雇于堺商人，从事商业谍报活动的人的称呼。庆长初年以来，天下合战纷争的源头已绝，住在伊贺盆地里的所谓伊贺众们也就断了生计。其中不少人便开始在堺的商人手下活动起来。这个人，也是堺仕中的一个。他们主要驻扎在类似京都或江户这样的新政治中心地带，将天下的形势动向事无巨细地向堺方面通报。而堺的商人们，就会依靠手头得到的情报来做进一步的打算。只不过，对于经受过战乱洗礼的伊贺乡士们来说，这样过分安稳的工作，实在不太上得了台面。

“火把!”

才藏吩咐了孙八一句。太阳落山后，街道开始陷入黑暗之中。倘若，那时他们没有点起火把，之后的一切奇遇，或许就该降临到别人身上了吧。可这世上，就是存在着这样逃不过的因果。

孙八用火石点燃了火把，此时他们正好身处三宅八幡宫前。不经意地举日望向前方的叡山，隐约能看见日暮中的山腹处有星星点点的火光。想是有僧人正行走在云母坂上吧。

服部才藏向前迈开了步子。路上漆黑一片。

总会慢上一步的孙八这才抬起头，却发现自己与才藏的影子已隔了半町上下的距离。正当他准备出声呼唤才藏时，突然嗅到一股来自黑暗中的杀气。

（呃！）

他立刻顺势向下压低身体，却为时已晚。

眼见受惊的马匹高高扬起前蹄。孙八当即撒开缰绳，机警地将火把扔进脚边的高野川，然后三步并作两步奔向草丛，藏匿起来。

马似乎受了枪伤，高声嘶鸣着坠下了山崖。

（什么人？）

完全没有头绪。不过可以确定的是，火把是他们袭击的信号。

孙八抬起头，扫了一眼才藏的方向。

只能听到刀剑碰撞的声响，还有混乱中几个人的脚步声。

（三个人……）

孙八闭上眼，只靠耳朵去辨识。他之所以没有上前相助，皆因毫无条件地相信着自家主人的能力。

孙八匍匐在地，悄悄接近声音的源头，想确认一下对方的来历。

此时，黑暗中响起了一声闷哼。接着其中一个影子便像被砍倒的大树般猛地向一边倒了下去。

“撤！弄错人了！”

有人喊了一嗓子，两个影子便扔下尸体，一阵风般向西面奔去。一切，都发生在转眼之间。

“老爷。”孙八站起身，上前说了一句，“可惜了那匹马。”

“哦，这样啊。”才藏蹲在尸体旁边，“多少有些冒险，不过还是再点把火吧。再说照理那群人应该也已不在附近了。”

孙八掌着火把靠了上去，只见才藏竟然已将死者佩刀的目钉[7]拔了出来，将刀柄扔在一边，正仔细查看着刀铭[8]。

“平田三河守厚种？没怎么听过的名号，估计是三河的业余刀匠造的吧。刚才那几个人也带着三河口音，至少可以肯定，他们是三河的人。”

“是德川的……”

“不错，应该是从三河时代就追随家康的家臣。德川家的人，又出现在京都一带，难道是所司代的手下？”

扯掉尸体脸上蒙着的布，自然是从未见过的面孔，衣服上也不见有家纹。除了从怀里掏出的一张带着汗臭味的布手巾，便再无收获。

服部才藏拍掉了袴上的尘土，站起身来。

“接下来该怎么办？”

“尸体就扔这儿吧。他们不也说了‘弄错人’了吗，那这事就跟咱们没关系……把马牵来！”

“这……方才不是跟您说了吗？”

“说什么了？”

“可惜了……那匹马呀。”

“我说你呀！平日里絮叨少不了你，手脚怎么就这么不利索？你知道吗？那匹马花了我两枚金子呐！”

“才藏大人呀。”

孙八一会儿将自己的主人称作“老爷”，这会儿又唤起名字来了。毕竟他自小便被伊贺服部庄的才藏家雇养，才藏更是他瞧着出生，看着长大的。虽说是主人，内心里却是把才藏当做了亲外甥无异。

“不就是一匹马么。瞧您这吓人的表情，可让孙八为难了。”

“怎么？你还不服气？”

“自打您成了堺仕，开始帮那些买卖人办事儿以后，就变得吝啬了。从前您可不是这样的。”

“好家伙！吃亏的可是我啊。你倒讽刺起我来了！”

才藏苦笑。

黑暗中，已经依稀能看到前方民家的灯光。右边高野川的河道骤然变窄，湍急的水流发出涌泉一般的轰鸣。山崖上悬着的那座，想必就是西塔桥了。

“前面就是八濑之里了。”孙八开口。

说起这峡谷间聚落名的由来，那要追溯到京都和山城尚未开辟的《古事记》[9]时代去了。这里的人被称作八濑童子，自古以来，在天皇的国葬上担负灵柩，就是他们的使命。

因此，虽说是聚落，实际上居住在这里的人家用手也数得过来。

“如果我没记错的话，这次要拜访的，是一家叫嘉兵卫的茶屋吧。”

“事先已经托飞脚[10]带了口信去，想必现在已经做好迎接我们的准备了。”

话音刚落，就见有人举着火把出现在了西塔桥旁。正是出来迎接他们的茶屋侍者。

“请问是斋藤缝殿大人吗？”

“正是。”

才藏在京都活动时，对外用的是肥后阿苏大宫司家家臣斋藤缝殿赖仲这个身份。毕竟肥后远离京都，这样的化名更不易被发现。

嘉兵卫茶屋的主房面朝溪流而建，山崖上是最近才增筑的四处别间。

才藏与孙八被领到了最西面的那一间。

“看来生意还不错嘛。”

才藏之所以会这么说，是因为他瞥见了主房后院里拴着的两匹马。此外，虽然从他们所在的地方看得不是特别清楚，不过依稀可以看见东边那间屋子的屋檐下停着一座女性用的坐轿。

“住在那屋的，你知道是什么人吗？”

“是位显贵的人物。”

“敢问大名？”

“这……不便提起。”

（连名字也忌惮到这个地步，看来那女性来头不小，想是相当尊贵的身份了。那两匹马，估计是她随从的。）

才藏倚在壁龛的柱子上，与生俱来的好奇心此刻被拔到了最高点，不过表面上他依旧不动声色，瞧也不瞧旁人一眼。茶屋的侍者拿过他脱下的袴，正准备叠好，突然手悬在了半空中，眼睛死死地盯着袴摆上的污渍。

“请问……这该不会，是血吧？”

“就是血。”

“这……”

“是鱼的血啦！”

才藏的笑容真是十分好看。只要他露出笑脸，大部分人都会被他的亲和力感染，不自觉地嘴角也跟着上翘，这位侍者当然也不例外。一看到才藏的表情，侍者心中的恐惧顿时就飞到了九霄云外。他长舒一口气：

“听您这么说，我也就放心了。”

“入浴的准备做好了吗？”

“还没有。”

茶屋的侍者起身离开，只留下一句“稍后会再来知会您的”，便匆匆往主房方向走去。

自古以来，八濑的沐浴便以其特殊的入浴方式闻名诸国。

特殊之处在于，虽然被称为沐浴，其实却不用热水。

被称作釜的澡堂，筑成炭窑或类似的巨大陶窑模样，四周置上柴火点燃。待到内部空气被充分加热之后，再让浴客进入釜的内室。

浴客必须身着浴巾，平躺于室内地面的草席上。这些草席都撒过盐，上面铺有青木叶。当汗水开始濡湿身上的浴巾时，再脱下浴巾转移到另一个房间，泡入温热的水中。据说对伤痛、疲劳和疝气都有不错的疗效。

京都一带并没有天然的温泉。一入冬，京中的达官贵人们便乐于到八濑来疗养一番。一切自然都要归功于本地的这种特殊沐浴方式。这一片也算是历史颇为悠久的地区了，关于这种沐浴法的来历，也是众说纷纭。有说是因为神武天皇之兄张五濑命，曾在这里用此方式治疗过箭伤而来。

“引路的人可真够慢的。”才藏略有些抱怨。

“恐怕是因为早前来的客人，现在主房那边也忙得够呛吧。要不我们就不等了，自己去吧？”

说着，两人便起身走向夜色中的庭院。主房的狭窄走廊里，已经点起盏盏斋灯，数名下级女官模样的人候在那里，顿生庄重优雅之感。

“看起来，这位客人还真不是一般人啊。”

“就那坐轿来看，应该是哪家的御料人[11]，趁着入浴打探一下吧。”

才藏在更衣处脱下衣物，交给孙八，然后换上白色的浴巾，左手提着胁差，穿过走廊。

在他面前的，是并排着的两座入浴用釜。

才藏随手搭上一扇门的门把，正欲进去，一旁路过的少女突然就跪在他面前，举手叫道：“这位大人……”

“何事?”

“依照本家的规矩，这座浴釜是供三位以上的客人使用的。”

这些自古就多为御用的地方，对阶层等级还真是一丝不苟。

“我不够格吗?”

“肥后阿苏大宫司家家臣斋藤缝殿大人的话，应当是七位吧。”

缝殿，自然就是才藏的化名。

“还请您能去另一边入浴。”

“哎呀，难得我都走到这儿了。再说了，再折回去也是麻烦，你就当做没看见吧。”

说着，才藏兀自打开了浴釜的门。出现在视线里的，是一个八叠[12]大小的房间，一盏长明灯微弱地驱赶着黑暗。室内晦暗不清。

才藏平躺在席子上，嗅到青木叶的香气中依稀绕着一股淡淡的沉香味。也不知是不是多心，这香气中似乎残留着属于女人的那种香甜的体味。才藏睁开双眼。

（是那位客人的体香吗?）

就是那位不知名的客人。

才藏在充盈着热气的陶窑浴室里，回忆起方才在三宅八幡宫前遇到刺客的情形。

（那些人，应该是三河的没错了。）

可除了这点，似乎也没有任何其他线索。

（他们逃走的时候，嚷了一声弄错人了。看来，那些人对袭击对象意欲狠下杀手。自己到底是哪里会让他们认错呢？）

这世道，也不太平啦。

依仗着关原之战[13]称霸的家康，在庆长八年（1603年）二月开辟了江户幕府。于是乎天下的诸侯们便一窝蜂地在江户建起了自家的屋敷，以此向家康表达臣服之意。

可细想来，那关原之战，不过也就是打败了一个作为丰臣家奉行的石田三成而已。堂堂太阁遗孤秀赖依然留居大坂，被一群遗臣簇拥着，在天下无双的金城中长大成人了啊。（内大臣秀赖大人，今年该有二十二了吧。）

现如今世道上也有不少传闻，说那些受过已故太阁恩惠的大名中，比方说已经去世的加藤清正的嫡男忠广，还有一位叫做福岛正则的，一直密谋在秀赖大人成人之际，再将天下霸权从江户夺回大坂……才藏掰着指头算了算：

（家康也七十有三了啊。）

不单是才藏，眼下，全天下的人都津津乐道于计算秀赖和家康的年龄。

日益成长起来的秀赖，日渐衰老下去的家康。家康西归之日，那些原本只为其武略与仁德而臣服的外样大名[14]，想必也会倒戈到大坂一方。到那时，天下一分为二，自然就会再次陷入东西冲突的局面。

（家康心知自己时日无多，似乎也露了急色。毕竟若不在自己有生之年扳倒丰臣家，什么德川百年便成了痴人说梦。这么看来，最迟也就是在年内，那位老人当会有一些大动作吧。）

至少才藏是这么想的。

不过，大坂自然也不会沉默。

各种必要的活动是少不了的。来自东西两方的谋略战，应当会以京都为中心悄然展开吧。

（那先前的事，也算个苗头啰？）

才藏心指的是自己暗中被袭之事。当然，那只能是弄错人了。要知道，不论大坂方还是江户方，都没有对伊贺的一介乡士动手的必要。

（被弄错的人偏偏是自己，或许也算冥冥之中的一种缘分了。亏得现在已经有了刺客来自三河这个切入口。要是能顺藤摸瓜，解开其中的秘密，也不失为一件乐事啊……说不定……）

说不定……才藏念叨着，内心有一股炽热的情绪莫名高涨。他站起身，猫着腰打开通往走廊的门，冰冷的空气顷刻间渗入皮肤。

走廊的另一头，是备有热水以洗去蒸汗的别室。

才藏脱下浴巾，推开门。几乎同时，他不自觉地发出了诧异的感叹声。

（啊！）

面前是一名女子。她正弯着身子，手里拿着个木盆，神色诧异地看着才藏的方向。看她一副不知所措的样子，想来也是被这位不速之客给惊吓的吧。

（可真让人为难啊。）

不过才藏马上意识到，觉得为难的不该是人家女方才对吗？虽然心里有些踌躇，但要是这时候退出去，未免有些失了面子。于是他只得压低了嗓门，对女子说："抱歉。不过在下决不会转过去，还请继续安心入浴吧。"

说着，就从女子旁边经过，面朝着窗户生生立在原地。看来这间浴室朝向高野川上的山崖，窗外不时传来潺潺的流水声。

注释：

【1】里：日本古时1里≈4千米。

【2】里：此处“里”为“村落”。

【3】卯花色：略带蓝色相的白色。

【4】反：刀背弧度。

【5】町：日本古时计量单位。1町≈109.09m。

【6】风吕：浴室，澡堂。

【7】目钉：用于固定武器柄和茎的圆形固定物，由目钉孔插入固定。

【8】刀铭：刻在刀上的铭文。

【9】《古事记》：日本第一部文学作品，内容包括日本古代神话、传说、歌谣、历史故事等。

【10】飞脚：初指使者、信使。江户时代后，泛指以邮递信件、转运货物为业者。

【11】御料人：古代日本对有地位的人的儿女的尊称。

【12】叠：日本量词单位。表示一张榻榻米的大小。

【13】关原之战：日本广义的战国时代末期或安土桃山时代发生于美浓国关原地区的一场战役，交战双方为德川家康领下的东军及石田三成等组成的西军。最终，在西军将领小早川秀秋叛变的情况下，这场战争在一天内即分出了胜负，德川家康取得了统治权，三年后成立德川幕府。

【14】外样大名：在关原之战被迫臣服的大名。

香肌玉肤

“真想跟她睡上一觉啊。”京都室町一角的分铜屋，私底下也干着介绍各种劳力、人员的活计。此刻才藏正站在它的二楼，俯视着街上往来的人群，嘟囔了一句。

“哎？”孙八闻声抬头看了他一眼。

“我说我想跟她睡！”

“和谁？”

“我要是知道名字，还用得着这么心烦吗？”

“嚯嚯……这回我是明白了。”孙八把嘴里咀嚼着的小鱼干随手一扔，笑道，“才藏大人，我看您是爱上那位在八濑浴场遇到的御料人了吧。”

“才不是什么爱。”

“那又为何？”

“就想和她睡！”

“不是一回事儿吗？”

“当然不一样！什么情啊爱的那都是公子哥儿们的游戏，和投扇、品香、茶道差不多。总之绝不是响当当的男儿之所为！”

“啊哈哈，没想到世上竟有如此稀奇的理论。”孙八的话带着点戏谑，说完他又继续拿过鱼干吃起来，没再搭话。

“喂！”才藏转过头，“别吃了！”他刮过胡须后略带青涩的唇角上，扬起了看似天真无邪的微笑。只可惜笑脸上，却衬着一双火热的眼睛。孙八见状心里不禁咯噔一下，立马把手上的鱼干也给撂了出去。

（不得了啦！才藏大人这次是真的被爱情冲昏头了。）

“你……”才藏的笑容骤然转冷，“你若还算是世代服侍服部家的人，就把那女人给我找出来。”

“就是找到了，您又准备干什么呀？”

“偷偷潜入她家里。”

“这不还是爱上了嘛。”

“都说了没有！”

“不过……”孙八扭了扭脖子，“即便是我愿意去找，可也不知道她长什么模样呀。在茶屋的时候，我自始至终都没见过那位小姐。”

“我也没有。”

“那您是爱上了一个素未谋面的女子啰？”

“可我闻过她肌肤的香气，知道她的气味。”

“您说什么傻话呢。”

也许，真是挺傻的。

那日，才藏与那女子在能听到高野川流水声的浴场里邂逅。弥漫的热气中，女子被突然闯入的才藏吓住，而才藏本人，也体验到了鲜有的狼狈。背对着女子，面朝能看见高野川的窗户，才藏就这样杵在原地。

刹那（呃——）他咬了咬嘴唇（这热气中的香味……）。

才藏不同于常人。在伊贺及甲贺的众忍者中，只要提起“雾隐”，可以说无人不感到敬畏。而这一次，偏偏也就是他异于常人的灵敏嗅觉，让他嗅到了爱情的气息。

这之后，孙八为了才藏的爱情又去了一次八濑。他塞了一些钱给那间旅店的女侍，总算套出了不少情报。

“那位是菊亭大纳言家的三小姐，叫作青子。”

那位大纳言名为晴季。其宅邸位于京都今出川，故亦被称作今出川大人。本姓自然还是藤原，只不过十代前的大纳言兼季独爱菊花，甚至连宅院也是淹没在菊花丛中，于是菊亭这异名便应由而生了。

如今的当主大纳言晴季，在秀吉生前与其交好。据说秀吉能位居关白[1]，其中也少不了晴季在背后所做的贡献。即便是现在，他也依旧与大坂的丰臣家交情匪浅。

孙八当天就赶回了京都，将打听到的消息悉数报告。

“哦？真是菊亭卿家的小姐?”才藏似乎不太相信。

“当真。”

“难为你跑一趟，可惜那女人应该不是。”

“您这是什么意思?”

“我说她是假的。”

“您怎么知道?”

“直觉。”

“有何凭据?”

“没有!”

才藏清楚地记得，在他闯入时，浴场的女子立刻弯下身子、垂着头，还不忘用两手挡住胸前的乳房，怎么看都是一副惊慌失措的模样。

(公卿家的女儿是没有羞耻心的。她们就算全裸着站在人前，也安之若素。那女人绝非公卿家人，应是武士家系出身。)

“再去追查一下。”

“我拒绝!”

孙八斜仰着头，用那只坏掉的左眼瞥着才藏，满脸不痛快。看来就算是甘愿为年轻主人跑腿的他，也不想再为情事方面的工作蹚浑水了。

“孙八。你也不好好想想，那女人相当可疑啊。”

“随您怎么说。反正就算再差我去查，我也没头绪了。难不成还要孙八我循着才藏大人您闻到的气味，把京城里的女人都给嗅一遍？”

“别说气话，”才藏拿起刀插在腰间，“走吧。这次估计好几天不会回来了。”

“去，去哪儿？”

“当然是去把京城里的女人都给嗅一遍啰。”

才藏三步并作两步顺着楼梯蹿到土间[2]。（看来外面还亮堂着嘛）脚刚一沾地，就立马朝北奔去。他把草笠的檐向下拉了拉。（我想要那个女人！）

说来也怪，在八濑旅店时他还并未太在意。可一回到京都，心中那种难掩的躁动便日渐强烈起来。看样子这对于女人体香的记忆，某种意义上竟带着一股子魔性。

（这不是爱。那女人背后一定有什么秘密。只要能设法让她现出原形，或许我就能时来运转。）

才藏站在今出川菊亭大纳言家的宅院前，太阳行将沉入远处的爱宕山。

今出川的菊亭屋敷呈四方形，目测纵宽都有三町长。才藏不动声色地围着宅院踱步，思索潜入的手段。这座宅院的瓦顶泥墙并不高，宅门也与武家屋敷的长屋门[3]不同，是别致的唐笠门[4]。院内，还不时传来犬吠声。

（几条？）才藏拾起小石子扔进院内。狗被惊动后立刻叫唤起来。

（看来就一条。）然后他又娴熟地把事先揣在怀里的毒药塞到手中的馒头里，扔进院子。

（呼——）接着他瞄了一眼西面的天空。艳红的夕阳，已慢慢隐入深蓝色的爱宕山影中。

（据说夕阳特别艳丽的傍晚，就会发生好事儿啊。）

一切准备就绪后，他先回到相国寺门前。找上一家茶屋消磨时间，静待夜晚到来。

“拿酒来。”

“小店只备有浊酒，不知……”

“那不喝了。”

才藏是个会享受的人。不过区区一介伊贺众，却是非特品的好酒一律不沾。

精明如京都本地出身的掌柜，弹指间便把才藏从头到脚打量了一番。审视衣物和刀装后又估值批价，最终得出了结论——

（这武士来头不小。）

才藏此时身穿绣有银线的朱红色无袖羽织，内套群青色小袖，下身着同色伊贺袴，刀上装着的，是当下流行的透笼镂刻刀镡。也怪不得掌柜多想，就凭这副行头，怎么看也不会想到面前的人只是个伊贺忍者。

这个被称作雾隐才藏的人，在伊贺忍者同伴之间，亦有着诸如伊达才藏或是歌舞伎才藏[5]这样的异名。

“喂！”背后响起粗鲁的叫唤声，没想到靠里的暗处竟然还坐着一个人。

“你这家伙的意思是若只有浊酒，不如不喝吗？”单听语调，似乎未带醉意。虽然言辞粗鲁了些，可倒是一把清亮的好嗓音。

“喝不喝浊酒，似乎是我的自由吧？”才藏没准备搭理对方。

“嗯——没错，是你的自由。”声音的主人从暗处走了出来。

原来是个云水[6]打扮的和尚。从他托着一个大铁钵的样子来看，应该是化缘归来。只是腰间那把铁刀装的大胁差，着实与他的行头有些格格不入。

“既然不喝，倒不如把那浊酒布施与我。给和尚供酒，可是一桩功德呀。”

“掌柜。”才藏递了个眼色，掌柜麻利地给和尚的铁钵里斟上了酒水。

“你是寺庙的云水？”

“小僧来自洛西的妙心寺僧堂，法号铁牛。”

“不过看你的样子，不像是个普通的和尚。”

“并无特别之处。”

和尚将钵中浊酒一饮而尽，也不道谢，转身便欲走出茶屋大门。刚迈出一步，他突然停住，将嘴巴凑到才藏耳边说：“你其实是甲贺众吧。”

口头上所说甲贺众或伊贺众，归根结底都是指的忍者。这个看穿才藏忍者身份的和尚，到底是何方神圣？

“你说我？”才藏自然是准备敷衍过去，“我不过就是个浪人。”

“叫什么？”

“布施了酒水，还非得搭上自己的名字吗？”

“不不不，这位施主多有得罪。只是小僧听说这家茶店近来时常有甲贺众出入。虽与我并无太大干系，也是突发奇想随口问问而已。”

和尚看似无心之言，却让才藏心中一震。（这里经常有甲贺众出入？）若是同为伊贺众的消息，他倒是大致了解的。谁被哪一家雇佣了，又在干些什么，毕竟乡谊之间这些也不算什么秘密。但甲贺众不一样。

（看来他们是在京都找到新工作了啊。这么说来，雇佣甲贺众的人又是谁呢?)

才藏还陷入在自己的思绪里，那铁牛却又走回他身边拍了拍他的肩膀，留下了一句“多谢款待”。

目送和尚走出门后，才藏招来了掌柜。掌柜是个年过六十的矮个儿老头子，怎么看也不该是甲贺的人。

“这里经常会有放下师来吗?”所谓放下师，指的就是江湖艺人。忍者外出时的变装，大致上就是云水、虚无僧、放下师这几种，所以才藏才会这么问。

“并不常见到。”掌柜也不像是在说谎。

“那武士呢?”

“武士老爷的话，就多了。”

“最近也是?”

“是啊，也就这些日子以来。”

“也就是说，这段时间武士身份的客人，突然增加了?”

“正是如此。”

(看来那些就是甲贺众了。)

“叨扰了，酒钱我搁这儿了。”

“您言重了。”

才藏走到门口，恍然转头问掌柜：“你知道方才那和尚是什么来头吗?”

“原来您不认识吗？那位就是鼎鼎大名的塙团右卫门大

人呀。”

（是他。）才藏也是太疏忽了，竟没发现。要知道那可是过去在京都无人不晓的奇人。他曾经侍奉过加藤家、小川家等名门，且在朝鲜之役[7]、关原之战都立下了赫赫武功。后来因故放浪。如今是为了生计，才在妙心寺的僧堂安顿了下来。

（不管了，反正也是个跟我无缘的人。）

入夜后，才藏再次行动。他绕到相国寺背面的竹林里，脱下原本穿着的衣服，换上了一身忍者装束。

夜色中，又多了一抹黑影。

才藏早前那走路带风的架势已经荡然无存，取而代之的是如漂浮般一点而过的轻盈步子。他来到菊亭屋敷西面的泥墙边上，潜伏片刻后，忽地纵身一跃，身体划过墨黑的天空，稳稳地落在了墙的另一侧。

（兴许来得有点早了。不过也好，青子应该还未睡下。）

才藏一进菊亭大纳言的宅子，就立刻奔到茶室外院里的一处踏脚石前，俯身将耳朵贴了上去。

伊贺有一种说法叫寻石辨音。倘若是想听到一些较为柔和的声响，就去听窄廊的地板，而如果对象是比较尖锐的声音，石头绝对是不二的佳选。这是伊贺偷盗术中的法则之一。

（真安静。）

才藏保持着姿势，望了望天空。苍穹中，可见星光闪烁。

（月亮看来暂时还不会升起。）

月亮，在伊贺的隐语中被叫作次郎。而只要次郎出现，计划就无法顺利实行。

看样子，离月亮出来应该还有一刻（两小时）的时间。

（先四下里走走吧。）

对才藏来说，这次潜入并没有太大悬念。毕竟是公卿的宅院，比不得戒备森严的武家屋敷。他悠闲地参观着院里各处的建筑，仿佛是个被邀请来的客人一般。

（挺爱赶流行的嘛。）

院里的建筑，没有属于公卿家的古香古色，反倒处处透着明朗却稍显轻薄的茶室风格。

（用的还都是上好的木材。）

真是穷奢极侈。

（看来相当殷实。）

才藏扭了扭脖子。

——最重要的是，丝毫看不出有充场面的痕迹。

这个菊亭大纳言晴季，虽说是清华家当主，可居高位并不代表高俸。他的俸禄至多也就千石左右。

当然，公卿家是有额外资金来源的。担任各艺能流派家元[8]的收入，抑或是从一些意欲谋官觅职的人那里得到的斡旋费，诸如此类对公卿来说都是稀松平常事。但即便如此，仅凭这些却远远不够将宅院建成眼前这般的程度。

……恐怕，是和哪家富豪有什么因缘吧。

（要说到大富豪嘛……）首先想到的就是江户的将军。但比将军更富有的人却在大坂——那就是丰臣家。

虽然在关原之战中，他们被德川夺取天下的主导，沦为摄河泉六十五万七千四百石的一介大名。可单是大坂城中所积蓄的金银，已经是富可敌国，倾集天下之财了。

（毕竟在公卿之中，菊亭家与已故太阁的交情最为特殊。正因为有着这层因缘，这宅子指不定就是用来自丰臣家的钱财所建。）

才藏继续踱步。

院里有一个池塘。南面的塘沿边上，是一座小御所风格的建筑物。

当他走到建筑物的屋檐下时，突然就警觉地闪入了隐蔽之处，然而为时已晚。

“是谁?”脚边的草木中传出了年轻女子的声音。

这一声，饶是才藏也吓出了一身冷汗。以为是公卿屋敷就掉以轻心是他的失策。当即抽刀的动作，也尽显其狼狈。

“您可别出声呀。”女子又说道。

才藏一脸不可思议地看向女子所在的方向。只见她一副淡定自若的样子不说，星光下还能看见眼里闪烁的笑意。

(这女人是……傻子?)

女子身着白绫绢制小袖，弯腰蹲在砂地上。片刻后，她身下发出微弱的声响，竟像是在小解。

才藏在内心里打了个趔趄。没想到女子虽然穿着华美的衣裳，里子却与粗俗的男人无异。他想着想着，也不自觉地在黑暗中红了脸。

“你这是在解小手?”

“是呀。”那语气，简直就是天真无邪的化身，“您能再等等我吗?”

“我等，等着你呢。不过你倒是快点啊。”

才藏没想到竟然连自己也被对方那种天真所感染，开始说起傻话来了。

“家里明明有厕屋，为何要在此地解手啊?”又说了多余的话。

女子脸上绽开一个笑容：“谁叫星星们那么美呢。”

“是这样啊。”才藏已经开始语无伦次了。

“对了，方才一时疏忽竟然忘了问，您是哪位？”

“……”才藏并没有回答她的问题，“你就是青姬吗？”

“对，我是青子。”女子小声回应后，整理好衣装站起身，“要不要进屋去说呢？”

“正中下怀。”

“不过，”青子伸出小指，指向才藏腰间，“那把刀……”

“刀怎么了？”

“请将它放在窄廊上。还有您脸上的那块黑布，也一并摘下如何？”

（哟呵？）才藏大吃一惊。以为她骨子里天真浪漫，看来也并非如此。此时，女子的声音中明显多了几分坚决，与刚才判若两人。

（这就是贵族家女儿的风范吗？）

才藏一脸讶异地看着女子，像在看一件稀奇物事。

“请。”

青子将才藏请进屋内，亲自点燃了烛台。身上，还是那件白绫绢做的寝衣。

“也没什么可用来招待您的。”

“啊。”

“要是想招待您，就得唤来侍女。可这么做会让您为难吧？”

“没错。看来你倒是很明白现在的状况嘛。”才藏不禁苦笑，顿生出在别人家里做客的感觉。

女子脸上的笑容从未间断。她椭圆脸上的那双细长眼睛下，是略薄的嘴唇。

“请问你是不是去过八濑？”

“不曾去过。”女子缓缓摇了摇头，双眼却并未从才藏身上移开，看来不是在说谎。

才藏凝神细视，又确认了一句，“当真没有去过？”

“是的。”

（那时候的女子到底是什么人？）

“就为这事么？”

“另有事相求。”说着，才藏慢慢地将右手伸到了女子的面前，手掌朝上。

“这又是何意？”女子瞪大了双眼，望了望才藏，又看了看他的手掌。

“这是手掌。劳烦你能把手放上来吗？”

“我的手？”女子一脸不解。

“放上来便是。”

“像这样？”青子一只娇小的青葱玉手，轻轻叠在了才藏异于常人的大手掌上。

“放好了?”

“对。”

“那么接下来，请看着我的眼睛!”

“可您不是闭着眼嘛。”

“没错，我的眼睛是闭着的。”为了不让女子感到恐惧，才藏静静地回应道，“可以了吗?”说着才藏缓慢地收起手掌。

青子见自己手被握住，心中充满了恐惧却又无可奈何，只得拼命忍耐。

“请不要害怕。我没有丝毫加害于你的念头。只需片刻……”

“要怎么做?”

“忍。”话音一落，才藏突然发力将女子拉向身前，一把推倒在了自己的腿上。

“啊!”

“得罪了!”才藏扯开女子的衣襟，将脸贴在了她裸露的皮肤上。鼻腔中立即渗入了一股不太浓郁的町子香。

“住手!”

“请再忍一忍。我不会做出格的事，也并非觊觎你的身体。你看，我可是闭着眼的。”

“好痛!”

“怎么了？”

“你的胡楂！”

“啊——这两日忘了剃胡须了，将就一下吧。”终于，才藏从女子的颈间抬起了头。

（不对！）女子身上的香气，与八濑浴场里的那个截然不同。（不是她。）才藏依旧闭着双眼，为女子整理好前襟，然后抱着她的肩膀将她扶了起来。

“已经结束了？”

“可以了。”才藏站起身。“多有得罪。其实我是在找一个在外以你名号自称的女子。”

“用我的名字……”才藏并没有放过青子眼中转瞬即逝的动摇。（这女人看来知道些什么。）但他并未戳破，只是若无其事地退到风门旁。一句“告辞”后，当女子仿佛被牵引一般站起身时，视线中已经没有了才藏的身影。一切只在刹那间。

才藏离开菊亭大纳言大宅，返回竹林。迅速换回了之前的装束后，他不经意地抬头望向了竹梢后映出的天空。

起风了。

（接下来……）去哪儿好呢？

才藏漫无目的地走在京都的夜色中。武者小路向东，乌丸往南，沿着一条家长长的土墙一路走到了左近马场。差不多也就是那个时间，天空中的星影开始消失。

（风中夹着些许潮气。）天上能看见云。星星失去踪影后，京都的夜就陷入了如漆墨般的黑暗中。

由于近来京都和大坂关系恶化，京都所司代[9]发布了一道戌之下刻（夜里九点）后禁止夜行的宵禁令。不过这种法令于才藏而言如同虚设。他到底是个自小就开始练习在无照明下夜行的伊贺忍者。所司代手下的巡逻兵们，即便真的与才藏狭路相逢，估计也无法察觉他的存在吧。

（这其中有些蹊跷。）走着走着，才藏突然心生疑惑。他将这半个月来发生在自己周围的一切事件，在脑中做了一次梳理。

（第一件事……）去八濑的路上，遭到了袭击。

到底是谁？他们操着三河口音，而死掉男人的那把钝刀上刻着平田三河守厚种的刀铭，应该是三河的业余锻造师所铸。所以那几个人必是三河人无疑，也就是说是德川家手下的可能性很高。而他们又是为了怎样的秘密任务才潜入京都的？

才藏继续让思绪扩展延伸下去。

他们在黑暗中，将才藏误认为了其他人。那原本准备袭击的又是谁？为的是什么？（真正的目标，会不会正是与我们一前一后到达八濑的贵族?）也就是自称菊亭大纳言女儿的女子一行人。

（如此说来——）

即使是假冒，但菊亭家是与丰臣家的亲戚无异的公卿。若是再大胆一点猜想，甚至可以认为他们根本就是大坂丰臣家安置的间谍。

虽然大坂丰臣家自关原之战以来被德川家强夺取了政权，但只要他们有意东山再起，仍是有着能够煽动旧臣诸侯的威信及与江户德川家正面一战的雄厚财力的。

种种迹象，说不定就是秘密的前哨战正在以京都为舞台上演着的证据。

（一定不会错，就是这样。）

才藏又想起了相国寺门前那家茶店近来成了入京的甲贺众据点的事。甲贺、伊贺众以集团方式在京都活动之时，必有动乱发生。而在背后操纵他们的，正是意图掀起波澜的人。这一切，也许可以看做这些年来，江户与大坂之战端初露的征兆吧。

（这下有意思了。）才藏在西之洞院角的废屋处向南一拐，嘴角上飞起了一抹笑。如今不比元龟、天正年间，一介伊贺众要想有个能叱咤风云的舞台，这一次的动乱，绝对是个不可错过的绝佳机会。

才藏离开菊亭大纳言家大宅后，留在屋内的青子失神了一阵子。

在才藏眼中，青子自始至终都淡定自若，其实她内心却并非如此，那样的表现，不过只是出自女人本性的硬撑罢了。才藏走后，青子才察觉到自己的嘴角上挂着一缕血丝，应该是牙齿咬破了口中的皮肉造成的。看来面对闯入者，青子心中也有着万分的恐惧。

（他并非是贼人。）只是觉得他不应该是，他没有盗走任何东西，也并未动粗。仅仅是抱住了青子，敞开她的胸襟，嗅探了她肌肤的气味。青子咬破嘴，兴许就是在男人做出如此举动之时。

到最后，那男人却露出了连青子都能察觉的失望之情放开了她。

（为什么放开？）青子心中充满疑惑。

抱着自己的分明是可疑人物，最糟糕的情况还有被凌辱的可能。但就在男人放手的那一刻，青子心中却生出了一种近似失落的情绪，甚至还带着不满。对于自己会有如此的反应，青子不禁愕然。

（终究是因为这身体里流淌着游女【10】之血吗？）

菊亭大纳言在五十五岁时才有了青子这个女儿，而她的母亲据说曾是京都一带的游女。青子所知道的也仅限于此，她也从没对母亲产生过依恋的情绪。不过这一次，她却清楚地感受到了身体里流着的，是带着荒淫腥臭之血的事实。

她的嘴角浮起一抹苦笑。过了年，青子就二十三岁了。

青子生于文禄二年（1593）八月三日。正是日本大半武士都漂洋过海远征朝鲜的时期。同一天，原本作为丰臣家天下继承者的秀赖在大坂城内诞生。老来得子的秀吉欣喜若狂，赐乳名“拾”。

当他得知菊亭大纳言晴季家的幺女在同一天诞生后，立刻差人送去了一大笔数目可观的贺礼。晴季登门回礼时，秀吉还对他说：“这就是缘分吧。总觉得你家的女儿在成长中若有闪失，连我家的拾也会有祸事呐。这样吧，我会时常把法印（医生）传到京都来，到时候让他给孩子们看看。要是小千金能健健康康的，在她成人之际，我把她收作养女如何？”

如此单纯的秀吉，正是晴季打从心底里所敬爱的人。但关于养女一事，晴季选择了避而不谈。

在晴季眼里，秀吉是当之无愧的天下之主。然而丰臣一族，原本不过就是尾张中村的平民百姓，自家却从大织冠镰足时代起便是日本屈指可数的名门之一。倘若真让菊亭大纳言藤原晴季的女儿去做养女，那同族的公卿不个个吹胡子瞪眼才是奇了。所谓公卿，便是如此。

后来秀赖倒是顺风顺水地长大了，但青子却不知为何体弱多病，甚至还因此错过了婚期。

女人一过了二十，可说是盛年已逝。只不过近些日子，青子变得健康起来，几乎毋需假药师（医生）之手也能无病安泰。于是乎身上亦逐渐丰硕，出落得亭亭玉立，与先前判若两人。

摇曳的灯影中，青子猛地抬头，眼眶发红。

（必须把刚才的事告诉父亲大人，他应该还未睡下。）青子忙奔向二月堂（桌子）旁，摇响了桌上的铃铛。

“您叫我吗？”听到声响，老侍女萩野现身问道。

“嗯！”

青子倚在二月堂上，双手撑着脸颊，若有所思。（如今心里这种酸酸甜甜的滋味，到底算什么？）如此气血翻涌的感觉，她自幼就未曾有过。而现在似乎有什么东西，正在她的身体中萌芽。

老侍女耐心静候着青子的命令，却迟迟未见动静。她发现自己主人的模样似乎有些古怪，便轻唤了一声：“小姐？”

“嗯？”青子这才抬起头，就像才发现萩野一般。

老侍女迎上了青子直勾勾的眼神，心里猛地打了个趔趄。

“我美吗？”

“诶，”老侍女支支吾吾地回答道，“小姐您自然是十分美丽的。”

“比持明院的德子小姐还好看？”中纳言持明院兼明的次女德子，据说是一位在公卿之间众星捧月般的美人。

“自然。虽然单看眉眼之间，持明院的小姐似乎略胜一筹，但小姐您的样貌却更能打动男性的心。”

“就是说我更讨男子的喜欢啰？”

“可以这么说。”老侍女正了正坐姿，摆出一副准备开始唠叨的架势。青子见状赶紧抢在她前面说：“行了，有什么之后再说吧。也不知道父亲大人是否还没歇息，你替我去瞧瞧吧。”

萩野起身准备离开，青子突然改变主意，叫住了她：“还是我自己去吧。萩野你可以回自己的房间。”

（看来今晚的自己，真的有些奇怪。）

父亲晴季果然还未睡下。他正坐在先帝遗物描金书架前，翻阅着自己年轻时加了朱注的《韩非子》。

“这是怎么了？”晴季合上书页，看向青子。

晴季已是年过七十的老人，苍苍白发下一双浓黑的眉毛。他体格精瘦，但面容皮肤却并未失去光泽。这一切，都是他对俗事尚有留念的证据。

“女儿有件事想禀报，还希望父亲大人听后莫要惊慌。”于是青子将之前发生的事，一五一十地告诉了晴季。

“我的小姐你是不是做梦了呀？”

“并非是梦。”

“确定不是？”

“不是梦。”

“那个人他确确实实地嗅闻了你的身体，然后又对你说是弄错人了？”晴季似乎有了些头绪，若有所思的脸上静静地涌上了一抹血色。

青子见父亲晴季色变，内心中竟生出一种难掩的雀跃。她原本就是那种好奇心比恐惧心要旺盛数倍的女子。

“父亲大人知道那男子？”

“不知道！”

（那为什么变了脸色？）青子一脸狐疑地望着父亲，不过看来他也并不知道内情。

“青子不明白。”

“不明白什么？”

“若不识得那人，父亲大人方才为何会露出惊慌失措的神色。”

“多嘴！”

“你的女儿可能差一点就被欺负了呀，一句‘多嘴’就能了结吗？”

“怎么？那男子是想要欺负你的？”

“不，”青子咽了口唾沫接着说，“那个人是不会做出无礼之举的。”

“那……”晴季凝视着自己女儿的脸，他实在是猜不透这孩子到底想要说些什么，“青子，你这是看上他了吧？”晴季刻意用了比较通俗的说法。

“咦？”青子对这个词却十分陌生。

晴季看着一脸迷茫的青子，苦笑道：“对公卿家的女儿来说，其实也并不算稀奇事。毕竟除了春秋季节祭祀参拜的日子，你几乎没有走出这宅子的机会。别说是其他公卿家的公子了，就连年轻小贩也是接触不到的。虽说是夜贼，也是货真价实的男人。被男人抱住，会心慌意乱是人之常情。看来，你需要时间冷静一下。”他嘴上说着劝慰女儿的话，却一脸的呆滞。

“我看需要冷静的是父亲大人才对。你应该也察觉到，这一切是有人冒着菊亭大纳言晴季女儿青子的名号，在京都暗中活动的事实了吧？加之……”

“加之什么？”

“那个假青子，父亲大人你一定还认识！”

“没错，我认识。”老人的脸上，第一次出现了名为恐惧的神色。

“是谁？”青子的好奇心，让身为父亲的晴季根本无暇编造谎言。

“那女子的名字，我不能告诉你。”晴季握紧的拳头微微颤抖。

“连我也不能说？”

“不能！”似乎是无法抑制住内心的恐惧，他的声音突然拔高，“那女子的名字和真实身份要是被德川的人知道，不仅我命难保，连一族也会受牵连。无论如何都不能说！明白了吗！”

“难不成是……”青子若有所思，“父亲大人你不是把神乐之冈的别墅（别邸）借给那位来自大坂的叫做隐岐殿的女子了么，就是她吧？”

“嘘！”晴季慌忙掩住了青子的嘴。

青子还记得，那是在三个月前的一个午后。一架从未见过的女用坐轿，偷偷进入了这个菊亭屋敷。坐轿的主人在与晴季进行了短暂的密谈后，又悄然离去。

好奇心旺盛如青子，对于神秘的来访者自然是少不了关注的。不过遗憾的是，她终究还是没有看到那人的模样。来访者离开后，青子去了父亲的房间。

“父亲大人。”但晴季并没有转过身来，而是一脸茫然地望着壁龛上的那幅画轴。

青子见状不由得提高了音量：“您这是怎么了？”

“没事。”可晴季的嘴唇分明已呈土色。

“方才的那位是？”

“是隐岐殿。”晴季不经意间说漏了嘴。

“她来是为了……”青子对于来者的名号，是有所耳闻的。

隐岐殿是大坂淀殿[11]的侍女，亦是秀赖家家老大野修理治长之妹。若说她在城内算是一股水面下的势力也不为过。她仗着自己稀世的美貌，在京中的公卿中也是声名赫赫。

“那位隐岐殿是为何事来找父亲大人的呢？”

“不知道！”晴季言语中透露出的不快，让青子不禁一怔。

“女子好问世间事，可不是什么有涵养的表现。退下，自己去玩双六什么的吧！”

“我才不要玩双六！”青子虽然内心不满，但料想父亲也不会再搭理自己，便也就放弃争辩回到了房间。

一个月后，京都内外的枫叶纷纷开始染上秋色。洛西的高尾、栂之尾、槙之尾则已是漫山遍野的火红了。

（去神乐之冈休憩十来天吧！）青子在心中定下了行程。

菊亭家在神乐之冈的别邸的庭院里栽种着各式枫树，因此也被公卿们称为红叶屋敷。类似唐锦、夕雾、若叶这些稀有品种，都不是在洛中其他宅院或者寺庙里能够欣赏到的。

每年一到红叶的季节，青子就会去那里过上些时日，长久以来就成了父亲晴季也默许的一个习惯。但这次，当她像往常一样去请求父亲的许可时，晴季脸色大变，出乎预料地拒绝了她。

“你不能去那边。”其实青子更感兴趣的是父亲此刻的神色。

“为何？”

“隐岐殿在那儿。”

“您把那儿借给她了？”

“没错，借给她了。但这件事你绝对不可再对他人提起。”

也就是在这时，青子隐约感到这个叫做隐岐殿的大坂女性，说不定将会成为即将在京都发生的重大事件的关键人物。

注释：

【1】关白：日本古代官职。是辅佐成年后的天皇，掌管政务的重职。

【2】土间：在日本的传统民家或仓库的室内空间里，并未铺设木板等且与地面同高的房间。

【3】长屋门：两侧有长条房屋的宅邸的大门。

【4】唐笠门：屋檐为伞状设计的大门。

【5】伊达才藏、歌舞伎才藏：形容好打扮，穿着讲究。

【6】云水：行脚僧。

【7】朝鲜之役：即万历朝鲜战争。又称为壬辰倭乱、文禄·庆长之役。是1592年至1598年（日本文禄元年至庆长三年）间，日本丰臣政权与大明、李氏朝鲜之间爆发的战争。

【8】家元：流派的嫡派宗师。

【9】京都所司代：京都所司代是幕府职称，一般由谱代大名担任，是幕府在京都的代表。

【10】游女：日本幕府时代起对妓女的总称。

【11】淀殿：本名为浅井茶茶，父亲是日本战国大名浅井长政，母亲是织田信长之妹织田市。丰臣秀吉的侧室，为秀吉生下鹤松与秀赖两个儿子。

京之雨

那日，才藏站在分铜屋的二楼，无所事事地看着下面往来的行人。

（唉哟？看来今天是哪家寺庙有庙会的日子啊。）

一大早起，路上来来往往的人群中就不乏作祭祀打扮的女性。距离八濑那件事过了一个多月，此时已是庆长十九年（1614）新年的正月十五。

孙八站在才藏身后，瞥着楼下的人流，小声嘀咕道：“今天是女正月嘛。”

“女正月是什么意思？”

在京都，从年末到松之内[1]那几日，女性多居内为家务而繁忙。于是特定十五日为“女正月”，好让女性能够从家事中解放出来。

“女子可以终日享受祭典的快乐，还能回娘家好好吃上一顿的日子呀。对了，说到女人，才藏大人的那位香之君，后来有什么进展没？”

“还不知道她的真实身份。”才藏拔掉下巴上的一根胡子，向着楼下的行人吹了一口气。

“那还真是不好受呀。”

“你到底想说什么？”才藏的眼神并未从行人身上移开，“我可不是为了风流情事。只是觉得那女人和之前的三河人难解瓜葛，心里多了些惦记罢了。再说，要是能查明真相，指不定我就能从之前的生活里解脱，过上出人头地的日子啊。”

“原来是想色欲兼得。”

“要是真有不喜色又无欲的男人，那可以拉到河滩上让人好好参观一下了。”才藏突然指着西面路口出现的女子一行人，转头对孙八说，“跟上那个女人。”

孙八懒洋洋地起身下了楼。待才藏再看向路口时，女子一行已经穿过路口往东去了。

女子头戴市女笠，由于有虫垂[2]遮挡，看不清样貌。但行走步伐沉稳，并不像是公卿家的女儿。

（表面上是公卿家的排场，里子却是武家女么。）

更可疑的是随同的那三个青侍[3]，虽然打扮成公家武士的模样，可一个个腰腹沉稳，肩部的动作柔韧流畅，怎么看都是身怀武艺的高手。

（看来不是一般的喽啰啊。）如果他们正是冒称菊亭大纳言女儿的那些人的话……（就赚到了。）

才藏又拔了一根胡子。刚一拔完，惊觉下巴有一种生生的痛感，也不知是不是伤到了毛孔。他慌张地用手指捏了几下鼻子，再把手上沾的油脂抹在了下巴上，这是流传在伊贺乡下的应急处置偏方。

当日入夜后，仍不见孙八归来。（出什么事儿了?）距离他出门，已经过了两刻（四小时）有余。

才藏坐在分铜屋的阿妙姑娘准备的膳食前，心中惴惴不安。

“酒就不必了，给我一点热水吧。”

“这是又准备到那些不妥的地方去夜游了?”

“差不多吧。”才藏苦笑着起身。每当夜间有事外出时，他都是对自己寄宿的这家人如此解释的。

才藏的身影又融入了夜晚的路口。（这下该去哪儿找孙八呢?）

虽然还没个主意，脚步却先向着北面迈了出去。（那个人的话，倒是不会出什么乱子才对。）才藏对他还是挺放心的。

走进油小路，右边可以看到常德常院的矮墙。再往前走几町，是一处被茂密树林掩盖的废宅。相传那是室町幕府[4]最后的将军义昭家的宅子。义昭被驱逐后已经过了四十多年，这里似乎没有其他人出入的迹象。屋子破落不堪，门扉也不知去向，只有苍苍老树为盖。

宅子的主人没落后，天下霸主又从信长变为了秀吉，而秀吉死后，家康再将其收入囊中。这一切，都发生在短短四十年间。

突然，才藏听到废宅中似乎有什么声响。（有盗贼踞在里面？）他闪身躲入树影，竖起耳朵警惕周围的动静。（没错，确实有声音！）

正当才藏准备从坍塌的土墙潜入宅内的草丛时，一个黑影忽地从他面前晃过。他连忙屏住呼吸，眼看着黑影朝街道上奔去。紧接着，更多的人影跟了上去，看来有四五个人。他们都穿着忍者的装束，但从举止来看却既非甲贺众亦非伊贺众。

（难道是三河的人？）要真是去年冬天在八濑街道上因为失误暗中偷袭了才藏的那群三河口音的人，那可算是今晚的意外收获了。

（咦？下雨了……）才藏摊开手，零星的雨点落在手上。抬头再看天空，星光早已没了踪影。他舔了舔落在自己嘴角上的雨滴，目不转睛地注视着那些人影的一举一动。

同一时刻。同一场雨也打湿了今出川菊亭屋敷房顶上的瓦片。

正与老女萩野玩着双六的青子忽地抬起头说：“胸口好

难受。”

“要不要我帮您松一下腰带？”

“才不是因为这个。这些日子，只要一下雨，夜里就会觉得手脚冰凉，许是屋子里过于潮湿，伤了身子吧。”

“那您就先歇息了吧！”

“嗯。”

异于往日，青子这一天老老实实地将骰子放回盘上。接着，她吩咐老女：“萩野，拿酒来。今天是女正月，小酌一下也应无妨吧。再说了，暖酒下肚兴许还能睡得更踏实一些。萩野你今晚也在这屋里歇下吧。不知怎的，这一整天心里总有些慌。”

外面的人影一共六个。其中两人抬着轿子，一前一后地从废宅里走出。随着轿子的移动，四周也被轿影笼罩了起来。

（那轿子，看来并没什么分量。）应该是空的。（这些人到底在搞什么鬼名堂？）才藏跟了上去。

也许是与生俱来漫不经心的性子所致。身为伊贺众，才藏行动时不躲不藏不说，还把左手揣在怀里踱着步子，怎么都像是去看热闹的。

不过即便看来如此散漫，但才藏脚下的确没有发出任何声响。若是在铃虫声鸣的季节，估计就连草丛中的虫儿也不会发现有人经过。

（嘿——）几个人影在妊子院南角朝东面拐去，穿过西之洞院的路口后，一路走到了左近马场。也就是在这时，才藏恍然般地停下了脚步。

这附近是公卿屋敷聚集的地带。（也就是说这伙人要找的是公卿？）才藏巴不得能跑上去拍一拍走在先头前那人的肩膀，直接问个明白。

（不过至少知道了一件事——的确有公仪[5]势力在其间穿针引线。）才藏心中涌起了与在八濑街道时同样的感觉。

十多年前，德川家在江户开辟幕府，让庶民们称他们的政权为“公仪”。那时候，京都有拥护天皇的公卿群体，而大坂又盘踞着坐拥天下第一巨城的秀吉遗孤右大臣秀赖。政情可谓是复杂非常。

江户诞生的新政权，在服众之前也不免会经历各种动荡。德川家的第一步，就是让“公仪”这个词在民众中普及开来并根深蒂固。这样做，是为了让江户的政权成为天下公认的存在。

才藏早就想用用这个流行语了。

（看来公仪大老爷们现在是焦躁得很呐。）

伴随着大坂的秀赖成人，政情的局势也日渐紧张。京都御所在新年时遣贺年勅使下访的举动，与秀吉在世时无二，连平日里奔向大坂亲自上门给秀赖请安的公卿也日渐增多。这些，都证明了如今秀赖众星拱月的势头。不仅如此，当下但凡提到关东与大坂开战之事，已经不乏有公卿在背地里认为大坂必胜了。

（这也算是江户幕府如今浮躁的一种表现吧。）

转眼间，几个人影已经穿过左近马场，继续往东面走去。而才藏依旧还是左手揣在怀里，挠着胸毛不紧不慢地跟在他们后面。

（公仪嘛……）既然他们会派隐密[6]潜伏在京都，那要说大坂城方面同样安置了人员，也就不足为怪了。不过说不定其实是大坂先下了手，江户一干人等才觉得不能坐以待毙呢。

（要真是这样，那我苦寻的香之君，就应是大坂阵营的人。）才藏相当满足于自己的猜想。是押对了宝还是空头签一支？他似乎是找到了与自己赌博的乐趣所在，嘴角动了几下。

可当今出川菊亭屋敷出现在眼前时（哎哟！），才藏忍不住扭了扭脖子。人影一行果然停在了菊亭屋敷后门前。

（情况有些不太对啊！）才藏寻思着，这菊亭大纳言晴季在京都可是出了名的大坂派公卿（既然如此，公仪的手下夜访菊亭大纳言又是有何贵干?)。况且就那架空轿看来，绝对不会是不痛不痒的小事儿那么简单。

（难不成是准备掳走大纳言?）才藏立即否定了自己的这个想法。再怎么说江户政权也没理由趁夜来拐走一个天子侧近吧。

（先看看再说）才藏蹲到土墙旁的一块大石背后。

这座大宅，面朝今出川，南临武者小路，出了后门就是乌丸。

人影中的一个上前，抬手小声敲了敲门。不一会儿，那扇门就悄无声息地敞开了一条缝。（哦——）看来这宅子的下人中，有这帮人的内应。接着，四条人影像是被吸走一般，陆续消失在了门扉的间隙中。

同一时刻。

菊亭大纳言家的女儿青子让老女将酒暖一下再送上来。

“快去快回呀。”

“是。”老女萩野退了下去。

（现在是什么时辰了?）青子起身正欲为之后的就寝做准备时，一条人影突然从背后蹿出，冷不防地捂住了青子的嘴。

“啊！什么……”言不成声的青子，被猛击要害晕了过去。

“还有个女人。等下要是回来了，就交给你们处置。”恍惚中，青子隐约听到有谁小声说道。不多久，她感到自己的身体离开了地面，应该是有人把她抱了起来。伴随着渐渐模糊的意识，青子的身体竟奇妙地产生出了某种欢愉，就像小石在水面激起了一片小小的涟漪，然后又深深沉入了晦暗的湖底。

另一边，才藏还蹲在石头背后观望着。

（嘿，会有什么好戏？）才藏虽然觉得有些荒谬，但内心里仍期待着菊亭大纳言会从后门出现。如果大纳言是自己走出来的，就意味着他的倒戈。但如果大纳言是被抬着出来的，那么犯人必是江户方面无误。

（哦！）才藏不自觉地起身，因为他看到一条人影从门里闪了出来。而人影背上扛着的人，从体型来看绝不是大纳言，怎么看都应是青子。

（他们的目标是女人？）才藏错愕。（于是我是该出手么？）

才藏原本只想看场好戏，并无意插手。不过难得有兴致决定袖手旁观的他，却被突如其来的愤怒冲乱了阵脚。他缓缓起身，欹身贴上正把青子塞进坐轿那条人影身后，探头问：“这是在干什么呐？”

“闭嘴！”另一个人影小声怒叱了他一句。想是夜晚的漆黑阻碍了正常的视觉，那人竟错将才藏当成了同伙之一。

“我可是在向你们打听事啊。总得回答我一声吧。”

“你说什么！”一干人影这才发现夜色中高大的身影并不属于他们中的任何人。

“什么人？”

“这该是我来问吧？既然你们不愿自报家门，那我也没必要告诉你们咯。”

一干人等只是直勾勾地盯着黑暗中那抹来历不明又敌我难辨的身影，一种难言的恐惧和沉默同时蔓延开来。

不过才藏并没有打算与他们为敌。（是选择拥护江户，还是加入大坂阵营，还需要花更多的时间去分析考虑。要是在这失手杀了谁，那不就是跟江户翻脸了么。）

不仅不能杀人，最好是能避免任何冲突。可要怎么做，才能不动手就救出青子？这种毫无半点把握却胆敢现身的莽撞做法，连才藏自己都觉得实在是过于失常。

“看来不该露脸啊。”这是对他自己说的。

“报上名来！”

“伊贺，雾隐才藏。”才藏本姓服部，不过在忍者的领域，只要说出雾隐这个别称就足够了。这是才藏至今以来第一次主动报出伊贺的名号，而他毫不犹豫选择这样做也有他的打算。

在近来怪事不断的京都，他必须给自己找一个不从属于任何一方的第三方的立场。所以，不管对方是江户还是大坂，这名号是必须打出去的。

“什么？雾隐？”对方看来是一头雾水。

“不错。”才藏脸带笑意，“在场的各位跟我可是有过一面之缘呐。就在前些日子，你们在八濑袭击的那人，就是我才藏呀。想起来了没？”

“……”对方似乎有些动摇。

“先声明，我可不是你们的敌人，当然，也不是同伴。不过如果情况可能的话，说不定还真能加入你们。但现在我出面，只是因为可怜你们方才塞进坐轿里的那个姑娘而已。”

“喝！”站在左边的人突然拔刀向才藏劈了过来，而才藏只稍稍偏开了头，顺势反过来擒住了对方的手，“白费功夫啊。我可是在夜里也能看得明白的人。可惜呀，白天还好，这大半夜的，你们要是不用手摸着走，根本就寸步难行吧？只要我有意，不管你们是四个还是五个，都会变成我的刀下亡魂。不信的话要不要试试？”

才藏的语气带着些许抑扬，但声音却越来越低，到后面几乎难以辨识所说的内容。

也不知是什么时候，雨停了。

才藏扯下擒住之人腰间的佩刀扔到地上。“可别怪我啊。”一放手，那人就连滚带爬地摔倒在地。

“并非是我想出手阻碍你们办事。我知道你们不会平白无故拐走这姑娘，要带走她是你们的自由。不过嘛，想要我睁一只眼闭一只眼也可以。只要答应我一个小小的要求就行。”

“要求？什么样的？”说话的看来是头头，但声音毫无气势，看来对才藏有所顾虑。

“很简单。就是你们得把我和这姑娘一并带走。”

“带去哪儿？”

“那还用说？当然是你们的大本营啰。也让我尝一次被招待的滋味嘛。”

此时，躺在坐轿中青子的意识已经开始恢复。

（这是在哪儿？）她想伸手探一下四周，却发现手脚都被麻绳绑得死死的，嘴也被堵上了。别说动，连声音都发不出来。不过坐轿外的动静，却能听得一清二楚。

（这声音，不是那时候的男子么？）听出是才藏的声音，青子的心里竟有些悸动。虽然从一来二去的对话中，她可以肯定他与绑走自己的人不是一伙的，但听起来也似乎也没有要救自己的打算。

（他到底是什么人？）

“怎么？这条件不合你们的意？”才藏低沉的声音再次传入青子耳中。那口气简直与商人在讨价还价时无异。

回答他的是片刻的沉默，对方似乎的确心存犹豫。

“一起上！杀了他！”然而突然响起的尖锐声音，如冰锥般刺入青子的脊背。

（那个人会被杀！）可就算他死了又怎样？与自己有何干系？青子思绪如潮涌，而与之矛盾的是拼命挣扎的自己。只是想为那个人做点什么。至于为什么会如此，连她自己也不明白。

扑通！一声闷响。

（他死了！）紧接着，又是一下人的身体猛撞到地面的声音，伴随着灌入坐轿内的血腥味，才藏的声音适时响起：“是你们逼我出手的。就跟上次在八濑街道时那样，错的可不是我。拔刀吧！看你们一个个都一副剑术高手的模样，只可惜都是些太阳底下的招数罢了。在这夜色里挥刀，恐怕只能让你们死的死，伤的伤啰。”

趁说话的当儿，才藏不动声色地后退几步，凑到坐轿边上。他将手背到身后，打开轿门。然后，他的手摸到了青子。

（咦？）青子发现身上的绳子一下子就被解开了。才藏的手指间仿佛有什么利器，简直就像是戏法一般。

（这人太可怕了。）一种想法在青子脑中盘旋。

“赶紧给包扎一下吧！”才藏俯视着正躺在地上挣扎的两人，擦了擦刀上的血迹，“我们本无冤无仇，又何必在这儿做无谓的争执？我说，你们也差不多该撤了吧？”对方几人并未吭声。才藏轻咳一声，继续说道：“这事可别对我存怨呀。毕竟是你们先出手的，我也只是防卫还击而已。下次在路上碰见了，咱们还得好好坐下来喝上一杯才是。”

“……”

“一言不发的，我怎么知道你们想说什么。还是早点离开吧。瞧那边那个，要是再不给他包扎，失血过多也是会要命的！”

仿佛是被这句话点醒了一般，几个人影默默上前扶起了伤者。然后一个接一个，悄无声息地没入了黑暗之中。最后离开的，是那个首领模样的人。

“你说你叫雾隐才藏是吧？”声音带着压抑。

“无需多言。”才藏一边点头，一边将身后的手伸进坐轿，轻轻捏了一下青子的手，暗示她出来。青子用自己的小手，反握住了那只温暖的手掌。

“你住在何处？”

听人影这么一问，才藏笑了：“你会告诉一个说不定会暗算自己的人住处吗？要找我很简单，去六条河滩的西边岸上，从南数过去的第三根木桩，把信埋在那下面就行了。”

“木桩吗？”首领若有所思，“还会上门拜访的。”

“拜访？”

“是啊，说不定还有求于你呢。”漆黑的夜晚，也没有掩盖住那人最后留下的一笑。

人影全部消失后，青子才从坐轿中走出来。

“这位是才藏大人吧，”她面对着才藏，露出了一个略带狡黠的微笑，“青子是该道谢么？”

青子这么问自然有她的道理。毕竟从双方的对话来看，面前的人不一定就是站在自己这方的。而这个人，到底心里在盘算些什么，也是她无从知晓的。

“若是你有意要谢我，就听听我的请求吧。”

“什么请求？”

“我想请你为我引见一下令尊菊亭大纳言大人。明日午之刻（正午），可以上门拜谒吗？”

才藏回到室町的分铜屋二楼时，孙八已经回来了，正坐在屋里低头缝补着才藏的小袖。

（这家伙，原来已经回来了啊。）想到自己竟然还因为担心而跑出去找他，才藏就一肚子火。

“孙八，马上给我备酒！”才藏脱下濡湿的小袖往旁边一扔。

“酒的话，那边的瓢儿（葫芦）里就有。”见孙八连起身的动作都没有，才藏无奈只得自己去拿瓢儿。

“孙八，你什么时候回来的？”

虽然对方只是自己的下忍[7]，但才藏就是拿这个老人没辙。从才藏父亲一代便侍奉自家，与长辈同在乱世中摸爬滚打过来的这个人，对他而言更像是有点爱发牢骚的叔父。

“就刚才。”

“你找到那女人的住处了？”

“香之君的？”

“嗯。”

“无果而终哦。”

话说当时孙八尾随其后，一行人走到四条京极的榎木町南面时，对方似乎察觉到了异样，随从的一个武士离开坐轿，走到孙八面前。

“有何贵干？”

这种场面自是难不倒孙八的。他不仅没有一丝慌乱，反而掐着一脸的笑，说着“当然有啦”，随手掏出了一只破旧的皮钱袋在武士面前晃了晃。听声音，里面应该是铜钱一类的。

“有没有哪位掉了钱袋呀？”

“呵。”对方的视线，并没有落在钱袋上。

“没有么？”

武士审视着孙八，孙八也迎上了对方的视线。（这人不像公家武士，铁定是伪装的。而且还有些眼熟，好像是甲贺的人？）

“喂！”对方露出一个扎眼的笑容。看他的年纪应有三十出头。黝黑的皮肤，矮个。特别是那两排像珍珠一样白得炫目的牙齿，总让孙八觉得似曾相识。

“雾隐还好吧？”

“啊？”对方突如其来的一句话，吓得孙八瞠目结舌。

“你是伊贺雾隐才藏手下的下忍吧？”

“你是……”

“无名无姓。”

“你是……甲贺……”“忍”字还没出口，孙八闷哼一声，捂住了自己的右手腕里侧。对方则是做了一个收刀的动作。

青天白日下，还是在熙熙攘攘的大街上。

对方拔刀的动作，连过往也无人注意到，足见其速度之快。再看那人的佩刀，刀鞘虽长，刀身却只有一尺五寸，是一把典型的忍刀[8]。

孙八捂住手腕的指间里开始不断涌出血，就像是被薄而锋利的利器削到一般，被割破的只有血管。忍刀上通常会浸毒，只要瞄准对手的手腕或者脖子上的血脉，哪怕只是轻轻地一抹，毒素侵入体内，便可杀人于无形。

不过这把刀上并没有毒，孙八当真是有惊无险了。看来对方这个甲贺众只是想给他一点警告罢了。

“这样啊，不过……你没事就好。”才藏衔着酒杯，动了动嘴唇。他的那双眼睛，此刻正凝视着烛台上忽明忽暗的灯火。

（那个甲贺众……）屋外雨声消停，风声又起，吹起风门的声响传入耳中。

“差不多该睡下了。”才藏说着站起身来。

（尽管还不知道那香之君是何许人，不过可以确定的是，她雇佣的是甲贺众。）相国寺门前茶店偶遇的云水铁牛的话，闪入才藏的脑中。

那云水的确说过这家茶店近来时常有甲贺众出入的话。

（那人俗名好像是叫做塙团右卫门。）表面上虽行事粗犷，但总觉得那豪放的背后隐藏着一种难言的落寞。（看来他也是个巴望着世道动荡的人物啊。）才藏琢磨着改天是否该去妙心寺的僧堂拜访一下他。

“孙八，我先睡了。”

“明日有何安排？”

“要去会一会菊亭大纳言。只要见到他，说不定就能距离这一连串莫名其妙事件的真相更近一步。”

“那孙八的工作呢？”

“你的话，就去找找那个甲贺的人吧！”

“这……”孙八一脸苦相，“为了正事儿也就罢了，要因为才藏大人你的情事赔上我这条命，我可不干。”

“都跟你说不是情事了！”

“归根结底就是嘛！反正才藏大人你心里想的，不就是把香之君找出来，然后实施你身为男子应行之道么。”

“要这么想也随你。总之，你要做的就是把握那个甲贺众的动向。”

“不过……”才藏正要走进隔壁的房间，背后再次传来了孙八的声音，“那个甲贺人，到底是谁来着？”

“那个嘛……”其实才藏从刚才起也一直在思考这个问题。

“你说他是两排大白牙对吧。”

“而且个子不高。”

“长相呢？”

“就跟涩纸[9]一样黑黑的。”

（恐怕）才藏走到枕头边上，解开了衣带。（是甲贺的猿飞佐助吧。）

面对这一个月来胸中的翻覆，青子简直读不懂自己的心思。

（就像不再是自己了一样。）她倾颌而坐，神思恍惚。明明是个怯懦的女子，可近一个月，那名为恐惧的情绪仿佛消失了一般。

（绝对有问题。）不管是才藏深夜出现那次，还是昨日差一点就被侵入的歹人掳走的时候，她的心里竟未觉得害怕。（我该不会是脑子坏了吧？）

应该就是了。也怪自己的好奇心太过旺盛，才会让兴奋压住了那份恐惧吧。

毕竟对生在公卿家，又错过了婚期，每日只能与老女为伴的青子而言，过去的日子也太过枯燥乏味了。

“萩野。”她摇响铃铛唤来老女，“还未到午之刻么？”

“这……不知小姐有何吩咐？”

“去黑书院那边，帮我看看漏刻（时钟）。”

“不是方才刚去看过么？”

“萩野，叫你去看你就去看！”青子一脸焦躁。

片刻，萩野回来了。“还有四半刻（三十分钟）才到呢。”

“哦。”青子眼神呆滞地点了点头。

（那个人，到底是为了什么才接近自己和父亲的?）他自称是伊贺忍者。自己想象中的忍者，应该长着天狗或是夜叉的样子，而那个雾隐才藏却不是。岂止不像，他甚至有着古时故事中源氏武者一般的英姿勇态，言行举止也并无粗野之处。

不过青子只要一想起那夜他突然掀开自己的衣襟，嗅过了肌肤之气后露出（不对）的表情，又放开手一事，就莫名地觉得有一肚子气。

终于，附近正法寺内的太鼓鸣响，正午了。

几乎同一时刻，青子起身走到自己所居住的小御所风格建筑的窄廊边。她隔着庭院里的植被，望向玄关的方向。

数声青侍的喧闹后，门开了。

(哎哟。)

那个人出现在了玄关前。

雾隐才藏此时一副侍奉名门的厚禄武士打扮，后边还跟着若党和中间[10]模样的人，也不知是哪里雇来的。远远地，青子发现他看了一眼自己的方向，又马上转开了，脸上的表情并没有丝毫变化。

（真是个讨人厌的家伙……）青子心里又是一股子气。

菊亭大纳言晴季正要去见一个在书院候着的伊贺忍者。他换上直衣[11]，戴好冠帽，这才走出房间。

抬头即能看见叡山上的行云。虽无风，云却依旧向北翻涌着。

晴季停下脚步，扶住栏杆。他看了一会儿云，然后长长地叹了一口气。

（说不定这是大限将至了啊。）

晴季这会儿要去接见的，是一个来历不明的伊贺忍者。虽然昨夜里他救了自己的女儿，但谁知道真相又是如何。如果可能，晴季并不想现身。但青子软磨硬求地要他接见时，晴季多个心眼问了一句"那人和前些夜里跑来嗅闻公主你的气味的，应该不是一个人吧？"谁想青子竟天真地点了点头，回道："嗯！就是那个人呀。"

瞅着青子的满面笑容，晴季的脸却黑了下来。（难不成，是在追查红叶屋敷秘事的江户隐密？）

要说晴季有什么把柄，那就是和大坂城牵连过深这点了。如今为了击垮江户政权，大坂城内的军备活动正紧锣密鼓地秘密进行。自己作为已故太阁的旧友，也的确被强行要求在暗中协助。

要是这些事传到江户去，不仅他的地位不保，估计还得搭上性命。

（也罢。到底什么来头，见了便知分晓。）

晴季走进书院，入座。才藏伏身行礼。

“起身吧。毋需传话，准你直言。”晴季的语气中透着急躁。

才藏闻言只是稍稍抬起了头：“在下伊贺服部半藏。异名雾隐。啊不，朝中贵人想是无缘听闻此名才是。”

“小姐的事，我先谢过了。你求见于我，是另有其事吧？”

“还望……”才藏看了看晴季左右，“能屏退旁人。”

晴季皱了皱眉。区区一介无官无位的伊贺忍者，能得自己接见已是上辈子的造化，竟然还胆敢提出屏退左右的要求。

“没必要。有什么话就说！”

“不成，在下可是为了您着想。昨夜掳走令千金的一干人等，是依靠宅中内应方得以进入。想必家臣或是下仆杂役之中，有江户安插的眼线。”

“当真？慢着！”晴季连忙让随从退下。

才藏见不再有旁人，于是提起袴撩，蹭着膝盖移到晴季跟前。

“你想做什么？”

“事关紧要，也顾不得礼数了。大纳言大人，请您老实告诉我，大坂准备反叛江户的计划，您是否也有参与？只要您能把话说明白，我雾隐才藏，说不定还能派上些用场。”

晴季死死瞪着才藏，那双眼睛宛如一头被逼到穷途的小小困兽。

“你到底是什么人？”

“什么人？”才藏笑了，“在您这样的月卿云客[12]眼里，在下能算什么人？不过是个低贱如蝼蚁般的存在罢了。在下并不臣服于任何人，也不会为了谁而行动。所做的一切都只是为了自己。只等有朝一日，大坂城这个车轮，能够碾出一片乱世。如此吾等蝼蚁，便能扶摇直上。仅此而已。”

“这么说，你是站在大坂那边的？”

“也不算。”

“那就是江户？”

“自然不是。”才藏把深深吸入的一口气缓缓吐出。将骨骼如城般沉重的上身，慢慢地放回了腰骨之上，接着说道，“是江户，还是大坂，要下决定还为时尚早。如今在下正为了能找到一个决定的理由而四处奔走。求见大纳言大人您，亦是出于这个想法。”

“你也是个怪人。”

“也只是个普通人罢了。要知道如今涌入京都的浪人之中，绝大部分可都抱着与在下相同的想法呀。都在等一个称心的买主呢。”

“还真是个怪人。”

“是吗？不过也难怪，像大人这样代代食君之禄，靠着血脉而活的公卿老爷们，是无法理解的。如在下这般与路边小石无异的人，除了出卖自己的技艺，也实在想不出其他活计了。”

“你这是在让我买你的技艺啰？”

“非也。”才藏的语气中带着戏谑，“等时机成熟，把才藏卖给你自是无妨。不过嘛，在这之前在下还打算在江户和大坂之间再物色物色买家。”

“话说在前头，我可不是大坂方面的。”

“您这是没说实话啊。”

菊亭大纳言在才藏的注视下，面现狼狈之色，慌忙解释道：“我不过是侍奉皇族的公卿。诚然，我曾与太阁交好。但如今和大坂右大臣家（秀赖）并无往来。武家的纷争，又与我何干？”

“既然这是您的意思，那在下是不是可以将它传达给秘密潜入京都的香之君一行呢？”

“香之君？”晴季眼皮一跳。

“不错。就是那位去八濑温泉疗养时以御料人尊名自称的女子。”

“你认识那个女子？”

“不甚熟识。甚至应该说在下求见大纳言大人，正是为了知晓其所在。”

“我什么都不知道！我跟那女子没关系！”语毕，晴季浑身抖得像筛子一样。他紧闭嘴唇，再不发一言。

注释：

【1】松之内：正月初一至初七。

【2】虫垂：斗笠边缘缝制的垂绢，一般为透明的薄纱。

【3】青侍：公卿家位居六品，身份较低的武士。官服为青色。

【4】室町幕府：1336—1573年，由足利尊氏建立的武家政权。

【5】公仪：朝廷，政府。

【6】隐密：密探、细作。

【7】下忍：忍者分为上忍、中忍、下忍。在伊贺，上忍即为乡士（上忍三家：服部、百地、藤林），作为地主支配着一些佃户。这些佃户，就是被各地的战国大名雇佣来工作的下忍。中忍则是下忍的小头目。而在甲贺，因为有甲贺郡中惣这个自治共同体的存在，“甲贺五十三家”是处于对等的地位。所以甲贺实质上是不存在上忍的。

【8】忍刀：忍者使用的直刀，无反，刀身没有弧度。长度介于打刀与肋差之间。

【9】涩纸：一种棕色的和纸。

【10】中间：武家的侍仆。

【11】直衣：公家的常服。

【12】月卿云客：意指公卿等殿上之人。

猫的脚步声

数日后的清晨，一名女子出现在室町分铜屋的店门前，送来一个描有金色草木的信盒。

孙八则是一如往常，坐在分铜屋的账房里当着自己的掌柜。

顺便说一句。可别以为只要是伊贺甲贺的人，就只会在夜间行动，或是穿着一身漆黑的装束穿行于暗处。其实更多的时候他们会变装为商人、江湖艺人，或者是修行中的皈依僧人生活。这家负责公卿屋敷或皇家寺院人力斡旋的分铜屋主人，实际上也出身伊贺，曾是才藏所在的喰代村的一个百姓。

原本这家分铜屋就是才藏的父亲服部左卫门尉光春出资在京都修建的。为的是让服部家接受诸国武将委托打探京都情势时能有一个落脚点。

掌柜共有三人——巳六、源藏以及孙八，都是少年时期便被才藏家收养的下忍，平日对外的身份，则是商人。

当孙八看到送来信盒的女子时，露出了一脸的讶异。因为那女子怎么看都是一介寻常百姓，与信盒的高贵全然不搭调。

“敢问是哪位呀？”

女子笑了笑，并未作答，放下信盒后便匆匆离开了。

待孙八追出去时，路上已没了女子的踪影。

（实在可疑。）

“什么事儿？”躺在二楼的才藏听到动静，半睁眼睛问道。

“有您的信。”

“不会真是那天潜入菊亭屋敷的三河帮首领给我的吧？”

“您多虑了。”孙八已经打开来信，一字一句地读了出来。以“展信佳”起笔，一手娟秀的青莲院流笔迹，字如其人，似是来自青子。

“念下去。”

“没什么好念的了。这信啊，是菊亭家的千金小姐在邀请才藏大人呢。明日巳之刻（早上十点），于堀川归桥西面的菊亭家菩提寺莲台院。备奉茶点，敬候亲临云云。”

“这……”孙八那只废了的眼睛，饶有深意地抽搐了两下。

“怎么？”

“看着像是情书啊。不过，自古求爱不都是男子所为么，女子主动送信，还真是稀奇事儿啊。”

“那些姑且不谈……”才藏瞄了一眼那封信，“青子又怎会知道我的住处？”

翌日，才藏按照信上的时间如约来到莲台院的门前。他躬身从小门进入后，发现一只猫从自己脚边跑了过去。

院内似乎没有人。（怪了。）

在禅房中等待片刻后，一个中年僧人不声不响地出现在才藏面前。“详情敬悉。那边有水桶，还请先做清洗。”

才藏用水冲洗双脚后，由僧人领着，一前一后往走廊深处走去。两人停在了一处回廊上，前方就是一个茶室。僧人微微躬身让开：“请。”

“茶室里的是哪位？”

“还请您自己亲眼确认。”

（古怪的和尚。当真是这寺庙里的僧人？）

也不顾才藏的怀疑，那僧人便消失在了走廊尽头，不带一点儿声响。

才藏拉开茶室的门，并没有马上进去，而是伫立在原地望着茶室西面的天空。

（真的会是青子？）

怀疑一切，是才藏身为伊贺忍者一个习惯。当然，也确实有怀疑的理由。

如果是青子，就不应该知道才藏栖身之处，但事实上信件却送到了。而且这座寺庙也处处透着可疑。既然是菊亭家的菩提寺，那么寺庙当家主人的女儿亲临，按理说应该是举寺上下盛情款待才对。

（我可不会轻易地踏进茶亭一步哦。）更何况还能感觉到茶室中有人的气息。

突然，才藏眼神一凝。也不知什么时候，风已经变了方向。茶室中的空气有了微弱的流动。紧接着，一种足以让他血气翻涌的气味倾入鼻腔。只有一瞬间，但才藏却清晰地记得。

（难不成是……）

才藏迅速屈膝钻进茶室，径直绕到水屋背后，拉开纸门。

炉前，坐着一个女子。

（果然是在八濑遇见的那女人！）

才藏左手按住腰上佩刀，向一侧跨出一步后，立在了原地。

那女子侧面朝着才藏，并没有转过来的意思。她身着绣满醒目胭脂色小樱花的白绢小袖，纤细的手中拿着茶勺正独自点茶，一脸云淡风轻。

年纪大约二十二三。略圆润的脸庞上，俏鼻娇目，下颌处收紧的线条格外惹眼。

（真美）不过让才藏差点慌了阵脚的，不是女子让人眼前一亮的美貌，而是房间中充斥的那股异香。

不是香薰。既然能闻到眼前这丰硕女子身上的体香，那香炉中必定没有焚香才是。

（这女人，为什么会找上我？）才藏目不转睛地注视着眼前的女子，并没有坐下。

狭窄的茶室内，只听见茶锅中热水翻腾的声音，和时不时洞穿过的风声。

才藏长出一口气，正欲开口，却听得女子先发制人的呼吸声。

人与人打交道，有些时候，单单只是呼吸的节奏便能够主导胜负。女子转过头来，脸上挂着浅浅的微笑。

“你就是雾隐才藏？”

“你是？”

“菊亭大纳言家的女儿青子。”一本正经地胡说，还真是厚脸皮。

“要说叫作青子的御料人，我倒是认识一位。这么说来，其中必有一位是假的啰。”

“这世上，可只有我一个菊亭大纳言家的女儿青子呀。”女子轻笑。

（女狐狸！）想归想，嘴上可不能说出来。

“我们应该在八濑的温泉有过一面之缘吧？”

“那时候，随从告诉我你自称是阿苏大宫司家的家臣斋藤缝殿赖仲啊。”

“彼此彼此。”

“我可没有用假名哟。”

“罢了。”才藏坐到炉前，“其实是我在八濑街道上遭遇了暗算。照情况看，对方应该是把我和你弄错了。那一行人有三河口音，不知你心里有无头绪？”

“三河口音？”女子似乎想到了什么，却拼命掩饰住动摇，继续问道，“那，你是怎么对付他们的呢？”

“解决掉了一个，其他的放走了。不过我很好奇，他们为什么会袭击身为公卿女儿的你？”

“这世上总有些事，还是不知为妙的……才藏大人。”女子缓缓抬起纤长的睫毛，“还望你能谨言慎行。”

“你这是指的什么？”

“近来，听说你竟命令下忍来嗅闻我的气味？希望今日之后，莫要再行如此无礼之事。”

“你就为这事专程把我叫来？”

“可以这么说。”

“那我也有事相问。事实上我的名字并不为世间常人所知。当然，同为忍者的伊贺同伴，抑或是甲贺的人除外。然而你一个堂堂大纳言家的女儿，云层之上的尊贵之人，又是从哪里知晓我这个伊贺忍者雾隐才藏的呢？这是让我百思不得其解的问题之一。”

“……”

“你不说，我替你说。我的下忍在跟踪你的坐轿时，不小心露了马脚，被你的一个手下抓了个正着。可稀奇的是，你的手下不仅认得我的下忍，连他主人是我这件事都了若指掌。后来通过我家下忍的描述，我推测那人应该就是甲贺忍者猿飞佐助。先不论猿飞这人的底细，我倒想听听你怎么解释大纳言家女儿的手下会有甲贺忍者这件事。这件事同样让我觉得匪夷所思。所以，答案就是你根本不是真正的青子，而是一只佯装成她的狐狸。那么，要不要我把你的画皮给扒下来呀？”

“扒我的皮？”女子歪着头，眯了眯眼睛。那一汪闪烁的光芒中，藏着一个早已洞悉男人的女人的狡黠。

“那你倒是说说看，准备怎么扒啊？”女子的语气中尽是戏谑。

“像这样……”才藏抓住了女子的右手。但对方仍旧眯着眼看着他，未有所动。

可紧接着，女子发出了一声惊叹，向后倒去。

才藏将女子推倒的同时，已经将她的衣襟扯开，慢慢地把下巴贴了上去。青色的胡楂，陷入了女子的皮肤中。

“这味道……”从没听说过，有女子会有如此强烈的体味，“这下我是确信了。若是货真价实的菊亭大纳言家的青子，绝不可能是这样的身体。”

“才藏大人。”女子被才藏抱在怀中，不紧不慢地说，“这寺内，潜伏着二十个忍者。你要是敢动粗，我可决不会轻易饶过你的哦。”

“寺庙里原来的和尚呢？”

“都关到仓库里，差人把守着，且有好酒好菜伺候，这会儿估计正在兴头上呢。”

“还真是大费周章啊。如此盛情款待实不敢当。那么，准备怎么料理我呢？”

“当然让你成为我们一方的人啊。”

“你们？是哪一方？”

“哎哟，到底是谁呢？在得到你的应许前，我是不会告诉你的。”

“是大坂右大臣家吧？”

“既然你都已经了解到了这个地步，那要么加入我们，要么……就只有死在这儿了。”

“可惜世上还没人能取我雾隐才藏的性命。”

“还真是自负。若是有呢？”

“自然是双手奉上这条命啰。毕竟已经活了三十年，也没什么可遗憾的了。不过，要杀要剐随意，但作为我上路前的礼物，能否告知我真正的名字呢？”

“右大臣家中臈[1]，人称隐岐殿，名为御津……这样，你满足了吗？”

“心满意足。不过还有一点。”

“又是何事？”

“就这样，别动也别出声。”才藏突然分开隐岐殿的双膝，将手探入其间。

“呀！”没想到隐岐殿竟扭动身子，发出了如小姑娘般的惊叫声。

“可以了。我已经放开你了。先说明，我才藏可不是因为对你有意才这样做的。只不过是好奇你身上气味的来源而已。好吧，现在你可以杀掉我了。”

才藏在放开隐岐殿时，隐约感觉到身后有一股兽类的气息。他忽地起身，（什么东西？！）发现原来是只猫。也不知是从哪儿来，什么时候就在这儿的，眼下正围着他踱步，无声无息。

这是一只黄毛带白色斑点的猫，看来应该有五六岁了吧。

（没错，就是刚才在门口遇到的那家伙。）才藏谨慎地望着这只小动物黄色的脊背。

“隐岐殿。”

“嗯？”女子抬头看向才藏。虽然此刻她已整理好衣衫，坐回炉前，但表情却与开始大相径庭，脸颊绯红，那双望着才藏的眼里，竟有一丝难掩的羞臊。

可才藏只是盯着猫，并没在意身边人的表情。

“这是你养的猫？”

“猫？”似乎这才注意到异样，她环视屋内，视线最终落在了猫背上。

“哦，这只啊。”隐岐殿嘴角上勾起了一个淡淡的弧度，“这并非是我养的猫。不过只要有它在，想必才藏大人就无法再对我做方才那般鲁莽之事了吧。”

“你是说这猫有灵力？”

“畜类怎能有如此能力。拥有能够镇住才藏大人的力量的，应该是这猫儿的主人才对……来，过来。”隐岐殿对着猫发出了像老鼠一样的唤声。原本已经竖着尾巴准备离开的猫，猛地转过身来。

不过让它有如此行为的并非隐岐殿的鼠鸣声。因为猫的视线并没有停在她的身上。它直勾勾地盯着的，是一个映在茶室拉门上的影子。才藏上前一把拉开门，然后迅速远离，大声呵斥："什么人?!"

拉门背后是一个男子。他坐在窄廊上，用一种亲近的眼神看着才藏，面带微笑。

小个子、黝黑的皮肤、白牙。

"你是……"

"哟，我就是甲贺的佐助啊。"说着，男子伸出右手摆弄起自己稀短的腿毛来。那低头时的表情简直与小猴无异，还真是应了他猿飞之名。

"我说雾隐啊……"佐助一边抓着腿毛，一边对才藏说，"不论是甲贺还是伊贺出身，大家总归都是忍者吧！像你这样的名人，连一些鸡毛蒜皮的小事儿，在下可都略有所闻。所以，你也应该听说过在下的事儿才对。"

在这里，我们插一些题外话。先来大致介绍一下这位甲贺流忍术名人猿飞佐助吧。

猿飞佐助其人，有说事实上是明治末期至大正年间，由大阪立川文库的作者们虚构出来的。不过只能说是真假参半。

明治末年，一位名叫立川熊次郎的青年在大阪唐物町四町目建立了"立川文明堂"。他提议制作和发行小型讲谈[2]

刊物，并委托讲谈师加藤玉秀斋执笔，最终于明治四十四年（1911年）十月五日，以立川文库之名发行了《一休禅师》的初版。

尔后虽然有数百部讲谈作品以文库名义相继问世，可至今没有任何一部的光芒能够超越大正六年发行的那部《猿飞佐助》。所以还有一种说法就是，这个甲贺流忍者之名，是以玉秀斋为首的写作团队共同创造出来的。

不过，世间还存在着一些不同的声音。

根据大阪城天守阁主任，同时也是大阪历史研究家的冈本良一氏的研究来看，事实上早在江户时代，猿飞佐助便已在大坂的庶民之间声名大噪了。

幕末时期的经济动荡，让大坂的庶民深受其苦。而历史总是在不断重演，他们就像任何一个朝代的民众那般，开始质疑江户的体制，并把前朝的体系和国家理想化。而作为前朝主宰者的太阁秀吉，更被上升到了神格的高度。于是，那些在秀吉死后，仍为维护丰臣家的荣光与德川抗衡的英雄们的事迹，自然也就成了民众们私下传颂的佳话了。

猿飞佐助，正是那些英雄之中最受喜爱的人物之一。

而佐助的确并非只是传说中的英雄，他是实实在在存在过的。

在近江国甲贺郡，被称为甲贺五十三家的乡士之中，有一户三云氏。当家代代居住在位于甲贺郡吉永山的城馆。到战国中期时，家中出了一位叫做三云新左卫门贤持的人物。他侍奉于近江守护佐佐木家，担任间忍（谍报）工作。

长享元年（1487年），足利义尚率大军讨伐佐佐木氏。正是这个三云新左卫门与其他五十二家甲贺武士一同，趁着大雾夜袭了位于近江国栗太郡钩之里的义尚军本阵，一举溃敌。

这件事，在古书《淡海故录》上有记载："打响甲贺忍者之名号的，正是长享元年钩之阵中的一场奇袭。"

到了新左卫门贤持儿子贤方一代，主家佐佐木氏被织田信长所灭，贤方不得已隐遁山林。其膝下有三个儿子，兄长两人作为忍者，分别加入了上杉及筒井家。佐助尚且年幼，便留在父亲身边继续修行。

根据《茗溪事迹》中所述，"佐助十岁那年，新太夫（贤方）协其登吉永山之崖。立山石之上，倒执其脚，踹下山崖。坠下高度约有十丈，佐助在空中翻了九个跟头，竟稳稳地落在谷底的浅滩上，衣衫也并未沾上水汽。"猿飞这样的异名，想必就是因他的身手而来的吧。

佐助全名是三云佐助贤春。在父亲新太夫贤方死后，他离开甲贺深山，靠着门路加入了大坂的丰臣家。所以在大坂冬、夏之阵中，以出神入化的忍术活跃其间的猿飞佐助，应该就是这个三云贤春了。

才藏望着佐助，他有一种预感，不久的将来这个甲贺忍者也许会和自己经历生死一战。

“说说你想我怎么样？”才藏问佐助。

“当然是像刚才隐岐殿说的那样啰。丰臣右大臣家，愿意买你的技艺啊。你只要乖乖接受不就得了么。”

“买我？准备出多少呢？”

“这个嘛……”佐助看向隐岐殿。

女子会意地点了点头，说：“金子两枚，你看如何？”

“还真够便宜的。”

“那就三枚吧。根据今后的表现，可以提拔为骑乘，如果立下大功，就是升为大将也有可能。”

“口头上的承诺，实在让人难以信服呀。”

“才藏你这人还真是多疑。”佐助的语气中似乎带着些许不快，“不就是个忍者么。是不是太贪得无厌了呀？”

那时的忍者，被蔑称为水破、乱破，是入不了武士阶级之眼的。

当然其中也有例外。

原本对于诸国的大小大名而言，忍者不过是下面“养”着的人，或是临时的雇佣兵。但天正十年（1582年）六月，本能寺之变时，伊贺众与甲贺众协力保护当时正在堺游览的家康，成功返回了领国三河[3]。因护卫有功，伊贺两百人、甲贺百人被德川破格招纳为了徒士[4]。

“不过隐岐殿把我买去，是为了让我为你们做些什么呢？”

“这个目前还不能告诉你。”

“我可不会不清不楚地就把自己给卖了。听京里的人说，江户与大坂近期将会决裂，届时必定难逃一战。这乱世之间，像咱们这样的人可就抢手了呀。是江户还是大坂，到时候再决定也不迟嘛。佐助，让让，我要回去了。”

“哦？”佐助抱起脚边的猫，跳到一块踏石上，咧嘴笑了起来，“你觉得你还有命走出这寺庙？”

才藏瞥了一眼隐岐殿，向她的方向靠近了一步。只要挟持住这个女人，不怕他甲贺人多势众，料他们也不敢出手！

不过才藏的心思立马就被佐助看穿了。

“站住！”

“站不住。”才藏一把抓住女子的手，与此同时，一道利光飞向他。才藏身子一沉，未见拔刀之举，刀身却已展现空中。只听得当啷一声，随着迸射的火花，一块小铁片飞插到了榻榻米上。是甲贺忍者最为擅长的十字手里剑。

就在才藏拨开佐助掷出的十字手里剑的瞬间，身旁的女子突然将炉子揭底翻起，迅速脱离控制，移动到房间的角落，身法之灵活，让人不禁瞠目。

几乎是同时，从被推倒的拉门外、天花板上甚至是翻倒火炉的浓烟里，不知什么时候蹿出了七八个忍者装束的人。他们手持手箭，将才藏围了起来。

手箭是一种可以用手投掷的又长又大的箭矢。箭身上有鹫羽，箭尾还装上了凿子形状大小的手柄，箭头浸有剧毒。武士通常是不会使用的，却是甲贺忍者常用的武器之一。

“看你怎么办！才藏……”佐助的声音中明显带着笑意。

才藏陷入了沉默，捏了一把揣在怀里的烟玉[5]。不过想必无法奏效吧。这种遁术，是利用烟玉产生的浓烟迷住对手眼睛然后逃走。对方若是普通人倒也罢了，在忍者面前使用，岂不是班门弄斧？绝对行不通的。

（要不放倒几个？）才藏这人，对于死亡十分淡漠。此时此刻，与自己会死相比，他心里更多的是在琢磨着怎么解决掉对手。

他逐个审视围住自己的这些人。（看起来也不像是有多难对付。）才藏松了一口气。

毕竟甲贺忍者鲜有擅长武艺的。

若是将伊贺与甲贺的实力相比较的话，自战国初期以来，甲贺就一直被公认为在忍术方面占有绝对优势。然而在他们的修行之中，却不会接触任何刀剑伤人之术。修习剑术，会令手腕和前臂的肌肉发达。如此一来，就算是变装为云水或是江湖艺人，也可能会被识破。

不过相对的，甲贺对于用毒、迷药十分在行，在投掷道具上也颇下了好些功夫。

伊贺流的忍术却恰恰与其背道而驰。比起忍术中的一些小伎俩，他们更倾向于通过武术的修习，练得一副好身手以及变化多端的武艺技能。

所以紧邻伊贺国的大和柳生庄，辈出诸如石舟斋、兵库助、莲也斋、但马守等剑术高手，其实并非偶然。

天正年间，武田信玄手下有一位闻名于世的甲贺忍者，名为知道轩。但他却在同年九月潜入织田信长宿阵所在的本能寺时，死在了被德川家康自幼培养的伊贺忍者服部半藏手上。只一刀，整个人被自天灵盖到肛门斩成了两半。这个小插曲，也许最能够说明伊贺、甲贺做派相违之处吧。

“才藏！”是佐助的声音，“谁让你来找我们的麻烦，这是咎由自取。受死吧！”

话音未落，敌方众人已经开始蠢蠢欲动。看来这一声，就是他们动手的信号。

“且慢！”一声撕心裂肺的呼喊，来自那个叫作隐岐殿的女子。

（就等着你这句呢。）才藏会心一笑。因为他早就注意到，隐岐殿内心中女人的一面，开始倾向自己了。

毕竟对于隐岐殿而言，眼前的男人不仅已经看过自己的身子，甚至还有了肌肤之亲。也许是作为一个女人，无法接受要亲眼目睹男人被杀的事实吧。总之女人的内心，往往是难以受理性控制的。事实上在才藏心里，比起江户大坂之事，更让他感兴趣的，正是隐岐殿对自己的想法会出现怎样的改变。

又是数日后的某个清晨，才藏在分铜屋的二楼睡得正香，天没亮时就出门的孙八回来了。

“快起来吧。找到了，是这个？”孙八摸出了细长的筱竹筒，从里面抽出一个小小的纸卷，“来！”他又展开余下卷着的部分，继续念道，“丑之日[6]黎明，松原因幡药师寺内的樗树下。”看来是三河众写来的信。

才藏曾对他们的首领说过，要是想找他就“去六条河滩的西边岸上，从南数过去的第三根木桩，把信埋在那下面就行”，首领显然是照做了。

信的末尾，署名的地方只有一个小小的“黑”字。至于是人名还是组织的称号，才藏和孙八也就不得而知了。

“终于来了，”才藏小声嘟囔道，“等这天好久了，是我时来运转的时候啦！”

“什么运？孙八完全不明白才藏大人心里到底在盘算些什么。是为了钱吗？”

“当然不是。我在伊贺可是坐拥良田的。再说堺的商人也没少给我送钱。丰衣足食却还想着钱的，那就是贪了。”

“那就还是为了撇点撇横[7]啰？”

撇点撇横，是将女字分解后的忍者暗语。

“女人么……”才藏喃喃自语，青子的玉体和隐岐殿的体味同时浮现在脑海里。

（也许吧。）

耳蜗的深处，似乎还残留着来自青子口中的那抹潮湿，那声音就如与体内的黏膜紧紧纠缠着一般挥之不去。而隐岐殿那双细长的眼睛里，闪烁着能让男子感觉仿佛一切都暴露在她面前的异样光芒。若这世上有人不会对这两个女子产生情欲，那一定不会是个男人。

“也不单是为了女人。谁叫我雾隐才藏倒霉，偏偏生在了伊贺忍者世家呢。”

“啊？”

“你先听我说完。”才藏让孙八把酒葫芦递上，自己斟满了手中的酒杯，抿了一口，“我总在想啊，要是我只是个普通武士，而且还是生在像永禄、元龟、天正那样的乱世时期的话，说不定早就当上一城之主了。”

“的确啊。就您的器量而言，做忍者着实大材小用了。也正是因为您拥有如此的器量，才让你无法安心只作为一介伊贺忍者度过此生吧。”

“我可是有野心的。”

“是什么样子的？”

“其实我自己也不清楚。野心也许就该是这样？一定要说个明白的话，那就是踩着江户和大坂这两块踏板，乘风而上吧。”

“要是您掉下来了呢？”

“大不了一死呗。”才藏又用手里的瓢儿给自己倒上了酒水。

才藏在约定的时间，来到乌丸松原因幡药师寺内。刚进寺门的时候，东方才露出了鱼肚白。

（真是气派的寺庙啊。）他站在位于寺门一侧的爱染堂前，环视着寺内。僧坊和庙堂这时还笼罩在黑影之中。

这座寺庙是由因幡国司橘行平于平安时代所建。据说在行平任职期间，一入夜便能看见因幡贺露津海滨附近，有东西发光。于是他命令渔夫将其打捞上来，发现那竟是一尊足有六尺二寸高，放出璀璨光芒的药师像。而当他任期届满回到乌丸高辻的自宅后，药师竟自己飞到了他家去。

这寺庙香火如此之旺，想必就是这个由僧人们编造出来的传说所赐吧。数百年来，寺内已经密密麻麻地建起了大大小小的各式建筑。

（其实人又何尝不是呢？关于自己的传说，既能带来利益，却也能引来灾祸。）

像曾与秀吉交好的那个菊亭大纳言，不就是为传说而困扰的典型之一么。秀吉西归已有十六年，时至今日，不仅幕府也未放松对他的禁戒，连大坂的丰臣家，也不过是将他当作棋子利用罢了。

（樗树，樗树，在哪儿呢？）才藏漫不经心地在寺里转悠。

十九所社、稻荷堂、大黑天堂、不动堂……在他挨个欣赏期间，太阳已经冒出了东山头，四周渐渐敞亮起来。

（喔！是这儿？）在一处叫桃之堂院内的白墙边，种着几株尚幼的樗树。

“这位武士。”身后传来的声音，属于一位身着白衫，套着黑色腰衣[8]的老和尚。他冷眼注视着才藏，“看你的样子，也不像是来朝参的，请问你是来找哪位僧人的吗？”

“只是随便转转，不必在意。”

“这是老僧的习惯，会在意也是难免的。”也不知是否是因为脾胃有恙，这老人精瘦得像鹤一般。他突然向着才藏一指，说道，“你面带晦气！恐有血光之灾！劝你赶紧离开这里为好！”

“高僧是位相者（会看相面的人）？”

“不错。我会看相。我是旁边那寺院的主持，名叫柳坊俊岳。想必你也该有所耳闻吧？”

“不认识。”

“看来你寡闻了。在这京内，要说起相者俊岳，当是无人不晓才对。”

“和尚你是想要钱吧？”

见才藏准备伸手从怀里掏钱，俊岳的脸立马黑了下来，大喝一声“你这蠢货！”露出一口焦黄的烂牙，“我连会杀你的人叫什么都知道！是宝山流的叫做沼田源内的高手！”

“源内？”才藏若有所思。他虽算不上是兵法者[9]，但对这个声名远噪的名字的确略有所闻。

兵法宝山流，出现于足利初期。由下野的一个叫做堤山城守宝山的神官所创。宝山死后，经由箱根别当、土肥相模守、六角堂长尾、宇野胜藏坊，如今传到了沼田源内之手。

这个流派，依照宝山的遗志，凡成为传人者一律不许再纳弟子。而其传承方法也以特殊而闻名，据说只要能证明自已是精通其他流派的高手，即能将秘法传授于他并给予流派印可[10]。

因为没有门人，所以流派普及并不广，但其拥有的两式秘太刀，却让其他流派大为忌惮。而那些为了修得秘太刀而向源内挑战的人，至今还没有一个能活着回来的。

这两式秘太刀分别为云翔剑以及山之井。

据说沼田源内曾在姬路城下遇到过宫本武藏。当时他对武藏说："与我一决高下吧！只有你，才配得上让我传授云翔剑和山之井！"然而宫本武藏却婉拒了他的挑战，并回应道："剑术兵法，当以自身之力修得。就算是再神奇莫测的秘法，要是从他人手上学来，又有何意义？"

这件事后来传到了各国的武者耳中，为此，宫本武藏还背上了因为害怕源内而逃避对决的恶评。

"那个人，原来也来京都了么。"

"岂止是来了呀。他天亮前就一直在这儿，等的就是你呐！现在估计只是有些倦，到别处休息去了。我可是为你好啊！赶紧跑吧！"

（为什么沼田源内会来等我？）写信把自己叫出来的，难道不是那群来历不明的三河众首领吗？

（抑或是说）三河众给了沼田源内什么好处，想假他之手除掉才藏也不一定。

“和尚？”才藏在动身离开前不忘问道，“你为什么要帮我？”

“终有一天你会知道的。”

“你知道我是什么人么？就敢这么做？”

“清楚得很！”俊岳咽了一口唾沫，“我就是知道！别看你这副模样，其实你是一个叫做雾隐才藏的伊贺忍者吧！”

“你怎么知道？”

“别露出那么可怕的表情。我说过，这世上就没有我俊岳不知道的事儿！”

才藏匆匆离开了寺庙。毕竟于情于理，他都不想去面对那个叫沼田源内的人。

兵法者们为了考验自己的实力，同时也是意欲打出名气，总是日复一日地在挑战与对决中度日，胜负便是他们生活的全部。而忍者虽然同为战国时代所需的战力，却并不是注重胜负的赌徒。甚至可以说，这个职业的本领，恰恰就是避开胜负对决。

（得赶紧逃走。）附近几乎全是松林，看不见人家。才藏离开因幡药师的寺门，正走上一座水渠上的小桥，突然察觉对岸的松树后闪出一个人影，一步一步地朝自己的方向逼近。

（看来就是那个叫沼田源内的兵法者了。）

当下的剑术，相较上一个时代而言，其流行之势不禁让人咋舌。只要在乡下闯出点名堂的人，就会跑到江户或者大坂，大张旗鼓地向人挑战。

像在京都室町，就有一处叫做“吉冈兵法所”的人丁兴旺的道场。除此之外，还不乏一些逗留在京内的有名无名的兵法者，总体不下五十人。毕竟只要在江户京都打出了名号，几乎就等于天下皆知了。

源内也是他们之中的一个。

（反正就是三河的家伙，用仕官一类的好处跟他套近乎，正合他意了吧。）

源内那一身引人瞩目的打扮，的确是一个兵法者该有的风范。未做打理的月代早就长出了茂密的头发，顶髻还用红绳绑了起来。白色的小袖上，套着锦缎面料的无袖羽织，下身穿着裁着袴[11]样式的黑袴。他个子并不算高。米黄色的脸，衬着一双小白眼。

才藏走到小桥中间，见对方已经走到桥头，便立马站住了脚。毕竟要是这般稀里糊涂地擦身而过，指不定就被对方来个手起刀落。谁知对方也停了下来，还朝着才藏微微弯了下腰，脸上的笑容甚至让人有种谄媚的感觉。

“请问，你就是雾隐才藏吗？”

“你是？”

“宝山流兵法者沼田源内。还请多关照。”

“找上我，是有什么事吗？”

“当然。”

“站住。就在那儿说吧！”

“不不不，如此就对你太过失礼了。”源内搓着手走了上来。那副模样，与其说是剑客，更像一个靠卖流派技艺为生的商贩。兵法者中虽然不乏冷漠的职人型，却也有连商人都要自叹不如的笑面商才。看来这个沼田源内，应该算是商人型了。

其实优秀的兵法者大多都是商人型。又有谁知道源内那满面的笑容背后，到底藏着什么。只看表面就掉以轻心绝对是大忌。

“有人委托我把你带到某个地方去。既然你已经到这儿来了，可别说你要打退堂鼓啊。”

才藏俯视着源内，突然心生“杀掉这家伙”的想法，几乎是同时，源内的表情也是一凝。不过一瞬间后，笑容又回到了他的脸上。

才藏与源内现在所处的这条路，一直向西延伸出去。一路上没有其他行人。才藏靠着右侧向前走，而源内也从左侧迈开了步子。彼此都警惕着对方会突然拔刀。

“你准备把我带到哪儿去?”

“你这是怕了吗?”源内的脸上依旧堆着笑。然而他愈是笑得灿烂，包裹在他身上的杀气亦愈见强烈。

(该如何才好啊……)才藏两眼直盯着对岸河边的人家，心里却不忘衡量对手与自己实力上的差距。

要是在晚上，自己必胜无疑。毕竟伊贺忍者可以说是黑夜中的兵法者。坏就坏在现在是大白天，就算自己能够与对方打个平手，也无法避免两败俱伤。

(没有胜算。可我还有满腔大志，怎能栽在这里?)

面前的路越来越窄，眼看两人之间的距离在不断地缩短。

“告诉我地方。”

“你要是不放心，告诉你也行。请你跟我去洛西双冈下的一个叫黑屋敷的地方走一趟。”

“我怕了!”才藏咧嘴一笑，露出一口白牙，源内突然向后蹦出好几米。

“你做了什么?”

“呼——”此刻的才藏手中，分明握着一把已经出鞘的刀。而这把刀，却并不是才藏自己的。再看退后的源内腰间，只剩一个空荡荡的刀鞘，哪里还有什么刀。

“这是伊贺的招数，也就是想让你看看。你说的那个黑屋敷，才藏日后必定亲自登门拜访。不过我现在突然想起有急事要去找一个女人，咱们改天再见吧！”

“记住，下一次你可就没命再回去了。”

“多谢忠告。说起来，雇你的就是那个黑屋敷的人吧？”

“先把刀还给我吧。”源内依旧是一脸的笑，又朝着才藏躬了躬身子。

“还你！”才藏手腕一抖，那刀顺势飞了出去，卡在一处松枝之间，“忘了说，伊贺其实还有这样的招数呢！”说完，才藏连忙转身快步离去。

源内并没有动，因为要想拿回自己的刀，就必须爬上树去。

才藏走出去一段路后，回头看到已经变小了的源内的身影仍然立在原地。此刻，他正搓着手，对着才藏微微一躬。

（真是个让人毛骨悚然的家伙。）才藏第一次感受到了背后冒冷汗的滋味。（总之，找个机会再去探探那个黑屋敷的虚实吧。要接近江户一方，也许这是唯一的途径。）

注释：

【1】中臈：江户时代后宫官职的一种。主要负责侍奉将军或御台所。同时也是将军侧室候选人的主要阶级。

【2】讲谈：以故事、传记为主的文体。

【3】历史上有名的德川家康越过伊贺的事件。

【4】徒士：幕府的官职名。相当于步兵长。

【5】烟玉：类似于烟幕弹一样的道具。

【6】丑之日：即土用丑之日。所谓“土用”指的是立春，立夏，立秋，立冬前的18天的时间。在这个期间，如果碰到十二干支中的第一个“丑日”，那这一天就是“土用丑之日”。

【7】撇点撇横：日语写作“くノ一”。

【8】腰衣：僧尼围在腰间的一种类似袈裟的黑色衣物。

【9】兵法者：修习各种武术的人。如剑术、柔术。

【10】印可：相当于证书。

【11】裁着袴：男袴的一种，膝盖以下收紧，便于活动。

香艳之夜

才藏与菊亭家青子的第四次碰面，是在庆长十九年（1614年），洛西御室樱花都已凋谢的三月末的一天。

一场风流韵事，有必要把年号都报得清清楚楚吗？没准才藏会对作者的此举摊手苦笑。但实际上也就是在此之后半年，关东与大坂终于彻底决裂，历史发生了翻天覆地的变化。作者不过是想强调一下才藏所处的正是这样的时代罢了。

这样一触即发的时代里，就算一介伊贺忍者与公家小姐的情事，在这历史的前夜祭上，说不定也或多或少地发挥了某些催化作用呢。

地点是离京三里外的洛北云之畑。

此处杉树林立，遇见个人，远比撞上一头野猪更加难得。千年之前，桓武帝建都平安京时，这里曾被选为都城乾位（北西）的镇护所，为此还建造了一处叫做志明院的勅愿祈祷所，寺庙的领地几乎涵盖了整座山。因此不论是岩石峭立的峰顶上，还是幽深的山谷里，都分布着各种佛塔、子院以及佛堂。

在这庞大的建筑群落中，有一座被称为石楠花寺的小寺庙。才藏沿溪流深入山中，便宿在此处。

“葫芦里卖的什么药啊？”

至于才藏为何跑到这深山老林中的寺庙来，连他自己也说不清楚。

其实，他是经某人介绍才来的。这个某人，就是他在因幡药师寺遇到的那个自称俊岳的精瘦老僧。

某日，这僧人突然出现在了室町的分铜屋。也不知道他是通过什么途径打听到才藏住处的。

“请问是哪位呀？”那日，负责账房的是孙八。虽然他十分警惕地将僧人拦住询问，可对方却不等人接待，便嚷嚷着：“是我啊！因幡堂的瘦和尚。我可是认识你家主人的！”便径直往里走去。

“才藏大人！”那僧人也不客气，一屁股就坐到才藏面前，“我就开门见山地直说了吧。三月二十八那天，劳驾你去洛北云之畑山里的一个叫石楠花寺的地方走一趟。那里现在是由我在管理，所以不必有所顾虑。”

“我为什么非得去那儿不可？”

“总之对你来说绝对不是坏事儿。去了就知道了。”

“我就不明白了。俊岳大和尚，你到底是什么来头啊？

看你鬓角上头盔摩擦后的痕迹，你应该不会是个普通的僧人吧。”

“我是谁，你总有一天会知道的。现在你只需要把我当成一个仰慕你的人就行了。一个对于雾隐才藏身边巨细都了如指掌的人。”

“为什么要调查我？”

“不就是因为仰慕么。”

“少瞎扯！”

“得了，你就当我是在瞎扯吧。不过我现在就是要尽可能地多卖给你些人情，当然最终我是会一并收回来的！”

（这人说话似乎也带着三河口音啊。）伊贺的忍者精通各地方言。（若是又牵扯上三河的话，难不成这和尚其实也与江户幕府有什么渊源？）罢了，总会知道的。

终于，才藏定下了云之畑石楠花寺之行。

法令规定，女子不得入山。

因为这座满是山石、杉树和石楠花的深山，整个都是真言密教的修炼道场。就连山谷下樵夫家的老母，也不能踏入以结界桥为界的山峰之内。

才藏在石楠花寺度过了两个晚上。寺里住着一个老仆，备膳铺床都是他的工作。除此之外，才藏并没有见过其他人。

第三天的傍晚，因幡药师寺的俊岳终于也入了山。

“久等了，才藏。”

“我说和尚，你可让我等了三天呐！”说完他注意到俊岳身边的寺小姓[1]有一种与众不同的美感。低垂着的头，显得纤长的睫毛更为惹眼。

“这个寺小姓是……”

小姓身着萌黄色渐染小袖，穿着稚儿袴。束着总发的前额上，垂着乌亮的刘海。

听到才藏提起自己，那小姓兀地抬起头来。

（噢——）原来是青子。

“还吓到你了不成？”俊岳一边说着，却已经起身，“本山那边还有些事，明天之前我是回不来啦。好好享受今晚吧。”

俊岳离开后，青子只是紧闭双唇，直勾勾地盯着才藏一动不动。

“我说，御料人。”才藏扛不住青子的注视，只得将视线转向院内不再看她，“你的作风还真是特别啊。”

“啊？”看来吃惊的反而是青子，“作风奇特的，难道不该是你吗？你为什么要像个夜贼一样把我拐到这儿来？”

“这，这可与我无关呀！”才藏闻言，马上收回了视线，看着青子解释道，“我不过是按照那个因幡药师寺的俊岳和尚说的那样，独自到了这山里来而已。等等，小姐的意思是，你是昨天夜里被人强行绑来的？”

“不，其实是有人带来了据说是才藏大人给我的信，上面写着让我携侍女萩野到因幡药师寺去参拜。虽然我是得到父亲允可后才出的门，不过……这么说起来就怪了。看来我们都是被那个叫俊岳的僧人给骗来的啰？”

“只能怨你我都太欠谨慎。”才藏起身，逐个拉开了四周的门，查看邻屋的情况。

“看着像没人。不过恐怕想逃出山去也是不大可能的。估计现在这寺庙周围早就布满了监视我们的眼线。”

“那位因幡药师寺的俊岳大人，到底是什么来头啊？”

“你说他啊？”才藏思索了一会儿，回答道，“没准儿是江户幕府为了抑制大坂方面招兵买马和暗中给公卿做工作，专门潜入京都的隐密头头呢。”

“啊？”

“这只是我的猜测。别看他留着大光头，说不定可能还是个隐居的大名哦！不过如果说小姐你是用来威胁菊亭大纳言的人质的话，那我在这里的意义何在呢？是为了拉我入江户阵营吗？”

夜深了。

才藏无话，只是侧耳倾听着森林中猫头鹰的鸣叫。

“我说……”小姓打扮的青子，摇了摇才藏的腿，“你在想什么？跟我在一起，很无趣吗？”

“当然不是。”

“是么。因为青子是个好女人？”

“也不是。只是正好我喜欢单独思考问题，所以并不会感到无趣。”

“哦——”青子伸出手指，一下一下地掐着才藏的大腿。这位小姐还真是与当世多数的公卿子女无异，全然不知羞耻心为何物。说起来才藏第一见到她时，她也是正蹲在院子的草丛里小解。

“啊哟！就算是像小姐你那纤细指头，掐到也是会痛的啊。”

“青子我也是……”

“也痛？”

“不，我是指的另外一件事。”青子将头枕在才藏的腿上，“我也不觉得才藏大人你是个好人。从刚才起，我就一直在想：为什么我会忍不住想像猫儿一样，去戏弄这个并非好人的才藏大人呢……”

“然后，你找到答案了？”

“嗯。”青子的脸上飞起了红霞，不过才藏是看不见的。

“那就快说啊！”才藏心里正琢磨着另外的事。关于那个把他们俩引到这个石楠花寺来的因幡药师寺的俊岳，如果能弄清他的真面目，或许八濑以来发生的一连串事情，都能得到一个说法。

“真过分！才藏大人你心不在焉的！我不告诉你了！”

“啊，抱歉。那从现在起，我心里就只想着小姐你的事行了吧。”说着，才藏将手掌贴到了青子的背上。一瞬间，青子像是触到了什么滚烫的东西一样，身体一震。嘴上虽无遮拦，可到底只是个未经世事的姑娘。

“我啊……仔细想过了。说不定我对才藏大人的这种感觉，其实并非是倾慕，只不过是我身体深处那作为女人的部分，在渴望成为真正的女人罢了吧。”

“如果是这样，那对于小姐而言，就算不是我雾隐才藏，只要是个男人就行吗？”

“也许应该是吧。”青子若有所思地偏了偏头，突然变回了贵族的语气，“不过，若是其他的男性，还是会觉得讨厌。”

“想要男人还不简单？早早地找个公卿或者宫家嫁了就是啊。”

“青子是无法嫁人的。”

“这又是为什么？”

“不能说……”

“那就不问了！”

“不要！”青子一把抓住才藏的手指，放进了自己的口中，“别说得这么冷漠。虽然本不能说，可青子我想让你知道啊……”

青子把自己的事一五一十地告诉了才藏。原来，虽然从未公开过，但其实早在数年前，江户幕府家便经由京都所司代下达了将军欲将青子送入大奥[2]担当上臈的密令。

这里我们再说点题外话。关于江户幕府的背景，也许还需要进行一下说明。

江户幕府毕竟是一个全新的政权。家康得天下后，他那些乡下人一般的谱代家臣们，对礼节规矩自然可以说是不明所以。因此，千代田城中的礼节规矩，实际上都是“进口”来的。

诸如城中大名旗本的礼节，是取了前代足利幕府的作法。所以但凡是足利的人，只因是其后代子孙就统统作为指南役，一律提为旗本。而按这个程序成为旗本的，则称为高家。后来与浅野内匠头之间闹不和的吉良上野介义央一家，就是属于这样的“高家”。

男子的礼节可以仿效足利式，而女子便只有照搬京都御所的了。于是幕府又想了广招公卿家的千金，让她们进入大奥，作为御台所[3]身边的高级女官——上臈的办法。

上臈于女子而言，虽然算是相当高的地位，可现实却是上臈的女子一生不能结婚，甚至就连将军本人也不能与她们有肌肤之亲。

“原来如此。不过那样的工作，小姐你其实是做不了的吧。”

没错，别说是要去教人家礼法了，青子特立独行的那种礼节风格，想必在民家的姑娘里也十分少见。

“是啊。”青子坦然地点了点头。江户新政权的人，并不了解青子，他们不过是以大纳言家的女儿这样的标准在挑选罢了。

“后来呢？”

“因为我实在不愿意，就哀求父亲谎称我身体抱恙无法胜任。再说当时我也确实身有疾患……可关东人却……”青子把江户政权唤作关东人，是因为自镰仓赖朝时代起，京都御所对武家政府的称呼就是关东。不过这词用青子那娇滴滴的声音说出来，甚是可爱。才藏便模仿着青子的口气问道：“那些关东人，又对青子你做了什么？”

“什么都没做。只不过表示会等到我痊愈为止。所以如今青子对外，仍称抱病在身的。”

江户征募的女官自然不止青子一人。飞鸟井、花町、万里小路等家族，也均有上臈。

“但迟早我还是会被送去关东吧。”

“就不能一辈子都说因病疗养中?”

“也不是不行……只不过……”青子露出一脸闷闷不乐的表情。

也难怪了。如果真要这么做，那青子这一生都必须作为病人度过。结婚自然也是不可能的。也就是说不管哪条路，这念想都必须封存起来。

“人这一辈子，总会有这样那样不如意的。”此刻的才藏心中，对青子产生了些许的爱怜之心。他将青子拥入怀里，“既然如此，那才藏愿意成为公主你的影子夫君。”

“我真高兴。”青子自然地抬起了自己润白的下巴。那两只小而丰实的唇瓣，微微泛着潮湿，正等待着才藏的品尝。

(竟然是这样!)

才藏在听过青子的自白后，心中义愤填膺。没想到江户竟然为了一己私利，夺走女子结婚的自由。

“真是狠毒。”

“才藏大人是为了青子的事在生气吗?”

“当然。不过德川家的势力竟然大到如此地步。能让公卿家的女儿给自己为奴为婢，这可是当年的北条、足利、织田和丰臣都做不出来的。”

“也不能说是奴婢，毕竟名头还是御台所身边的上臈嘛。”

“上臈上臈，说起来倒是响亮。可让身心健全无残无缺的女人，一生不嫁，这又跟奴婢有什么区别？不过，有底气提出让公卿的女儿做自己奴婢的要求，德川目前的实力果然不容小觑呀。”

“才藏大人真是讨厌！”

“又怎么了？”

“从刚才起你就在夸关东。心里就这么偏向德川家么？”

“偏心吗？算是吧。”才藏说这话时，正躺在被褥里。青子则是在屏风另一头更衣，就听着她隔着屏风问了一句：“为什么？”

“怎么说呢。虽然真男人就应与弱者同一阵线，不过江户政权那日益强大的力量，对男人来说也是很难抗拒的诱惑啊。”

四半刻后，青子已经在才藏身边躺下。而才藏仍自顾自地思考着问题。

（要不，还是江户？）

灯光渐渐转暗。

“才藏大人。”

“嗯？”转头一看，青子用被褥蒙着头，身体微微颤抖着。原来才藏的右手在无意识之间，已将青子的柳腰揽在了怀中。

“青子嗓子有些干渴。”

“口渴么？不过这里没水啊。”身为伊贺忍者，这样的事情在同伴之间也时有发生，于是乎才藏几乎是脱口而出地说了一句，“把我的唾液给你吧。”

“嗯。”青子启开双唇，她的口中如火烧一般炽热。

“这样够了吗？”

“不够。别放手。还有……那边的灯……”

“要熄掉吗？”

四周顿时陷入了黑暗。原本能听到的猫头鹰鸣叫声，也忽地戛然而止。

（院子里有人。）能听到脚踩在青苔上的声音。（会是谁？）

过了没多久，为了迎接才藏，青子默默地敞开了自己的身体。

虽不知昨天整夜都能听到的脚步声是来自何人，不过快天亮时，倒是有人拍响了风门。

“起来了？”那人隔着门说，“打扰到你们的兴致了，不过我这边也有些事，姑爷能单独出来一下吗？”

“我已经在外面了哦。”

俊岳猛地回头，就见到早间的晨光中，才藏正坐在院里一棵杉树的树墩上看着自己。也不知什么时候就在那儿的，一只小鸟飞来，停在了他的肩膀上。

“什么事儿？”才藏逗弄着肩上的鸟儿，一面问道。

“你又在那里干什么？”

“干什么？听鸟儿唱歌啊。”

“过来！”

“有事找我的可是你，就该和尚你过来才对。而且我要是站起来，会吓到鸟儿的。”才藏伸出手，轻轻抓住了右肩上的小鸟。小鸟老老实实，丝毫没有想逃走的样子。

（这家伙到底会什么妖术啊。）俊岳没辙，只得自己走到才藏身边。

“坐那边儿去！”

“那我可不干。要知道无论是现在还是过去，我的身份可都不至于低到要向人就地跪坐的地步。”

“身份？你不就是个伊贺忍者么？”

“我身为伊贺忍者，可不记得自己曾侍奉过任何人，不过是靠售卖自己的傍身之技度日罢了。”

“我就是要买你的技艺啊！”

“和尚啊。换做你，会把自己的技艺卖给一个身份不明的人？”

“就当我是因幡药师寺的俊岳不就好了。知道了真相，你恐怕就没办法再像现在这样悠闲地坐在树墩上了。告诉你吧，我其实是德川家的谱代大名。”

（哎呦，看来江户方面还真是大手笔啊。）与其说是佩服，不如说事实的确让才藏有些意外。没想到为了对抗大坂，竟然连大名级别的人都被派来从事隐密活动了。

“敢问是哪位大名啊？”

“左京亮！”

（哦——）若这个人是货真价实的鸟居左京亮忠政的话，就是奥州十万石的城主大人。而上代的彦右卫门元忠，曾是家康十六将之一，关原之战前夕作为守将战死于伏见城，享年六十二岁。

（难以置信。）

“现在你知道我的真实身份了。那么若是你不能遂我所愿，就别怪我不能让你活着走出这儿了。”

“这话听着挺耳熟的啊。”

“谁说过？”

“当然是大坂方的隐密大人啰。”

“不过相对的。只要你愿助我们一臂之力，往后自有高官厚禄等着你。只要你想，我甚至可以将你荐为幕臣。自己衡量衡量吧。此等出人头地的机会，对你一介伊贺忍者而言，着实不可多得啊。”

注释：

【1】小姓：大名身边的持剑护卫，或是料理大名的日常起居，包括倒茶喂饭、陪读待客的侍童。

【2】大奥：江户幕府时期的后宫。

【3】御台所：古代日本对大臣和将军正室的称呼。在江户时代，此称呼专指德川幕府将军的正室。

猿飞

季节转换，东山上的绿意，又浓了一层。

才藏站在三条大桥上，任凭四月午后的阳光洒在身上。

（那人应该是……）才藏用手支起了编笠的一边。

桥上，赶路模样的人络绎不绝。近日里因为东海道驿站整备一新，来往于京都与江户之间的旅人也突然增多了起来。桥一头栏柱上的宝珠装饰之下，是个坐在草席上心无旁骛地雕刻着什么东西的人。

那人头罩柿色[1]的猿投头巾[2]，身着同色的无袖羽织，看模样打扮像是个放下师。只不过他的才艺有些与众不同。他没有表演舞蹈抑或是戏法，而是在现雕现卖木制工艺品。

簇拥着的人群成了最佳的遮挡，才藏站在最外围探头观望着。

“那么接下来，想让我再雕个什么？”

“大象！”

“没问题！”男子抓起一旁的朴木，便熟练地雕刻起来，木头在翻飞的手指下骨碌碌地转动着。

旁边看客中有嚷着说雕狒狒，也有要长颈鹿的。这些品味倒是应了当代的流行。与东国[3]不同，南蛮[4]风格的工艺品早就在京都及大坂一带风行，一些来做摆设的装饰品中，那些从未见过的异国他乡的动物更是颇受大众喜爱。

“我要一个木乃伊[5]!”

“好嘞!”说着男人的手指又不假思索地动了起来。其实说起南蛮的“木乃伊”这种“动物”，实际上并不曾有人亲眼见过。也有人觉得它应该是一种植物。

当时来自荷兰的商人们，将它的切片一并带入日本，作为药材贩卖。虽然只是小小的一片，但据说熬下服用不仅能抗疲劳，甚至对痨咳（结核）都有一定功效。

“原来这就是木乃伊呀!”男人掏了钱，捧着一个长得像勺子一样的木雕，乐呵呵地离开了。

人群散去。只剩下才藏阴沉沉地杵在原地。

“这位武士，想要个什么样儿的?”

“佐助，”才藏并没有抬起戴着编笠的头，“生意不错嘛。”

“啊，这也算是我的个人爱好了。”虽然他做了乔装，连样貌也有所不同，不过经过仔细观察，才藏确定这个人就是猿飞佐助。

“佐助啊，这些日子我可一直有事在找你啊。”

“是吗？”佐助专心地雕刻着长臂猿，头也不抬地说，“知道相国寺门前的那家茶屋吧？你先过去，找个单间儿等我。”

“能选一个不是甲贺忍者据点的地方吗？”

“原来才藏也是个怕死的呀。”

“对方可是甲贺忍者，岂能大意？”

“说起来，你终于下定决心要加入我们了？”

“就当我是为商量这事儿来找你的吧。今晚太阳落山后，我会把船停在上加茂深泥池的正中。到时候你也划船来，记住！一个人来！”

“知道了。对了，这长臂猿你要吗？”

“不要！”才藏转身离去。

佐助收拾好放在桥上的行李，匆匆地赶回了作为落脚点的相国寺门前茶屋。

此时太阳还高挂在天上。

（才藏这家伙，把我叫去到底有什么企图？）在佐助心里，伊贺忍者自然也是不能大意的。为了以防万一，佐助准备在日落后安排人手埋伏在深泥池周边。他正准备把自己的想法通报给逗留在神乐之冈的隐岐殿时，突然又改变了主意。

（不成！要是伎俩给识破了，不是有损我甲贺的名声么。）看他刚才的样子，应该没有恶意，但转念又想（若是甲贺的人，那必定是信守承诺的。可伊贺的家伙实在是信不得。还是安排人手比较好！），于是反复思量了许久。

“喂！”佐助拍了拍手，他的两三名手下现了身。

“今晚我会去一趟深泥池，单独划船去会一会伊贺的才藏。你们几个，就藏在周边芦苇丛里，千万别给人发现了！一旦发现苗头不对，立刻除掉才藏！带上短弓去！”

琢磨着约定的时间，黄昏时分佐助动身出了门。（在伊贺，像那种性子的男人倒是不少。）那样的男人，指的就是才藏。佐助朝着北面走去（一副天上天下唯我独尊的模样！）。

事实上，佐助的看法是有一定道理的。甲贺众与伊贺众最根本的区别，就是甲贺总是以集团为单位活动，而伊贺则基本都是单独行动。当然在气质方面，两者的区别也十分显著。

侍奉武将的甲贺忍者，忠义之心可谓根深蒂固。但相对的，伊贺的忍者即便是受雇于武将，也并不将他们视为其主，总是止步于一个技艺买卖的关系。因此他们就算是前一天还在为武田家办事，第二天就能毫不在意地受雇于上杉家。

伊贺忍者往往都是一些自我本位的人。

（我们甲贺可不会这样！）为了自己的当主，甚至可以以身殉职。佐助对才藏的不信任，也均来自他给人的那种并不单纯的印象。

入夜，佐助解开池畔上百姓停泊着的船，向池中心划去。

“佐助？”黑暗中传来一个声音。

“是才藏吧！”

“到我这边船上来！”小个子的佐助登船后，大个子的才藏为他让出座位，“佐助，今晚你一定要相信我所说的一切。”

“这可难倒我了。要是相信了伊贺忍者说的话，谁知道我哪天脑袋就会搬家？”

“那倒是。”才藏失笑道。

两个忍者，面对面地坐在一艘漂浮在幽深黑暗池水之上的小船上。

夜风吹过。池面上却连小小的涟漪也未泛起。也许是因为深泥池有名的菱角，此时茂盛地占领了水面的原因吧。

两人都压低了嗓子。

“于是？”佐助问，“你是想告诉我你算是江户的啰？”

“不是！我雾隐才藏永远都是世上独一无二的雾隐才藏！不是任何人的所有物。不过是决定为江户工作。”

佐助皱了皱眉，说：“有什么不同吗？”甲贺出身的佐助，到底还是无法理解才藏那彻头彻尾的个人主义。

“当然不同！简单地说，也就是暂时跟江户那些人玩玩而已。又不是卖身给他们。”

“我不懂！”

“懂了才怪。你们这些甲贺忍者呀，明明是忍者，却跟武士没什么区别。只要决定了侍奉哪家，身心呐，就跟那忠犬没两样了。”

“难道这不就是忠义吗？人生在世，要是连恩义和操守都忘记了的话，还活着何用？”

“那些什么忠义志士，才是真正的窝囊废！”

“你凭什么这么说？我不明白你到底想跟我说什么！”佐助心中一股无名火。原本佐助是感受到了才藏身为男人的无限魅力，才会把他推荐给隐岐殿的。他现在后悔了。

（这男人，终究不过是个伊贺忍者！）对于甲贺忍者而言，总觉得伊贺人的身上有一些东西，让他们从生理上就无法接受。看来那东西，正是才藏莫名其妙的思考模式了。

“听着，佐助。我们做忍者的，和一般的武士不同。我们有技艺!”

“没错，有。”

“我们有普通武士所没有的东西。当然，除了那些兵法者。而那些毫无一技之长的武士呢？为了生计，除了替主人做牛做马讨口饭吃，他们别无选择。那些什么忠义、情义还是恩义的，不过是那些无技傍身的武士们的口号罢了。”

“不明白。”

“不明白就听着！佐助，从京都到江户这一百二十五里，你需要几天?”

“三天!”

“那飞檐走壁你会吗?”

“当然会!”

“你可以让自己不声不响地在水中潜伏几天?”

“两天。”

“你能潜入戒备森严的城池，神不知鬼不觉地就取了大将的项上人头吗?”

“看情况也是可能的。”

“对啊，要是你做不到这些，还叫什么猿飞佐助！为了学会这些技艺，我们从三岁开始就拼死拼活，吃了多少苦，才有了如今的猿飞和雾隐？我们是为了谁修行？是为了成为主人的犬马吗？不是吧？是为了我们自己！是为了自己能够不做任何人的奴婢，也能靠技艺立足于这个广阔的天地，不是吗？那为什么高明如你猿飞佐助这样的忍者，却要跟那群没用的武士一样，成天张口闭口都是忠义恩义？你不觉得奇怪吗？”

“我还是不明白。不过……”佐助是个心思细腻且单纯的人，“人各有志。你所嘲笑的忠义之道，却正是我所喜欢的生活。只要想到有朝一日，能够为了谁而牺牲自己，我全身心都会感到一种兴奋。我觉得，这也能算是生为男儿的价值吧。话说回来，才藏。你把我叫来，到底什么企图？快说！”

“佐助，要不要和我联手？”

“让我背弃大坂跟你一起投奔江户？做不到！”

“还真是你推崇的忠义啊。”

“随你怎么说！虽然实际上，大坂的丰臣右大臣家对我来说，也并没有什么能让我誓死效忠的恩义。不过我受某人所托，此生绝不背叛！”

“哦——某人？隐岐殿吗？”

“不，是个男人。”

“丰臣家的要人？”

“也不是。”

“秀赖公本人?”

“怎么可能！右大臣家怎么会做出跟忍者接触这种自降身份的事！”

“那是谁?”

“是……”打死也不能说是如今隐居在纪州高野山山麓，九度山间的真田左卫门佐幸村。

不过才藏既然问到了这份儿上，也琢磨出了一些眉目。毕竟有些事，早就传开了。据说德川与丰臣只要开战，丰臣家首先就会再度招揽那个天下闻名的浪人——真田幸村。

不，说不定暗地里幸村早就与丰臣家再度联手，如今正从纪州的九度山为对抗德川的局势作出各种指挥呢。

“佐助，你不说我也知道。”才藏笑道，“抓住你项上那根绳子的人，不是隐岐殿，而是身处在更深更后方那个谁。那人现在就在大坂城以南的纪州九度山，对不对?”

佐助虽是个忍者，但有时候还是太老实。

“不，不对！你想错了！”反驳的声音很微弱。然而他转念一想，又义正词严地对才藏说：“才藏。虽然我不能说出那个人的名字，但你愿不愿意见他一面? 那是一个连男人都会忍不住为其拜倒的男人！只要你跟他见面，你也会像我一样，愿意一辈子追随他！说实话，我佐助心里也没什么大坂或是江户，毕竟不论哪方对我都没有恩义可言。我不过是为了自己所尊敬的男人而不惜生死罢了。像你雾隐才藏这样的人，也一定也会为他的魅力所折服的！”

此次佐助潜入京都，除了协助隐岐殿外，还有其他任务。那就是游说京都各地有影响力的浪人，让他们应许进入大坂城。佐助会与才藏周旋，也是在于有此初衷。

“我说你啊。”佐助话锋一转，“从刚才起就开口闭口江户江户的，你目前究竟深入到什么地步了？”

“哪有什么深入啊。就只是让我把潜伏在京都的大坂方挨个找出来，然后一个不剩地统统除掉。”

“除掉？”

“不错，总有一天也会和你拼个你死我活吧。”

翌日，猿飞佐助去神乐之冈的红叶屋敷拜访隐岐殿。

“昨夜，在下与那个叫做才藏的伊贺忍者在上加茂的深泥池碰了面。”

“情形如何？”

“对方的心思比想象中更难琢磨，单凭佐助一人，实难对付。”

“没法让他为我们做事么？”隐岐殿脸上泛起了一抹绯红。毕竟她意欲招揽才藏，并不完全能说是为了当主丰臣家，“那个才藏，他有什么要求吗？”

“看来不像是个会为仕官、领地或金银所动的人。”

“那他活在世上又是图什么？”

“在下也不甚知晓。不过他似乎不太愿意被束缚。如果在下没猜错的话，他应该是想乘着江户与大坂之间风起云涌的局势，不屈于任何一方却能大展一番拳脚吧。”

“即便如此，那比如为了谁？又怎样去发挥自己的能力呢？”

“详细的，在下也说不清楚。不过我觉得才藏自身恐怕也还在迷茫之中。”

“那不就跟疯人没两样了？”

“就算是疯，也该是疯魔了。那人心有大志，又不失为有能之才。只是他心里，始终尚未找到自己的方向，也就没有一个可以真正容身之地，自然而然就如无根的云一样逍遥人生了吧。像他那样的人，在名利面前绝不会有所动容，恫吓威胁也是起不了作用的。没人知道驯服他的方法。”

“佐助。”隐岐殿突然压低声音说道，“有些话，也许从我口中说出来不太妥当，不过那个人……”

“请说！”

“会不会对……对我有些心思呢？”

“这……在下就不知道了。”佐助有些乱了阵脚，“在下天生就与风流无缘，对这一方面，实在是眼前一抹黑啊。”

“佐助，你该不会到这年纪了，连女人也没碰过吧？”

“稍微……”

“你的意思是？”

“多少还是有过。不过愚钝如在下……”伶俐如佐助，正在琢磨如何尽快结束这个话题。

“佐助。”

“在！”

“我听说人这种动物，就算不会为利所驱使，却往往会因色而动心哦。何不让我来试试动摇那个才藏呢。至于牵线搭桥的事儿，就交给佐助你，可行？”

“还请三思！才藏之心，已经倾向江户了。与其勉强将他拉入大坂阵营，处之而后快才是明智之举！加之既是被色所诱惑，则难保不再为同样的理由而倒戈！”

表面上是这么说，而此刻佐助心里所担心的却是隐岐殿这招所谓的美人计，到头来恐怕是赔了夫人又折兵，反而把她自己搭进去。毕竟对于男女间那些事，他可并非真是不谙世故的。

佐助是个大忙人。

那日他从后门离开红叶屋敷后，又换回了那副猿投头巾加柿色无袖羽织的打扮，活脱脱就是个在河边转悠的江湖艺人。他一边急着往六条河原方向赶，一边思索着："要是才藏愿意和我们联手的话……"

毕竟在忍者中，天才是可遇不可求的。像才藏那样的，任谁都会想不惜大笔钱财揽为己用。大坂此时已经有了猿飞佐助，却还打着雾隐才藏的主意。一切的一切，都是为了尽早掐灭身处骏府（骏河之府中的简称现在的静冈市）的德川家康那把生命之火。

家康已年过七旬。在丰臣家看来，只要他一死，根基尚浅的江户幕府必将瞬时分崩离析。而那些只因畏惧家康才甘愿臣服于江户的西国大名们，也一定会再次站到曾对自己有恩顾的丰臣家这边。

这并非是没有根据的猜测。

像艺州五十万石的太守福岛左卫门大夫正则，秘密差人送给秀赖的书信上就写着诸如"还望能静待时机（家康之死）到来"的话。防长的毛利、肥后的加藤家等，甚至还避开江户的耳目，私下派出密使上门给秀赖请安。

丰臣家一心等着家康归西那一天，但终究还是按捺不住，开始考虑派出刺客直捣骏府之事了。而经过探访甲贺与伊贺，从其他忍者那里得到的评价来看，唯有雾隐才藏和猿飞佐助，才是能担当刺客的最佳人选。

其实一开始佐助还想过（若是和伊贺的才藏两人联手的

话，也许真的能成功），但这不过是他单方面的想法，参与与否的选择权终究还是在才藏身上。若是才藏本人不愿再助已日落西山的丰臣家一臂之力，那也只能是一纸空谈。

（太过拘泥于那个人的话，会坏事儿的。）毕竟只要对方设法笼络，他随时可能会倒戈。（真不明白隐岐殿为何宁愿冒着风险也想拉拢才藏。）当思绪停留在这一步时，佐助发现自己已经到了六条河原。

太阳已经拔高。由于这几日连晴，加茂川的水渐渐有了退势。放眼望去，从四条到七条，河滩上挤满了各式的草席小屋。逗留在这儿的多数是些卖艺的，他们居无定所，流连于诸国之间。其中也不乏在京都无法生计，不得不餐风露宿的。其中不少人，都靠着在三条四条的闹市区卖艺过活。

这些人中，据说还有曾经的武士。想来多数都是关原之战时吃了败仗失去主家的西军浪人吧。

佐助这天要找的，正是他们之中的一个。为的是给他送钱。佐助的脚步停在了草席阴影中的一处鱼糕店前，他猫着腰对里面的人说："叨扰了！"为了掩人耳目，他把声音压得很低。

"后藤又兵卫大人。"

"是佐助吧。我这里面乱糟糟的，你要是不介意就进来。"从屋内传来了一个明朗的声音。

"就坐那儿吧!"又兵卫出声招呼佐助。就算佐助个子再小，在这屋里站着也够呛。毕竟就算是弯着腰，头也会撞上小屋的天花板。

"在下也就省了客套话了，这是给您的。"佐助拿出了五枚庆长小判[6]。

"放那儿就行。"一句谢谢也没有。

"以后，只要您能下定决心入城，用度自然是毋需担心的。"佐助正欲起身。

"要喝茶吗?"又兵卫这人滴酒不沾，但嗜茶如命。就连鱼糕小店里，也摆着一副与周围的寒碜格格不入的豪华茶具。

佐助瞟了茶具一眼，说:"真是不错的茶具。不过我记得上个月来的时候并不曾见到啊。是后来买的?"

"怎么?跟我这叫花子不相衬是吧?"

"哪里，您言重了!"

后藤又兵卫基次，曾侍奉于筑前五十二万石的黑田家，受封一万六千石知行，并被委任为国中一小城的城主。虽然是陪臣，但过去也算是个大名，其英勇亦是天下皆知。主家解散后，他成了浪人，如今更是沦为了乞丐，但以他的身份是绝对配得上拥有这样一套茶具的。

（不过话说回来，要购置这么一套茶具，至少也要三十枚小判才对。）

“怎么了佐助？有什么不对的？”又兵卫一边忙着备茶，脸上堆着淡淡的微笑，正抬头看着他。

“其实是有一些私事。敢问这套茶具，您是在哪儿买的？”

“这个？室町的道具屋平野神兵卫家的店里。”

“花了多少钱呢？”

“我用你之前送来的十枚小判付了定金，还欠着二十枚。正琢磨着以后每个月就把你送来的钱拿去补上呢。”一副满不在乎的口气。

这一下，佐助算是目瞪口呆了。

每个月送来的钱，其实是分期支付的契约金。有了这个，又兵卫就会按照约定在将来开战之际，进入大坂城。如今的他只是个乞丐，具足和刀枪早已变卖。身上穿的是满是油垢的小袖，腰上的带子也用了麻绳代替，甚至连一日两餐都成了问题。而五枚金子可以做什么？租上一处房屋，备齐冬夏的衣物，雇上两个女佣，剩下的钱还够大手大脚地过上五个月呢！

“佐助是个下等的粗人，实在是无法理解您的想法。您这到底是为了什么啊？”

“因为我想喝茶啊。”

“只是为了这个？”

“还用说嘛！茶具除了用来喝茶，难道还有其他用处？”

（这器量，实在是了不得。）

“佐助不才，以为用这些钱摆脱乞丐的境遇，难道不是更优先的吗？”

“我好茶，不过也乐于现在做乞丐的日子。要么就成为一国一城之主，要么就索性做个乞丐悠哉度日。身为男人就是要拿得起放得下。除了这两种人生，我是不做他想的。”

“在下多言了！”

“不用在意。”他端起一只茶碗，摆到了佐助的面前。

“不过……”佐助歪着脑袋若有所思。

总觉得心里还是有些纠葛。一想到每月送来的金子，并没有供上又兵卫的衣食，却直接就进了道具屋的口袋里，佐助就有一种泄气的感觉。

“怎么？又发现什么了？”又兵卫摇了摇佐助的肩膀，“其实，只要细细品味，你就会懂的。视钱财如粪土的男人，方能成就大事。那些成天只琢磨一枚金子能过多少天日子的人，你认为他们有能够翻覆天下的能耐？……说实在的，我也不是真的甘愿做乞丐呀……”说着露出了一个略带落寞的笑容。

“要是有一天你落到我这田地，自然也就理解了。过去是后藤又兵卫又怎样？乞丐，就只是个乞丐。只要能在桥头讨到一口饭吃，这一天就不至于挨饿。若是在街上得到的施舍比往常多了哪怕一文，也能生出足以让内心撼动的感激之情。然后有一天，面前出现了一大笔钱。也不是说就没有动过心，可如果在这里妥协了，那又兵卫这个人不就彻彻底底地成为了真正的乞丐了？还谈什么东山再起？”

“所以，您才用那些钱去买了茶具吗？”

“是不是茶具，其实都不重要。”又兵卫有一双黑白分明，目光锐利的眼睛。然而，他却总是带着笑。

“也可以是女人。不过，又兵卫不需要女人。”

“怎么会？您不也还没到那个年龄吗？”

“因为我在姬路的老家，已经成过婚了。”

“时不时还会见面？”

“哪可能呢……我是不会去见她的。为了我的任性她已经操了不少心了，我又怎么能再放纵自己呢。”

“原来是这样……”

佐助觉得每次与又兵卫这个人见面，他似乎都能带给自己一些不小的震撼。像又兵卫这样耿直诚实的人，别说是乞丐了，就连当下的武士中也难得一见。

从佐助所掌握的情报来看，他生于播州乡士之家，幼年丧父。其父左卫门基国，有一挚友黑田官兵卫孝高，也就是后来的如水。当然那时，他还不过是西播州一户豪族的管家。见成为孤儿的又兵卫着实可怜，官兵卫便将他接到家中，让自己同龄的儿子长政与其为伴。

后来官兵卫看出又兵卫是大将之才，对其更是疼爱有加，甚至还遭到了长政的嫉妒。

黑田家追随秀吉以后，一时家运昌隆。被提拔为大将的又兵卫，在朝鲜之阵、关原之战中立下赫赫战功。当时只要他头戴冲天肋立筋头盔，背负黑母衣的英姿一出现在战场上，敌我双方无不屏息而视，倒抽一口凉气。

关原之战后，黑田家成了筑前五十二万石的大大名。又兵卫顺理成章的，也做了领内一万六千石的小城主。照理说，一般人能身处于如此立场，高兴还来不及。可又兵卫这个人有个怪毛病。

要说怪在哪儿，就不得不先提一下黑田家家主，也就是那位官兵卫如水。

黑田家二代长政能够蹿到筑前五十二万石的地位，不用说，靠的就是在关原之战时，为所属的东军立了大功。

长政获得厚禄，在前往新任地筑前的途中，一心想着要将这一大喜事尽快报告给父亲官兵卫如水，于是就顺道去了一趟其隐居所在地丰前中津城。

“父亲，为我骄傲吧！内府（家康）对我们的奋战赞不绝口，还拉着我的手，紧紧地握了三下啊！”

“哼。”哪知如水嗤之以鼻，“内府握的是你哪只手？右手？还是左手？”

“是右手！”

“很好。那我要问问你了。那时候你的左手在干什么？你的左手上，难道就丝毫都没有当场手刃内府，夺取天下的血气吗？”

如水，就是这样的一个男人。他拥有足以取得天下的王者之才，且丝毫不逊色于同时代的信长、秀吉与家康。若说他有什么缺点，那就是时运不济了。所以，对于不肖的儿子，自然是怒其不争。

这种气节毫无保留地传到了如水的爱徒，也就是自幼接受英雄教育的又兵卫身上。

若说英雄也分流派的话，那可以说如水心中的英雄流，并没有传给嫡子长政，而是被又兵卫继承了。关原之战后不久，如水作古，又兵卫的立场自然就艰难了起来。

又兵卫本就与长政不和，他之所以能够位居黑田家重臣之位，全是靠着隐居中的如水的庇护。当然，他也不是全无过错。（凭什么像我这样的人，要被像长政那样的呆子颐指气使?）没错，又兵卫心里就是这么想的。

这对主仆之间的矛盾，可不只是表面上那么简单。朝鲜之阵时，长政与敌将李应理在水中单打独斗，两人扭打在一处，长政连头盔都被打掉的时候，又兵卫却站在水边扇着扇子袖手旁观。好不容易杀死了李应理，长政回到水面后质问道：“方才，你是在一旁看热闹吧！”

“没错。”

（为什么不出手相救?）长政也是个倔强的人，这样的话自然说不出口。后来，当有人问起那件事时，又兵卫就会回答：“哦——那次啊？我是觉得自家的主人绝不会输给朝鲜人，所以才没有妄自插手罢了。”

后来又兵卫因为一些小事与长政发生口角，竟带着自己一族的人擅自出走。

“置主人于不顾，实不为人臣应有之举。”长政大发雷霆，向诸位大名下达通牒，称又兵卫为“奉公构[7]”之罪。

也就是说，又兵卫无法再为其他人和大名所招募。通牒上表明“若是招纳又兵卫，就做好将与黑田家一战的觉悟！”如此一来，那些在又兵卫从黑田家出奔后没多久，就争着抢着要人的西国数万石的大名，统统都不敢再出手了。又兵卫就这样在世上流浪了十年，终至沦为乞丐。

佐助对后藤又兵卫这个人，简直是敬佩到了骨子里。所以每次他来这乞丐小屋，都会待很久，当然这天也不例外。

又兵卫是一个饱经世间沧桑的男人。但这个半老的武士身上，却无有过相似经历的人所该有的阴翳。在又兵卫看来，让他落到要靠乞讨为生的“人世间”充满了虚伪，而他自己才是真正顶天立地的人。

“不过话说回来。那之后，黑田家的追兵没有再来过?”佐助刺探道。

不出意料地，他听到了一些有趣的事。

黑田长政这个人，性格十分执拗。眼看着又兵卫在成为浪人以后，名声却日益高涨，他恨得牙痒痒。于是派出好几次刺客。不过那些人却无一例外地被又兵卫的人格魅力折服，无功而返。

其中一个例子，就是关于黑田家有名的一刀流剑客，三田村次郎右卫门和佐野太夫两人的。

“听好了!”长政事先叮嘱道，“我可是看在你俩是新加入，并不认识又兵卫，又不曾受他恩惠的层面上才选的你们。可别给我失败了!”

“请放心。又兵卫大人再强，也终非鬼神。合我们两人之力一定会成功的!”

那时的又兵卫还没在河滩上搭小屋，而是寄宿在西之洞院三条的民家里。次郎右卫门和佐野太夫就每天潜伏在门前，等待又兵卫外出的机会。

某一天，又兵卫漫无目的地走出家门。

只见他突然停下了脚步。转身，朝着身后的两人露出了一个毫无隔阂的微笑。这一连串的动作，带着轻松和说不出的爽朗。

“你们大老远从筑前来，是为了杀我吗？行啊，只要你们杀得了。”说完就慢慢地又转回去，欣赏着东山景色，悠哉地继续向前走去。待到又兵卫的身影消失在路口时，留在原地的两人才惊觉自己已是口干舌燥，腿脚打颤，根本就没有力气再追上去了。

“我是杀不了他的……”两人红着脸，同时沉吟道。到底是怎么一回事呢？

因为他们感受到了从又兵卫的肩、腰以及脖颈上，散发出的那种自小就峥嵘沙场之人所独有的精气神。他的脚下虽是如踏春风般轻盈，却有一种只要妄图出手，轻风亦会化为山峦袭顶的压迫感。

两个剑客在回城后意欲切腹谢罪，但长政并未应允。

“是我失策。像你们这样的新手剑客，怎么可能奈何得了又兵卫那种人分毫？你们有抱着必死的决心回来领罪的气魄，已是不易。”长政不仅没有处罚他们，还给他们各增了百石的俸禄。

佐助其实就是想打听下最近是否还有类似的情况发生。谁想又兵卫就像是与自己无关一样，轻描淡写地回答道：“有！就在前几天晚上。”

那天，又兵卫一大早便出了门，去了鸟语街道上叫做千住院的禅寺。他平日里时不时会在那里跟人下几盘棋。待他往回走的时候，已经是日暮时分。正沿着鸭川往上游走去的时候，突然有人叫住了他。

“我就是又兵卫。请问是哪位唤我？”

“受死吧！”话音刚落，前后蹿出四个人二话不说就挥刀向他袭来。

（看样子不像是筑前的家臣呐。）长政也终于黔驴技穷，只得雇佣这些地痞无赖了么？

（扯上这些地痞，可不能算是惩治家臣的做法了吧？那家伙，就这么恨我？）

如此怒火中烧还是头一遭，虽然想把那些人统统收拾掉，但不巧的是除了残破的小袖腰间插着的胁差，手上就只有一根竹杖。这样的行头，实在是出不了手啊。

“呀！”又兵卫冲到举刀砍来的那人身旁，使出小具足短刀术横扫向对方的双腿，撂倒此人后，右脚狠狠地踩住了他的脖子。骨头断裂的声音，旁边的三人听来意外地刺耳。

又兵卫正准备趁那三人被声响吓得原地发呆的间隙去捡地上的刀。一个声音响起。

“又兵卫大人，在下来助你一臂之力!”那群地痞背后不知什么时候已经站着一个高个子的武士，身后还跟着个仆人。

“你愿意帮我?”

“不错，你可以先抽身了。”

“若真如此，那真是感激。”虽然又兵卫此时只是个乞丐，但到底还是名声在外的人物。虽然对方只是些无赖，可要是公然闹出事端，被所司代什么的带回去审问的话，多少会有些不便。

“让在下这样的人来收拾这些货色，再合适不过了。”

“你叫什么?”

“是谁都不重要!”说出这句话时，那男子的刀已经在空中划了一个弧度，结结实实地砍下了离他最近那人的右手腕。与此同时，站在旁边的人也捂住了左手手腕，摔倒在地。“还没受够教训?”见剩下一人还想上前，男子小声地说，“我是伊贺的才藏！这次我且饶你们一命，别让我再看到你们!”

“呃!”没想到对方一听到他的名字，便丢下同伴，连滚带爬地逃走了。

“他真的说了自己是才藏?”

听又兵卫说完整个经过后，佐助一脸严肃地确认道。

“的确是这么说的。而且，看那些地痞听到他名号后惊慌失措的样子，说不定也是跟我差不多境遇的人吧。”

“我知道那人的事。他是个伊贺的乱破。”

“原来是忍者。”

“名字叫做雾隐才藏。虽然只是个伊贺忍者，但在浪人之间却颇有名气。对了，在那之后他还来找过您吗?”

“没有。”

“要是他来了，请莫要搭理他。那人，其实是江户方的间谍。”

真是马不停蹄的日子啊。如佐助这样每日奔波忙碌的人，在京都恐怕是不多见吧。

前一天，佐助才去暗访了身处花园妙心寺僧堂的塙团右卫门。翌日，他就出现在了京都北面的柳之图子一带。那附近有个村子，村里寺子屋[8]的老师乃是原土佐二十二万石的领主长曾我部盛亲。然后再后日，他又去了趟紫野，拜访一位叫做仙石宗也的隐居原大名。

仙石宗也是信州小诸城城主秀久之子，与盛亲等人一同在关原之战落败后，也在紫野开了一家寺子屋。

其实佐助找他们任何一个人，不外乎都是为了同样的事——将日常生活所需的金子送给这些避世而居的浪人们。

（看得出不论哪一位，每次看到我过去都似乎挺高兴的。这样的工作，想想也不算坏。）佐助打从心底里喜欢自己现在的工作。

在这里，我们顺道列举一下除了刚才提到的几位，佐助每隔三个月，都会上门拜访一次的其他人物。

大谷大学吉胤　关原之战时西军谋将大谷刑部少铺吉继之子。隐居于京都。

毛利丰前守胜永　原丰前小仓六万石城主吉成的长子，关原之战败将。幽居于土佐告知郊外的久万。

增田盛次　原大和郡山二十万石领主长盛之子。关原之战败将。在京都经营一家染坊。

明石扫部全登（乔安尼）　原宇喜多（浮田）秀家的家老，俸禄四万石。关原之战后，隐居于大坂市井之中。身为天主教徒的他在教界颇有势力。若他愿意进驻大坂城，不仅能引入更多外国舶来的武器弹药，还能带动全国的天主教徒，对镇压教徒的家康进行大反扑。

氏家内膳正行广　原伊势桑名二万二千石的城主。关原之战败将。寄宿在大坂的道具屋梶浦治兵卫家中。

平塚左马助　曾受封美浓一万二千石的为广之子，关原之战败将。浪居京都。

以上这些人，无一不是曾经手握万石的大名或其子嗣。然而如今，他们却过着为柴米所困的生活。那些金子，对他们而言无疑是雪中送炭。但他们会乐于见到佐助，却不是因为佐助给他们带去的金钱。

……而是佐助带给他们梦与理想。

佐助对每一个人都是这么说的：“大坂城意欲起兵，请将你们的力量再一次借给丰臣家吧！推翻江户幕府，必能复兴当家！关原之战，绝不仅有一次！身为堂堂男儿，心中难道就没有轰轰烈烈地在获取天下的战役之中再一展身手的大志吗?”

“当然有!”没有一个人不是如此回答的。

在往来于这些曾经梦碎战场的败将的同时，佐助自身也找到了活着的意义，虽然抱有如此想法的忍者十分少见。

(我是个男人。男人就该干大事!)

(虽然我是一介忍者，一向被身为武士的同伴们视为低贱之流。然而现在我所做的事，却是在给那些不得志的浪人带去希望，进而重新燃起他们的理想。理想的果实瓜熟蒂落的那天，必能集结为足以动摇天下的强大力量。我，正在改变这个世界。不论是伊贺还是甲贺，都不曾有忍者担当过如此引人瞩目的工作!)

与我相比……

（雾隐才藏一类的，不就根本微不足道了么？）

明明身负绝技，却不愿与自己一同做这个工作。在老好人佐助心里，无不为才藏感到惋惜。

说起来，在花园妙心寺僧堂拜访了塙团右卫门直之后回来的路上，佐助还遇上了久违的才藏。

妙心寺是临济禅宗在京都的第一本山，寺门前的一条小街上开了好几家茶店。就在佐助路过其中一家门前时，从苇帘子的背后，传来了一声“喂！”那是才藏的声音。说实在的，佐助不太擅长应付这个人。

（遇到麻烦的家伙了。）可对方既已经叫住自己，佐助也只得硬着头皮走进茶店。

“坐那边儿吧。”才藏指了指土间的地板。

此时店里并无其他客人。可佐助毕竟是一身江湖艺人行头，自然不能和武士打扮的才藏平起平坐。无奈只有跪坐在土间，内心里说不尽的不痛快。

“佐助，你是去妙心寺的塙直之那儿了吧。你这人真是老样子，还那么勤快。”

“倒是你……”佐助不屑一顾地看着才藏，“在这儿干吗？”

“看了不就知道了？喝酒啊。”

“我是问你到这附近来所为何事?”

“我也是来见团右卫门的哟!”

“啊?”佐助顿时语塞。

“我是来提醒他别被大坂来的坏狐狸给诓骗了。”才藏面带嘲讽地看着佐助。

“坏狐狸是指的谁?”

“不就是你和隐岐殿嘛。”

“我说才藏,这可不是能拿来说笑的事!我希望你不要妨碍我的工作!”

“不会!不会!”才藏故意做出笑得打颤的模样,一边解释道,“不过,这怎么说也算是我的工作啊。”

“身为江户间谍的?”

“不是你想的那样。我雾隐才藏,怎会轻易就把自己卖给江户呢。”

“那你的意思是会来大坂啰?”

“也不是!”

“你这个人说话,真是让人摸不着头脑!江户或大坂,天下一分为二的日子终会到来。你如此游戏于两方之间,难道就不怕有朝一日双方都会要你的命吗?”

“说不定我就是在等着这一天。”

(看不透。)在佐助眼里,这个男人的思维简直不可理喻，就跟妖怪没两样。

注释：

【1】柿色：褐色。

【2】猿投头巾：作者自造词，详细样式不明。

【3】东国：关东地区。

【4】南蛮风：日本15世纪后，特指欧洲和东南亚等舶来的异国风的事物。

【5】木乃伊：在江户时代，泛指没药。但因读音与木乃伊相似，在传入日本时被误用。

【6】小判：日本江户时期通用的一种金币。薄圆形。为标准金币，一枚为一两。

【7】奉公构：由丰臣秀吉所发表的命令。既犯了罪又背叛了主君的命令的被放逐者，不得再到其他大名接受任何官位的惩罚。

【8】寺子屋：日本江户时代寺院所设的私塾，又作寺或寺小屋。

黑屋敷

初夏。

青子喜欢这个季节。就算一整天都望着庭院里落在新叶上的阳光，她也不会感到腻味。

某日午后。

（哎哟！）她踮起脚，看着大门的方向。一大早青子就有预感，而现在预感果然应验了。只见才藏正在青侍的引导下，从小门慢悠悠地走了进来。其实这些日子才藏每隔十日，就会来见父亲菊亭大纳言一次。至于是为了什么，青子就不得而知了。

“哦，御料人！”才藏停下脚步。

两人之间，隔着茂盛的新叶和满溢的阳光。

“近来一切安好？”

（真是睁眼说瞎话连眉头也不会皱一下啊。明明三天前的夜里，才偷偷摸进来抱过我。）

“稍后再来向您请安。”说完，这个厚脸皮却让人恨不起来的高个子男人就大步流星地消失在了书院的方向。

"才藏。"菊亭大纳言晴季的声音中，透着老年人所特有的急躁，"你这样会让我为难的！为何频频来我宅院？"

"不敢当。"才藏低了低头，一脸的笑。

晴季的质问就像一拳打在棉花上，完全没有回应，"有什么事？你倒是说啊！来了几次，就没听你提起过任何事。"

"因为在下本就无事。"

"没事你却三番五次地过来？"

"有些话……说出来可能有失礼数。可在下其实只是喜欢瞻仰大纳言大人您的尊颜而已呀。"

（这家伙实在是厚颜无耻！）晴季原本一肚子的火，然而没过多久却发觉，不过只是注视着才藏的笑容，心里竟然就不知不觉平静下来了。

（这男子身上，有一种难以言喻的魅力。）晴季也不禁暗中首肯。

"那我今天就想弄个明白，你在故弄什么玄虚。于我晴季而言，是好还是坏？"

"这个嘛……"才藏又用含糊不明的笑容敷衍了过去。他会这么做，当然是有某种企图的。

他频繁地出入菊亭家一事，不论大坂还是江户，想必都看在眼里。如此一来，就能给双方造成一种菊亭大纳言可能与才藏暗中联手的错觉。只有靠着他们的疑虑，才藏方能在京都这个第二舞台上，为自己开辟出一个不属于任何一方的——第三种立场。

不过目的并不仅限于此。

才藏是个耿直的人，一开始他就对大纳言说过诸如“若有什么为难之事，在下必当义不容辞为之效劳”的话。

“所以，就当我时常叨扰是为了观察这里是否有何异样吧。”

“是么……”大纳言只能不得要领地点了点头。

离开书院后，才藏并没有走向大门，而是准备去一趟青子的房间。刚走到院子里，（原来是这家伙！）他就停下脚步，看向不远处的草丛。躲在里面的，是这宅子里的一个青侍。他被才藏发现了踪迹却没有现身，只是蹲在原地不停发抖。虽然早就知道菊亭家的人里有江户派来的隐密，不过没想到会是这么一个胆小怕事的主儿，才藏不免有些扫兴。

“你是在那儿窥探屋内情况的吧？”才藏轻言细语地跟他搭话，“有一夜，小姐被拐走那次，也是你引的路？”

男人没有回答，只是战战兢兢地别开了视线。

“你叫什么？”

“米川监物。”不像是一般青侍该有的名字。应该是担任管家一类的，有阶级的家臣吧。这要是放在正式场合，像才藏这样无官无位的浪人，是必须跪拜着与其对话的。

“起来把，监物大人。”

“这样就行了，免得叫人看见。你过来，我这里有带给你的传话。”

“谁的？”

“江户的法师大人。”男人露出一个卑屈的笑容。

这个法师，自然就是因幡药师寺的那个俊岳了。听男人的口气，看来那个法师，终究还是成了江户方的首领。

才藏扫了一眼周围，问道：“什么传话？”

“速来双之冈的黑屋敷！”

“啊——你的传话算是带到了。不过有一件事我必须声明，我可不记得那个瘦法师有指挥我的权力哦。”

才藏此人，生性最反感的就是被人命令。

“可……你不是跟我一样，在那个法师手下做事的嘛？”

“谁说我是你的同僚了？你可别把我才藏看扁了啊。再说了，那个瘦法师他……”

“请自重！像瘦法师这样下贱的叫法，实在是太欠谨慎。你应该知道，那位可是货真价实的奥州大名啊！”

“管他什么将军、大名还是公卿，我要是武士或者公家也就罢了，不过一个无官无位的伊贺忍者，又有什么好忌惮的！总之，传话你是确实带到了。”

“那你一定是会去的吧？”

“那就是我的自由了。”

“你还真是个随意的人呐。”

“还用说嘛？在我看来，倒是如今这些一听到江户德川家或是大坂丰臣家，就胆战心惊的世人，才是脑子有毛病呢。”

察觉到有人接近，才藏讯速离开了那个地方。

站在面前的是青子。

“才藏大人，要一起玩双六么？”

“赶紧去准备！”才藏刚走进青子的房间，青子就吩咐老女去把双六的道具取来。才藏一脸为难地说：“难得你有招待的心思，不过才藏可不是小孩子了。”

“青子也不是呀。”青子目不转睛地望着才藏。

“我就直说吧。才藏今日有事在身，无法久留。别看我这样，其实也算是个大忙人呢。”

“青子也是挺忙的呀。”

才藏一脸疑惑地问道：“小姐也有事？”

“当然。”

“比如怎样的？”

“比如明天，就要去栗田的青莲院御所见某个人呢。”

“某个人?”

“才不告诉才藏大人。”

“看来我是得罪小姐了啊。”才藏苦笑着看向壁龛的方向。其实一进门，他就发现那里多出了一个南蛮风格的小盒子。

“倒是个稀罕物件。”

“才藏大人也对那种东西有兴趣?”看来青子的心情有些好转了。

“里面装的是什么?”

“蒂阿满特[1]的手镜。”青子将里面的东西取出来，拿给才藏。镜框上雕刻着葡萄和松鼠，而那些葡萄的颗粒，赫然是用蓝色宝石做成。奢侈至极。

“听那些南蛮人说这种带色的石头竟代表着高贵，还真是一个地方有一个地方的风俗啊。这个，是从哪里得来的?”

“大坂右大臣的母亲淀殿给青子的。”

“说起来，小姐跟右大臣是同年同月同日生的对吧?”

“正因如此，浅井殿（淀殿）一直把我当作自家千金一样疼爱有加呢。”

“不过，照小姐的情形，是不可能亲自去大坂城的，那又是谁把这东西送到府上来的?”

“是一位住在神乐之冈红叶屋敷的淀殿的侍女，叫作隐岐殿。”

“哦？什么时候送来的？”

“昨日。不过才藏大人……”

“怎么？”

“你的脸色，有些不对啊。”

才藏没有回应，只是继续问道：“你说明天要去青莲院御所见一个人，是什么时候？”

“巳之刻（早上十点）。”

“我明白了。那个人恐怕就是隐岐殿吧。为了什么事儿呢？”

“什么也没有，只是送些茶品过去罢了。”青子露出了惊慌的神情，“才藏大人真讨厌！竟然套青子的话！”

“不，你能说出来实在是太好了。毕竟如今才藏除了小姐，就没有可以相信的同伴了。要是连你也不站在我这一边，我该如何是好啊。”

“只算是同伴？”青子微微一笑，用那朦胧的双眼深深地注视着才藏。青子露出这样的表情时，看起来才像是一个有心思的大人。仿佛才藏内心深处的一切，都逃不过她的眼睛一般。

才藏离开今出川的菊亭屋敷后，系紧编笠的绑绳，往西奔去。那个方向正是双之冈。过了堀川和纸屋川，云雀的叫声突然变得喧嚣起来。西山的低矮山脉延绵在眼前，四下草木丛生，实在难以相信这里离都内不过半里。

（到底是什么事?）才藏的步子并不快。毕竟这是他第一次去那个黑屋敷，更何况还是江户隐密团的根据地。（该不是要除掉我吧?）

此刻，俊岳正躺在黑屋敷庭院边的窄廊上，右手把弄着一根竹条。过了一阵，他伸手敲了敲地板，身后的拉门应声而开，

“您叫我?”

“左门吗?”俊岳并没有回头，只是背对着那个叫做左门的男人，眼睛望着庭院，“再过一会儿，之前跟你提过的那个叫做雾隐才藏的伊贺忍者就会来……”

“大人，还请适可而止。”左门打断了俊岳的话。

左门，全名本多左门，是个比俊岳还年长的老人。在这黑屋敷里工作的人，都称他作大夫。实际上他真正的身份是奥州鸟居家十万石的家老。

被唤作“大人”的俊岳在接受幕府密令进驻京都时，左门为了辅助其管理家臣而随同前来。

左门跪坐着向前挪了挪，继续说道：“大人您每天只管睡睡午觉。那些会脏了您手的事，交给那个机警能干的德永

源兵卫去做就成了。把他提拔为物头（小部队的队长）的首领，不就是为了有人能为你排忧解难嘛。”

“就那个源兵卫？”俊岳依旧敲着地板说，“要是他能派上用场，我还用得着这么心烦吗？先前让他在八濑袭击菊亭大纳言的女儿，他就坏了事儿，后来又想把人从房子里绑出来，结果不也失败了吗？”

“关于那件事，也算是因祸得福嘛。那在京都四处游说浪人的女子，实际上是淀殿的侍女隐岐殿，菊亭家小姐不过是被借用了名号而已。要是一开始真的成功对小姐下了手，那才真是有失体统了。这么说起来源兵卫倒是功大于过啊。”

“左门你也是老糊涂啰。你怎么不说说源兵卫和他的手下，怎么就没能识破隐岐殿假冒青子的伎俩呢？干什么事儿总是陷入被动的局面，这不跟混日子没两样了嘛！”

“所以大人您宁愿去雇佣那个叫才藏的伊贺忍者，也不愿意相信自己的家臣？”左门看来似乎相当不满。

“要染布，自然是该找染坊不是？这样的工作，岂是我那些平日里只知手持刀弓征战沙场的家臣能够应付的？某些时候，一个优秀的伊贺忍者，往往比一百个武士更有用呀。”

“话虽如此。不过大人，伊贺的忍者堪比毒物啊。”本多左门为人十分谨慎，“只要跟他们扯上关系，将来决不会有好事。还是尽可能让家中谱代家臣去做为好啊。若觉得人手不足，本国的人也是任由差遣的。那伊贺忍者，说是武士又不是武士。毫无忠诚心可言，一骨子的狐性，谁又敢保证他们不会阵前倒戈呢。”

“左门呐，你说他们是毒对吧？常言道，是药三分毒。而我的手上，偏偏还真就握有能让那毒入药的处方。”俊岳起身，接着说道：“对了，让宝山流的兵法者沼田源内去除掉才藏的就是你吧？”

“凡事都逃不过您的眼睛。可我也是见大人您太过赏识才藏，才擅自安排下去的。”

“谁让你多事的。我竟然还是从源兵卫那儿听说的这件事，最后自己跑去因幡药师寺通知才藏避开的。”

“真是乱了章法啊。大人您可是总大将，只需居高位旁观即是。今后还请能谨言慎行，万不得再如此单独行事了。”

这时候，才藏已经到了双之冈山脚下的八幡社附近，正好遇上了俊岳派出来接他的人。

“敢问是雾隐大人吗？”

“正是。”才藏推开头上的编笠，“阁下是？”

“区区小名不值一提。由在下为您带路。”

双之冈曾是一位叫做兼好法师的和歌诗人隐居之地。过去，这里不乏各类京都公卿家的别墅或庵室。可在历经了百年战国之后，公卿的生活也日益窘迫，如今那些楼阁只剩下了残垣断壁。

沿着杂草丛生的山道向上走了一阵，面前出现了一个池塘，旁边是一座乡士屋敷模样的建筑。（噢——看来这里就是黑屋敷了。）

瓦顶泥墙长长地围着屋子绕了一圈。不知道是不是因为墙的土里加了碳粉，墙体看起来漆黑一片。也许就因为这个，附近的村民才称其为黑屋敷吧。

从外面看，这屋子应该有些时日没有人住了。屋顶上长满了夏草，树木茂盛的枝叶也冲破围墙长了出来。（这荒废得……）不过等才藏进了院门，立刻发现里面别有洞天。院中，几处崭新的屋舍赫然而立。

（嗯？）才藏停了下来。

“怎么了？”

“不用给我带路了。我一个人在宅子里看看就行。”

“请别让在下为难！”

才藏不顾劝阻，把带路人抛下，一个纵身就跳上了几间开外的窄廊。一眨眼的工夫就不见了踪影。这可急坏了带路的武士。身为伊贺忍者，甩掉一个引路人是何等简单之事。进了人家的地盘，若不摸清逃走的路线，就算不上是个合格的忍者。

不管建筑物的分布，房间的数量，只要从某个角落扫一眼，几乎就能了解个大概。片刻后，才藏已经身处建筑物之外。他穿过草丛，沿着外墙走了起来。

忽然，才藏停下了脚步，他发现面前的草丛中全是撒菱。

撒菱是一种三个角上带有突刺的菱角形状的小型铁器，走上去就会刺伤脚。是城楼用来防止忍者入侵的防御武器之一。

（还真够谨慎的。）

才藏掰下旁边杉树的枝丫当作扫帚，三下五除二就把撒菱都往旁边清了个干净。这样一来，万一发生什么状况，也算是给自己留了条路。

（哟。）才藏挑了挑眉。宅子里传来像是有人在四处走动的声音，应该是在找他吧。

（接下来，该如何应付？）进是一定得进去的，但现在时间尚早。在才藏看来，能在日落半刻前左右再跟这宅子的主人打上照面是最理想不过的。理由很简单。只有漆黑的夜色，才能保得了忍者的命。若是大白天，说不定就只能变成弓箭枪炮的靶子了。

（没错！）一边思索着，才藏已经越过围墙稳稳地落在了院外。看来没人发现他。面前就是山的斜坡。他拨开草丛一路向上，找到一处洼地，盖上草趴着就睡。

（入夜前就在这里消磨时间吧。）没过多久，就只能听见他平稳绵长的呼吸声了。

对于黑屋敷的武士而言，才藏绝对是位让人头疼的贵客。

（让我说中了不是！真是怕什么来什么！）左门只得下令让德永源兵卫带人把宅子彻底搜查一番。

“大人，我们实在是过于松懈了。那真是只狐狸啊！”

“早晚他自己会来的。孤身一人前往底细不明的地方，要是个一般武士，根本没这胆识，难道还不能让人家防范警惕一下了？”俊岳支起一侧的腿，抽出胁差削起了脚指甲。虽说是堂堂十万石的大名，可这位自小便随家康征战沙场的老人，却从未有过机会学习作为大名该有的礼节。

“大人，指甲一类的，让近习[2]去打理便是了。”

“左门，念念叨叨甚是烦人！这叫战场风格，懂吗？”

“大人，今非昔比啊。您仰仗大御所大人（家康）的提拔，如今可是大名之身呀。”

“此言差矣。只要大坂的丰臣家还尚在，一个不留心，我这大名的手谕，随时可能变成一纸废文。在那边垮台前，都要让自己处于备战状态才对嘛。”

（说了不听！这下可好了！）左门老人一肚子的烦躁。距才藏消失已经过去了一刻，然而他们依旧一无所获。

左门前前后后把德永源兵卫叫去训了好几次。

“德兵卫，世上可没有什么奇术妖法。那人确确实实进了这屋子，只要他不会用幻术，就一定还在里面！掀房揭瓦给我找！就是藏在石头底下也要给我搬开拖出来！”

“在下明白！照先前的指示，一旦发现踪迹，格杀勿论！”

“记住，别让大人知道了。”

“源兵卫断不会犯如此的错误。”德永源兵卫，是以黑屋敷为据点的江户隐密们实质上的指挥者。年纪大约四十二三，祖上代代都是鸟居家臣。虽说在战场上是个十足的软脚虾，可这类见不得光的事倒是做得如鱼得水。也许有的人天生就适合暗地里的工作吧。

他个头不高，脑袋却不小，且从年轻时起就顶上稀疏。一张红光满面的脸，活像是磨光滑了的鞣皮。策谋将青子拐出菊亭屋敷的一行人，首领也是他。

“无妨，无妨。”是他的口头禅。

他嘴里念叨着这句带着浓厚三河口音的话，低头走过长廊：“无妨，交给我就成！没有我源兵卫老爷做不成的事儿！”

回到自己的房间后，源兵卫召集了组织里的重要人物，为他们重新分配工作，然后又唤来了宝山流的兵法者沼田源内。

“听着。今天你要是没办法在这儿把他收拾了，赌上你流派的名誉，追到天涯海角也要给我除掉他！”

“您多虑了。”

“无妨。”源兵卫忙叨叨地站起身，就在这时，一旁的拉门喀拉一声打开。

（啊！）门口站着的，赫然便是才藏。

房间内的两人同时看向他，惊讶的表情在脸上转瞬即逝，并没有过分狼狈的神色。

才藏站在半开的拉门后说：“在下雾隐才藏。与带路的人走散，迷了方向。哎哟！沼田源内大人也在这儿啊！”

源兵卫迅速递了个眼色，源内随即起身，露出他那一副毫无剑客风范的招牌笑脸。

“请进请进。莫要客气。”

“我还是客气点好。”才藏说完，合上了门。

“源内大人，你还不跟上去？”

“贸然追上去可不是良策。谁知道这拉门背后，有没有才藏设下的陷阱啊。”

“那就把门踢开！”

源内一脚将拉门踢倒，源兵卫谨慎地走出房间，四下张望，走廊上哪里还有才藏的影子？

片刻之后。才藏又出现在俊岳房间外的庭院里。这时，太阳已经滑入宅院外的西山连峰了。

最先发现院子里人影的正是俊岳本人。他一把按住慌慌张张正欲张扬的近习。

“来了？上来吧！”

“那可不成。这宅子里到处都杀气腾腾的。”

“把左门叫来。”

左门一来，火冒三丈的俊岳对他劈头就是一顿骂：“我说了多少次，当主的命令都听不进去了？招待这位客人，用不着动刀动枪的！快去给我准备上好的酒菜！”

“大人，万万不可如此轻率！您忘了在伏见时候的事了？”

“伏见是伏见，现在是现在！”俊岳一脸的不耐烦。

左门提起的伏见一事，发生在十四年前的庆长五月，也就是关原之战的前一月。

俊岳（鸟居忠政）之父鸟居彦右卫门奉家康之命，率兵两千镇守伏见城。在大坂举兵的石田三成，带了三万大军攻城。本丸[3]由六十二岁的彦右卫门元忠把守，三之丸和松之丸各自交给松平主殿助家忠及深尾清十郎。死守十多日未让敌军攻入的铁壁，却栽在了松之丸守军中的四十余名甲贺众上。他们临时叛变，作为内应在城中放火，最终导致伏见城失守。彦右卫门亦被杂贺孙市重朝取了首级，枭首于大坂京桥之上。

自从伏见一事后，鸟居家便有了一个铁打的不成文规矩——不论处于何等境况，也绝不假忍者之手。

但在俊岳看来（只有这次，就算是剧毒，也不得不用），毕竟单凭一般人，绝对无法顺利完成家康交予的大任。当然，最重要的是作为一个人，他真的从骨子里佩服着这个叫做雾隐才藏的男人。

“你们都先下去吧！”俊岳差小姓备了酒，“才藏，你就随意吧，别管他们。我家这些家臣啊，一个个提到忍者都像是遇到妖怪一样。若有失礼之处你就担待点，只要我在这儿，他们是动不了你分毫的。”

“你找我是为何事？”

“当然是要买你的技艺啰。”俊岳也不忘列出条件——鸟居家会供他为门客，给予俸禄米百石。事成之后，再依才藏所愿给他一个身份。

“任务的内容？”

“这个嘛，先就做我的伽众[4]吧。”这种场合下的伽众，也就相当于私人顾问。

翌日清晨，才藏独自上路，走上了通向粟田的坡道。因为他知道，隐岐殿将在巳之刻在上面的青莲院御所备茶招待青子。

（让我杀了隐岐殿么，当然可以。）杀掉隐岐殿，这是鸟居左京亮忠政为他安排的第一项工作。（没什么不可以的。）毕竟工作，哪里有善恶与好恶之分。

那夜才藏结束与俊岳的谈话后，又去别室见了左门。

“话说在前头。承俊岳器重，让我跟你们共事。不过，这并不代表我就算侍奉鸟居家了，别指望我会有你们对主家的那种忠节之心。”

“我自然明白，伊贺忍者原本就是如此之辈。”左门脸上露出明显的轻蔑之色。

然而在才藏看来，像左门这种仕官之人对主家的那种忠贞不贰的情结，才是他无论如何也无法理解的。

“要是你们觉得我不尽人意，也可以随时弃了我。”

“这还用不着你来提醒。伊贺忍者或是兵法者，说是武士也不能算武士，在我眼里就跟受雇佣的职人并无区别。那个叫隐岐的淀殿侍女的任务，就交给你了。既然夸下了海口，可别失手啊。”

“我可没夸过什么海口，不过也不可能会出什么岔子。”

才藏到了青莲院御所的大门前。他摘下编笠，朗声道：

“请问有人吗?”无人回应。见大门右手边是坊官(寺侍)们居住的武家风格的长屋，才藏踩上石阶，又朝里面唤了几声。

将青莲院称作御所，是因为它在皇居失火的情况下，会被作为临时御所使用。当然平日里这里就是一处普通的天台宗寺院，供僧人与寺侍居住。

“哪位?”窥视窗后，出现了一个门卫模样的男人。

四半刻后，才藏走下了青莲院的坡道。

(青子，没在那里……)

问过了门卫，还叫来了寺侍，都说当天没见着菊亭家的人来过，茶室也没有使用过的迹象，而且他们也不像是在撒谎。

(这其中肯定有问题。)傍晚时分，才藏去了一趟今出川的菊亭屋敷。

“才藏啊!”大纳言晴季从书院出来，见到才藏就说，“出大事啦!青子都这时候了还没回来!我派人去青莲院，结果都说没见着她。”

“都有谁跟着她?”

“米川监物和萩野。可他们也没回来。我正准备去向所司代陈情呐!”

“这件事……还请再等等，暂时莫要上报。”

才藏一下子就忙了起来。他赶回室町分铜屋的二楼，叫来孙八。

“孙八你听着，马上找七八个人，安排到街上去！”

“什么事呀？”才藏将在菊亭屋敷了解到的情况简洁地告诉了孙八，让他设法在黄昏前尽可能地搜集各种风闻。

“我跑一趟隐岐殿所在的红叶屋敷探探情形。”

“那可是龙潭虎穴啊。”

“不，如果我没料错的话，那里现在应该是空壳子一个了。他们还没有笨到会继续逗留的地步。”

才藏认为青子失踪必定是隐岐殿所为。而目的，恐怕是想以女儿作人质，威胁父亲晴季投靠大坂吧。（老套的伎俩）战国以来，这一招几乎快被用烂了。不过让他想不通的是，为什么江户和大坂都如此执着于这个菊亭晴季。

就才藏个人来看，大坂的宫廷工作需要晴季无可厚非。凭借晴季这样的朝臣来拉拢有力的廷臣，就足以左右公卿间的舆论，使其偏向己方。

（话是这么说，但大坂右大臣家也未免过于急躁。绑了公卿家女儿做人质，只能说是下下之策。）

才藏走出宅子。（嗯？）一道人影迅速穿过街道，藏进了对面商家旁的阴暗中。从背影看是商人打扮的小个子男人。

（狗鼻子倒挺灵的。）

才藏在三条渡过鸭川，一直走到吉田山附近。吉田的森林里虽随处可见大大小小的庙社，却鲜有人烟。就在才藏快要走出森林时，他冷不防地转身折返，轻松地穿过树与树的间隙，来到了一直跟踪他的人面前。

“喂！”才藏出声道，“有何贵干？或者说，就让我带你去你想让我去的地方吧！”说完一把抓住那人的领口，勒住他的脖子就把人揪了起来，然后连拖带拉地继续上了路。待到走出森林，才藏突然觉得手上一沉，才惊觉自己似乎用力过猛了些。

（死了么。）才藏扔下男人，爬上神乐之冈的坡道，来到了红叶屋敷前。

只轻轻一推，小门不出所料吱嘎打开。一进门，才藏马上露出了安心的表情。果然如他所料，这是个空院。

（看来大坂的那位女狐大人，果真是搬了巢穴啊。）

绕着屋子转了转，确认真的没人后，才藏慢悠悠地走出了宅院。此时夕阳已经落到了远处银阁寺的围墙边上。（接下来，必须找出巢穴所在了。看来现在除了去相国寺门口的茶点找佐助，也别无他法。）

回去的路上，才藏再次穿过吉田森林时，却发现本该被自己扔在那里的尸体不见了。（原来只是晕过去了么。）检查完四周，才藏刚抬起头，一支箭从他耳边和右肩擦过，扎入了脚下的泥土里。

（从哪儿……）竟然用箭吗？才藏飞快地扫视了周围的树木一圈，在十几米开外的一棵大肚杉的枝梢上，发现了一条人影。一个商人打扮的男人，此刻正依着树梢，拉开半弓，箭在弦上。

“我劝你收手，你那样是打不中的。”才藏并非信口开河。毕竟森林中植被茂密，他只要随便往那棵树后一躲，箭是不可能射中他的。（真是蠢！）

才藏也是个怪人。如此状况下他却是一肚子火。明明自己在被狙击，但他仍为对手的不灵光而着急。看准了左边的一棵树后，他慢慢地走入了射手的死角。然而这时他蓦然发现对面榎树的树根处，竟还躲着一个人。

“是谁？”经他这么一说，对方也知道自己已经暴露。索性就顶着一张堆满了笑的大脸，点头哈腰地厚着脸皮现了身。

“是在下呀。你该不是忘了吧？”此人正是宝山流兵法者沼田源内。而尾随之人和弓箭手，应该就是他在城里雇佣的地痞吧。

“是源内大人啊。”就如同给对方笑脸的回礼一般，才藏这声招呼亦是十分亲切。“你的做法是不是有些欠妥呀。我可已经受了左京亮的扶持，这不是大水冲了龙王庙了么。”

“你说的没错。但在下此举也是有诸多原因。”

“指使你的是左门吧？”

“这可说不得。只不过事已至此，就算赌上兵法的志气，在下也必须除掉你不可了。”

“志气？我看是仕官的好处吧。”才藏不屑地一笑，而源内却仍是恭敬地回应：“其实都是一回事。虽然你与在下无冤无仇，但若不在这里杀掉你，在下的日子就过不下去了呀。”

“彼此彼此。”话音未落，才藏已经朝着源内大步踏出。兵法者与忍者之间，存在着一般武士所无法理解的某种职业上的共鸣。因为两者皆是靠着技艺在世间闯荡的人。

“都是为了过日子，也是无可奈何。”

“真是说到痛处了。”源内一边嘴上应着，一边往后撤开。举手投足间尽是随时等待才藏出手再将其一刀两断的气魄。然而他脸上的微笑，却并无收敛。

才藏准备出招。他向前猛踏出一步，却听闻身后蓦然响起空气被划破的声音，只得躬身一闪，又一支利箭从他背上飞过。

源内这人，不只是话多那么简单。连如此场面之下，他也能保持微笑毕恭毕敬地抬手说道："才藏大人，在下可是为你好。放下刀吧，对源内挥刀不过是徒劳呀。"

才藏并未回应他，只是选好了背后射手的死角，继续一点一点地朝源内逼近。

然而源内后退是假，算计是真。他这么做正是为了将才藏引到射手更容易瞄准的开阔场所去。

"瞧着！下一箭是从右边来。"这似乎也是源内的伎俩之一。不过当他看到飞来的利箭在才藏的刀下一折为二时，也不禁神色一凝，"看把你辛苦得。"

"多事！"

"看来你现在心里挺不舒坦。不过我还是得劝您今天就放弃了吧。要知道我源内的剑再加上弓矢相助，你是插翅难飞的。况且在下这方今日也折了兵，立即打住也并非不可能。不过你的命终有一天会落在源内手上，在那之前就请你开开心心地过好日子吧。"

"你这是口才兵法吧。老套！"

"哪里哪里，实为源内肺腑之言啊。"说完，源内突然站住了脚。他与才藏之间，只隔着四间左右的距离。

"雾隐大人，箭来了。"话音刚落，才藏右脚边就插入了一支箭，"嚯，又来了！"这次，是左脚。源内的声音再次拔高，"下一箭，就是胸口了！"

才藏登时往旁一闪。可原先站的地方，却没有落下箭矢。

而源内等的，就是才藏这一刻的动摇。他如疾风般猛冲向前，从才藏身旁一掠而过。

（啊！）

两人交臂的一瞬间，源内的长刀在空中回旋了一个弧度，干净利落地削向才藏一侧的身体。只见才藏高高飞起后摔入草丛，借着力道又在地上滚出好几圈。

（被砍中了？）

低头见小袖的右侧腹上，裂开了三寸长的口子，从伤口渗出的血来看，应该只是皮外之伤。

“站起来一决胜负吧！在下等着你。”源内这一着并非出于好意，相反的，这根本就是近世的兵法者们想出来的一个诡招。

才藏想起先前在京都听闻的一件事。说室町吉冈兵法所的主人源左卫门直纲有一个堂弟，名叫吉冈清次郎重贤，也是个年轻的兵法者。可就在御所兴办的猿乐[5]会上，却突然发狂在人群中拔了刀。然而清次郎发狂事出有因，问题就出在当时负责群众秩序的所司代官员只见弥五左卫门身上。

据说弥五左卫门与清次郎原本就不和，那天他在人群里看到了吉冈清次郎，就用警杖轻敲其头，说了一句：“头蹿太高了，身子压下去点儿瞻仰!”

被人敲了头，吉冈清次郎自然气得眼前一抹黑，但他还是强压住了怒火。（不能在这里发作。）虽然是向市民开放的猿乐演出，可毕竟是在大内的庭院里。

而只见弥五左卫门却错把清次郎的态度当作服软，转了一圈回来，又得寸进尺地敲了一下他的头，“还是太高了!”这一次，清次郎又忍了下去。到了第三次，清次郎不动声色地离开了人群，待回来的时候他已经在小袖下面藏了一把胁差，然后在人群中找到了只见。

“这是报答你刚才的‘好意’!”一刀解决了只见，清次郎又翩然跳上了猿乐的舞台。场面顿时失控。负责警备的所司代官员们赶忙让百姓退到门的附近，然后再一举冲向清次郎。

“懂门道的都给我看着！这就是吉冈的秘太刀!”清次郎不愧为拥有西国第一的兵法道场的吉冈家传人，手起刀落间就有七人被杀，剩下的十四五个也或多或少受了伤。一时间竟无人敢再上前。

在远处指挥捕杀行动的所司代板仓伊贺守胜重忍无可忍，差人去找来了那天没有当班的家臣太田忠兵卫。

“今天，就让我见识下你的兵法吧!”

“遵命！”

这个太田由小栗流开祖小栗仁右卫门亲自传授，在京中颇有盛名。

因为是来御所，所以自己并未带刀，只得借了伊贺守的长刀，拔出后将刀鞘托给了同僚。

“清次郎！你下来！”

“是忠兵卫啊？就知道他们会叫你来，等着你呐！”

双方在卵石地上缠斗一番，也不知清次郎是被绊倒还是怎么，兀地向一旁倒去。太田忠兵卫则立即收刀，对他说：“攻击倒下的人是武士的耻辱。我等着你站起来再战！”

清次郎显然放了心，但正当他准备起身时，忠兵卫的刀却以迅雷不及掩耳之势杀到，清次郎血溅当场。

后来板仓伊贺守问忠兵卫：“干得漂亮。可既然如此，为何不在他一开始摔倒的时候就下手？”

“倒地亦有虚实，精明如清次郎这般的兵法者，如此唐突的摔倒只可能是刻意为之。然而只要假意表示不会出手，再高明的高手，在起身之际也多少会露出破绽的。在下不过是乘虚而入而已。”

这个时期的兵法者，少有不用计的。于是忠兵卫这一招，没过多久就在同为兵法者的人群中扩散开来，自然也是备受赞赏和推崇了。

才藏摔在地上的时候，不禁想起了这件事。这一下源内的微笑看在他的眼里（兵法者真是老奸巨猾！），更多了些狡黠。

才藏一动不动。被无视的源内此时也是一脸茫然地望着草丛中的才藏。因为自己的对手，竟然只是躺在那里。不单是躺着，还用左手枕着头，看起来简直与悠闲的午睡无异。

“您这是在干什么？”

“我在想事情！”

当时的局面，就连长年作为兵法者立足于世的源内也闻所未闻。

“站起来！”刚说完，才藏便翻了个身。源内见状吓了一跳，赶紧后退半步，却发现对方不过是换了个躺姿，于是又上前一步道：“雾隐大人。”

“你就不能安静会儿？”才藏说完又翻了个身。

（就是这儿！）才藏翻身后所处的位置，与树梢那个持半弓的射手在一条直线上。见才藏仍是不动声色地躺着，射手赶紧上箭搭弦。然而就在他拉开弓的瞬间，才藏从地上纵身跃起，并轻盈地向后一跳。原本应该离弦而发的那箭并未落下，却直直飞向了空中。不，应该是那个射手一声哀鸣从树上落下在先。因为才藏在起身的一刹那间，便用短刀将射手封了喉。

才藏懒散地提着刀吐出了一句："行，我照你说的起来了，如何啊源内？"

"……"源内脸上的笑容不见了，取而代之的是沉默。在他原本的计划里，射手是用来分散才藏注意力的。而现在，计划夭折了。

突然，才藏脸上的神色微微一僵。他听到身后传来了脚步声。

"那个……"

才藏没有转头。因为就是不用看，光听说话的语气，也知道来人是吉田之社的那位神主了。

"有人来了，后会有期！"源内的语气中，有一丝不易察觉的放心。他转身走上了通往吉田山的小路。才藏也向京都方向的森林出口走去。

"两位……"神主的声音在发抖。不知是不是吓软了脚，他并没有去追任何一个人，只是在原地继续说道，"那边有死人啊，能陪我一起过去吗？"

"那个？那是狗，不是人。"才藏依旧没有回头。待看不到源内的身影后，他才停住脚步，向神主的方向微微鞠了鞠躬说："即便是犬类，接下来也要劳烦你善待处理了。"然后掏出一粒银子，扔在了路上。

注释：

【1】蒂阿满特：荷兰语“钻石”，江户时代一般指玻璃制品。

【2】近习：贴身侍者。

【3】本丸：城池的中心部分。

【4】伽众：谈话商量的对象。

【5】猿乐：又称“申乐”，是日本古代、中世表演艺术之一。是能乐和狂言的源流。

青姬寻踪

时间如梭。距离隐岐殿遁形于京都，青子被拐，已经过了一个月。不过这段日子才藏也并非无所作为。

为了找佐助，他去了好几次相国寺门前的茶店。谁知道连佐助也像一齐失了踪影般，杳无音讯。（难道大坂方撤出京都了?）细想又觉得不可能。毕竟他们在京都根基尚浅，要做的工作应该还有不少，实在是不可能如此轻易就离开。

为保险起见，才藏差孙八去大坂走了一趟。拜访如今受雇于各家的伊贺同乡，尽可能收集一些情报。在伊贺忍者的世界，这样的做法被叫做“市”。

“你去大坂，在市里转转!”这就是才藏下达的指令。这里的市，自然就是指的“传言的市场”了。更贴切一点也许可以称之为情报交换所。这也算是伊贺人之间一个不成文的规矩吧。

孙八一到大坂，就马不停蹄地向受雇于各家的伊贺忍者发信：

“市定于本町灵元寺。”

指定一座空寺庙做接头地点，再定好时日。当夜，来了二十个伊贺忍者。

伊贺忍者的情报网上至大名动向，下到民间闺中情事，无一不囊括其中。不仅如此，他们还会在不定期举行的“市”上，交换各自手中掌握的信息。

“才藏还好吧？”几乎每个人都会跑来这么问候一句。才藏在他们之间有如此高的人望，全因他是一个最能代表伊贺流忍术的高明忍者。

“好着呢。不过还是老样子，完全搞不懂他心里成天在盘算些什么。”孙八发着牢骚，却没有忘记真正的目的，“对了，有关于菊亭家公主的传闻么？”

“有。”饶是这些顺风耳一般的人，当孙八再询问起“那她身在何处”时，一个个只是摇头。但他们其中有人说了一句让人十分在意的话。

“听说有人见过甲贺的猿飞佐助曾护着一架女用坐轿，从高野街道往南边去了。”

“哦？高野街道么。他这是去纪州九度山隐居的真田左卫门佐幸村那儿了吧。行！知道这些就足够了！”

孙八回到京都向才藏复命。

“女用坐轿……”才藏若有所思，又问孙八，“那里面是菊亭家小姐？还是隐岐殿？”

“至于这个，实在是没有打听到。才藏大人若是想知道，自己去掀起坐轿的窗户不就行了么。”

“成啊！走！去九度山幸村大本营！”

当天，才藏就备好行装离开京都，连夜赶往大坂。

从京都到大坂的一路上，才藏脑子里想的都是那个素未谋面的人。关于那个男人，他记得佐助曾对他说起过，在京都的深泥池，只有他们俩在船上的时候。

“虽然我不能说出那个人的名字，但你愿不愿意见他一面？那是一个连男人都会忍不住为其拜倒的男人！只要你跟他见面，你也会像我一样，愿意一辈子追随他！”

那个人，正是他现在准备去拜访的，身处于纪州九度山的真田幸村。

（就幸村那样的？）当时听了佐助这一席话，才藏心里满是不屑。

（真田过去确实算得上是信浓一带的名门望族，却因为在石田三成叛乱之际站到了西军阵营，最后落得个封地被夺，流放他乡的下场。况且与世无争的日子过久了，连贤人也会变成愚人。这样的人，还能有什么能耐？）

才藏心中只有一个信条，来自他已过世的父亲。

“女人就是让人恋慕的！”没错，“但男人却不是用来仰慕的。那只会让你惹祸上身罢了。”

（佐助那个蠢货。就凭他一身的本领，怎么就被什么幸村给迷住了呢。要有面对天神菩萨也不动摇的钢铁之心，才称得上是男人呐。）

到达大坂已是日落时分。住处就定在船场的伏见町上。才藏在旅店的井边汲水擦身时，旅店老板播磨屋与兵卫出现在他面前：“真是一副好身板啊。”说着还露出了一脸的神往。

“这边的伤是……”他饶有兴趣地指着才藏胸口和肩膀上的三处旧伤，“是在关原的战场上负的吧。”

“哪儿能啊，让女人给挠的。”

“您真爱说笑。您是受大坂邀请入城的浪人吧？”

“不，我是来观光的。”

“瞧您，还藏着掖着的。”

关原之战后，全国上下失去主家的浪人足有二十万。听闻大坂方有意招揽，各国的浪人颇有百川朝海之势，每日都有数人进入大坂。在老板与兵卫看来，才藏该也是他们其中之一。

“这下可就安心了。”老板在一旁独自雀跃地说，“其实各地来的浪人里，靠不住的人还真不少。如果有像您这样体格健硕的武士加入大坂，右大臣家当是乐不可支呀。”

从这个老板的反应不难看出，这里的人们该是把城市的兴亡都寄托在了右大臣家的武力与财力上了。

溅在地面上的水声，告示着大坂夏天日落时分的到来。这季节的黄昏，总是热得反常。按当地的说法，这叫“夕凪[1]”。指的是日没后，风停闷热的一种现象。

（了不起！）当然，这不是在说夕凪。

才藏从二楼房间望着大坂城的天守阁。此刻，它正沐浴在夕阳下，逐渐被晦暗所吞没。

（那座金色的城，对丰臣家而言，到底会成为地狱之门，还是极乐之门呢？）这座被誉为天下第一巨城的秀吉的遗产，就像是伫立于天空与现世间的一头巨兽，在光影之中不停变换着它的模样。

（难怪世上的浪人会被此城吸引。只要有这座城和右大臣家的金银，就算与天下为敌，也能再战上十年。）

天黑后，才藏打赏了旅店的下人，让他去准备晚饭。这个时期的旅店并不提供膳食。住宿的人可以向旅店买了柴火自己做饭。这柴火钱也有专门的称呼，叫做木赁。

吃完饭后，老板又出现了。

“要不要再来点小酒？”

“嚯？”才藏显然吃了一惊，“真不愧是商业之都啊，旅店也兜售起酒来了？”

“哪里。您邻屋那位浪人买了些水酒，又觉得独酌着实有些无趣。所以让我来问问您是否愿意与他共饮。”

“那人是？”

“是越前的浪人御宿勘兵卫大人。”

（哦？）才藏不禁一怔。说起御宿勘兵卫政友，那可是在关原之战前，风闻于天下的名人呐。（原来他还活着？）

御宿氏本是骏河的名门。包括勘兵卫在内，世代都侍奉于小田原的北条家，以善于利用小部队的机动性作战而闻名。

关于这个勘兵卫，还有一件十分有名的轶事。天正十八年，秀吉灭北条家后，产生了大批浪人。那时正逢德川家康被秀吉封了关东八州二百五十万余石的大大名，一时间家臣需求量大增。家康顺势招揽了不少的北条家浪人，但他发出的第一道指示，便是“给我找到勘兵卫”。

后来勘兵卫更被任命为越前守，受封一万石。并作为德川家二儿子越前中纳言结成秀康手下的重臣备受器重。然而就在秀康死后，勘兵卫却称“于越前家再无所为”，辞了俸禄离去。

“我十分敬佩年轻的中纳言，”尔后有人问起勘兵卫，他是这么回答的，“但中纳言死后，能让我有用武之地的当主也就不在了。又有什么理由让我继续为越前家的那些俗辈或是其妻儿去舍命执枪呢?”

这理由听来也许有些莫名其妙。简单地说，就是他不愿为官罢了。

才藏拉开门，看到的就是孤零零地坐在房间正中喝着酒的勘兵卫。

“哦?来啦?”勘兵卫转过身，递上一个坐垫，马上又拿起了酒壶。

这个男人比想象中的要矮小许多。但不论是眼神中所藏的锋芒还是那张颌骨突起的大脸，都显示出他的确非同寻常。

“真是不好意思，方才阁下在井边冲凉的时候，在下正巧就在窗边。见阁下谈吐从容，器宇不凡，心中钦佩，顿生结识之意，无论如何都想与阁下对酌一杯。所以才托了老板为在下传话。在下是御宿勘兵卫，越前浪人。敢问阁下大名。”

“无名无姓。”

“如此，在下也就不再问了。”勘兵卫丝毫不在乎，给才藏倒上酒，又自顾自地喝起来。“好酒!真是何等惬意。酒果然还是要跟好汉同饮才香醇呐!对了，阁下为何事来大坂呢？”

“游览。”

明知对方在撒谎，勘兵卫依旧没有继续追问的意思。“在下是来将自己卖给那座城中之人的。阁下也看到旅店门檐上挂着的名牌了吧？”

“见过了。”勘兵卫指的是旅店门口那个写着“越前浪人御宿勘兵卫大人宿处”的牌子，俨然一副大名宿阵的架势。

“在下挂上那个名牌后，就只顾待在屋里喝酒了。觉得要是有人看到，应该会主动找上门来吧。”

“有人来过了吗？”才藏隐隐起了些疑心。

“来啦来啦。丰臣右大臣家的重臣来了，开出两千石的条件。当然，我自觉不止这个价钱。然后又有其他的重臣过来，这一次的条件翻了倍，成了四千石。不过，还是拒绝了。”

“如此岂不太可惜？毕竟就算只有千石，与当下身无一物的境遇比起来，也不能小觑啊。”

“我是谁？我可是御宿勘兵卫呀，”他举起酒杯一饮而尽，继续说道，“并非我贪心。实在是如勘兵卫般在世间小有名气的人，若是只为了两千、四千石就卖了自己，岂不成了天下的笑柄？石高[2]的多寡，是衡量一个武士器量的标准，又岂能贱卖？”

“那你觉得多少合适?”

“至少也得万石以上吧。”说这话的时候，勘兵卫突然一改先前的神色，一脸落寞地盯着手中已经有些脱漆的酒杯底，“若是没有万石，我就隐遁山林，再不问世事。”

“你是条汉子。”

“男儿不正该如此吗。”

翌日一早，才藏就离开了大坂，先去了一趟堺，然后继续从高野街道朝纪州九度山奔去。他不时会去路边的茶店打听“几日前是否有一架女用坐轿从这个街道往纪州方向去?”得到的回答几乎都是“确实有过。”其实也不奇怪，毕竟这条街道上往来的旅行者原本就不多，何况还是坐轿，自然是显眼得很。

但当走到作为街道驿站的泉州百舌鸟八幡一带时，便再没了一行人的消息。任谁都只是摇头说“没见过”。

（怪了。）才藏原本为跟丢了而有些丧气，但转念一想，或许一行人在到百舌鸟八幡的路上，放弃坐轿改头换面了。于是又问街道上的马夫：“那你有没有见过四五个男人，带着个女子的?”

“当然见过，每天能有好几队这样的。哪里记得清楚呀。”

“是吗。”这下没辙了。太阳也开始西斜。(今晚就连夜赶路吧)。

举目望去，这一带似乎有不少的丘陵。想是古时的皇陵或乡绅土豪的陵墓。而今，这些土丘山早已长满了树木，成了一个个独立的小密林。

就在几十年前，这附近的皇陵就经常被当地的武士当作城塞使用，甚至还有盗贼挖洞掘穴住进去的。当然，就是现在治安也不见得好了多少。

如今是德川家的天下，然而幕府的权势尚未延伸到这一带。摄津、河内及和泉三国，是丰臣秀赖的领地，因此也可以说是幕府无法管辖的治外法权之地了。

于是乎，在各地犯下大罪的凶徒、盗贼诸类便纷纷涌入此地安养生息。街道旁的民家，天还没黑就关门闭户，也就是在防着他们吧。

(就算遇上拦路抢劫的也不奇怪。)

果不其然。当才藏穿过众多古坟走到山道前时，几个人影喝住了他。

“喂!”

“有事?”

“通关费一枚银子，交出来就让你过!”

“哎哟?这里是关卡吗?”

“少说胡话！白天我们管不着，天黑后的街道就是我们的天下了！要在哪儿开关设卡自然是我们说了算！”

“那么，你们是强盗？”

“你才知道吗？”其中一个慢慢地向才藏靠近，还恶狠狠地扬了扬下巴。

只听得“哇！”的一声，一颗人头飞起，落到晦暗的地面上。一切，都发生在一瞬间。

“看见了？”才藏擦着刀，用低沉的声音说道，“如何？不满的话，就上来给同伴报仇啊！”说着，又踢了一脚，那盗贼的头颅骨碌碌地转了几圈。

剩下的三人个个都一副吓傻了的模样。打架这种事儿，能不能挫到对方的锐气，是胜负的关键。

“怎么了？都不动手吗？”才藏用出鞘的刀身噼啦噼啦地挨个把那几个人的脸敲打了一圈，朗声道：“都给我按顺序报上名来！”

“是，是！银助。”一人脸色煞白。

“你呢？”

“小的耳次。”

“还有一个呢！”

“他们都叫我阿三。”

“不错，都是好名字嘛。我再问问，你们的头领叫什么？”

“是！”耳次谄笑道，“头领名号百舌鸟太郎助。”

“他人呢？”

“他就住在那边一个叫双子塚的墓穴里。”

“就这么定了！”才藏咧嘴一笑，“带我去找他。”

“您这是要做甚？”

“当然是把头领给宰了。要是他有私藏的金银，就全盘接手，然后分予你们如何？带路吧！或者你们不愿意？”

“不，不敢！”三人打头先登上山道，穿过草丛，来到一座大型古坟前。

踩着田舟[3]越过水渠，就能看到一个入口处堆砌着岩石块的类似地窖的地方。才藏朝里瞅了瞅，隐约可见内部有灯影闪烁。

“耳次。”

“在！”

“跟头领说有山火。”

“遵命。”耳次扯着嗓子喊了起来。片刻后，一个肥硕的大个子从里面爬了出来。才藏一脚踢在他脸上，喝道：“百舌鸟太郎助就是你吧？”

“呃！”太郎助朝一边滚去，没想到他虽然体胖，身手却意外敏捷。他猛地抽出大刀，扫向才藏双腿。虽然只是个强盗，却使得一手好刀法。不过道高一尺，此刻的才藏早已站在三间开外的松枝上了。

“我在这儿。”他弯着腰看着树下，“我要去纪州九度山，只要你答应做我的手下，就留你一命如何?”

“痴人说梦！我还要守着阿国呐!”

“阿国……”那是谁？不认识。

百舌鸟太郎助拾起一颗石子，以阪上走丸之势朝才藏掷去。才藏勉强偏开了头，但石头还是将他的左耳垂削去了一小块，然后靠着那股劲势，划过昏暗的天空，落入水渠。

太郎助手中的石子就像变着戏法一般，目不暇接地飞了过来。饶是才藏也有点吃不消了。

“这一招还真让人有点忙不过来啊，看来不下来不行了。”

“哼！你下来试试！要是你做得到的话!”太郎助握紧手中的大刀严阵以待。

才藏的刀却划破长空，悄无声息地切断了松树上的枝丫，断枝向太郎助的头上砸去。

（啊!）就在太郎助为躲避断枝，闪到一旁的一瞬间，他的天灵盖就开了花。再看才藏，已经稳稳地站在地面上了。把首领的尸体踢入陵墓的水渠后，才藏怒气冲冲地对那几个喽啰吼道：“你们几个竟敢骗我。里面还有人!”

“那，那个是……”

“谁在里面?”

“是我们不久前从路上绑来的一个女香客，名字似乎叫阿国。”

“呵，原来你们还干拐卖女人的勾当啊。”

“小的们只是按照头领说的去做而已。”

“我不是在怪你们。拐女人，听起来还挺有意思的。把那女的给我带出来。”

“头儿……”耳次又是一脸的媚笑，还把才藏唤作头领。看来他是满心准备跟着这个武艺高超的浪人做手下了。

“您要是想那女子今夜侍寝的话，距离这里半町前后，还有一处墓穴。那里铺有可供休息的干草，请您去那儿歇息吧。”

“不错，想得挺周到。”才藏不禁苦笑，“暂且让我考虑考虑。”

“如此，小的就先去把女子给您带过来。”耳次兴冲冲地钻进了墓穴。

突然，银助与阿三同时从左右挥刀砍向才藏，似乎他们一直在等着耳次离开。才藏身形一闪，“蠢货!”左手竖起的两个指头已经插入了阿三的双眼。阿三捂住脸在地上打滚，不停发出凄惨的叫声，最后顺着坡道滚落入水渠之中。

才藏转向银助，对他说："放下刀。我不是说过私藏的金银都会分给你们么？为什么要反抗？"

"我想要的是女人！你是在打她的主意吧！我怎么能眼睁睁地看着那种上等货色被人抢走！"

"那女人真有这么绝色？"

"看刀！"话音未落，银助便举刀从旁横扫过来。才藏故意仰面朝天摔倒在地，顺势踹向他胯下要害。银助闷哼一声，痛得昏死过去。当银助也被水渠吞没，耳次颤颤巍巍地爬了出来。

"啊！头儿！人带来了！"他匍匐在地毕恭毕敬地说道，"我不似银次与阿三，心里并无歹念，请让我成为您的手下吧！"

"真是招人喜欢。你先把那女人衣服上的脏污掸去吧。"

一身步行巫女[4]打扮的女子，无精打采地坐在才藏面前。年龄看来应该二十二三。见她耷拉着头，才藏唤了她一声"女人"，女子只抬眼一瞥，竟让才藏心中为之一颤，把接下来的话硬生生地吞了回去。只怪这女子的美貌实在不同寻常。

（绝不会是普通的香客，这是武家的女人啊！）

"把脸抬起来。"才藏感到胸口一阵闷痛，只不过一眼，就能让他如此。这样的事才藏从未经历过。

（又来了。）雨又哗啦啦地下了起来。

才藏倚在山中旅店房间的拉门上，盯着院子里紫阳花上溅起的雨滴，皱了皱眉。（都连着下了两天了。）才藏嘴里衔着酒杯，转过头。屋子里坐着个女子。她身上的阴翳，如今成了才藏心口的负担。

“阿国。”他唤了一声。是在百舌鸟双子塚救下的那个女香客。“你一直这样一言不发，我心里可不好受啊。要不要喝点酒？”

“……”

“决定继续做哑巴吗？”这女子两天来没有说过一句话，“真是让人头疼的人儿啊。”才藏举起酒杯一饮而尽，此时，西边仅存的余晖也暗淡了下去。

这家旅店的字号是贝塚屋治兵卫。店前就是高野街道，生意却甚是萧条。

“你还真是雨女，”才藏的言语里带着戏弄，“自从救下了你，这雨就没消停过。八大龙王该不会是你亲戚吧？”

“……”

忽然，拉门被打开一条缝，耳次露出一个脑袋问：“头儿，还需要酒吗？”

“还真没剩多少了。”

“我去趟村里，买一些回来吧。”

“你有钱?”

“您这不说笑么。我耳次打出生起，买东西就没用过钱。”

“还有为这事儿得意的，也是奇了。”

“京都大坂的事我倒不清楚。在泉州盗贼里，我烟之耳次还是小有名声的。”

“烟是指……”

“我总能神不知鬼不觉地偷走东西，像青烟一样毫无踪迹，才有了这个名号。”

“说得厉害。至多也就是偷偷茶店的馒头什么的吧。”

“头儿，虽然不想败了您的酒兴……”

“你先把那个头儿去了吧。被你这么叫，好像我真成了强盗头子一样。”

“……有些话原本不该说出来，但实在是按捺不住。头儿您看来不像是普通的武士啊。”

“你觉得像什么?”

“伊贺忍者。”

“什么?”让才藏双目圆瞪，眼中精光一闪的却并非耳次的这句话。就在刚才，那个阿国在听到伊贺忍者这个词后，突然抬起头直勾勾地盯着才藏。

“耳次只求成为头儿您的弟子，还请将伊贺忍术传授与我！”

才藏没有回应，只是丢出一些钱币说：“耳次，快去把酒买回来。钱在这儿，你要是敢偷一滴，就要了你的命。”

待耳次离开后，才藏转向阿国，说道：“阿国，我知道你是什么人了。最好别再想继续瞒下去。”

阿国依旧一言不发。

“不肯说？”才藏站起身，“不说可就要让你吃点苦头了哦！”

阿国抬眼看着才藏，眸子里有说不出的悲伤。一看到她这副表情，（实在是不妙）才藏就一脸惊慌失措。才藏的心里，已经被对阿国的那份爱恋之情搅乱得一塌糊涂了。

“过来这边。能过来吗？”声音中，有着与这男人格格不入的慌乱。

“是。”这纤弱的一声，是阿国所说的第一句话。她缓缓地移到才藏面前。也许就是这种出乎意料的温顺成了导火索，这一刻才藏仿佛能听到自己牙齿发出的格格声，一个残忍的男人在他心中诞生了。那股残虐的冲动，来自他对阿国疯狂的爱。然而才藏自己，却未察觉这一点。

“阿国，老老实实把你的身份说出来吧！”

“……”

“你知道我是什么人，我说的没错吧。”

“……”

“还真是个倔强的女人。”

“……”

“那我也就只有这么办了！”说完，才藏将刀鞘贴在阿国左边的脖子上，然后一脚踹向她的右腰。阿国尖叫一声倒了下去，衣裙的下摆被割破，露出了玉葱般洁白的小腿。

“给我趴着！”才藏闭上眼不去看，“趴下去！”

“我不！”

“不听话是吧？那就这样！”才藏说着便在刀鞘上加了几分力，轻而易举地就让阿国趴了下去。凌乱的长发散落在榻榻米上。

“不！”阿国发出了娇弱而悲伤的哀鸣声。那一刻，才藏的表情也带着不忍。

“那就说出来！要是不愿交代你的身份，告诉我你为何知道我的名字也行。”

“我不过是一个香客，并不知道您的名号。我不明白自己为何要受您如此的折磨。”

“不要撒谎！”才藏用刀鞘的底端抵住阿国的背，暗暗发力。

“……”阿国只是咬着牙，默默承受着痛苦。

“高野山可是女子禁地，你却扮成女香客的模样。也是见识不够啊。”

“不是的！高野山的女人堂亦是可参拜的！”

“然后？”

“我是要去大和的女人高野（室生寺）参拜的。”

“你家乡是哪儿？从何处来？”

“加贺金泽。”

“又开始胡编了么。”才藏在刀鞘上又加了一分力，“你说话完全没有金泽口音。再说了，要是从那么远的地方来，哪能一点晒黑的痕迹也没有。我看你其实是大坂隐岐殿手下的人吧。”

听到才藏这一句话，阿国只是紧闭双唇，一时再没有回应。才藏继续问道：“你是不是隐岐殿的侍女？”

“……”阿国依旧耷拉着头，小指头的指甲轻轻地刮着榻榻米的边缘。

“或者，是她妹妹？说起来你们的模样倒是有些相像。”

“……”阿国的小指停下动作。

“原来如此，是妹妹啊。”

然而刚才停住的小指又开始挠了起来。

“不对？”停住了。

“你这么闷着，叫我怎么弄得明白嘛！”

忽地，阿国转头用那双细长眼睛瞄了才藏一眼，又马上趴了回去。看着她带着窃笑的表情，才藏就像着了魔一般，问道：“很好笑？”

“嗯……”她望着才藏的眼里，似乎在如此回答。

“是我的说法有问题？”

“不。”阿国眼里噙着笑。那是一种仿佛对才藏抱有好意的微笑。然而这微笑里的意味，始终还是一个谜。

“哎，罢了！”才藏也发现自己重复的，不过是毫无意义的问答，“你愿意听听我的看法吗？”

（什么样的？）阿国歪着头，像是在询问才藏。

“有一个叫做隐岐殿的人。她带着名为青姬的公卿家的女儿，去了真田幸村所在的纪州九度山。纪州是浅野家领地，路上他们发觉自己的服装过于显眼，于是就扮成了香客的模样。而你，就是他们其中的一个。不过走到百舌鸟一带的时候，你因为有其他的事而与一行人分开，谁知却在路上遭遇了强盗。我说的没错吧。”

“……”

“不回答我就当你默认了。毕竟若是东海道或是京都街道规模的大道，倒还能理解，你这样的武家女子会出现在高野街道这样的地方，原本就不太正常。”

“我只是个香客而已。”

“真是厚颜啊。”

“若真如您所说，您又打算怎么样呢？”

“要怎么样是我的自由。看来我猜得没错。”

“我的确不认识叫做隐岐殿的女子呀。”

“哦！露出马脚了吧。你怎么知道隐岐殿是女的？”

阿国的脸上露出了一瞬间的惊讶，但立即就被她的微笑掩盖了下去。仿佛是做了什么决定一般，她笑着回应才藏：“不是刚刚您自己说的吗？雾隐大人。”

这下轮到才藏的脸色不好看了。

“没错，我是知道您的事。”阿国的态度突然一转。那声音竟出乎预料的清朗明亮，才藏一时慌了神，问出了一个连他自己都觉得十分愚蠢的问题。

“你果然是隐岐殿那边的人啰？”

“这种事，又有什么关系？”阿国的嗓音如低吟般动听。说完她又露出一个微笑。

看着她如此可爱的表情，才藏有一种将其拥入怀中的冲动。

“你是什么意思？”

“阿国我就如才藏大人所说，与隐岐殿一行走散后，路遇贼人不幸被擒。危急关头，幸有才藏大人相救，大恩大德没齿难忘。不过您与我的干系，也就仅限于此了吧。”

“仅限于此？是指的……”才藏完全不明白她在说些什么。

“才藏大人是阿国的恩人。”

“我不是在让你知恩报恩。我只是想知道你到底是什么人。”

“什么人？女人啊。”

“女人？”

“只要知道这点，不是就足够了么？阿国并没有什么特殊的身份抑或是任务在身。不过一介女子而已。您却如此苦苦相逼，阿国心里好委屈呀。”

（撒谎！心思如此缜密的女子，怎可能只是个身无半技的侍女。）

才藏目不转睛地注视着阿国，她吹弹可破的雪白脖颈上，隐约可见青色的静脉。渐渐地，那种想刨根问底的气势也开始偃旗息鼓。

“那我只再问你一个问题。”

“您就饶过我吧。”

“你为什么知道我是雾隐才藏？”

"因为耳次大人说漏了嘴啊，说您是伊贺忍者。"

"不可能只因为这个。"

"还有您的气度……"

"与事先有人告诉你的一模一样是吧?"

"不错。我只听说雾隐才藏是一位连鬼怪也要敬他三分的男人。只是没想到对女子却是如此温柔。"

"你这是在嘲弄我吧。"才藏苦笑一声。这是发自内心的不自觉的一笑。当男人拗不过女人时，往往露出如此表情。

"他们说的没错。伊贺忍者就是鬼怪。我们没有常人之心，更没有善恶。所以逼急了，我可不知道会做出什么样的事来。"

"不，阿国并不这样认为。能被才藏大人这般的男子所救，是阿国的造化。阿国能指望的也只有您了。"

"这世上还有会寄望于鬼怪的蠢人?"才藏自嘲的声音并不大。如这女子所说，这一夜他们只是两个普通的男女。

才藏怀揣着心思望着面前的女子。当对方的双眼迎向他的视线时，那表情之中似乎也带有同样意味。

次日清晨，迎接才藏和阿国的，是一望无际的晴空。阿国将头上的斗笠稍稍压低，仿佛是为了避开才藏的视线。

从岩室旅店出发，走上二里半的坡道，就到了三日市。

刚走到旅店，就看到街道一旁的茶店前挤着一群山伏[5]。

“耳次，耳次！”

“在！”

“这附近有山伏的修炼场？”

“有的，大人。”这个以才藏家臣自居的男人，不知何时开始竟然用起了武家的措辞。耳次指着东边耸立的峻峰回答道，“那边，就是河内的金刚山了。”

“哦——”

才藏眯着眼望向东面。虽然早有所闻，但亲眼见到本山还是头一遭。

这个国家曾有一段时期同时存在着两位天子。他们各自坐拥手下的武士，将国家分为南北两朝。后来南朝的天子流落世间后，曾造访金刚山，向一个无名的武士祈求援助。

那武士很有侠义心肠。天子虽然落魄，然而他却从天子拍向自己肩头的手上感受到一种气概。尔后他召集近邻的山伏及百姓中的习武者，以神出鬼没的行事风格，公然与拥有天下军权的人为敌。最终他帮助天子回到京城，并顺利收复了政权。而这个人在攻防战中所用的战术之精妙，至今也未有人能出其右。

“这就是关于那座山的传言了。”

“那人叫什么名字？”

“似乎是叫楠木什么的。”才藏一时半会儿也记不起楠木正成的全名来。

“也就是说他曾经是这一带的地头（领主）啰?”

“还谈不上是地头这样风光的名号，至多就是山伏和草寇的头领吧。毕竟也是数百年前的事儿了，只是没想到这金刚山竟然至今还是山伏栖居之地啊。”

“山势险要，山伏们多以石岗为修行场所。相连的葛城山顶上的金刚山寺，就是他们修行妙法的据点。”

“不过，那边的山伏，恐怕并非这山中之人。”

“哎?”

“若是长年在此山里修行的，总归有一两个与这三日市茶店的老爹互相认识吧。但你看，那十个人抱团杵在茶店前，却个个神色僵硬。恐怕是外来的人吧。”

阿国朝着其中一个山伏微微地抬了抬斗笠，这个小动作并未逃过才藏的眼睛。

离开那群山伏，三人走到了天见川的溪流边。才藏的下一个目的地是上游的纪之见岭，于是他们沿着溪流一路南行。

“阿国，累么?”才藏时不时出声关心一下。这时，阿国便停下脚步，露出一个香汗淋漓的绝美微笑回应：“不累。”

新叶长势茂盛。风偶尔会被树木挡住去路，让人感觉如身处蒸笼般闷热。

“要是觉得辛苦，我可以背你走。”

“没事的。”

“跟我客气什么。上来吧！”

“不用。”

“真的不用？”

阿国点了点头。

“好吧，离纪之见岭的旅店还有二里路。我们慢慢走，可能会辛苦些，但要跟上啊。”

“好的。”

真是个奇怪的女人。看似乖巧顺从，却又给人一种说不出来的生疏感。明明前夜两人才有过一番温存，照理说也不算是寻常关系了。可在她眼里，才藏究竟算是怎样的存在呢？

才藏走在前面。“耳次，”他小声吩咐道，“三日市茶店前那群山伏，还没跟上来吧？”

“看来是的。”

“你去探探情况。黄昏时分来找我们。我在纪之见岭一家叫泉屋的旅店等你。”

“明白！”

“等一下。阿国那边你就跟她说落了东西要回去取。”

“是。”耳次说完，便精神抖擞地踏上了来时的路。

“阿国，别太勉强自己了。就在这附近歇歇吧。”

“我有些口渴。”

“那边的石缝里有清水渗出，我去给你汲一些过来。”

“阿国去吧。”

“还是我去，毕竟我的手大些。”

“才藏大人不觉得口渴么?”

“就算三天不喝水，我也受得了。”才藏捧着清水走了回来，“把嘴靠过来。”

阿国将脸埋入才藏的手掌之间，咕嘟咕嘟地饮着水。才藏享受着阿国的嘴唇碰触手掌所带来的触感，突然开口问道：

“你刚才跟那群山伏中的一个打招呼了吧?”

“诶?”阿国抬起头，嘴唇上还残留着湿润。才藏盯着那双唇瓣，到嘴边的话又咽了下去，取而代之的是膨胀的情欲，让他躁动难耐。

“阿国。这附近不会有人来的，我们来吧。”

“这……”一瞬间，阿国似乎没有明白才藏所言何意。然而当她发现才藏无意再追问山伏的事后，露出了安心的表情。

“在这里？我可不依。”良久，阿国才回应，她的耳根也烧得绯红。

才藏缓缓伸出手，贴上阿国的细腰，说了一声“这儿”。他是在让阿国靠在他的胸前。阿国照做了，不，应该说正准备这么做的时候，阿国突然觉得身子一飘，被才藏轻松地抱了起来。

“没关系，眼睛就闭着吧。”他这么一说，阿国反而吓了一跳，啪地睁开了眼。但当她看到天上的云不断在眼前旋转时，又闭了回去。当她再一次睁开眼时，发现眼前的景色与先前大不相同了。阿国忘我地坐在地上，像个小姑娘一样呆呆地望着才藏。

“这是……”

“没什么好惊讶的。我不过从刚才路边的山崖跳了上来而已。”

“才藏大人你……”

“怎么？”

“是天狗吗？”

“应该不是。要真是天狗，怎会对女人着迷？”

“你说的女人是指的谁？”

“当然是你啰。”

“对我动情原来是如此让你觉得挫败的事么?”

“就算现在不是，总会有那一天的。”

“阿国不明白。”阿国恢复了原本的淡定。

“把衣带解了!”

“不!”

“为什么?”才藏故作镇定。

“这里，太亮了呀……到纪之见岭的旅店之前，再忍忍好么?”

“你不愿意也不行，自己不解那就让我来。”

“慢着!”

“又怎么?”

“我自己来。”阿国的态度一转，露出了与前夜一般的灿烂笑容。才藏盯着她的脸，一时有些失神。

“我说……”阿国一边用手解开衣带，一边略带思索地问，“才藏大人是喜欢阿国的吧?”

才藏一脸不痛快地回应:“喜欢什么的不是一个男人该说出口的话。”

“要是不喜欢的话，又怎么会做出这样那样的事呢?对不对?”

(这家伙到底是什么人?)才藏心中又生疑惑。

“要是喜欢应该怎么做?”

“对我说喜欢啊。”

才藏并没有出声。阿国坐到才藏腿上，靠在他胸前，静静地闭上了眼睛。

小半刻后。

才藏与阿国仍走在通向纪之见岭的山路上。日头终于收敛了些。就在这时，也不知从哪个山头上，传来一声低沉却极富穿透力的山伏贝笛声。随后，像是与之回应一般，其余山头也响起了同样的笛声。阿国偷偷瞥了一眼才藏，却见他一脸不在乎，继续默默地赶路。

纪之见岭的旅店背靠群山，位于一处杉树林中。沿着门前的道路南下一小段，就是纪州领地。许是因为这一带高山林立的缘故吧，日落后竟有一种入秋的凉爽。

“还真是萧条呢。”

“只有去高野山朝拜的人才会在这里歇脚吧。”此时，客人实际上只有才藏和阿国两人。

“真是辛苦你了。”才藏对正在忙活的阿国说。

“呵呵。”阿国红着脸笑了笑。这旅店中没有女眷，烧饭做菜的事，自然就落到阿国身上。阿国用红色的单袖带撩起袖摆，进进出出忙里忙外。

“你这么看起来，好像变了个人似的。”

“说什么话呢。别这么盯着我看啊。”

“怎么就不行了。不过真没想到你还会做饭。”

“身为女子，若是不会才更奇怪吧？”

这女子真是越看越让人觉得不可思议。她态度与举止每一次的变化，都能让才藏感受到她身上散发出来新的魅力。

（不是阿国真的有什么特别的，而是我看她的眼神开始偏离了原本的方向。也许，这就是那些公卿口中所说的叫做爱情的玩意儿吧。）

这样的想法在才藏脑中一闪即逝时，他的脸却一下子黑了下去。

（伊贺忍者怎能有爱情！）

只要爱上了谁，精神上的自由也就不复存在。也可以说心若是被占据，就再也使不出神通了吧。曾经有不少优秀的伊贺忍者，都是为爱才丧了命。伊贺隐语称女人作撇点撇横，其实是把女字分解之后的笔画。（女人不过是如此的存在罢了。）才藏的想法，正是伊贺忍者传统的女性观。

阿国做好了饭菜，又忙活着准备酒水。

“您在想什么呢？”

“我在琢磨啊，你到底是人还是狐狸呢？”

“瞧您说得，未免太过分了吧。阿国哪里长得似狐狸了？”

“你别说，狐狸比人可有意思多了。变化无常的，多有趣。”

（说起来）才藏其实正在想其他的事（耳次怎么老半天还没回来？）从派他去摸清山伏的情况起，已经过了五个小时了。（也许这工作对那个人来说终究还是过于为难了吧。）

那晚夜深之后，听见有人在拍打寝室的风门，阿国起身道：“我去看看吧。”

“不用，我去就是。”才藏摸黑穿好衣服，按住佩刀拨开鞘口，一下子就把风门整个卸掉了。屋外，恍如白昼般明亮的月光倾洒在眼前那片杉树林中。

才藏站在窄廊上，借着月光看见地上躺着一个男人，正痛苦地扭动。

“是耳次！”他似乎失去了意识，才藏赶紧将他抱进了屋内。

“阿国！”才藏看向阿国，却发现也不知怎的，此刻她的眼里竟满是藏不住的慌乱。

“去！拿烧酒和白布来！”

“他受伤了？”

“幸好不是刀伤……”

没错，耳次的身上并无刀伤，全身上下到处都是被乱棒攻击后的痕迹。那些擦伤像是在被打之后弄的，恐怕是从悬崖上被踢下来了吧。

（这些山伏下手真狠。耳次也不容易，竟能挣扎着来到这里。想必在拍打风门后精神一下子放松，才终于晕了过去。）

才藏拿烧酒给耳次擦了全身，在伤口涂上油脂，再熟练地用白布包扎好。这时，耳次皱起了眉头，看来开始恢复意识了。

“很痛？”

“嗯。”

“是那些山伏干的好事吧。”

“是的。”耳次告诉才藏，他偷听到了山伏们的谈话，说要把这家旅店包围起来，然后杀掉才藏。为了赶紧回来报信，他是从旁边的山崖爬上来的。

“是么，”才藏思虑片刻后问道，“耳次，站得起来吗？”

“倒，倒是没有问题。”

“好。马上从后门逃走！往山里跑！”

“那阿国姑娘要怎么办？”

“阿国？”才藏一脸原本就没这个人似的表情说，“那女人早已不在这里了。估计已经跑去跟那群山伏会合吧。”

“噢噢，原来她是山伏的同伙么。女人还真是信不得啊。”

“这世上，又有谁信得？耳次，你之前不是说想学伊贺流忍术吗？我刚才叫你从后门逃走，现在我改变主意了。你留下来，今晚就让你瞧瞧我怎么对付那些山伏！”

“感激不尽！”耳次眨了下眼，房间里已经没了才藏的身影。

才藏无声无息地走在杉树林里的房屋阴影中。他身着黑色的忍者服，也不知什么时候换上的。云层忽地掩住了月亮。山间强风骤起。一条条黑影如乘风而至般出现在旅店的四周。

“那就是才藏的房间吧。”其中一个山伏伸手指了指。

“还亮着灯呐。”

“看来应该还没发现。”

“那可是伊贺赫赫有名的人，万万不要大意。”

不得不说山伏们的突袭手法还是颇为高明的。他们并没有选择一拥而入，而是有严谨的战术。打头的是三个守在旅店三处出口的弓箭组，他们身后又各自配置了锡杖组，火术组则围在指挥者身边，静候指令。只要首领下令“点火”，众人立即点燃裹有油和火药的干草，一齐掷入建筑内。

除此之外，还有一队刀术组。不用说，都是剑术上颇有造诣的成员。

一行人的首领亦穿着山伏的衣物，用茶色的布蒙着脸。这人身材十分矮小，从体格来看，应该是猿飞佐助无疑。佐助用手枕着头，躺在一棵老杉树下的苔藓上。入夜之后，躺着比站着更能看清事物的各种轮廓，这是忍者的经验。

（才藏确实在屋子里。）这是佐助通过敏锐的视线透过草丛所窥探到的，于是他招来各组的指挥，吩咐道："刀组先从风门破窗而入。若发现才藏，就把他围起来。先至少抵住一招，第二招的时候赶紧撤退。然后弓组出手，等对方露怯后锡杖组跟上。万万不得失手！"

"遵命！"刀组如疾风般奔上前去，踹翻风门冲进屋内，片刻后又一拥而出。

"没人。"一个山伏一脸败兴地嘟囔道。屋里只有散乱的膳食及酒器。

"让他跑掉了？"另一个山伏这么说道。

"要是逃了，通常不是会熄掉灯火吗？"第三个山伏念念有词地走到了烛台边。突然，他眼中精光一闪。他发现烛台似乎有些蹊跷。说是烛台，其实就是将粗实青竹的底端劈成三条支撑在地，然后在顶部放了个素烧制的油碟而已，可以说是相当朴素。

"这是旅店的烛台？"

“不是。我事先对这家旅店进行了彻底的调查。这里用的虽算不上精致，但也是黑漆制的烛台才对。”

“就是啊。哪怕是个乡下地方，房间里也不会用这类上不了台面的东西吧。”山伏们一个个小心翼翼地审视着烛台，然后都倒吸了一口气。

“这，这不是伊贺葬礼上用的烛台嘛！听说在通夜[6]的时候，他们就会在棺材前面放上这个！”

“是才藏干的好事吧。”

“都小心点儿！”

忽然，几个山伏同时向后退了一大步。那青竹上蓦地冒出了一缕白烟，仿佛有了生命一般。

虽然各自嚷嚷着“散开”，可还是太迟了。青竹轰然炸裂，房间里顿时被白烟充斥。

待到浓烟渐散，五个山伏却无法再出声。因为他们已经变作了五颗人头。有望着东边的，也有望着西面的，还有瞧着天花板的，各自滚在一边。

见识到才藏的秘术之后，佐助并未起身，继续躺在苔藓上，脸色阴霾。

（有你的！也就是才藏才做得出来，甲贺确实没有如此高明的术者。）那一身本领真是让人恨得牙痒。这也是佐助第一次对才藏产生了憎恶的情绪。(走着瞧！必定让你栽在我手上!)

从老杉树所在的位置看去，可以发现屋内的烟此时已经散得差不多了。在如此异常的情形下，见佐助都如死人一般一声不吭，他手下的各组山伏也统统成了月下的石雕一般，纹丝不动。(撤吧，今天是我输了。)佐助终于站了起来，阴沉沉地命令道："把人都叫来!"

得令后，山伏们又如风一般从四面涌回。虽然作一身修行者的打扮，可骨子里是货真价实的甲贺忍者，进退之间立显上流。

"人……齐了?"佐助借着月光点了点人数（多了一个），他狡黠一笑，对山伏们说，"各位，都把印亮出来!"

所谓印，是忍者在统一心神时所结的手印。有临、者、裂、兵、皆、在、斗、阵、前共九种手势。也就是民间常说的忍者"九字真言"。而佐助命众人所结的，是事先定为暗号的"临"之印。

临之印的结法——首先双手五指相扣。然后将两只食指向上竖起，两手置于腹前即可。

也就是说，这个时候所有人都应该结"临"之印。做不出来的，就是敌人了。

果不其然，只见右边数来第三个山伏垂着两手，丝毫没有要结印的动作。（就是他！）佐助看向那个人。男人的脸上似乎还带着若有若无的微笑。

佐助压低身体，踏草如飞地向他冲去，高高跳起的同时，手中的戒刀在月下迸出寒光。再看那男人，已经被一记右袈裟[7]无声无息地砍倒在地。静谧的月光照在高举着双手的尸体上。

（啊！）在场的人都诧异地围上前来。

“是才藏？”

“这，这是稻草人啊。”

佐助咬了咬牙，收刀大步离去。

“撤！”

“可是……”其他人一脸不服地望着佐助，“能用人偶来戏弄咱们，他本人一定还在附近呀！”

“不，我们这样想就真中了那个伊贺忍者的诡计了。他的目的就是把我们拖住，他自己估计早就在赶往九度山的路上了吧。”

正如佐助所推断的，此刻的才藏已化作一条影子，奔走在月下的山岭上。猿飞佐助率甲贺忍者倾巢而出，意味着九度山的真田幸村之处几乎等于空城。在才藏看来，这正是千载难逢的好时机。

（得赶紧了。）照现在的情形，只要自己愿意，就能取了幸村的性命。不仅可以拿去向关东一方领赏，也能以此要挟隐岐殿，这样一来，赎回青姬也就不是难事了。

才藏望了望西边的夜空。月亮已经开始下沉。他益发加快脚步。要是有人看到他的样子，估计只会以为是从岭上吹下来的一道卷着沙土的旋风吧。

与此同时，阿国也在下山途中。从纪之见岭的旅店逃出来的她，在佐助手下一名山伏的掩护下，和才藏走在同一条山道上。

“请问……”阿国叫住同行的山伏，问道，“雾隐大人果真还是会被杀掉吗？”

“名人佐助的指示当然不会有差错的。他是插翅也难飞了。您还有什么顾虑的吗？”

“不，没事了。”阿国摇了摇头，然而月光却映出她的一脸苍白。

这个女人一开始就没有用美人计将才藏诱杀的打算。在百舌鸟古坟被才藏所救一事也实属偶然，并非设下的圈套。但就在两人最初留宿岩室旅店那晚，一切却发生了变化。那一夜，阿国的经历非同寻常。

当晚阿国在如厕后，不经意地抬头一看，却被吓了一大跳。一个黑乎乎的东西正紧贴在天花板上。

“什，什么人！”

“请勿惊慌！”身着黑衣的人咚的一声落在地上，一下子抱住阿国。

“你要干什么！”

“阿国姑娘。我不是来带走你的。你只需安静听完我接下来说的话。我是佐助手下的甲贺忍者，是你的同伴。你在泉州百舌鸟走散以后，我们四处搜寻你的踪迹。谁知当我们发现你时，你却和才藏在一起。”

“……”

“不用害怕，这并非在责怪你。对我们来说，反而算是送上门的好事。如此一来，才藏在不知不觉间会慢慢掉入我们的陷阱。佐助首领说了，叫阿国姑娘你务必紧跟才藏身边。明白了吗？”

于是，阿国就按照指示，将才藏引到了纪之见岭的那家旅店。

她所做的仅此而已，但才藏却为此而死……一种连自己也没有察觉的感情，突然如潮水一般涌了上来。阿国情不自禁地停下脚步，蹲了下去。

山伏发现她不对劲，连忙上前询问：“腿抽筋了吗？”

“……”阿国右手撑地，肩臂无力地搭着，最终瘫倒在地。胸口难忍的疼痛和心悸，几乎让她以为自己是犯了贫血。但她平日里并没有这些毛病。是才藏的死，让她变成这样的吧。

朦胧渐远的意识中，阿国第一次发觉了自己对才藏的感情。不过，她发现得太迟了，因为才藏，已经不在了。

“喝下去。”山伏拿出提神药叫她服下，阿国却咬紧贝齿不放。山伏见状，低头亲在了她的嘴唇上。

“阿国姑娘。”山伏眼中闪着异样的光。他瞅了瞅四周，除了几声夜鸟鸣叫，丝毫没有人迹。于是他竟将手伸向了阿国的衣摆。

“你，你要干什么？”阿国质问道，但声音却显得孱弱。

“阿国姑娘啊，我会让你舒服的，你就老老实实地从了我吧。”山伏抱起阿国，走入路边的草丛。月光下阿国的咽喉上，罩着一层白色的光晕。感觉到山伏正在慢慢解开自己的衣带，阿国却只有任其摆布。虽然还有些许意识存在，但她实在没了反抗的气力。她只觉得周身的骨骼仿佛被融化了一般。忍术中难道还有能禁锢人身的咒法么？

山伏在月光下舔舐着阿国的脸颊，打开了她的身体。暴露在外的下体，散发出一种带着甜香的气味。山伏的视线根本无法从那黑色的小小隆起上移开，异样的兴奋让他的双腿不停地颤抖。

山伏突然抬头看了看空中，（是云层遮住了月亮？）他发现自己被黑影笼罩了起来。转眼间，他急忙抓起手边的金刚杖，往后跳开。

“是，是什么人?”他将长杖挡在身前，弓腰注视着面前的黑影。黑影慢慢走近，发出声音：“就是先前那个才藏啊。”

“呃！”短暂的惊讶后，那山伏立即握稳长杖，高高跃起。一声不响地朝才藏袭去。看来也是个狠角色。

才藏向后大退两步，“找死吗？你刚刚想侵犯的，可是我的女人！身为男人，自然不会让你还有命活着回去！”

“你这家伙！”长杖撕裂着夜风，在男人头上被舞得呼呼作响，最后竟犹如锋利的刀剑一般朝才藏劈了下来。

才藏身体一沉。抢先一步抽出映着月光的佩刀，砍飞了山伏握着长杖的左手，又反手一个逆袈裟斩，从对方右肩劈了下去。他啐了一口唾沫，将刀收回鞘中。

“阿国，你应该感到羞耻！”才藏走到阿国身边。

阿国已经将小袖的衣襟合上，一脸呆滞地坐在原地。

“没被玷污吧。若是让人给染指了，我就用这把刀把你也一并结束了！”才藏突然心中一凛，才意识到自己方才都说了些什么呀。

没想到连才藏这样的男人也失了分寸。片刻的沉默后，他终于再次开口：“我……”然而声音却十分的轻，“我……刚才说了些莫名其妙的话。那不是我的本意。都忘了吧！”

“我不会忘的。”

“那我就伤脑筋了。”

“不！”阿国也没想到自己竟然会如此大声地反驳。她只是抬头死死地望着才藏，脸上满是坚定。这还是才藏第一次看到阿国露出这样的一面。

“才藏大人，方才您跟山伏说阿国是您的女人，是真心的吗？”

“当然是假的。只不过想吓唬他一下罢了。”

“阿国我相信您是说的真话。”

“要信随你！”才藏将月光抛在身后，顺着松林中的斜坡缓缓向下走去。

“才藏大人！”待阿国急忙整理好衣装追上去时，视野中已经没有了才藏的身影。

阿国揽着松树的枝干，也顺着斜坡从草上滑下。

“才藏大人！”一直走到大路上，阿国才停住脚步，泄气地蹲在了路边。第一次，她的眼中有泪水夺眶而出。为什么会有眼泪？（就随它流去吧。）这次，连哭这样的事，似乎也变得轻松起来。

月亮已经半没入了群峰之中。山巅上的松树影与明月相映，招摇的枝叶恍惚变得动人起来。（这一生，我决不会忘记这月色和山巅的松影。我会记住的！只要我记得这一切，终会等到幸福来临的那一天。）

此刻的才藏，已经走到山脚下纪州桥本的旅店处。然而他脑海里不停反复着的，却是另一个声音。（决不能轻易相信那个女人！）旅店仿佛漂浮在黑暗中一般，时不时还能听到远处的犬吠声。（那个表里不一的女人。）

实际上，伊贺的忍者中有一种让与自己有情的女人作为间谍潜入敌方，搜集情报的做法。用伊贺的隐语来说，也就是让女人成为“撇点撇横”。为此，伊贺流忍术中还有专门取悦女子的秘技。而阿国这样的，必定能成为一个不错的“撇点撇横”。

（不过）才藏站定了脚步。（我不会这么做的。）用花言巧语让阿国倾心，再把她当作“撇点撇横”利用。这种事，是才藏内心中男人的那一部分无法接受的。

（于是……）突然，周遭响起了人说话的声音，（我终究还是爱上阿国了么。）才藏朝着人声传来的方向竖起耳朵。几声拉开防雨窗的声响后，黑暗中可见两盏提灯飘动。看来声音来自旅店里的女人。而掌着提灯的，应该是一早就动身去高野参拜的旅人了。

注释：

【1】夕凪：凪在中文汉字中不存在，固直接引用。

【2】石高：这里特指石高制下的俸禄。

【3】田舟：水田里播种施肥等作业时使用的浅底小船。

【4】步行巫女：古代日本常见的一种巫女的形态。不隶属于特定的神社，云游各地祈祷、传教、工作。其中不乏一些以卖艺或者兼当游女为生的巫女。

【5】山伏：日本修验道行者的统称。又称山卧、修验者、行者。

【6】通夜：灵前守夜。

【7】右袈裟：剑术斩法的一种。由左肩锁骨处入刀，砍至右侧腹。

真田屋敷

翌日夜晚。

纪州九度山的宅院里，真田幸村正在沏茶独饮。

……真是时光荏苒啊。因在关原之战中与西军为伍被流放至此，竟已过了十三个年头。曾与父亲安防守昌幸一同固守信州上田城，阻挡德川秀忠大军西进而名扬四方的那些日子，恍若黄粱一梦。

这一年，幸村已经四十七岁。

“不知不觉，人就老了啊。”这种念头，日复一日出现在他的脑海里。“像我这样的男人，难道终究要朽于这深山之中么。”并非眷恋名誉，也不是为功名。幸村原本就是大名家的儿子，这类世俗之欲自是与他无缘。

“也许单纯就是身为男人的欲望吧。”他曾对自信州时代起便追随自己的穴山小助这么说过。

“男人的欲望?”

幸村认为，只要是男人，身体里都潜藏着希望自己的才干能为世间所知的本能。男儿在世的目的，不仅是为了衣食，而且更应去满足自己这个欲望才对。

“虽然仔细想想，欲望根本就毫无价值。不过旁人看来无足挂齿的事，在本人心里却不尽然。成天想着自己也许就这么死了，人都快发狂了。”

正在这个时期。大坂丰臣家家老大野修理治长的密使，一位叫做隐岐殿的女性开始时不时地造访九度山。隐岐殿的目的无他，是希望在不久的将来，丰臣家讨伐德川时，幸村能够作为己方的军师再度入城。

“是要我与天下之军队为敌么？”

“对左卫门佐（幸村）大人而言，恐怕再无比这个更能让你乐在其中之事了吧。”真是个伶俐的女人。幸村身为男人的欲望以及愁楚，全被她看在了眼里。

“如此，你们就须先召集天下的有能之士。”

“已经安排周全。”隐岐殿满心自信地将他们潜伏京都招揽浪人的情况告诉了幸村。

而幸村也十分乐于替他们出谋划策，并且为了助其一臂之力而如此说道：

“我的家臣中有个叫猿飞佐助的，是甲贺流忍术的高手。我就将他借予你们差遣吧。”

佐助与隐岐殿同进出于京都大坂，也就是从那个时候开始的。

幸村正沏着茶。炉子里的木炭烧得火旺，锅中翻腾的热水发出松风吹过的声响。突然，他的眼中闪过一抹精光。原本静谧的庭院里，此刻却响起了虫的鸣叫。

“是谁在那儿啊？”幸村用低沉的声音问道。套廊边上，站着一个黑影，正一言不发地看着幸村。

这个人影正是才藏。他默默地坐到了套廊上。

“敢问是传心月叟大师吗?”这是幸村被流放之后的法名。

“正是，想必你就是那位雾隐才藏了吧。”幸村显然是知道他的。

“你可真清楚。这宅子里有一个叫做隐岐殿的女性吧，我是来见她的。”

“你先上来，一起喝杯茶如何。”

“还是先让我见隐岐殿吧。”

“等等，不喝茶吗?”

“我鞋子太脏。”

“我差人去打水来给你冲一冲便是。”

“不用了。”要是其他人来了还得了。才藏只得在草上擦了擦鞋子，进屋坐到了幸村的面前。

幸村噗的一声笑道：“猿飞本来已经去接你了，没事就好。”

“如此盛情款待，真是不敢当。”

“这九度山里，时不时会有纪州浅野家的间谍或是江户的隐密冒头，我吩咐下去，一旦发现不留活口。能活着逃出来的，说不定你算是头一个。只不过，这次就别指望还有命能走出这个宅子啰。”

“当然能出去。”

“作为关东的间谍，你倒是挺有胆识嘛。”

“话说在前头，我可不是关东的间谍。”

“那你是为了什么?”

“我会来这里，只是自己兴之所至。”

“大白天说什么梦话。”幸村笑着伸手打算拿起身旁的铃铛，才藏先下手为强，抽刀将那铃铛劈成了两半。

“我可不会眼睁睁地看着你叫人。”

“好功夫啊。可要是不叫人，我怎么能让隐岐殿过来呢?”

此话也不无道理。才藏思索片刻，回答：“那么，就让这宅子里的武士全都过来吧。不过你必须命令他们不许对我出手。”

“有意思。”幸村照做了。收到传唤首先到来的有三个人。幸村将他们一一作了介绍。

穴山小助。

笕十藏。

海野六郎。

三人都是一脸干练，手按着腰间的佩刀，眼中露出利光。看样子倘若才藏胆敢有所不轨，他们随时可能抽刀了断他。

接着赶来的，是一个苍老的僧人模样的男人。他怒气冲冲地走进房间，坐到海野六郎的身边。此人年纪看来至少六十有余，一道深深的刀痕从右边鬓角一直延伸到鼻头，仿佛就像脸被左右割成了两半。

“那位是?”才藏也不由自主地用起了敬语。幸村过分的大度，让他开始对此人产生了些许敬畏。

“啊，他啊？就是个叫三好晴海的古怪和尚。”

说来也真奇了。自从被幸村留住的那夜起，才藏竟在真田屋敷逗留了十来天。幸村称才藏为“客人”，吩咐家臣们待之以礼。当然，这一切还是建立在对方深知他与关东的隐密大名鸟居左京亮忠政的关系的前提之下。(真是弄不明白了）连才藏自己都觉得不可思议。(幸村到底在想些什么?)

不过自那夜起，才藏就再没见过猿飞佐助。另外可以确定，不仅阿国没有回来，连隐岐殿和青姬，都不在这个宅子里。

(难道还有其他秘密的藏身处?）不，应该没有这个可能。九度山的村落并不算大，若是有什么建筑物，应当是一目了然。再说了，纪州浅野家受幕府的指令监视真田屋敷。整个九度山的村民，都是他们的眼线。这种情况下，幸村是不可能再私建宅院的。

(那么他们是藏到别处去了?) 虽然让人十分在意，然而这些都不是才藏久留此处的原因。实际上，他只是待得太舒服了而已。(明明身处敌营，却有一种说不清道不明的感觉。)

穴山小助，又名岩千代，据说是武田信玄的部将穴山梅雪的私生子。此人十分谦逊，看起来就像是百姓家的普通中年男性一般。他待才藏十分和善。平日里负责打点才藏周遭的各种琐事，几乎就与旅店的手代[1]无异。

有一天，他答应领才藏去屋后的一个仓库看看，于是在前面带路。那是一座巨大却十分粗糙的建筑物，由带树皮的木料建造而成，有数名男女进进出出，看来相当忙碌。走进仓房，里面有二十个农夫模样的老人或女子正在做类似手工活的工作。有的在纺线，有的在捣衣，还有操纵着小型机关装置（机械）的。

才藏看了一圈后问小助：“他们在做什么?”

“这是在做真田纽。”

才藏拿起作为成品的深蓝色线织物。(原来如此……) 他脑中灵光一闪，终于抓住了幸村策谋中的一小块残片。

这里顺便介绍一下真田纽。这是将木棉和天蚕丝拧在一起后做成的织纽，据说由幸村之父昌幸发明。因其坚韧牢固，在世间备受推崇。坊间流行使用它们来做刀的柄卷、下绪，或是用来捆绑装有贵重茶具等的箱盒。

（这世上还真有如此深不可测的男人。）才藏指的是幸村。在见识了真田纽的工场后，才藏不禁叹服于此人的智慧。

才藏寻思，真田纽的存在对于幸村来说并非只是织品而已。他给了监视自己的九度山村民一份工作，让他们能够靠此安居度日，最终达到收买人心的目的。当然，这也并非全部。

做好的真田纽需要贩卖。负责去诸国行商的，自然是幸村手下的人。关键就在这里。

“一般平日在诸国行商的有多少人啊？”

“应该差不多有五六十人吧。”穴山小助并未隐瞒。

“我猜得不错的话，那些人恐怕都是猿飞佐助麾下的甲贺忍者吧。”

“这就说不得了。”小助暧昧地笑了笑，答案也就不言而喻了。

这是一个多么庞大的谍报网啊。被流放的真田幸村，身处纪州高野山麓，却能巨细靡遗地坐晓天下之势。手握如此情报网的人，在这个国家的历史之中，再无前人了吧。

（真是甘拜下风……）才藏的脸上露出了带有好感的笑容。

才藏从小自负拥有异于常人的智慧。他这样的人才，若出生在平常武士家，想来会拥有一段轰轰烈烈的人生才是。

正因如此，他才会在关东与大坂之间风起云涌之时，乘势出现在两大阵营之前，却又不从属于其中任何一方。这样做，不过是在等待自己的才干能够高价出手的那一天。

然而，（我输了……）一个不论在智慧的深度还是规模上，都远超自己的人出现了。（或许自己是被这个男人所吸引了吧。）

那日傍晚，有人突然造访才藏的房间。

“叨扰了。”这人拎着个酒瓶，正是那个有两半边脸的老人，幸村当时说此人名叫三好晴海。这老僧虽然精瘦，但看来却相当结实，就是那脸实在有些瘆人。他盯着才藏看了好一会儿，终于开口道：“喝点？如何？”

他一笑，旧伤就像被扯开了一般。由于伤口的原因，他一半脸虽然在笑，另一半却像是在瞪人。就算是才藏也有点被吓住了，不禁说了一句：“这面容还真够粗犷的。”

“我可告诉你，大家可都不会拿我的容貌来说事。”

“抱歉抱歉。”

“别看我这样。想当年我在天正、庆长之战中声名大噪时，可没少让女人为我流眼泪呢。如今是没有女人敢接近我咯。就连九度山的村童瞅见我的脸，也会立马逃走。”

尽管他如此自嘲，但才藏听说这老人的女人其实就在九度山，还为他生了三个孩子。此人与外表不相符，是个相当精明的人。

“我今天打算跟你不醉不归。就是要放倒你这个伊贺名人哟。”

“我从不会饮酒超过自身的限度。”

“这就是你不可爱的地方了。我也一大把年纪了，见过各式各样的人。第一眼看到你的时候，我就觉得你是条汉子。可就是没有一颗能让自己放纵的心呐。”

“听说你是伊贺的名人，让我见识见识你的忍术怎样啊？”三好晴海有了些醉意，就缠着才藏要他表演。才藏闷着气，一脸不快。看来不管在哪个团体里，都少不了这样的废物。

“猿飞佐助不是甲贺的名人么，难道你还见识少了？”

“那家伙不会用妖术。”晴海入道说的一点也没错。与甲贺的人海战术相比，伊贺流忍术则是侧重于个人的术法，也就是所谓的隐形之术。

隐形分为天地三才三十法，这在他们的忍术传书上亦有记载。

有日遁、月遁、潮遁、云遁、雾遁、雷遁、电遁、风遁、雪遁、木遁、草遁、火遁、烟遁、土遁、屋遁、金遁、石遁、水遁、汤遁、禽遁、兽遁、虫遁等。

这些遁法均是利用各种自然事物作为忍具，并结合伊贺自中世以来代代传承的幻戏来实现。所以在诸国武士之中，伊贺忍者擅用妖术的说法，几乎已经成为了常识。

晴海入道指的就是这个。他要求才藏表演这个，但幻戏却并非妖术。

“多说无益。我可不曾学过什么妖术，更不会用。”

“你撒谎！”入道已经醉得两眼发直了，“你难道不就是打算用妖术来搅乱这里嘛！大人如何礼遇你与我无干，你可别想逃过我三好晴海的眼睛！总有一天我要揪住你的尾巴，然后用这把胴田贯把你劈成两半！”说着还抽出了一把三尺长的太刀。

胴田贯是战国以来颇受骑马武士欢迎的一种刀具。本身并不锋利，但刀身宽厚，再加上本身的重量，只要用力一挥，甚至可以洞穿具足，从而将敌人一刀两断。

“小心误伤，快收起来！”

“你怕啦？”入道嘴上这么说，其实心虚的却是自己。他深信才藏是妖术师，在他看来，才藏身上散发着一种诡异的气息。为了战胜自己脑内妄想出来的那种恐惧，他才不经意间拔出了刀。

“怎样?”晴海入道突然立起左膝。血气随着出鞘的刀上涌。他抬起剑尖，置于才藏天灵盖之上。也不知是不是被自己手中的白刃晃得迷了心神，入道的眼中露出了如夜兽般锐利的光芒。

“才藏！立刻在这白刃之下亮出你的妖术!”

“我拒绝。”才藏仰头，一口酒下肚。

“好胆识！看来你是还不知道我三好晴海入道是何等人物了。我的刀一旦拔出，不沾血气是不会回鞘的。”

“看你的眼神就知道了。左卫门佐大人还真是找了个好家臣啊。”

“什么意思!”

“要是你能办得到的话，这项上人头任你取走便是。”

“入道，你这姿势可是砍不了我的。身体太前倾了，把腰再沉下去点!”才藏仍旧坐在原地，丝毫没有躲开的意思。入道不自觉地沉下了腰。

“还不够!”

“多嘴！和你们这些毛头小子可不一样！我晴海自十六岁加冠起就纵横沙场，至如今已三十年！轮不到你来教我!”

“能用来夸耀的只有年纪吗，真是个可怜的男人。不过看你这架势，能上战场也算是不容易了。”

“住口!”

“你别动气呀。剑尖太高了，这房间天花板挺低的，小心戳上去。”

没想到晴海入道还真的放下了握住剑柄的手，才藏见状依旧不满地说：“这回又太低了。你这下像是把刀当作情人一样抱在怀里，哪里还使得上力啊。就这样是砍不下我的头的。”

“那这样?”

“不成不成。左边的拳头再往右下巴的方向移一点儿。”

“这样?”

“剑尖还是高了。朝右边放平一些。再放点儿！行了，就这样！不过……”

“这次又是什么!”

“在这么窄的地方使用胴田贯，原本就是一种错误嘛。稍有常识的人，便会选择小太刀一类的。”

此刻，这个挥着太刀准备砍掉才藏脖子的入道，其实已是对方笼中之物了。因为才藏的幻戏，早已开幕。

为给读者们助兴，容我在此粗略介绍一下伊贺的幻戏吧。

幻戏其实是将对方催眠，然后依照施术者的意思，让被催眠的人产生各种幻觉或幻听的一种术法。

伊贺流忍术中的幻戏，若要追根溯源，应该来自中国的仙术和印度的婆罗门幻术。将这两种术法统合起来的修行术者出身大和的鸭族[2]，曾活跃于七世纪的古代日本，叫作役小角。他三十年间穴居大和葛成山，一心修行，从未出山半步，最终修得仙术。随后为磨炼自身技能，他又遍历大峰、二上、高野、牛泷、神峰、箕面、富士等地，晚年周游九州，进入丰前彦山后再无音讯。

就在雾隐才藏所处时代百数年之后的宽政十一年（1799年），也就是役小角的1100周年忌日将至的前夕，他又受当时天子光格天皇赐谥号神变大菩萨。役小角在天智天皇的时代，将自己的术法授予一个叫做藤原千方的怪人，千方又将它们悉数传给了被称为伊贺四鬼的四个人（金鬼、风鬼、水鬼、隐形鬼）。相关的故事在《太平记》第十六卷能够看到。

这就是伊贺忍术的源流。千年以来，伊贺山中的众人亦是勤修此术，毫不懈怠。

过了约莫十分钟。举着太刀的三好晴海入道已经双眼呆滞。一旁的才藏，用几不可闻的声音不断地向入道发号施令。入道仿佛像个提线木偶一般，一一听从照做。才藏看准时机，突然用尖锐的声音喊道：

“动手！”入道的双眼恢复了神采，“砍！”他的胴田贯也卷起一股狂风，将屋内的空气撕扯开来。同一瞬间，才藏的头被太刀卷上天花板，然后落在榻榻米上。

“怎样！知道我的厉害了吧！”入道大叫一声后，房间的拉门豁然而开，是闻声赶来的穴山小助和海野六郎。入道又再次舞起了刀。

“啊！”打头冲进来的六郎在千钧一发之际后仰躲开这一击后，也被眼前的光景吓呆了。入道的刀则扑哧一声插进了榻榻米里。

“是小助啊。看看这人头。让你觉得难受了吧？毕竟你把这家伙当客人，平日没少供着哄着。不过我有我的想法，我打从一开始就觉得他是关东的间谍。所以我把他给收拾了！大人那边，自有我入道亲自去承情。这样你们就没意见了吧？”

“有！”

“呵，还真有？有什么？有意见？”

“我说入道大人啊，在对我们发火前何不先看看身后？”

“什么？”只看了一眼身后，晴海入道惊得连刀都放开了。那个本该被他断了头的才藏，此刻正端坐在最初那个地方，悠哉地喝着酒。

“六郎。”穴山小助对身后的海野六郎说，“麻烦你去打一桶水。我们先得让入道大人清醒过来才是。”

没过多久，海野六郎和笕十郎带着水桶回来了。两人一左一右架住晴海入道的胳膊，将他的头往水桶里按。

“干，干什么!”

“入道大人，得罪了。”又按了下去。

入道这下总算是回过了神，看着房间里的情形，他一脸茫然地说：“我，我确实是砍下了他的头啊。我手上到现在还残留着太刀砍到骨骼时的感觉呀。”

“其实入道大人砍到的……”小助指了指房间一角，“应该是这个吧。”他手所指的方向，躺着一个黑亮黑亮的大葫芦，葫芦肚子被人劈成了两半。

“……”

晴海入道发出了莫名的惨叫声，无力地瘫倒在地。

“雾隐大人，方才……”小助看向才藏，脸上依旧挂着那人畜无害的笑容，“入道大人的粗暴之举让你受惊了，我代他向你赔个不是。”

“免了。”才藏放下手中的酒杯，脸上通红一片。血气上头并不只是因为酒力，毕竟对这个男人而言，红脸可以说是十分少有的事。“是我弄出了这些无聊的事。我现在也后悔着呢。其实，我好多个年头都没有用过幻戏了。毕竟旁人见到这样的术法，总会把我当做妖人一般忌讳，反而于己不利。今日之事，还望各位能当做没发生过。似乎……”才藏将酒杯倒扣在膳桌上，“果然是喝多了。”

才藏在九度山又逗留了一些时日。也是这宅子里的老好人们，让他感到待在这里十分放松。然后在第十二天的早上，幸村邀请才藏同去打猎。

“才藏，此时正是谷中鹿群繁殖的季节。出去看看？权当转换一下心情吧。”

“好，我与你同去。”才藏老实地回应道。

幸村把便当和弹药交给两个侍从，又递给才藏一杆铁炮。随行的还有穴山小助。若是去打猎，这个阵容未免有些单薄。

“势子[3]怎么了？”

“什么怎么了？”

“难道猎鹿不带势子么？”

如才藏所说，只有射手是无法猎鹿的。要靠射手团和势子团天衣无缝的配合，方能实现。

射手团要做的，是架上铁炮事先等候在鹿群的必经之路上。把鹿群从山中赶出来，则是势子团最重要的任务。

“势子么？”幸村笑了笑，“要是我雇上那么多人，还不吓坏了浅野家的人么？”幸村毕竟是被流放之身，就算是去猎鹿，也必须避免大量雇佣村人在山中活动。

“话是这么说。可要是没有势子追赶鹿群，恐怕没那么容易猎到鹿吧？”

“到时候你就知道了。”幸村岔开了话题。

一行人在山里步行了两里左右，来到一处背靠山崖的狩猎小屋前。一个老人从屋里走出来，见到幸村后立即伏身参拜。虽然他一副猎户的打扮，但在才藏看来，那锐利的眼神和举手投足的气质，必是武士无疑。

“在下等候多时，一切都已就绪。”

“是么。那就先填饱肚子再说吧。”

于是，众人在小屋内享用了老人准备的肉汤。幸村一边吃，一边吩咐老人：“把山里的地图拿出来吧。”

“在这儿。”老人展开地图，用红色的毛笔在事先调查好的鹿群通道上标记了一番。

“才藏、小助，你们过来，看看这地图。”幸村用筷子指着地图一点，“这里，是这次的第一立目点（射击位置）。小助，交给你没问题吧？”

“遵命。”

立目，也就是射手所站的位置。猎鹿的时候，被选为立目的地方，须得在鹿群的通道上，且要视野宽广，两个条件缺一不可。幸村并没有实地考察，只是看着地图便能随意定下立目点，这就足以证明他对这座山的熟悉程度了。

“才藏嘛，就在这儿。第二立目点。”

“是!”才藏不知不觉拿出了在军阵上听候军令的家臣的架势。

“至于我……”幸村又用筷子指着某一点，“就守这第三立目点吧。才藏会用铁炮吧?”

“略知一二。”

“不错！小助可是使铁炮的能手，你们就比比谁猎到的鹿更多吧!”

鹿群并非在山间随意活动，它们多以山脊为往来的通道。一般来说猎户们若要确定通道所在，还得首先找到鹿的粪便才行。

幸村、才藏和小助三人，各自在立目点坐了下来。听说这一带的猎户都称这条山脊为“马背”。别说，看着两侧刀削般的深谷，还真有几分坐在马背上的感觉。

才藏坐到指定的立目点后，迎着山谷中吹来的风眯了眯眼睛。然后他突然惊讶地发现，前后的两个同伴，就在距他很近的地方。

（哟……难不成……）从他们三人所在的位置来看，才藏与幸村及小助之间，彼此前后不过隔了六十间（约一百一十米）。（目标根本不是鹿，而是我吧？）也不怪才藏多心，毕竟他现在正同时处于幸村和小助两人的射程之内。

种子岛铁炮的有效射程一般只有四十间（约七十米）。但只要有心，射中六十间开外的事物也不无可能，多装填一些火药加强火力便是。才藏偏偏就处在利用加强火力的方法便可击中的位置之上。

“喂——”前方传来了小助的呼声。才藏踮起脚看向他的方向，只见他正高举手臂，手指向上。才藏顺着他的手指看去，见一只老鹰正在空中盘旋。

（让我把它射下来？）才藏苦笑，不禁觉得这有些太孩子气，于是他并没有举枪。不想小助跳过岩石和幼松，竟然跑到他面前。

“我们来比比枪法如何？”

“不用了，定是胜不过小助大人你的。”

幸村不知什么时候出现在才藏的背后。他坐在岩石上，脸上满是笑意：“就当是等鹿群时的余兴节目吧。也让我好好见识下你们的本事啊。”

“既然大人都这么说了。在下就献丑了。”

“请。”

小助举起铁炮耐心等待着。突然，鹰似乎是发现了山谷中的猎物，就在它停止盘旋向下以直线俯冲的那一瞬间，小助手中的铁炮口迸出一小撮火焰。那只鹰在空中翻了一圈，变成黑点直直地落了下来。

“好枪法!”

“雾隐大人也找一个目标试试吧。”

“那在下就捉只雕如何?”

“雕……”小助一脸狐疑，“这山里，可从来没什么雕啊。”

“非也，那里就有。”才藏手指山谷对面山峰上的一棵老松。

“咳咳。”小助自然是看不到的。

“那棵松树的枝梢上，有一个雕巢，里面现在正好有一只雕。不信你擦擦眼睛看清楚了，就在那个向下弯折的树枝的根腹，有一团黑色的东西。”

“经你这么一说，好像真有什么东西。”

“那就是雕的巢穴了。它现在好像准备飞走了。就那个头，翅膀展开估计能有一间长吧。”

“噢噢!”小助的语气中掩不住惊讶，幸村却只在一旁笑而不语。他明白，才藏正在对小助施法。

山谷前的风吹过。才藏眯缝着眼，盯着山谷对面山峰上的松树，一边对小助说：“那只雕，马上就要飞起来了吧。”

“马上……就要……”小助反复念叨。此刻的他，已经进入了才藏幻戏的世界中。

“小助大人你看，它要是飞起来的话，就由你先开火。万一射偏被那畜生发现，它一定会袭击我们的，你要格外小心啊。”

“明白了。”

“啊！”才藏看着对面的雕，小声说了一句，“飞起来了。”

“哦——飞起来了。这雕个头真不小啊！”小助嚷嚷着，立即举起铁炮。

松树梢上的大雕，抖了几下羽毛，乘着山谷间上升的气流飞向空中，展开硕大的翅膀盘旋。

“瞄准它的眼睛！若是没打中，它会发狂的。”

“打眼睛是吧。”

“眼睛……”

“眼睛是吧？”

“眼睛……”小助手中铁炮的火绳发出了燃烧时的焦煳味，六角筒里的火药被引爆炸裂，三匁[4]玉弹丸朝着大雕疾射而出。

只听得啪的一声，雕身的羽毛散向空中，左边翅膀剧烈地倾斜摇晃。才藏又小声地说了一句：“没打中眼睛……那雕受伤了。”

小助看到雕的翅膀上被鲜血染红了一大块，在空中胡乱扑腾。突然，它似乎发现了小助。只见它展开双翅，划破谷间的风，向小助俯冲而来。

“啊！”小助大叫一声。才藏立马将自己手中铁炮的火绳点燃，递给了他。

小助将铁炮后端顶在自己腰间，朝着已经冲到身前的大雕开火。

“不妙！”然而大雕并没有停下来的势头。

“退后！小助大人！”才藏向前一大步，不紧不慢地握住了腰间的刀柄。就在大雕快要攻击到小助头上瞬间，才藏的刀亦在空中一闪。

呜噶……一声惨叫。待到小助再睁开眼，却发现四下里哪里都没有雕的身影。

“雕，雕呢？”小助如梦初醒，环顾四周。他瞅了瞅才藏，又看了看幸村。却发现幸村正吃吃地窃笑。

“小助，你是做梦了吧。我可从头到尾都没见到什么雕啊。”说完，幸村又看向才藏，“没想到能在这里见识到伊贺流的忍术。多谢款待。不过话说回来，与甲贺流忍术相比，到底哪一边会更胜一筹呢？”

“凡事必有优劣长短。”

“那要不要比试比试？”

“可惜没有能够做对手的人。”

“猿飞佐助就在这山里某处。只要你能破解佐助所设的术法，我就让你见隐岐殿和青姬如何？若是破不了，那就只有认命了。”

幸村提出“比试术法”。一开始十分为才藏所不齿。（荒唐！）

忍术发展出了伊贺、甲贺两个流派，然而从古至今却从未有过术法比试这样的事。那些被尊为名人的男人，他们连对自身的术法都抱着否定的态度。对他们而言，圆满的技艺，必须要达到一种“无形无味无色”的奇妙境界。毕竟连术者自己都是如此想法，又怎么可能容许第三者来评判他们呢。

（只是……）身为智将的真田幸村，自然也明白这一点。那么他的目的……（果然还是想除掉我么）

才藏以为，幸村在邀请他来猎鹿之前，或许便预谋让佐助杀掉他了。但在幸村亲眼见过自己术法的妙处之后，却突然产生了惺惺相惜的念头。因此，他并未直接下令，而是间接提出了术法比试的建议。

（但是……）也许事实并非如此。才藏望着幸村。幸村依旧是一脸无策无备的表情。

幸村一直都在离才藏不远的地方。才藏若是有那个念头，随时可以动手。（只要现在出手，就能将他拿下。）这样的想法不止一次地出现在才藏脑海里，然而幸村却时刻都是一脸淡定。

（真是个神奇的人。）幸村看着才藏的时候，总是一脸微笑。仿佛面前的人是自己的忘年之交一般。

（幸村是个了不得的策士，他的高明之处，或许就在于他在行策之时，甚至会忘记自身正处于策谋之中。其稀有的心力可见一斑。）

（又输给他了。）自从在真田屋敷逗留以来，这种挫败感已经不止一次在才藏心中涌现。奇怪的是，他不仅没有感到丝毫不快，反而生出一种愉悦的情绪。甚至还有拍拍幸村的肩膀，与他谈笑的冲动。

（这个男人，我甘愿跟随他。）这样的念头在才藏心中萌芽，也许亦是意味着才藏的败北吧。

“才藏……”幸村坐在树荫下的岩石上，看着才藏笑道，“再有一刻太阳就要落山了。”

“是啊，一只鹿都没见到呢。”

“迟早会见到的。”幸村自信满满地说。

“总不会在日落之后出现吧。”

“日落之后也还是会出现的。”

“……我看今天并非猎鹿，而是狩猎在下的吧？”

“哦？”幸村一脸诧异地回应道，“原来你察觉了呀。不错，不过你既是关东的间谍，总不会奢望我幸村会让你活着走出九度山吧？”

“原来如此。”一时间才藏也想不出其他的说辞。

“我说的一点儿没错吧？”幸村又露出一个人畜无害的笑容。

真是个高深莫测的男人。

此时，从东边山峰和谷地的缺口处，依稀可见二十来个人。（势子么。）大概是由佐助指挥着的，但从才藏所在之处仍无法看清哪一个才是他。可让才藏吃惊的事还在后头。片刻后，又有一群人出现在西峰的山坳口，接着是南峰，然后是北峰，陆陆续续有人涌现出来。

前前后后差不多有三百来人。（这些都不像是本地人。）才藏琢磨了一下，若不是本地人，难道全是甲贺忍者？幸村一个身受流刑之人，竟能驱使三百甲贺忍者在山中活动。说他不好对付，还真是没让人失望呀。

“佐大人。”才藏问幸村，“那些不是一般的势子吧。”

“真是逃不过你的眼睛啊。”

“是甲贺忍者？”

“这个嘛……”幸村的语气中出现了少有的含糊，“也有甲贺的人。”

紧接着才藏又说道：“我瞧他们一个个步伐轻盈，体格健硕，绝不是普通的农夫。如果我没看走眼的话，他们是武士吧？”

“好眼力！那些都是我真田家的家臣。”

（啊？）才藏忍住了出声的冲动。这个流人竟然胆敢在江户的监视下，召集旧部在纪州山中猎鹿，实在让人始料未及。

“像这样的猎鹿活动，时常会有吗？”

“半年一次吧。”

“为了什么？”

“当然是为了游玩啊。”

“应该还有其他目的吧？”

“精明如才藏，难道会不明白么？”

“虽不十分肯定……”但隐约有了些眉目。

幸村每隔半年便要将四散各处的真田旧臣聚集起来，自然是为了操练。如此方可保证将来出阵之时，家臣们能够迅速地适应他的指挥。

就如在印证才藏的猜想一般，幸村此刻已经站在了岩石之上，右手还拿着针叶茂盛的松枝。

“看着吧，才藏。”

幸村举起松枝，朝西峰的方向在空中大大地画了一个圆。西面的人群立刻四散。然后他又转向东面，将松枝上下挥舞，这一次，东边的人群一齐往山谷间聚拢来。

“看明白了吗？其实这个对我来说，只能算是解闷的东西。”

“负责传令的，是佐助吗？”

“甲贺忍者由他负责。”

“其他人呢？”

“各自交给平日里就在九度山的八个物头[5]了。包括佐助在内，这九度山里一共有九个武士，当然，你要加入的话就有十个了。”

“……”

“从前，山中鹿之介在复兴山阴的尼子家时，由他所带领的十个武士被称作尼子十勇士。而今要是算上你的话，我们就也有十勇士了哦。怎样？要不要加入看看？人生在世不过一死，若不死得轰轰烈烈，怎么对得起自己这条命呢？”

“……”才藏闻言，会心一笑，并未表态。

这时，身后响起了小助的一声“鹿！”他正站起身，用手指着山谷之间。

幸村和才藏沿着小助所指的方向看过去，果然有一头鹿被势子追得仓皇逃窜。但才藏只是瞥了那鹿一眼，对幸村说道：“大人，关于你方才提起的事，容我再想想吧。”

“嗯，你再考虑考虑。”

那头鹿正朝着斜坡，踩着“之”字形路径攀爬而上。看来它的目标，正是他们所在的山脊处。

小助端起铁炮摆好架势。用铁炮射鹿时，最好是瞄准其第三根肋骨。而“鼻尖七尺”则是最佳的射击距离。若是让它进入七尺以内，要射中如此敏捷的兽类就难如登天。

这些常识才藏心中自然有数，但他却故意设套让小助来钻。

“小助大人，从二十间开外射杀它如何？”

“二十间……”

“身为真田家的头号铁炮名人，应该不难吧。”

“当，当然！”小助打起精神再次举起铁炮，不知是否因为不够自信，手中的铁炮竟在微微颤动。

“小助大人，左手肘再夹紧身体一些可好，铁炮在晃动哦。”

“客人，你这些忠告对在下而言是没有用处的。”

“枪头太低。子弹都快掉出来了。”

“住，住口！”就在鹿正要逃上山脊，距离他们还有二十间的时候，小助手中的铁炮轰然而响。那头鹿飞起足有六尺，咚的一声砸到地上，没了动静。

“看见了吗？”说着小助就要跑上前去。

“慢着，小助！你不必过去了。”隐蔽在石影背后的幸村叫住了他。

“为什么？”

“这一次赢的人是才藏。”

“哎？”小助仍然过去仔细检查了鹿的尸体。他的子弹确实将鹿左边的犄角连皮带肉都轰掉了，却不至于致命。

“可，可这鹿确实是死了呀。”

“只是犄角受伤是不会死的。”

“不可能……要是才藏大人开了火，何以不见伤口？”别说伤口了，尸体的其他地方连血迹都看不到。于是小助主张“鹿其实是受到犄角被轰碎的冲击而死的”。

听到他这么说，幸村扑哧一笑道：“你看看右侧腹的位置。”

小助把鹿翻过去，仔细检查了一番。

“这是……”

“看到了？”

尸体右侧腹第三根和第四根肋骨之间，依稀有一个闪光之物，陷在毛发深处，所以不易察觉。小助伸手将其拔了出来，原来是一根足有五寸来长的银质忍针，用手掂了掂，沉甸甸的。

“真是才藏大人干的好事。不过他终究还是会……”

“看什么，他早就不在这儿了。恐怕是忌惮佐助手下那些甲贺忍者，于是藏起来了。小助啊，看到这根银针你总该明白了吧。要是他成为敌人，定会让我们陷入苦战。因此，若是不能为己所用，就只有除掉了。像这只鹿一样……”

这时的才藏，如飞猿一般蹿跳于山褶之间，一点一点地向谷地奔去。他看到谷中溪流旁有一个势子，不假思索地上前就是一记，放倒了那人，并抢了他的衣物换上。然而就在他换装完毕以后，突然产生飘飘然的感觉。

（……糟糕！）他立刻屏住呼吸。因为此刻，从上风处飘来了类似尸体燃烧后的气味。可不论他怎么拼命地想抬脚，膝关节都完全使不上劲来。才藏一心只想从烟雾中逃离，但就在他蹚着溪水到达溪流对面时，突然双脚发软倒了下去。他将仅存的气力集中到手肘，拼命朝前爬去。好不容易，终于来到一片长满蕺菜的地方。

他所中的，是甲贺流秘法“军中烟”。要想缓解毒烟带来的伤害，除了将脸埋入地中尽量减少呼吸外，就只有将脸凑到群生的蕺菜丛中，贴着鼻子嗅闻气味这个方法了。

（佐助，有你的！）才藏全身的力气正一点点地被抽离。即使韮菜那刺激的气味充满鼻腔和肺腑，流逝掉的力量却没有那么容易恢复回来。

才藏本想自腰间摸出一种叫准胝丹的伊贺忍者常用的提神药丸含在口中，但关键时刻，手却完全不听使唤。才藏啧了一声（实在太大意了……），拼死压住恶心作呕的感觉，如果吐出来的话，就连最后的精气也都会跑光。

“才藏……”带着笑意的声音响起，与此同时，明晃晃的白刃贴上了才藏的脖颈，“我是佐助哦。”话语中依旧是掩不住的明朗。佐助拿着刀，在他身后将两人团团围住的，则是二十个甲贺忍者。

“才藏，如此松懈可真不是你的风格啊。你从山脊上偷跑下来的时候，正巧被我看到。于是乎我就在谷底安排了诱饵，果不其然，你动手了。”

“要怎么处置随你。”才藏低着头，好不容易才挤出这句话。

“那还用说么。”

“杀了我？”

“在人迹罕至的深山里被像蝼蚁一般碾死，尸体经过日晒雨淋，最终变成鸟兽的饵食。你也是忍者，对这样的下场应该早有觉悟吧。”

“既然走上这条路，早就有了死无葬身之地的决心。”

“说得好。”

“佐大人还在附近吗？”

“大人已经返回九度山了。要是不赶在日落前回去，村里的人会起疑的。”

“小助呢？”

“当然是跟大人一起啰。你死到临头怎么突然关心起小助的事儿来了？”

“他为人和善，对我也十分友好。就想跟他道个谢。”

“真是不干不脆的。”

“你说的没错。”其实此刻才藏的力量已有了恢复的苗头，但佐助却并未察觉。

才藏被像猎物一样带下山，然后关进了监牢。不知过了多久，当他微微睁开眼皮，发现朝阳已经透过牢房的木格子照了进来。监牢后似乎是一处竹林，有鸟雀鸣叫的声音不断传来。

（天亮了啊。）才藏坐起身，发现旁边散落着一根细麻绳。（哎哟？这是谁帮我解开的？）他歪了歪脑袋，然后突然笑了起来。还能是谁，不就是自己么。准是睡得迷迷糊糊的，在梦里解开的吧。

脱绳术，不论是对伊贺还是甲贺的忍者来说，都是入门之术。首先要做的是将上半身所有的关节移位。如此一来，整个身体的体积会缩小，绳子自然就会变松。然后把手先抽出，再将绳结打开即可。

佐助一开始就知道绳索对才藏是毫无意义的。因此只是走了一下形式，就将他扔入了牢房。

才藏故意大声嚷嚷道：“看守在不在？给我拿泡饭来啊！”

一个甲贺忍者模样的看守探出头对他说：“你能不能安静点！”

“肚子饿得不行。总之先给我拿点吃的，现成的就行。”

“上面可没吩咐要给你准备食物。”

“哎哟。是你啊，我们在相国寺门前的茶屋见过呀。你是佐助手下的忍者吧。对了，深泥池那天，在芦苇丛里躲着的也是你。”

“你话太多了。”

“我饿啊。你们不会是想就这么饿死我吧？”

“等着，我去请示一下。”从看守去佐助的房间到他回到牢房，前后不到三分钟。但牢房里却已经没了才藏的身影。

“啊！”在看守大叫的时候，负责警备的甲贺众人却在厨房发现了才藏。他背对门口盘腿而坐，看来吃得正香。众人见状，脸上也都是一片茫然。

（他怎么在这里？）一时间，在场的没有谁想到要上前制住才藏，只是呆呆地望着他。

“才藏大人。”使用敬语，是因为他们并非一般的武士。同为术者，他们内心中对才藏的技艺是抱着敬畏的态度的。

“您是怎么从牢里出来的？”

才藏并没有回答，只是继续扒拉着饭菜说：“酱菜不够了！谁再去拿来！”

“是！”有人急忙去取了端到他面前。

“水呢？”

“请用！”

佐助不知什么时候来到了甲贺众人的背后，一言不发地盯着才藏的方向。

其中一个捧着陶瓷瓶的人问：“才藏大人，能不能告诉在下您是怎么从那牢里脱身的？”

“这是伊贺的秘术，岂能告诉甲贺的人？”

“您这说的什么话呀……”

“蓦十。”佐助从背后叫住那个男人，“砍这个嚼着酱菜的才藏一刀试试，你就知道他是不是真货了。”

蓦十在应声的同时身体下沉，抽出刀就是一个左袈裟斩朝才藏背后砍了下去。

“啊！”惊叹声并非来自被袭的才藏，却是蓑十本人。他手中的刀不仅只有划过空气的触感，又因用力过猛而使刀尖陷入地板之中。蓑十见状松开手中刀，向后跃出三尺。屋子里，根本就没有才藏的影子。

“看见了吧，”佐助高声大笑，“哪里有什么才藏！”事实上从一开始，佐助就没有在这里见过才藏。蓑十和那群甲贺忍者看到的才藏吃着泡饭的背影，不过只是幻觉而已。

“那个人精于幻戏，像只狐狸一样。想必是在牢里闲得无聊，才想出用幻戏戏弄你们找找乐子吧。要是不信，蓑十你可以自己去牢里瞧瞧。”蓑十一脸铁青地跑到牢门前，果不其然，才藏正枕着手臂躺在里面。

才藏瞥了蓑十一眼，问了一句：“泡饭呢？还没好？”

“啊，是！不过，雾隐大人您方才不是在厨房……”

“在厨房吃了是吧？可那只是我的幻影啊。”

“幻，幻影？但在下去向佐助大人请示回来后，您确实没在里面啊。”

“谁说的。你自己没发现罢了。”

“您，您是藏在哪儿了啊？”

“这种秘密我会告诉一个甲贺忍者吗？”

“请务必告诉在下！求求您了。或者，您干脆就收在下为弟子吧！”

“你不是佐助的手下么？”

“佐助大人的确是真田甲贺组的头领，但并非在下之师。在下愿为您效犬马之劳，您就收了在下为弟子吧。”看来这个人是真心拜倒在才藏的技艺之下了。

“收你为弟子，这个没问题。不过一直待在牢里实在郁闷，先让我出去再说。”

“这……这恐怕做不到。”

“说什么傻话！哪有弟子把自家师父关在牢里的？”

“可，可没有佐助头领的命令，在下也无能为力啊。况且，雾隐大人应该也会脱逃之术吧？”

“会是会……”怎么可能会，“现在不是用的时候。你先让我出去。拜师之礼总不能在里面行吧？”

“您要是这样说的话……”蓥十听到这句话，连忙伸手去掏腰上挂着的钥匙。这时，一直站在他身后的佐助用力拧住了他的耳朵。

“啊！佐助大人！”

“你这个蠢货还没明白？你就是才藏的脱逃之术啊！他刚才那出幻戏，就是为了引出像你这样巴望着向他拜师的呆子。我说得没错吧？才藏。”

“差不多吧。”才藏苦笑。佐助从蓥十那里拿走钥匙，却突然打开了牢房的门锁。

“来吧，我放你出来。”

“哎哟？难道佐助你也想拜师？”

“当然不，不过的确有事相求。”

虽说是佐助诚心所求之事，但着实出格。他竟然希望才藏与他一道去远州潜入骏府城，了结家康的性命。

“这是左卫门佐大人拜托我的？”

“不错。”

“即是让我加入大坂方了，是吧？”

“那倒不用，你只需加入真田阵营即可。”

“不是一回事？”才藏抓起身旁放着的干豆，扔进嘴里嚼了起来。

“当然不是。才藏，我见你那样子，想必也已倾心于大人了吧。那就不要提什么大坂啊江户的，就当是为自己所崇拜的人两肋插刀怎样？再说了，对于忍者来说，难道还有比这个更有意思的工作？要知道家康一死，天下形势必定大变啊。”

“嗯……”佐助说的一点也没错。

家康已年过七十。按常识来说，该是风烛残年了。但这老人偏偏不可思议的健朗。因为年轻时的习惯，他几乎不沾大米，而以小麦为主食。年纪一大把却不好文学、茶道那些风雅之事，一有时间就带上手下的人出去鹰猎，那阵仗，次次都像是上战场一样。总之就是个在家里闲不住的人。

战术上，他不是武田信玄、上杉谦信这些军神的对手；论外交的功夫，也不如相当于他老师的鬼才织田信长；说到笼络人心，更比不上丰臣秀吉。家康能胜过这些英雄的地方，恐怕就只有长寿了。

这个身长腿短的老人，全身上下五脏六腑都十分健康。信玄、谦信病死在夺取天下的途中。信长虽趁着这两位英雄的意外早逝实现了短时间内上洛，但最后还是死在了部下的手上。看来是不得人心啊。

天下的政权在信长的手中已经有了八分雏形。表面上看，利用内部叛变将政权抢夺过来的是明智光秀，可真正的受益者却是最终处置了光秀的同僚——秀吉。当时织田家已经有成年的男丁，但天下霸权却径直落入一介番头秀吉的手中，同信长手下的部将一齐成了他囊中之物。

身在三河的家康目睹这一切发生。直到信长之子（信雄）找到他哭诉，这才拍案而起，领兵于尾张迎击秀吉大军。长久手一战，家康虽胜，但在知晓天下舆论已偏向秀吉之后，他接受了以秀吉之母作为人质的条件，与其言和。

那之后，过了三十年。家康只是默默地等待时机的到来。

秀吉病故后，家康在关原之战中一统天下，开辟了江户幕府。然而秀吉的遗孤尚在大坂，且自己手下大名之中也有不少旧丰臣系的武将。他们都在私下里策划着有朝一日家康西归后辅助丰臣重新取回天下霸权。

（我不能死。就算是赖活着我也必须撑过这几年，撑到大坂灭亡的那一天。）

这也许就是家康的信念吧。只要他现在一死，耗尽一生苦苦等到的一切，都将化为泡影。

“要除掉家康，就得趁现在！”佐助的话，让才藏气血上涌，兴奋莫名。

（世上还有比这更有意思的事么？）

“对了，青姬在哪儿？”

“哦——”佐助笑道，“看来你喜欢上那个公卿家的女儿啦。这些可逃不过我的眼睛。你为了喜欢的女人，才跑到九度山来的吧。”

“你要怎么说都可以。不过与我有些因缘的姑娘被佐助你拐到了这儿，我总不能袖手旁观吧，于是一路追来了。”

“这因缘，到底是什么缘呢？”佐助嬉皮笑脸地说。

“是什么缘都没关系吧。告诉我她在哪里。”

“可惜啊，她人不在这里。我们把她安置在大坂的某处了。”

“具体位置等下再说不迟。你先告诉我为何要掳走她。”

“你还没弄明白？只有带走了她，你才会乖乖跟来九度山呀。当然，也可以以她做人质让菊亭大纳言加入丰臣一方。没想到那个菩萨心肠又天真无邪的姑娘，竟能一下子帮我们完成两件事，而且一切顺利。你来了九度山，还加入了我们。真是可喜可贺。”

“隐岐殿在哪儿？”

“她的任务是将青姬引出来，事成后已经回京都去了。”

“也就是说，你是为了把我引来，才捉了青姬做诱饵的？”

对于真田一门而言，他们需要的并不是青姬，而是才藏。

奇怪的是，当才藏知道事情的真相后，竟突然双目圆睁，脸也涨得通红。这样的表情，在以冷静著称的他身上实属少见。

“怎么了？”佐助察觉才藏表情骤变，不由自主地摆出了架势，解释道，“虽然这么做对青姬有些过意不去。但在大坂，我们对她可没有丝毫怠慢。她的生活用度都照着公卿家千金的规格。你也犯不着动怒吧。你要想见他，我让你去见便是。别发火呀。”

“佐助。”

“看你那凶神恶煞的眼神。要是敢乱来，小心又被关进牢里啊。”

“佐助，我决定了。我才藏愿意接下这份与你联手去取大御所项上人头的工作。我们就倾尽甲贺与伊贺之术，去完成它吧！”

“噢——这下大人铁定会乐坏的。你终于决定成为真田家家臣了吗？”

“不，我不会做他的家臣。”

“不做？你说话总是这样让人摸不着头脑。”

“还不懂？一想到有人竟会为了笼络自己而做到如此地步，我就莫名地兴奋。可以说欣喜若狂吧。承蒙大人这么看得起我，今后我就是粉身碎骨，也在所不辞。”

“那不就是做家臣么。”

“多少有些不同吧。若是一般的武士，那就是家臣无异了。毕竟作为武士，就该世世代代倾尽身心性命追随真田家。但我只是个伊贺忍者。”

“于是？”

“术者非武士。身为术者，在世间立足靠的就是自身技艺。真田大人就是那个愿意高价买我技艺的人。我所做的，不过是回报他的赏识罢了。所以我不会像一般武士那样，将身心性命一并交给他。……走吧，去骏府!”

“你也太性急了吧……”佐助乐了，“嗯，我们出发吧！伊贺的才藏与甲贺的佐助联手，天下再无可惧之事！真是越来越有趣啦。”

注释：

【1】手代：商家的伙计。

【2】鸭族：神武天皇侵攻之前，便一直盘踞于古代大和国葛城郡（现御所市、大和高田市、香芝市附近）的带“カモ（与鸭字同音）”地名的住民的总称。

【3】势子：狩猎时负责轰赶鸟兽的人。

【4】匁：日本古时重量单位。尺贯法。1匁=1贯的千分之一，约3.75g。

【5】物头：武家的家老，村里的名主等。泛指武士组的头领。

暗杀之行

翌日，才藏与佐助动身离开纪州九度山中的佐助藏身之处。走出大门，才藏才发现这个带有牢房的宅子其实是一座位于深山之中的远离人迹的废寺。

佐助对才藏解释道："这里曾经是正亲町天皇的皇子，一个叫做亲空的宫中法师为了消遣所建的禅寺。在他死后，因为这附近没什么人家，自然也少有香客，于是就废弃了。"

"这里挺适合做你这样的狐狸[1]的巢穴。"

"你说我是狐狸？"佐助吃吃地笑了起来，看了一眼才藏。言外之意就是才藏才是狐狸。

他们回到村落，顺道去了一趟真田屋敷见过幸村。

幸村将沏好的茶递给才藏，问："你下定决心了？"只一句，接下来就是一些无关痛痒的闲谈，却并未提起赴骏府暗杀家康一事。只是在两人打算离开房间时，他才像恍然想起有这件事一般说道："才藏。切记要珍惜性命。若是觉得勉强，务必及时收手。"

"要是失败了呢？"

“那就在战场上，由我幸村来动手。到时候你和佐助就替我打头阵吧。”

“喏……替大人您打头阵啊。”佐助看来备受感动，当即红着脸拜了下去。

在旁一直盯着锅中滚水的才藏，突然空手抓出一块炉中的炭火，放在手心。

“你在干什么?”老好人穴山小助扯了一下他的衣袖，才藏用手把那块炭颠了两三次，然后猛地一捏。

“啊!”在场的人无不发出诧异的惊叹声。一股皮肉烧焦的气味灌入他们的鼻腔。见到这一幕，幸村也被吓了一跳。

“才藏，这也是你的幻术之一?”

“非也。”

才藏将手中的炭扔回炉中，向众人摊开了手掌。手心上鲜明地残留着烧炙后的痕迹。

“这是伊贺自古以来的规矩。若有贵人委托自己去刺杀某人，便会以这样的形式来表示受命。”

“类似符咒一样的东西?”

“在下也不清楚来由。也许只是想表达若没有受皮肉之苦的意志，便无法成功吧。大人方才让我珍惜性命，但从领命的那一瞬间开始，自己的性命就不再有任何意义了。这是一种向委托人表明决心的作法。”

“嚯……”发出感叹声的，是坐在末座上的三好晴海入道。

“从前我只觉得伊贺忍者别说武士，连人都算不上，没想到却有如此果敢的决心。我中意你们！才藏、佐助，把我也一起带去骏府吧！”

“外行只会添麻烦。”佐助十分冷漠地拒绝了他。

才藏却说：“赴死之事，哪有外行内行之分？只要他不怕火炙、石抱、锯首之刑，有随时舍命的决心，就带上他吧。”

“当然有！”

“行，马上便去准备！”

不得不说这一行人实在有些怪异。才藏一身浪人装扮，佐助却依旧扮作跑江湖的雕刻师，晴海入道则是云水打扮。

“我们几个凑一起，简直像是什么字谜画一样嘛。”从桥本前往山岭的山道上，才藏独自笑道。

不过在如今这个东西两方随时可能决裂的时期，世间亦是风云涌动。不论哪条街道上，来往的皆是一些穿着破烂具足，手持生锈长枪，仿佛从关原之战走出来的亡灵一般的浪人。他们四处奔波，只为能再次将自己推到诸国大名面前。于是乎这个原本古怪的组合，竟也意外地并不起眼。

一行人在大坂鳗谷的旅店歇脚后，为了去取作为盘缠的金银，佐助马不停蹄地往丰臣家老臣大野修理治长的宅子赶去。才藏与他同行。

治长没有将佐助和才藏请进屋内，而是让他们在院里的白沙地上候着，自己走到了窄廊上。

（这人就是隐岐殿的兄长？）他们长得完全不像。这位已年过四旬的男人担任着秀赖的辅佐一职，他格外肥胖，黝黑且毫无光泽的皮肤，包裹着松散的脂肪。治长抬起肥厚的双下巴，问道：“伊贺的才藏就是你么？”

“正是。”才藏心头火起。虽是身份低微的忍者，好歹他们身上肩负着足以左右丰臣家沉浮的大任。难道此人就用这种态度来对待前赴骏府的人么？！

“看模样，倒是像个可靠的人。不过你当真会忍术？”

“在下毕竟是伊贺忍者，自然略知一二。”

“略懂？真让人心里没底哦。”

“恕在下冒昧，”深知才藏气性的佐助此刻为治长捏了一把汗，他赶紧上前，“此人在我等忍者的世界之中，有日本第一之实力。”

“那就在这里使出来让我瞧瞧。”

“在这里？”才藏脸上的微笑有些扭曲。

在他看来，如果肩负复兴丰臣家重任的是眼前这个男人的话，大坂城的将来着实不容乐观。

“虽然您吩咐我在这里使出忍术，但在下却不知您想看什么样的啊。”

“什么都行。做便是。”

“啊哈哈。什么都行的话，那今晚我们来取了大人性命如何？”

“愚，愚蠢！”

“愚蠢的是大人您啊。诸如什么都行这样的指令，对一个忍者来说，本就与让其来取自己的性命无异呀。”

“佐助！把这个男人给我拿下！”

“且慢。在下并无任何草率之举吧。不过想告诉您，只要您吩咐，在下随时可以过来接手您的人头。在下以为，这份工作恐怕要比砍下内府（家康）的头容易许多。”

“放，放肆！”

“佐助，我们走吧。这地方实在让人很不愉快。”

“别那么急躁嘛。”佐助按住才藏的手臂，再次抬起头，对治长说，“言归正传，先前送到府上劳烦照料的菊亭大纳言家的御料人，一切还安好吧？”

“啊，那个叫什么青子的小姐？被昨夜里潜进来的歹徒带走啦。”

“呃？”听到这里，才藏忍不住站了起来。（一定是京都黑屋敷的人干的！）这一刻，他恨不得立刻便上京。

大坂往京都的街道上，佐助一路都在劝诫才藏。

“成大事者不拘小节。青姬我安排手下去将她救回便是，咱们先把此事抛开，直接赶去骏府为好。”

“……”才藏一言未发，虽然看不到才藏那隐藏在编笠下的表情，但很明显他对佐助的言辞感到十分不快。

一旁的三好晴海入道打圆场似的问才藏：“才藏大人对那个公卿家千金心存着爱慕之意吧？”

“啊，我就是看上她了。”

“是位美人儿？”

“很可爱。”

“真是让人羡慕哟。”

“有什么好羡慕的。一个姑娘，却因为世间的权谋，像手球一样被玩弄于股掌之间，已经够可怜了。我不过是想将她救出来。”

“不过才藏大人还真是艳福不浅呐。我也见过隐岐殿，听她的口气，对你也是心有所想呀。青姬再加上隐岐殿，难不成你有什么能让女人为之心动的秘诀？”

“没有那种东西。”才藏不禁苦笑。

“怎么会没有？教教我入道呗，让我参考参考。”

“真要说有什么秘诀，也许就是我对女人的爱怜，总是更胜旁人吧。而这种心情，对方也感觉到了。”

“哦？原来你也是！其实我也一样啊！”

才藏失笑道：“那不就得了？”

“可没人看上我呀。”

“入道大人你的艳福不是早就来了么？我可听说你都这把年纪了，在九度山也有一个女人，还给你生了孩子对吧。”

“‘这把年纪’太多余了。我的人生现在才开始啊。”

“也是，人要是不这么想，日子还真过不下去。”

“喂！别欺负老年人啊。”

到得京都，才藏先回了一趟室町的分铜屋。谁知刚进房间不久，孙八就挂着一张看似十分想念才藏的脸出现了。

“平安无事就好。这些日子，您都去哪儿了啊。大家可担心着呢。”

“去了一趟纪州九度山。或许以后我就跟着真田左卫门佐幸村了。”

“那不是位浪人么？”

“目前是，但若东西决裂，他便会作为丰臣家的军师入城。”

“请就此作罢！”

“为何？”

“关东与大坂交战，大坂毫无胜算。即便有天下浪人加入，坐镇名城，归根结底都是乌合之众。难道才藏大人以为大坂会胜吗？”

“我倒没那么想过。”

“那又为何决定追随真田大人？”

“男人活在世上，不能只为了求安稳。怎么活得有意思才是最关键的。加入必定败阵的一方，与天下为敌。哪里去找如此充满乐趣和疯狂的生活呢？”

“行了，您的论调怎么都无所谓了。这次您又要吩咐我干些什么？”

“你去双之冈的黑屋敷探探情况。要是青姬果真被藏在那儿，不管放火烧屋还是怎么都行，必须把她弄回来！人手不够的话，猿飞佐助那边的甲贺忍者任你差遣。”

“明白了，探访黑屋敷是吧。”

“今晚就去。”

数日之后，孙八终于回来了。

“青姬的确在那个黑屋敷里。”孙八从村民那里听说，就在前些日子，有人看到过数名武士护卫着一架女用坐轿进了黑屋敷的大门。应该是青子没错。

“行了。继续侦察。在找到营救方法之前，千万不能有闪失。”

“遵命。”时隔许久的忍者工作，让孙八和他的部下个个都神采奕奕。

“有必要的话，放火也行。”

双之冈位于京都郊外。乡间山脚下的一座不明来历的黑屋敷就算失了火，消息也不会立时便传入城里的所司代耳中。这一次，比起暗地里的活动，才藏更倾向于和对方明战。对方毕竟是大名，比起各种权宜之计，大概轰轰烈烈地用类似攻城战的方法才是最善之策。

“听起来挺有意思。”

“先准备上二十支飞火筒吧。”

“明白！明白！”孙八连忙点头，其他人也跟着附和，“好久没有痛快地打上一场了！只要有二十支伊贺流的飞火筒，什么黑屋敷都能给他烧成麻杆儿！”

飞火筒是一种放火装置。在大小为成人手掌能握住的长箭里塞满火药，然后装在炮筒中，在靠近敌方城池后点燃火药，依靠其推动力将长箭送入建筑物内。

箭矢的长度足有四尺二寸（约1.3米），几乎相当于一把短矛。按硝石二十匁、硫磺五匁、桐灰六匁、鼠粪四分[2]、樟脑三分、铁粉两匁的比例将火药调好后灌入中空的箭矢之内，再装上用于点火的导火线。

（恐怕……）才藏寻思。（黑屋敷方面是打算将青子送去江户吧。之前也从青子那里听到过类似的事。他们的目的就是让她成为将军家御台所的上臈，同时也是威胁菊亭大纳言的人质。不能再慢条斯理地与其周旋了，必须尽快阻止他们。）

然而就在那日傍晚，一架华贵的坐轿停在了才藏栖身的室町分铜屋前，从上面走下一个女子。分铜屋当班的掌柜见状不禁一怔。

“敢问您是哪位？”

“伊贺的才藏大人在么？”

“不，”店里的人自然不会透露此处便是才藏匿身之所，“这里并没有叫做这个名字的人。”

然而女子在听到回答后，嘴角含笑，继续说道：“你只要告诉他隐岐殿的使者来访便是。”

“请稍待。”

才藏终究还是在别间见到了那女子——阿国。

“才藏大人。”阿国眯着的眼里闪着光，一时间才藏也被她那惊艳的微笑弄得飘飘然起来。但下一刻她就低下了头，再不言语。才藏也没有出声，只是默默地瞅着拉门上映出的梅影，等待阿国再次开口。

“有什么事?”才藏终于忍不住问道。

“……”。阿国只是莞尔一笑，并未作答。

也许两个身体曾结合在一起的男女之间，是不需要任何语言的吧。阿国并没有开口，然而才藏却有一种她已经说了千言万语的感觉。

她低头看着自己并拢的手指，忽地把视线转向庭院中已经被季节染黄的红叶之上，然后目光又突然落在了洗手盆边。

“啊，是小鸟。”她的语气中带着一小点兴奋。一只灰色身体，颈脖处有一圈白毛的小鸟此刻正在洗手台上喝着水，“那鸟儿叫做什么呢?”

“在京都是叫‘卡兹内’，伊贺的话就是‘撒其多里’[3]。不过这种鸟东国似乎是没有的。”

“‘撒其多里’是不是写作‘幸鸟’呀?”

“汉字我就不清楚了。鸟的名字都是猎户为了叫起来方便取的，谁会傻到去给他们一一对应上汉字?”

“一定就是‘幸鸟’!”

“看来你还挺喜欢这汉字的嘛。”

“可惜是与阿国无缘的字呢……”

“你来这里所为何事?”

“说什么话呢！难道没事就不能来了?”阿国刻意做出一

副不快的表情。

“你肯定有事。如果我没猜错，一定是隐岐殿有求于我。而且，与菊亭大纳言家的女儿有关。你知道青子被关东的人从大坂大野修理（治长）那里掳走的事吗？”

“佐助大人提起过。”

“那她现在身处黑屋敷的事呢？”

“也听说了。而且，我还知道另外一件事。”

“什么事？”

才藏不由自主地向前探了探身，阿国却露出了退避的神色，说道：“才藏大人对那个御料人心存爱慕之事……”

“啊哈哈，你指的这个啊。我才藏怎会对那个童心未泯的小姐有所念想？只是觉得一个贵族家的小姐，却要成为关东大坂权谋术数的牺牲品，不免为她唏嘘。所以才觉得就算舍弃这条命也理应把她救出来。”

“那还不如干脆杀了她……”

“哎？”

阿国此言一出，饶是才藏也惊讶得瞠目结舌，她却仍是一脸无辜地微笑着。

“于情于理，难道这不都是最善之策么？青姬迟早会被送到所司代那里，然后由板仓伊贺守大人的手下护送前往江户。真到了那个地步，营救谈何容易。与其让她落入江户手中，不如杀了她，再伪装成江户方下的手。如此一来京都宫廷中的公卿必将对江户心存怨恨而站到大坂一方。应该说，请务必这样做……”

“是谁的意思？”

“大坂的大野修理大人的指示，同时也是我的主人隐岐殿的意思……”

“阿国，难道你不觉得这样做太过残忍？”

“也是无奈之举。”

“我不干了。”愤怒将才藏的脖子根都染成了红色，“回去告诉隐岐殿。我不会再假手于大坂！关东也一样！一个个残酷无道，没半点区别。就是拼了这条命，我才藏也会把那姑娘救出来！有谁想挡我的道的，不论是甲贺忍者还是关东的人，我都会让他们变成刀上的锈斑！”

“而你……阿国……”才藏突然笑了起来，用一种试探的语气说道，“虽然长着一张看似连蚂蚁也不忍心踩死的漂亮脸蛋，内心却堪比夜叉啊。”

“没，没有！心如恶鬼的难道不是才藏大人才对么。明明与我有了那般的接触，心里却惦记着青姬。您知道阿国心里有多难过么？”

“哦？让你想要置青姬于死地的，就是你的嫉妒心啰？”

“并非如此。一切都是隐岐殿的指示，阿国只是传达原话而已。”

“无所谓了。就算是为了男人的面子，我才藏也要救出青姬。不过我必须声明，我所做的一切不是为了情事。这与我从泉州百舌鸟的强盗手里救下你的做法没有任何区别。”

“您要这样说的话，阿国只问您一个问题。才藏大人您爱阿国吗?”

“谁知道呢。”才藏故意回了阿国一个冷漠的笑脸。事实上除了笑，他的确不知道该用什么表情去面对。毕竟从少年时代起就被教导不能对异性产生爱恋，且他一直以来脑子里也只有这种想法。这个男人，即使爱上了谁却连自己也说不清楚。

“有您这句话便足够了。请记住，才藏大人今后就是隐岐殿和我的敌人。当然，对佐助大人而言也是……”

“佐助可不是我的敌人啊。那个男人不管发生什么事，断不会加害于我。他对朋友可是掏心掏肺的。再说了，我们还要一同出远门呢。”才藏并没打算违背与佐助之间那个奔赴骏河刺杀家康之约。

这种心情一般武士是不会有的。才藏可以为了青子不惜手刃身为甲贺忍者的佐助，但骏河一事却要另当别论。才藏这个伊贺忍者，不会像一般武士那样将敌我的界限划分得十分清晰。对他而言，工作即是一切。只要是让他感兴趣的事，他愿意与任何人联手。

“我这么说你懂吗？”

“我又怎可能明白似狐狸一般的忍者的心思。”

“理所当然嘛。我也至今无法理解你们这些人的心思，成天一副忠义之士的嘴脸，成天嚷着是关东还是大坂。阿国啊……我们应该还会再见面吧。”

“后会无期了。”

阿国离开后，孙八来了。

“明晚丑之刻（凌晨两点）进攻。”

“定了？”

“时间是经过多番考虑所定。待到救出青姬，一行人就各自散避到各国去。”

“那青子呢？她去哪里？”

“虽然想过要将她送回菊亭大纳言家，不过如此一来就会让对方误解菊亭大纳言与营救一事有关，反而会给大纳言家带来不必要的麻烦。因此打算暂且将她送去泉州堺藏匿一段时间。”

“你倒挺机灵的。这下不管大坂还是所司代必定都会乱了手脚吧。有点意思！”

“到时候才藏大人也会出现吧。”

“当然啰。不过我是不会插手的，只找个不会妨碍你们的地方看看热闹便好。”

“如此甚是英明。一切就安心交给我们吧。”

第二天夜里，才藏沿着山路去了衣笠山的东边山脚处。眼看丑之刻快到的时候，他在一处能够俯瞰黑屋敷的松树根上坐了下来。只要从他所在之地笔直地沿着斜坡冲下去，就能到达距黑屋敷只有二町不到的地方。才藏枕着手臂躺在了树下，毕竟他对孙八是放得下心的。

月黑星稀。在这伸手不见五指的暗夜之中亦能行动自如的，除了猫，恐怕就只有伊贺忍者了。孙八不愧是老练的忍者，时间条件掐得分毫不差。

（那宅子里要忌讳的，就只有源内了吧。）

源内，即宝山流的兵法者沼田源内。他的剑法，要是在白昼下堂堂对战，才藏也自知难有五成把握脱险。

（可这一次是在夜里。即使是源内那样的高手，也难以伤到孙八他们的。）

才藏选择这片山头观战，是为了夜袭万一失败，自己能够立刻单枪匹马杀入黑屋敷夺回青子。

（嗯？）才藏突然恍然大悟似的露出一丝苦笑。（看来，这就是我心里对青子的那份爱恋了？）

还是不明白啊。才藏抬头望着黑漆漆的天空。说来也怪，任凭他如何回忆青子的相貌，别说是五官了，连个完整的轮廓也浮现不出来。才藏就这样在天空这块画布上不停地尝试着描绘青子的模样。好不容易显现出来的容颜却总会被另一张更加鲜明的脸庞所替代——那是阿国。

眼前的阿国唇齿微启，双眼朦朦胧胧地半闭着。才藏比任何人都清楚这是她什么时候露出的表情。

（阿国，也是个来历不明的家伙。）才藏拼命想挥去那倩影，将它变成青子的样子。可阿国的那张脸，却不依不饶地停留在原地。

才藏腾地坐起身，低头看向宛如漂浮在黑暗之中的那间黑屋敷。表面看来，似乎与平素并无变化，然而才藏的直觉告诉他，孙八的攻击开始了。

（应该已经潜入了吧。）按照孙八的计划，他会派出十人。先找出禁闭青子的房间，然后由其中三人负责将青子抬出，再安排五人作直接护卫，余下两人的任务就是杀掉宅内的犬只。

除此之外，他还安排了二十个忍者将宅子包围起来。这二十人人手一支飞火筒，一旦收到同伴安全出宅的暗号，便会一齐将四尺有余的火箭掷入宅中放火，然后与担当营救任务的同伴会合，将青子护送至安全处。

（呵——）

黑暗中传来无数狗吠，刀剑交错的铿锵声同时响起，依稀能看见利器相撞时迸射出的火花。才藏忍不住站了起来。紧接着，从宅子的四面暗处，如划破天际的流星一般飞出二十支火箭，没入屋顶、椽木、窗格和树木之中。

（干得好啊！孙八！）才藏如夜禽般纵身跳下了足有两丈高的断崖。

就在才藏往黑屋敷方向奔去时，夜幕突然被刺眼的光撕开了一道口子，黑屋敷起火了。风借火势，顷刻间宅子便被肆虐的火舌吞没。

才藏赶到时，正巧看到洞开的大门前，孙八的手下正将青子搬到马上。

“才藏大人。”孙八凑上来说，“一切顺利。就此撤退。”

就在孙八说话的当儿，黑屋敷中已经追出一大群人来。孙八将两只手指放入口中，鸣了一声口哨。片刻后，四下里便再无三十个伊贺忍者的身影。

当然，这其中也包括才藏。他隐蔽在路旁一处小祠堂后窥视着宅子的动向。那个祠堂只有成人大小，背后是一个水池，水池对面是耸立的山岭。

黑屋敷前人影攒动，不时传来大呼小叫。

“他们应该跑不了多远！追！”

才藏嗤笑一声，不禁有些同情起这些人来。对方可是一天能跑上三十里路的伊贺忍者，难道他们以为自己能追上？

突然，才藏发现两条人影正向祠堂走来。其中一个是德永源兵卫，另一个自然就是宝山流的兵法者沼田源内了。

“总觉得这周围有什么人在。”说话的是源内。这一下，倒把才藏吓出一身冷汗。

（糟糕。）倘若现在被发现，这晚夜袭是何人所为立马就会暴露。才藏口中衔纸，抑制呼吸，手结隐形之印，心中默念真言[4]。这便是世间所谓的隐形术了。施术时首先要屏气，然后抛开一切杂念。如此一来，就算是感觉敏锐的兵法者走到身边，也无法察觉术者的存在。

果然，只听得源内小声嘟囔道：“哎？那种感觉消失了……”

“源内，附近不会还藏着人吧？”

“有这个可能。德永大人，为免伤及无辜，还请您退后几步。”源内露出一个游刃有余的微笑，视线却并不从祠堂上移开。（是我多心了？）他谨慎地靠了过去。

“德永大人，劳烦您将松明抛到祠堂背后去。”

德永源兵卫依照源内所说，将手中的松明扔了过去。松明不偏不倚地飞向祠堂背后，却在空中突然改变方向，弹到了更远的地方，落入水池之中。

“有了！”与此同时，源内纵身跃向祠堂后面，一道刀光自他腰间闪出。

“啊！”待到源兵卫与众人闻声绕到祠堂后查看时，那里除了左手被切断，倒在地上的源内，再无他人。

载着青子的马，在距离黑屋敷一町远的地方突然停住了脚步。（他们这是做什么？）这个好奇心旺盛的姑娘，终于恢复平静，开始从容审视自身命运辗转。

有人将她接下了马。原本载着她的马上，坐上了另一个忍者。那人也不用马鞭，突然就往另一个方向奔去了。显然是为了将追兵引开。作为诱饵的马所去的方向，正是京都。当然，这一点青子并不知情。

孙八扶住青子的手，让她坐上了早已备好的坐轿。适时，月亮终于从云层中露脸，借着月光青子看清了孙八的脸。

“啊，你是才藏大人的……”

“您应该识得在下吧。才藏大人去府上叨扰的时候，时不时会带在下随行。”

“也就是说这些人都是才藏大人的手下了？”

“不错。救出小姐的正是才藏大人。”

“他现在身在何处？”

“随后就到。”

“我要在这里等他。”

“不可。追兵必定四面撒网搜索，此地不宜久留。我们先走吧。”

一行打算沿保津川往上游一直走到龟冈，翻过龟冈到达摄津能势，最后前往目的地——堺。山道上险路重重，但肩负坐轿的他们仍是如履平地，足下生风。从岚山口入山，走到鸟之岳时，天边已经泛起鱼肚白。坐轿被抬入山中一座无主荒庙暂作歇息。

“就在这儿等天黑吧。一入夜我们就继续上路。小姐您可以休息了。”

“才藏大人还没跟上来么?”

“会来的。”

青子的确有些乏了，刚躺入本堂须弥坛边铺好的卧具中，就睡了过去。醒来时，一个忍者送来了备好的食物。

青子望着面前用竹叶包着的各种物事，不快地皱了皱眉。

“这是什么?”

“这个？是鹿肉风干后的肉干。”

“哎呀……”她何曾吃过兽类的肉。此外，还有诸如野猪的肥肉、来历不明的果实，以及一些药丸状的东西和药草煮成的汤汁。

“请用吧。吃了才有体力啊。”

太阳开始西斜，一行人走到破烂的山门前，见一个江湖艺人打扮的小个子男人站在门边，一脸笑嘻嘻地瞧着他们。

男人开口对孙八说：“一路辛苦了，接下来就由在下护卫小姐吧。”

“你，你是何人!”

“佐助啊。”说着扑哧笑了一声，“才藏在吗？在的话就说我有事找他，让他出来。”

“才藏大人，并，并没有在这里。”

“总之，先把小姐交给我。”

这下孙八也为难了，（万万大意不得。）对方可是甲贺数一数二的高手猿飞佐助。他敢单独现身，其中必有蹊跷。

“不回答吗？那我把她带走了哦。”佐助随意地走到坐轿前，一下打开拉门。

青子睁开眼，见到面前的佐助，问：“你是谁?”语气中的好奇更胜于惊讶。

佐助恭敬地弯腰回答道：“在下名叫佐助。是来迎接小姐您的。”

“孙八他答应你了？”

"够了，御料人……"孙八上前一步，"切勿相信此类可疑之人所言。"

"才藏大人还没跟上来么？"

"随后就到。"

"那我就等才藏大人来了之后，再自己决定去哪里。只有他，决计不会加害于我。"

"如何？"孙八瞟了佐助一眼，"你都听到了吧。这里就交给我们伊贺的人，你先行退散吧。"

"我拒绝。"

"那就怪不得我们动手了。小姐决计不会交给你们！"

"没用的。"说完佐助轻盈地一跃，飞过坐轿落在了另一头。他的举动就像是信号一般，从草丛和树影中，突然蹿出二十来个猎户打扮的男人，将伊贺一行人包围了起来。孙八见状也不禁一怔。其中七个人手中拿着的赫然竟是鸟枪。

"孙八，你这下该明白了吧？"佐助一笑，露出一口健康的白牙，"既然咱们都是忍者。何必动手伤了彼此，乖乖收手吧。"

正在这时，"佐助……"

（啊！）佐助立即闪入坐轿的阴影之中。因为这从天而降声音的主人，不是别人，正是才藏。不仅佐助，包括孙八在内的伊贺忍者们也因这意料之外的变故而不禁愕然。

才藏坐在一棵高耸入天的杉树上俯视着众人，也不知道什么时候坐上去的。

“隐岐殿果然还是委托你来动手啊。她的命令是要让这位小姐在途中就香消玉殒么？”

由于阿国透露了计划，让才藏事先有了防备。

“才藏，真是可惜，我们手上可是有铁炮的。要不要我把你给射下来呀？”

“有种你就射。我要是死了，看你一个人怎么去完成骏府的任务。”才藏故意慢条斯理地下了树，将青子从坐轿中牵了出来。

“孙八，你们先撤吧。大家都辛苦了。”才藏说完转向佐助，“五日之后，京都相国寺门前的茶店见。然后一道去骏府吧，晴海入道那边也劳烦你传达一声了。”

于是，才藏就这样拉着青子的手，在甲贺、伊贺的众目睽睽之下，悠闲地往树林深处走去。

才藏带着青子从山城出发，翻越丹波山，穿过北摄的溪谷。当他们到达摄津地田之宿时，已是三天之后了。

这个驿站面向西国街道，位于猪明川的东岸，远起于丹波地区的山峦地形在此终结，再往下走就是肥沃的摄河泉大平原了。

“这一路累了吧。”在旅店安顿下后，才藏喝着酒，体贴地问青子。

“也没有那么严重。”青子稍显晒黑的脸上绽开了一个笑脸，果然年轻就是不一样啊。

“你还挺能走的嘛，真不像是公卿家的女儿。这一点值得称赞。如果走京都街道的话，一路上就能平平坦坦，不过为了避开所司代耳目，才无奈选择了平日除了猎户，就只有野猪猿猴才会出没的山道赶路。这一路，真是辛苦你了。”

“只要跟才藏大人在一起，就不会觉得无趣。接下来我们要去哪儿呢?”

“去堺。那儿有两三个平日里待我不薄的老商人，我琢磨着就先让他们谁暂时帮我照顾小姐你吧。”

“堺的话，那不是能看到大街上往来的唐人或南蛮人，还有绚烂华丽的葡萄牙船了么。我从前就一直想去瞧瞧。”

“小姐你还真是对什么都好奇呐。”

“天生如此嘛……”青子笑得无忧无虑。

“不过小姐，你这样被人像手球一样抛来抛去的，就没有为自己的境遇伤感过?”

“并未觉得有什么好难过的。”嘴上虽然这么说，青子此刻却紧咬着下唇，脸上的笑容也收敛起来。

(表面上一副乐呵呵的样子，内心却不然。她也不是一个单纯的女子啊。)

“只要有才藏大人在身边，我就不会觉得伤心，更不会害怕。”

“慢着，我可是个靠不住的男人哟。”

“瞎说。对青子来说，才藏大人是个大好人。”

“我这样的算是好人吗？说不定我跟那些大坂江户的隐密一样，不过只是想利用小姐而已。”

“我相信你。”青子深深地凝视着才藏，少顷才将视线转向窗外。街道上方的天空，已经染上了浓浓的暮色。像是为了岔开话题一般，青子突然问才藏：“这个叫做池田的驿站町，是个怎样的地方？”

“从这里往东北，有一处叫池田城的城迹。过去这里是摄津豪族池田家的地盘。此外，北面也有一处遗迹。战国时代细川氏、池田氏、荒木氏的军队曾在那里驻扎过。现在是没有城主的。不过这样的话题，小姐并不感兴趣吧？你该有些乏了，早些歇息为好。”

“才藏大人呢？”

“我当然也要睡了。”

听到这句话时，虽然只有一瞬，青子表情有些微妙。才藏佯作不知地站起了身。山城、丹波、北摄这一路下来三天，才藏都没有碰过青子。

月亮攀上了天空。朦胧的月光洒在才藏枕边，却终究没有照到青子所躺的地方。黑暗之中，青子瞪大双眼，正盯着才藏看。

“真是的……”青子借着翻身的当儿，往才藏身边靠了过去，“睡着了么？”

其实才藏已经睡熟了，然而长年的修炼让他即使在睡梦里也能听见青子的声音。

“真的睡了？”

才藏的呼吸声没有丝毫变化。

“才藏大人最狡猾了！真是讨厌！”

“……”

“是听不见吗？还是真的睡着了？……青子我实在太累，反而睡不着呀。”

（这姑娘还真是……）

对才藏而言，毕竟都是自己过去结下的孽缘，现在后悔也晚了。不过若是继续与青子有瓜葛，只怕反而会让她对才藏的感情日益加深。两人毕竟身份有天壤之别，这样下去，青子是无法得到幸福的。

但才藏却低估了青子的大胆。

青子沉默片刻，竟然离开了自己的被窝，扑到了才藏的被褥上。

（竟然……）才藏皱眉。（会这么重……）

青子窃笑道：“你不睁开眼睛也没关系，青子我自有打算。”

（到底准备干什么？）说时迟那时快，只见青子抽出手里的短刀，突然就擦着才藏的脖子刺了下去。

“我不信这样你还醒不过来。”

才藏只得睁开眼睛，无奈地说：“你这样也太危险了吧。有什么事明天我会好好听你说的。先回去睡下。这样下去，疲劳可是会加重的。”

“不依！青子就是要跟才藏大人睡在一起！只有你抱着我，我才睡得着嘛。”

“你还是一个人好好休息吧。”

“没看到这是什么吗？”青子指的是手里的短刀。

“当然知道。”

“要是不让我在这里睡，我就用它刺进才藏大人的喉咙！”

真是个难缠的姑娘。因为并不惯于用刀，刚才那一下已经削掉了才藏脖子上的一块皮。而当青子发现伤口的时候，竟然一脸的兴奋。

“呀！流血了！”

“喂！你想干吗！”才藏吓了一大跳。因为青子竟将脸埋入了才藏的脖颈之间，吮吸起他伤口上的血来。

“真是让人头疼的女人啊。”

青子握刀的右手松开，短刀掉落到地板上，而她纤细的身体，已经被才藏紧紧拥在了怀里。

“这样抱着，青子就能睡着了？”

“只是抱？”青子天真无邪的声音，略带不安地在才藏耳边响起。

翌日清晨。才藏雇了马，载上青子就出发了。当天傍晚他们就到达了堺。马上的青子激动得像个孩子。

“哎！真是太漂亮了！”北半町、樱之町、绫之町、锦之町、柳之町……与京都一样，这里每条道路都有各自的名字。不过房屋的规模却比京都更甚，且处处透着别致。商家屋檐外挂着的招牌，都使用了红、黄、深蓝这样色彩鲜艳的颜料，颇有些唐风韵味。

“那边的是什么？”青子指着街道一角的一间屋子问。

一个宛如小型城池般的大宅门前伸出一个巨大的车轮，那车轮不停转动，发出隆隆的轰鸣声。

才藏看了一眼，回答道：“那是药铺。”

才藏解释，屋外车轮的轴穿过墙壁一直连接到屋内，如此便能借助轴转动的力量，将药碾子里的药材碾碎。当然，这般光景，只在堺和大坂才有，京都和江户是见不到的。

“才藏大人，我们去看看唐和吕宋（菲律宾）还有葡萄牙的船吧。”

“我们可不是来玩的。”

“青子就是来玩的。”

（真是没辙。）才藏一脸无奈。

当时的港口里泊着的外国船只并不算多。不过倒是停着一艘荷兰商船模样的巨大帆船。

“哎呀！”青子用两手拼命压住几乎要被潮风刮走的斗笠，两眼放光地盯着那艘船。

“船舷上那些像疙瘩一样突出来的是什么？”

“是大炮。”

“那么多啊……”

“南蛮之国在十分遥远的地方。来一趟日本得花上半年甚至一年的时间。一路上免不了会遇上海盗。为保安全，大家的船上都装着大炮。”

透过黄昏的暮色，才藏发现巨船周围有数艘小船在活动。

（是在卸货吧。）其中三艘靠岸后，二十来个壮工牵来几头牛，才好不容易把那些看着有些分量的货物拉上了岸。货物挂着的牌子上，赫然写着“右大臣家御用”几个字。看来是大坂城的秀赖购入的。

旁边站着一个监督官模样的武士，四周还坐着二十来个同心。

（从重量和形状来看，那里面装的恐怕是大炮吧。）

其他小船又陆陆续续将大炮运了过来。

（看来开战的时日不远了啊。）才藏感受到一种紧迫感。

那个监督官模样的武士突然带着几个手握长枪或长柄的同心，向才藏走了过来。

“你们……”他朝才藏扬了扬下巴，问，“在那儿干什么！”

才藏置若罔闻，继续望着荷兰船的方向。青子也丝毫没有惊慌，反倒像没看到武士一般，将头靠在才藏的右胸上，感叹道：“真美啊。看，船上灯亮了。”

“嗯，点灯了。”巨大的荷兰船上的灯光，在船尾的房间窗户上的彩色玻璃的映照下，发出五光十色的光芒。光晕漂浮在漆黑的海面上，宛如梦境。

“青子想乘上那条船，去那个叫荷兰的地方看看。”

“听起来挺有意思的。天下，毕竟不是只有日本。”

一声鞭响打破了宁静。是上前讯问的武士用鞭子抽响了身旁的松树干。

“我问你们是什么人！为何不回答？”

“你是在问我？”

“除了你还能是谁！”

“我是来这里看热闹的。区区北国一介乡士，名号不值一闻。”

“那你身边的女人呢。是游女？”

“喂，”才藏低头看着胸前的青子，“你是游女吗？”

“对啊，我就是游女呀。”青子真是个古怪的姑娘。似乎被人认作游女反而让她十分开心。她兴奋地扭着腰，右脚呼呼地踢蹬着，一副乐在其中的样子。

武士见状暴怒道：“你们这是在愚弄右大臣家的官员！”

“不过是带游女来看看船而已，这就算是愚弄了？”

“就是愚弄！我看你们根本就是关东派来的隐密！来人！把他们拿下！”

“真是蛮不讲理呀。”

才藏护着青子转身准备离去，那几个足轻却咿咿呀呀地抄起枪就拥了上来。那时候的足轻和后来江户时代的足轻不同，都是些性格粗野但善于用枪的人。

才藏心里琢磨着不能伤到青子，策马就风风火火地往前跑了几步。当其他人看到他的手碰到冲在最前面的足轻铠甲上的腰带时，那个足轻已经“哇”的一声，以让人难以置信的高度飞向才藏身后，最后溅起水花落入海中。

再看才藏手里，赫然握着本该在足轻手中的那柄长枪。眼见他用迅雷不及掩耳之势持枪一扫，数柄长枪应声而落，那武士已是一脸煞白。

“剩下的人都给我上！杀！杀了他！”

“官员大人，你这话是冲我来的？行啊，你要想杀人，我马上就把这群乌合之众杀个片甲不留！”

这时，从他们左边一棵海松后面闪出一架雕金黑漆坐轿。一位矮个老人从被数人拥护着的坐轿上走了下来。看他的行头并非武士，想必是隐居的商家。不过那一双露着精光的眼睛，怎么看也不像是个简单人物。

“秋津大人。”这大概是负责监督的武士的名字，“货物都卸完了的话，你我去喝上一杯吧。舞刀弄枪的事，就先放下如何？”说完，老人朝着才藏几乎微不可察地点了一下头。此人就是雇佣才藏作为堺仕的堺商人津野宗全。

当晚，才藏把青子留在津野宗全位于市之町的宅子里，然后与宗全去了青楼。一进门，就直奔靠里的房间。

这个精明的老人，从刚才起嘴里就时不时地蹦出“这样实在是有些难办啊”，而才藏则会破天荒地老老实实回应一句“您说的是”。才藏似乎与这个看起来十分不好应付的老人极为投缘。

“看来这次，堂堂的伊贺才藏，也把事情想得未免有些太乐观啦。”

“也许吧。”两人所谈论的，正是关东与大坂之间的问题。

才藏原本以为，天下在关东和大坂的纷争中一分为二之时，堺的商人们只要保持中立就行了。当然，才藏会有这样的想法也不无道理。

他们毕竟是商人。一旦开战，不论敌我皆需购买武器、弹药、兵粮及医药品。因此如果说他们保持中立，也在情理之中。正因如此，才藏才决定把青子留在这个相对安全的中立地带。在这个二分天下的时期，青子的容身之地，只得此处了。

然而在听完才藏的论调后，津野宗全却摇了摇头。他告诉才藏，实际上如今九成的堺商，已经倾向于德川方了。

“这实在让人有些意外。”

“你这么认为？不过答案不是明摆着的么。只要衡量一下关东与大坂之间的实力差距，任谁都会觉得最终得胜的会是关东吧。”

德川家率领的是天下诸侯，而大坂的主力军却是关原之战后流亡于世间的浪人。就算人数相当，佣兵又岂能跟正规军相提并论？实力上的差距自然显而易见。

“不过，话虽如此……”宗全话锋一转，透露了一个与自己先前所说完全相反的现实，“我们这些堺商，内心之中却是希望丰臣家得胜的。”

宗全告诉才藏，他们有这样的考虑，并非是顾及到已故太阁的恩义，而是担心海外贸易自由政策的变动。德川家向来家风保守，政策上放不开，缺乏活力与积极性。不论对哪个朝代的商人而言，如此的政权都不是他们所想要的。

况且，德川家的保守政策早已初露端倪。就在两三年前庆长十六年的时候，他们下令禁止了天主教与烟草。

烟草自秀吉治世之时传入，不久便在武士和庶民中普及开来。有些地位稍高的武士，平日里走在大街上，也会让下仆扛着自己的烟管。可见其流行程度。

秀吉掌权时，也下过两次较为宽松的禁令。后来他认为以政治手段去控制各人的嗜好实属愚昧之举，禁令之事最终也就不了了之。然而德川幕府的禁令却不仅仅限于禁止吸烟，而是从根本上禁止了烟草的买卖。这样的做法，直接导致了堺的大部分烟草中间商破产。

“正所谓窥一斑而见全豹啊。”宗全感叹道，“如此一来，今后堺商的日子估计不会太好过。可就算我们内心并不欢迎那些关东的公仪，可若是假手于毫无胜算的丰臣家，之后免不了会遭受关东的报复呀。”

“也就是说，如今的堺商，已经没了过去那种面对信长也敢顽抗的气节啰。”

“都是过眼云烟啦。”

“那菊亭大纳言的女儿，也不能托付给你了？”

“啊，那姑娘的话，就让她留在我这里吧。我们商人重的是信义。她在我这儿，别说是关东大坂了，连蚊子也休想动她分毫。这点骨气还是有的。”

将青子安顿好后，雾隐才藏又抄近路趁夜摸入京都。黑屋敷失火之后，城中就加强了警备，他才特意选了夜里行动。

当他在相国寺门前的茶店找到佐助时，佐助劈头就是一句：“你这家伙实在过分。”

“我哪里过分了？”

“说吧，你把青子藏哪儿去了？”

“说不得。”

“我求你还不成么？你我不是同伴吗？”

“撇开潜入骏府城刺杀家康这件事的话，还真不是。”

“真是搞不懂你这些地方。每次一跟你说点什么，话题就会变得纠结复杂起来。”

“我看纠结的应该不是话题，而是佐助你的脑袋吧。”

“你这么觉得？”佐助露出了一个看着十分滑稽的苦笑，“那要是你不满我总是提同伴的话，那朋友这个说法呢？如何？”

“嚯嚯……”才藏乐颠颠地瞅着佐助，一本正经地说，“那我还真是有个不错的朋友啊。”

“你真是这么想的？太让我开心了！”

“当然是这么想的。”才藏并没有说谎。

“那你就告诉我青子在哪儿。”

“这可说不得。”

“才藏……”佐助右手突然拔出了腰间胁差，朝着才藏的右腹部扫去。

“喔哟！”才藏向后一仰，翻了个跟斗，顺势跳到了院子里。

“就凭你？还差了点火候……”

“这件事算我求你了好吗。我们不是朋友么？”佐助收起刀，一脸没事儿人似的向才藏低下了头。这一幕被站在旁边的三海晴海入道看在眼里，他惊叹一声：“你们的行为，真不是我们这些武士能够理解的。”

且不论本应是同伴的才藏为了夺回青子而与佐助等甲贺

忍者为敌的行为，就连佐助不也是么？前一秒还想抽刀袭击，下一秒就嬉皮笑脸地继续哀求才藏。简直不可理喻。

“怎么说呢。忍者果真是神奇的存在啊。”

“在我们看来，武士才是呢。”才藏对入道说。

“是么？”入道自然是想不通的。

“不过嘛……”佐助接下了话茬，“托你们伊贺党在双之冈黑屋敷放那把火的福，如今所司代对京都城内的警戒，可是更上一层楼啰。”

“那是自然嘛。”

“所司代和黑屋敷的人，都以为这事儿是出自我们大坂隐密之手啊。这下可好，大白天都不敢随意出门了。”

“隐岐殿那边怎么样？”

“今日不同往日，明目张胆地招揽浪人这样的事是做不了了。她现在藏在一处隐蔽的地方。”

“实在抱歉。”

“对大坂方来说，真是一次不小的打击。”

“与其再在这儿纠结，早点动身从东海道赶去骏府才是当务之急吧。”

“如此甚好，”入道连忙插嘴道，“我都快闷死了！”

注释：

【1】狐狸：此处狐狸为狐和狸的总称。

【2】分：古时日本重量单位。1分=1贯的万分之一，0.375g。

【3】这里两种鸟类的名称为音译。

【4】真言：咒语。

海道之月

庆长十九年九月初的一个夜晚。雾隐才藏、猿飞佐助、三好晴海入道一行三人暗中动身，从京都的三条大桥出发，往骏府奔去。

“咳咳!”走到蹴上附近的时候，才藏发现有几个人影一直若无其事地跟在身后。他略微不解地问：“佐助，后面那些都是甲贺的人吧。”

“不错。”

“你考虑得挺周全嘛。”

“除了他们，从京都到骏府的八十里东海道上，我还安排了有五十来人。”

“真让人意外。”

“这就是我们甲贺众的作法。”

分配在路上的这五十个人，又划分为数个小组潜伏于沿途的驿站。除了替佐助他们进行传令、通报、情报收集等辅助工作以外，一旦遇到突发状况，也能立即聚拢，成一个集团完成各种任务。

“也是甲贺忍者的厉害之处了吧。”说到这个，伊贺的忍者的确没有什么组织观念。一个个都是擅长单独行动的独行侠。

“多亏了大人。”

“又要开始夸自家主人了？”

“要雇佣如此人数的甲贺忍者，费用上绝对不是个小数目。大人身为流放之人，却毫不吝啬地出了这笔钱。”

“那些都是卖真田纽得来的利润吧？”

“嗯，没错。”

“也就是说，要是关东和大坂开战，最后大坂得胜的话，不就等于真田纽带来的胜利了？”

“嗯，也可以这么说吧。”

“一根绳子竟能吊起天下啊。”

“哈哈哈，才藏你这话说得真有点意思。”

到达大津的时候，已经过了丑之刻（凌晨两点）。大津一带原本是京极家的领地，不过在关原之战后，幕府就在膳所建了代官所。

“佐助，你打算彻夜赶路？”

“那肯定不成。”佐助看了一眼晴海入道，“毕竟我们带着一个外行，再说了，匆忙赶去骏府也没什么意义。不如就在此逗留一两天吧。”

“你也够从容的嘛。”

“听说现在骏府城内的警戒十分森严，我想借此机会顺便探探海道上的情况。”

佐助虽然一直在赶路，却仍对骏府城下每日的情况和城内警备的状态了如指掌。情报自然就是分布在海道沿途上的忍者通报于他的。

大津约有千户人家。这个时刻，那些房屋都还沉睡在黑暗中。

三人离开大街，走到琵琶湖岸边，相继进了松林里的一间渔夫小屋。

“这是谁的住处？”

“这里的主人是一个长年以打鱼为生的甲贺忍者。”

才藏冷不防地冒出一句：“不过怎么有股子女人味儿啊。”

“其实……”佐助面带难色地说道，“隐岐殿就在这儿。为了避开京都城内的搜查，她暂时在这里歇息。”

（隐岐殿么。）才藏心里喃喃自语，这算是第三次见面了吧。八濑是第一次，菊亭大纳言家的菩提寺是第二次，然后是这次……然而当他在这湖畔渔夫小屋里第三次见到隐岐殿时，眼见其憔悴的面容，心中不禁感到诧异。

那丰满的身体和炯炯有神的双眼至今还烙在才藏的眼底。但眼前的她，不知是否是灯影的缘故，两颊看起来竟有些陷了下去。

“你瘦了。”

“这都是托了才藏大人的福啊。”

“哦?”

“自从你烧了黑屋敷，所司代的眼线就无处不在，京都再无我容身之所。就连与诸国的有力浪人们接触牵线之事，也成了空谈。”

“你为何不回大坂去?”

“我原本打算在这个湖滨小屋里，赏着秋日之月，好好养精蓄锐一番呢。”

“你真有闲情雅致。”

“隐岐终究只是个女子。那样的工作于我而言到底还是太勉强了。身心的疲惫，是需要时间来疗养的。”

“想不到呀。”

“为什么……”

“我还以为隐岐殿是个心如蛇蝎的女人呢。早前见到你的时候，你身上散发出的，可是让人觉得单凭你一女子之手也能将关东政权粉碎的气势呢。”

“那样的事……”

“并没有是吗？”

“才藏大人是想说，在你的眼里，我根本就不算是女人对吗？才藏大人，你就不能把我当作平常女子看待么？”隐岐殿微微歪着头盯着才藏，眉眼中尽是风情。不可思议的是，只要隐岐殿露出如此的表情，她身上那股妖冶的气味便顿时清晰起来。

佐助与入道为了避嫌，早就退到别室去了。

“才藏大人……”

“什么事？”

“要是把这盏灯熄掉的话，才藏大人愿意抱住我么？”

“隐岐殿，这可不是身为女子该说的话。你果然不像是个女人啊。”

“我不是……女人？”隐岐殿的双颊上，浮现出了自嘲似的笑容，“是这样啊……原来我其实不是女人呢。自幼便侍奉于丰家（丰臣家）的后宫，每日除了工作还是工作。就连这次的任务，怎么也不像是该让女子去做的。我隐岐殿虽也是面带脂粉，却连平凡女子该如何作为之事也不懂分毫。而爱情这东西，又到底该如何是好？”

她的脸染上了一抹潮红。她微微松开紧咬着的双唇，继续说道：“才藏大人，这里眼目太多。明夜戌之刻（晚上八点），你能到湖滨上那棵露根松下来一趟吗？”

“这也是该由男人来说的话。”

“方才隐岐已经说得很清楚了。我本就不懂得身为女子该如何去爱啊。嗯，你就不能依了我么?”

隐岐殿一点点地逼近，将自己的手心贴在才藏手上。那是一双如丝绢般温软柔滑的手。

第二天夜里，眼见就要到戌之刻，才藏动身去了湖边。

(隐岐殿让我来，到底有什么打算?）才藏可没有心情来与隐岐殿幽会。

当他看到隐岐殿指定的那棵松树后，没有立刻上前，而是躲到了一艘渔船背后。突然，眼前的露根松树旁，嗖地蹿过一条人影。

(是隐岐殿?）不对。那应该是个男人。

紧接着，又是一道人影从黑暗中冒出来，跟了上去。看来与之前的男人是一伙的。

最后，一个女人的身影脚步细碎地出现在了露根松前。

“隐岐殿?”

那女人看来被才藏的呼声吓了一跳。

(不对。）待到才藏走近再看时，也不禁僵在了原地。

——那女子竟是阿国。

“你这是?”

“隐岐殿侍女阿国是也……”阿国彬彬有礼地朝才藏鞠了鞠躬。当她再抬起头时，却能看到她紧咬着的双唇。身为隐岐殿的侍女，对密会之事自然事先就知情。如今她的脸上，写满了对才藏不忠的哀怨。

才藏并未做任何解释，只是若无其事地问道：“隐岐殿怎么没来？”

“她来不了了。”

“叫人来，自己却不现身，真是个古怪的女人。”

“实在是遗憾得很啊。”

“呼，”才藏苦笑一声，“那倒不至于，又不是什么恋爱情事。”

“您真是爱说谎呢。”

“那些事暂且不论，总能告诉我一下隐岐殿爽约的理由吧？”

原来，京都所司代和黑屋敷方扩大了搜索隐岐殿的范围，终于还是让他们找到了渔夫小屋来。佐助发现周围有监视的人出没，就偷偷带着隐岐殿转移到其他的藏身之所去了。

“就在方才。”

“这么说来，刚才的那两个人影是……”

“想必是公仪手下的人吧。”

“哦……阿国你也发现了啊。真是不简单。”

“佐助大人叫我带话给您。说他会在前面草津之宿的叫做吉屋的客栈与才藏大人会合。还请您立刻动身出发。”

“就我一个人？”

“是的。”

“阿国你呢？”

“我身为隐岐殿的侍女，自然是要随她而去了。不过佐助大人万般叮嘱我，千万莫将隐匿之处告知才藏大人。”

“这又是为何？”

“想必是佐助大人担心会有害虫缠着隐岐殿吧。”

“害虫是说的谁呀？”

“不就是才藏大人啰。”阿国终于露出了笑脸。

（和佐助会合的地方，是草津的吉屋没错吧。）才藏与阿国分手后，趁着月色朝湖滨的东面走去。那是草津所在的方向，不过他又突然停住脚步。

（不去了。）没有任何理由，只是感到一种莫名的愤怒。

（看来隐岐殿和佐助，终究没把我当自己人看啊。）他们对才藏隐瞒了当晚的行动。像佐助这样，平日里一副跟他要好的模样，可一旦出现意外，才藏在他眼里，仍然只是个身为外人的伊贺忍者。

当然，他并没有做错什么。才藏的怒气来自被他们孤立的那种感觉，不需要任何理由。

“嘁！”才藏就像发了狂一般高高跃起。几乎同时，他腰间的刀在月下寒光一闪，松树粗壮的枝条应声飞起。又是一道光闪过，那枝条被生生劈做了两半。只见空中的枝条伴着才藏的身体高速旋转，被切成了数段。落到地上时，仅存的残片只有三寸不到了。

收好了刀，才藏朝着之前的渔夫小屋走去。当然，佐助和隐岐殿是不会在那里的。他不过只是想去看看罢了，这也没有任何理由。因为这一刻，只有各种激烈的行为，才能阻止他即将崩溃的内心。

（把隐岐殿找出来，杀掉吧！）才藏觉得，那副身体砍下去的手感一定很不错。他这样的想法，依旧也是没有理由的。一定要说的话，就类似于一种野兽凶暴的冲动吧。

才藏走到渔夫小屋附近时。（哦……）突然向后一跃，隐入了树丛之间。

他觉察到了人的气息。不论是小屋的周围，还是屋里。应该至少有十来个人正屏息潜伏在各处，等待着敌人的出现吧。屋里也不见灯光。（这些是？）看来应该是追踪隐岐殿的那些黑屋敷的人了。恐怕在他们包围这小屋前，佐助就神不知鬼不觉地逃走了。

才藏在原地不动。没过多久，听到好几个人杂乱的脚步声，越来越近。

“不知道他们往哪边跑了。不过，捉到个活的。”一个低沉的声音说道。随即，一个男人从小屋里走了出来。

“哟，这不是个女人么。”

“没错。我们发现这女人正独自从松林往东边走去。见她着实可疑便抓了来。看样子应该是那个隐岐殿身边的侍女。把她带去代官所，说不定能让她吐出点什么情报。”

（那是阿国！）透过夜色，才藏看清了女子的模样。

“马上去准备驾笼[1]！”其中两三个人离开阿国身边，往屋子的后门跑去。

才藏慢慢地靠近一行人。他心里盘算着对方要是黑屋敷的人，就正好用来解闷。

“喂！喂！”才藏拍了拍男人的肩膀。可那人只当是同伴，并没有回过头来。

“真是个好女人啊。也让我摸摸吧！”听到这个声音，阿国猛地抬起头。

才藏在笑。然而阿国看着他的笑容，却露出了一脸的惊恐，足见他此刻的表情有多可怕。

“阿国。你和我，还真是有缘呐。”这是才藏第三次拯救阿国于危机之中了。

“啊！你！你是！”男人慌慌张张地叫嚷。

“你这才发现啊？”才藏说着，手中的白刃在月光下划了一个十字。阿国身边的两个男人连呻吟都来不及发出就倒在了地上。

等黑屋敷的其他人担着驾笼回来时，砂地上已没了阿国的踪影。留在那里的，只有同伴的两具尸体。众人大惊，纷纷呼喊“有贼人！”又不知是谁嚷嚷了一声“这是忍者干的”，片刻后，砂地上就聚起了二十来人，然后又四散开来。

“往街道方向去了？”

“街道上有代官所的人，他们应该有所忌讳。恐怕是往湖滨去了吧，他们大概打算划船逃走！”

有人立时叫道：“快去找船来！”

而此刻的才藏与阿国，其实就躲在离他们不远的一个坑洼里。

“阿国。”才藏又将阿国的背向下压了压，“再趴下去点儿。月光太亮了，你这样很容易被发现的。”

“对不起……”阿国将脸依靠在才藏的肩上，气喘吁吁地说道。

“你有什么好道歉的。”

“不。都是阿国的错。露根松下阿国所说的，全部都是谎话。”

“……”才藏一脸愕然地看向阿国。

“为了不让才藏大人见到隐岐殿，阿国才撒了那样的谎。可谁想……”

“明白了。”才藏无声地笑了笑，“谁想当你跟我分手后，回到渔夫小屋时，却发现谎话都成真了，对吧？”

“是的。而且隐岐殿和佐助大人也不见了。”

“而黑屋敷的人也把那里包围了起来。看来人有时真做不得坏事呢。”

“请原谅……”

“没什么原谅不原谅的。女人嘛，要是除去你们身上的谎话，不就什么都不剩了么。这么说来，让我去草津吉屋和佐助会合的事，也是假的了？”

“没错。”

“我差一点就真去了呀。”

“才藏大人……我们现在算不算走投无路了啊？”

“算。”

“就连伊贺的才藏也无能为力吗？”

“我所学的术法，只能保我自身脱险，却救不了他人。”

“那就请你不要再顾及阿国，自己先逃走吧！”

“行啊，那就这么办吧。”

“哎……”阿国抬起头，“您真要将阿国留在这里？”

“这不是你刚才自己提出来的嘛。不过我也说过，你们女人的嘴就是用来说谎的。放心吧，阿国。我是不会丢下你的。”

“是!”

“得罪了!”说着才藏突然朝着阿国的胸口就是一拳，然后抱起昏迷的阿国就往湖滨走去。

幸好这时船边还没人。才藏用力将小船从砂地上推入水中。

这一带的山间，已经被红叶尽染。

“那可不是一般人啊，”午后的阳光下，是依旧一脸无忧无虑的佐助，他躺在拉门旁对晴海入道说，“安心吧，决不可能丢了性命的。”

“但就算才藏从敌人手中逃出来，也不知道我们的藏身之所呀。”

“啊哈哈哈，你以为我佐助是吃素的吗？我已经吩咐手下的甲贺忍者往各处搜寻他去了。过不多久，就会有人把他带来吧。”

此刻他们所在的江州甲贺山中，是佐助的故乡。虽然与大津同在近江，但地处深山。再往西翻过几座山，便是伊贺国的领地了。

前日晚上佐助惊觉到黑屋敷的突袭后，当即将隐岐殿交托给潜伏在大津的甲贺忍者，自己带上入道连夜赶路，逃进了山里。

“不知道隐岐殿醒了没有。”佐助站起身来。

“她看上去相当疲劳啊。听这家的女人说，好像还在发烧呐。”

不久，隐岐殿差人来唤佐助。佐助走进房间，看到她已经坐起了身。隐岐殿一见到他便立时询问：“佐助，才藏怎么样了？”

“那个人……”于是，佐助将自己方才与入道所说的话又对隐岐殿重复了一遍。

“那阿国呢？”

“当时阿国姑娘并未在您身边。情况十万火急，在下也只有先撇下她了。不过在下已经派出了甲贺忍者搜寻她的踪迹，请您安心。”

“阿国她可能……”隐岐殿瞄了瞄四周，“佐助，她可能是关东派来的间谍。”

“哎？”

“先前我就觉得她的行为有些不太对劲。我总觉得昨天把黑屋敷那些人带来的，也许就是她。”

“原来如此……”

“而且阿国那晚消失后就再未出现，不就是最好的证据吗？佐助你怎么看？”

“哎呀……这个嘛……”虽然佐助故意装傻，但实际上他对阿国也是心存怀疑的。“就算大坂城内那些谱代重恩的要人，也还有暗中与关东私通的呢。更别说阿国这个小户人家的孤儿。有了二心也并不为奇。”

事实上，正带着阿国藏身于草津川河口芦苇丛中的才藏，也与佐助思考着同样的问题。前一天夜里，当他将船划到湖心时，发现有三艘船循着火把追了上来。可也不知怎的，他们似乎并不太上心，在船行到唐崎时，竟一同掉头离开了。

阿国身上的疑点实在太多了。

（不管怎么说，她会出现在露根松，又设法让我往草津方向逃走，应该都是出于她的好意。或许根本就不是我救了她，而是她救了我一命才对。）

……人与人之间，总是充满着对彼此的猜疑。

就如隐岐殿对自己手下的阿国起了疑心一般，这时，大坂城内的后宫与政厅之中，也同样刮起了猜疑的旋风。这一切，自然都是出自关东方面之手。为了从内部摧毁大坂城，家康所运用的离间计，其规模之大，手段之犀利，可谓前无古人后无来者。

比如丰臣家提倡与德川进行外交谈判的家老片桐且元，就在家康的怀柔政策和离间手段之下，激怒了秀赖和淀殿，让淀殿认准他是关东方间谍，甚至还公然谩骂：“市正（且元的官职名）难不成是一心想与关东携手来推翻自己的主家么！”

不只如此。

大坂城的女官之中还风传着秀赖的伽众（参谋）织田常真入道是关东方间谍的传闻，此外，据说大名级别的老臣之中也有不少与关东暗通款曲。

大坂城，还不如说是疑团城。所以隐岐殿怀疑阿国，也并非轻率之举。

……这一夜，才藏与阿国在草津驿站一处旅店宿下。一走进房间，才藏就开口说道：“阿国，恐怕你已经回不去隐岐殿的身边了吧。”

“何出此言？”

“女狐狸。你其实是关东派来的间谍吧……慢着！”才藏说着按住了正欲起身的阿国的手，“你想去哪儿？”

“如厕。”

“这谎撒得可不高明。没必要对我说谎，我才藏可不属于关东或大坂任何一方啊。我不过就是个伊贺忍者。就算我知道了真相，也没有义务告诉任何人。”

“我知道了，才藏大人。”阿国终于冷静下来。但她依旧脸色通红，额头上也渗出了汗珠。她顺势捏紧才藏按住她的手，用盈盈闪烁的眼睛注视着才藏。那种美艳，简直不像是凡间女子所该有的。

“才藏大人就是阿国的生命。您也会珍惜阿国我么？”

见阿国像是要坦白自己的事，才藏却不以为然地回了一句：“也不是就不能这么想。”

“一定要用这种口气吗？为什么您就不能说得再有诚意一些呢？”

“我要是那么说了，你又会怎样？”

“又是这个表情。实在让人讨厌。才藏大人果然不是女子能托付己身之人。阿国不会再提了。”

这时，旅店的番头出现在了门外，隔着拉门说道：

“斋藤大人……”这是才藏在入住的登记时所用的名字。“您的同伴，一位叫做当山派修行者养心坊的大人到了。”

（我的修行者同伴？……）才藏想到大概是佐助派来找他们的甲贺忍者，于是让番头招呼那人进来，并对阿国说：“佐助手下的人来了。要是他在这儿发现了你，绝对没你的好事。你先去院子里躲躲。”

阿国刚走到院子里没多久，才藏就溜出客栈，与佐助的手下一同离开了草津驿站。他这样做，与其说是丢下了阿国，不如说更像是从阿国身边逃离一般。在才藏看来，既然已经知道阿国是关东的间谍，那么为刺杀大御所而前往骏河的计划就决不能让她发现。

在甲贺与佐助会合后，第二天一早他们就动身翻越铃鹿岭，进入了伊势路。

“比预想的费了不少时间呐。得抓紧点赶路了。”急性子的晴海入道满脑子都想快点到骏河去。

过了晌午，他们到达龟山城下。龟山城的三层本丸在秋高气爽的晴空中分外鲜明。

“哦哦，景色不错嘛。”三人在城下的茶屋用午膳时，入道仰头望着高城，又开始自言自语。这人有个毛病，他的自言自语并非小声嘟囔，而是旁若无人地大声说出来。

“哟呵！哟呵！”他用嘴打着拍子，“城池不配乡下界，可悲爱修城的下州公哟。”没见过谁自言自语像唱小曲的，而且还唱出了调调。

入道提到的“下州”，是过去曾从秀吉处受封此地的冈本下野守重政（良胜）。重政出生于伊势安浓郡冈本村，一开始跟随信长，后来成为秀吉麾下的大名，他受封龟山后便大兴土木，建成了龟山城。

秀吉死后，重政加入石田三成阵营，本应以此城为盾迎击东军，可他却立刻投降，开城逃之夭夭。入道所说的“可悲的下州”，指的是他费尽心思好不容易筑起的城池，却如为他人做了嫁衣的意思。

再后来，家康对处于东海道要冲的这座城极为重视，遂派了一门的松平下总守清匡（忠明）镇守此地，并给俸五万石。

“怎样？佐助，难道你不这么认为？”入道转头问一身江湖艺人打扮的佐助，然而佐助只是皱了皱眉，装作不认识他一样继续吃着自己的饭。茶屋里这时还有不少客人，要是暴露了他们之间的关系，就不太妙了。

才藏坐在离他们稍远的地方，也是一脸事不关己的表情。不过他心里倒是觉得挺可笑的。（佐助真是带了一个不得了的人上路呀。）

“啊哈哈哈哈——”入道完全将城当作了“下酒菜”，几杯酒一下肚，当真是舒畅快活。

“不过就是座平城[2]罢了，只消给我铁炮两百挺、人手两千。不出一日，我就把它攻下来给你们瞧瞧！”

“和尚……”这时，在座的一个武士站了起来。才藏发现此人和他的两个随从均不是旅行装束，无疑就是这龟山松平家的人了。

“从适才起你就口吐狂言，全然没有出家人该有的样子。你敢不敢在我面前把那些话再说一遍？”武士脸色凶狠，手已经搭在了腰间的刀柄上。

那时的武士，或多或少还残留着战国时期的精神。武士的话并不只是单纯的恫吓，看他的样子，只要回应不如他意，铁定会毫不留情地将入道就地正法。

而入道此刻依然心情大好。

“被你听到了吗？只不过那些跟经文一样，都是我的自言自语罢了。不必在意，不必在意。”看来他对于向对方寻衅的事倒是乐在其中。

“和尚，你叫什么！”松平家的武士朗声问道。

“出家之人，名号皆如浮云。”

“那你本寺何处？”武士的口气越听越像是盘问。

“并无本寺。”

“无名又无本寺？那我就算杀了你，也不会有人有意见吧。”

“意见？当然有啰。”晴海站起身，将六尺长的法杖往地上一戳，“先问问我手中法杖再说！”看来他是真的醉了。

佐助早就趁机溜出了茶屋，漫无目的地在街道上闲逛。虽然把入道丢下着实不算厚道，但如果在这里插手，事情或许会闹得更大。

（才藏会想办法妥善处理吧。）

才藏从茶屋角落的折椅上站起身子，慢慢凑到松平家武士身边，小声道：“阁下是龟山的御城士吧。若是阁下准备教训这狂僧，在下这边倒有一事相求。”

“哦？阁下是？”

“肥后阿苏大宫司家家臣，斋藤缝殿。”

“原来是御神人[3]。不过如阁下这般身份的人，不都应该有随从相伴么，难道事出有因？”

“没错。在下的随从在铃鹿的坂之下被这恶僧打坏了下巴，如今还在旅店疗伤。随从的敌人即是主人之敌，还希望阁下能将此人交予在下亲自处置。”

“你，你要做什么！”

入道听到两人的对话后大声嚷道，一句“才藏”还没出口，右边下巴就吃了一记才藏的重拳，应声倒地。

“啊！”

“酒醒了？”

“你！”爬起身来的入道本想大喊，却发不出声来。因为他的下巴，已经脱臼了。

“在下也算是解气了。这样一来，他也没法再说城的坏话了吧。就是个上不了台面的乞丐僧人，阁下就网开一面放过他如何？”

“哼？”武士一脸怀疑地将才藏上下打量一番后，在年轻的随从耳边说了些什么，就将他留下，离开了茶屋。看样子应该是吩咐年轻随从看着才藏他们。

（这下该不会弄巧成拙吧。）看来才藏是被人当做不安分的浪人了。

“掌柜的……”才藏赶紧起身，多留下了几枚鸟目[4]当作对刚才骚动的赔偿，然后走出茶屋。他回头看见晴海入道也跟了上来，看样子酒已经完全醒了，只是下巴合不拢，口水还在不停往下滴。

（真田大人真是招揽了个不简单的男人为家臣啊。）

才藏觉得有些可笑。这样的人虽在战场上能派上不小的用场，可着实不适合做间谍。

入道为了不被才藏抛下，拼了命地跟在他身后。可对才藏来说，要是不尽快甩掉入道的话，反而会让跟踪的人起疑。

（没办法了。）才藏停下了脚步。恰巧城下一角的镇守神社里，不知道是祭典还是有什么活动，聚集了不少的男男女女。

（正好。）才藏拐入了神社内。社殿前正在进行幸若舞的仪式，舞台下是一片黑压压的人群。才藏身形一闪，混了进去。

“才藏，等你好久了。”佐助朝着才藏挤了过来，小声说道，“入道大人那边就不用管了。看那样子免不了会被抓住收监。那老头装得一副疯疯癫癫的样子，说不定那正是置己身于险处的奇策呢。”

“哦？”

“牢房就在城内二之丸下。故意闹事被捕，就能堂而皇之地入城了，不是么？他自觉没有能力和我们抢功劳，所以就打算将在牢中探听到的消息带回九度山去向大人邀功吧。别看他那样，其实是个相当精明的人。”

“原来如此。不过被关押的话，逃出来也并非易事吧？”

“担心什么啊，那种程度的过错，吃上十来天牢饭就会放出来了。万一有什么问题，大不了我让潜伏的甲贺忍者拆了牢房把他救出来便是。”

“佐助你也真是劳碌命。”

“早知道就不带晴海入道出来了。一个门外汉，还奢望着能像战场上那样立功。不过，他这人本质并不坏。”

“这还用说么。本来就不算合得来了，要再是个恶人，那我可受不了。”

两人从神社内观察街道上的情况。三骑骑兵和二十个足轻在鸟居前追上了入道，把他围了起来。晴海入道面对如此场面也只能乖乖伏法。

“怎样？我说入道大人意有所图吧。要在平时，对方就这点儿人他才不会那么老实呢。”

佐助和才藏一直在神社内待到了日落时分。待到太阳落山，路上再无行人往来之后，两人就像两道风一样穿梭于街道之上。

庄野。

石药师。

四日市。

赶了八里半的夜路，当太阳刚从东边的海平面上探出头时，两人已经站在了桑名城下。

佐助瞧也没瞧街道两侧的旅店，而是向左一拐，径直走向武家屋敷聚集的一角。

“佐助，你这是去哪儿？”

“什么都别问，跟我来就是。”

桑名十五万石的城池，不仅是一座大名居城。在家康看来，一旦与大坂交战，这里就将成为最前线的要冲，所以专门指派了德川家部将中有名的骁将本多平八郎忠胜驻守在此。

两人来到一座武家屋敷的后门，佐助抬手敲了三下门。

进了宅子后，一个下仆模样的老人出现在两人面前，一言不发地带着佐助和才藏往土仓走去。

不想土仓之内别有玄机。二楼的一间房中竟铺着榻榻米，俨然一个秘密的居室。

（有股子药味……）才藏环视屋内放置的箱柜及摆设，说："这里，恐怕不是武家屋敷，倒像是医生家的宅子了。"

"真不愧是才藏，好眼力呀。这家的主人是本多家的御典医海濑良玄大人。"

"御典医？"

只有上级武士家的医生，才能称作御典医。没想到被誉为德川谱代大名之中第一忠勤的本多家家臣中，竟也会有与大坂私通之人。

不过上一代的城主平八郎忠胜已经在三年前去世，现在这里是由其长子忠政继承。也许鬼之本多在世时家中严厉的纲纪，到了第二代也开始松懈了吧。

"佐助。"才藏紧皱着眉头问，"这个海濑良玄到底什么来头？"

"不用担心。他原本是堺的居民，是从唐人那里学来的医术。而其实海濑大人在堺的时候，与商人家的女儿无媒苟合暗结珠胎，商人家碍于面子自然容不得私生子，于是就将孩子过继给了丰臣家纳户头岩田内匠做养女，长大后出落成了稀世的美人。”

“那女子叫什么名字?”

“就称她作某女吧。她长年在城中奉公，后来承了秀赖大人甘露，诞下一女。”

“也就是说，如果将父子关系挑明的话，那海濑良玄就是秀赖之子的外祖父啰?”

“不错。”

“你接着说。”

“后来淀殿和大野修理大人设法与良玄大人暗中取得联系，让他将在桑名本多家所能掌握到的关东情势逐一用密信向他们汇报。”

“原来如此。大坂也是做得滴水不漏嘛。话说良玄大人现在在家吗?”

“就算在，也不可能与我们碰面。不做到彻底，是守不住秘密的。”

才藏突然心生疑虑，但具体原因又说不上来。只是直觉哪里有些不太对劲。

佐助伸了一个懒腰，说:“总之啊才藏，比起街上那些旅店，这里可要安全多了。天黑之前，就在这儿补上一觉吧。”

“啊……”才藏虽然点头应付了一下，但他不如佐助那般乐观。

“佐助你知道吗，在我们伊贺有一种说法，‘疑人七度且断不能轻信于人’。”

“甲贺才没那种东西。要是连自己的主人和同伴都彼此不信任，哪里能做得了大事？这就是你们伊贺流和甲贺流的区别所在了。”

“我从你那悠哉的性格上也看出来了。”

“所以才藏你那执拗的性子，也是这么来的吧。”

“你要睡就睡吧。我先探探这宅子的情况。”

宅子比想象中的要大许多。才藏明目张胆地走在走廊上，根本没有蹑手蹑脚的样子。不过也不知道用了什么技巧，一步一步下去却毫无声响。才藏走到中庭外围的窄廊附近时，看见对面来了一个弟子模样的男人。他不躲不藏继续走自己的路，以至于那弟子见着才藏竟连忙弯腰给他让出路来。

才藏来到主人海濑良玄的房间前，朝着里面叫了一声：“良玄大人。”

屏退了左右，正在书院中与人密谈的良玄闻声不禁大惊，连忙起身唤来家臣：“喂！有谁在没？”

“是，有何吩咐！”一个家臣模样的从一旁的房间探出头来。

“方才有人叫了我的名字！快去给我看看走廊的情况！”

家臣和四五个弟子绕着书院的走廊找了一圈，也没发现任何人。

“并没有其他人在啊。是不是您听错了？”

“我肯定没有听错。去！把院子、茶室、茅厕统统都给我找一遍！”

一时间宅子里乱作一团。

良玄的客人是个武士，此刻他也慌忙起身说道：“那方才所说的事没问题吧。”

“都听明白了。”

客人离开了房间。与此同时，天花板上的一块羽木板被移开，才藏咚的一声跳了下来。

“啊！”

“别出声！”才藏亮出手指间一把明晃晃的十字手里剑，慢悠悠地坐到扶肘[5]边。“你就是良玄大人？”

“你，你是什么人？”良玄的手按在了胁差上。

“就凭医生的刀法，是动不了我分毫的。只要你敢叫人，就别怪我让手里这家伙飞出去。”

“你是谁？”

“我不是叫你别出声么。你只要老实回答我的问题就是。

刚才那武士是什么来头？你们在这儿说了些什么？”

海濑良玄年过五十，已经略微发福，一双小眼睛贼溜溜地泛着光。只见他憋红了脸，突然张口就是一声“来人呐！有贼人！”

才藏一脚踢翻榻榻米，右手右脚扣住壁龛的柱子向上一蹿，身体就如被天花板上的空洞吸走般一下子不见了踪影。这一切，都发生在转瞬之间。

宅子里的人在听到喊声后前仆后继地冲入了房间，但他们谁都没有看到贼人。他们面前，只有看似精疲力竭地瘫倒在屋子正中的良玄。

“出，出了什么事？”

“有贼人来过了。”

“可我们谁也没见着啊。”

“绝对是来过了。一个大个子的男人！”

“怪了……”

家臣们你看看我我看看你，心里都默默地认为一定是良玄的癫狂所致。

而此刻的才藏，早就从天花板上转移到了另一个房间。

那里，坐着一个女人。

那女子年纪看来大约二十一二，她原本坐在经桌前抄写千字文，才藏突然出现在她面前时，女子一怔，随即放下了手中的笔。

“请问你是何人？”

“别出声！”才藏用刀抵住女子的脸颊。“叫什么名字？”

“小若。”

“是这家的女儿？”

“不，我是在这里侍奉主人的。”

“是小妾啊。”

女人低下了头，双颊通红。

“放心，我无意加害于你。怎么？我很可怕？”

“不会。”女子说着突然抬起头直直地注视着才藏，说：“我看你也不像是个坏人。”

没想到竟是个脾性刚强的女子。

“好眼力。我今天来过这里的事，不得向任何人提起，明白了吗？”

“好。”她点了点头，活像个小姑娘。

“真的不会说？”

“谨记在心。”

见她如此天真烂漫，才藏也忍不住咧了咧嘴，笑了。小若见状也微微一笑，对才藏说：“要喝杯茶么？”

“不用。”才藏单脚屈膝跪下，手“邦！”的一声拍在榻榻米上，然后迅速抬起。只见那块榻榻米应声翻了起来，应该是利用了榻榻米与手掌之间的真空吧。

“噢——”小若惊讶地朝榻榻米下面望了望。

才藏摸出苦无[6]，将地板拆开。

“小若对吧。”

“是。”

“我还会再来的。”说完，就从地板下面消失了。

没过多久，海濑良玄带着人慌慌张张地闯了进来，劈头就问：“小若！有谁来过这里没有？”

“没有啊。”小若看着良玄的眼神中装满了冷漠，与刚才判若两人，“怎么？宅子里进了贼人了？”

“没错！有贼！”

“被偷了什么东西吗？”

“什么都没偷，不过在屋里肆意乱走了一通。”

才藏回到了土仓。

“佐助，那海濑良玄果然不是善茬。表面上看他是在里通大坂，实际上却并非如此。刚才来的那个武士是城中之人。良玄已向城里通报了你我的事，他们现在正着手要捕杀我们呐！”

佐助腾地从地板上坐起惊叹道：“难以置信！”

“佐助你就是太天真了！总之，趁还没人发现，我们先赶紧离开这个土仓吧。”

“出去又能怎样?”

“这宅子不小。先找个地方躲起来,等到日落之后再说吧。”

“成!”佐助站了起来。

“才藏,万一我们走散了。记住,今晚夜半,到四日市的浦之滨去。有人会去接你。”

“知道了!”说完,才藏转身走下了土仓的二楼。

才藏掀起地板上的榻榻米钻进去,然后又回到了小若的房间。小若依旧坐在桌前习字。

“喂。”才藏亲昵地唤了她一声。

小若回过头,放下笔,丝毫没有惊慌,“您又回来啦?这次,又是为了什么事儿啊?”不仅如此,脸上还带着微笑。

才藏这个男人,有一种特殊的魅力。他能让哪怕初次见面的人,也产生一种如若面对数十年知己的亲切感。在这个男人面前,人总是很容易忘记本该心生的恐惧与疑问。这也许可以说是只有才藏才能使用的欺诈术。

“有件事想拜托你。”

“是什么事呢?”

“你,有小袖吗?”

“小袖?”

“我可不是让你把身上穿着的脱下来啊。你这里有其他换洗用的小袖吗?”

“有。”

接过小若取出来的小袖，才藏将它挂在了房间一角的衣架上，然后躺在了背后。

“呵，你倒是逍遥得很呢。”

“让我在这儿睡会儿，日落后就走。”

“请便。不过日落之后会发生什么事么?”

“太阳一落山，城里就会派出一两百人，把这个宅子团团围住，来杀我。”

小若听到这样的事，竟也露出了惊讶的神色。

“你既然知道会这样，却为何不逃走?”

“因为有意思呀。”然后就再无话语，应该是睡着了。在小若看来，才藏无疑是个处事坦然的男人。

不久良玄走进房间，对小若说:“小若，赶紧收拾收拾。半刻后我们要离开这宅子。”

“去哪里?”

“今晚就在御家老府上叨扰一夜。”

“为什么要这样做?”

“方违。”

所谓方违，也被称作方忌。犯了方向忌讳的人，据说只要去阴阳术所指定的方位停留，就能逢凶化吉。当时的人多迷信这个。虽然武士之中信奉之人尚不多，但在公卿之间却十分流行。若是自己要去的方位上没有熟人的屋宅，哪怕是陌生人的家，只消一句“这是避方违”，大多数情况下家主都会收留来客。

（说谎。）要真是因为方违这种不痛不痒的理由，良玄一脸的恐惧和满眼的血丝又该作何解释？

“该不会是因为刚才入侵的那个盗贼吧？”

“啊哈哈，因为怕吓着你，所以没说实话。那人并非盗贼。其实他是大坂派来的间谍，而且还是日本第一的忍术高手。”

“那个人他……”

“怎么？你知道他？”

“哪里，小若怎会知道这些。小若只是不明白，大坂的间谍，怎会潜入当家这样的医者之家？”

“这里头自然有它的理由。”

“什么理由？”

“不是你们这些女人该知道的。总之我已经上报家老，让他派人捕杀此人了。要是不杀掉他，毁掉的就会是我。”

海濑良玄的声音中带着颤抖。恐怖，有的时候却也会莫名地挑起情欲。良玄那涨得通红的脸上，渐渐露出了猥亵的表情。

“小若啊。”他一把拉过小若，左手顺势探到了衣带的打结处。

“这可不行。外面还亮堂着呢。会有人来的。”

“没人会来的。”

“你不是才说了城里的人会来么?”

“那是日落之后。”

“小若觉得不好意思嘛。”

“又没其他人看见，有什么不好意思的。”

有人在看啊——小若在内心里念叨着，但这种事自然不能告诉良玄。

“乖乖从了我吧。”

“不要。”

“这样呢?”良玄是个医生，还是男人。他手一用力，重重地摁在了小若胸口处的腰带上，“你敢动可是会痛的哦。”良玄咧着嘴，但眼睛里却没有笑意。年轻小妾奋力拒绝的模样，映在他这个年纪的男人眼里，却是一种无与伦比的愉悦感。

小若被脱了个精光。良玄压了上去，用舌头品尝着她的肌肤。

“讨厌！求求你停手吧！”

“怎么就不行？看来你是又想尝尝我秘制的药丸了！”

“不要！”

“给我吞下去！只要吃了这个，保准让你欲仙欲死。”

小袖背后的才藏早已轻轻起身，盘腿坐在那里。实在是因为他心里不太舒服。

（男欢女爱之事应当是无比美好的，然而单方面的强迫只能让人感到丑陋和恶心。）

不过使才藏感兴趣的是，良玄到底用了什么法子拐来如此年轻的女子。虽然在当时，让知行地上的百姓家女儿奉公这样的做法，在武士家的内房中并不少见。但那小若却并不像是个百姓，倒是有些武家女的风范。

（看来这女子身上必有隐情。）

没过多久，原本对良玄十分抗拒的小若，也发出了与先前判若两人的妖异的呻吟声。

（果然只是个普通女子么。）才藏的心中闪过了些许轻蔑，不过他转念又一想——说不定小若身心上的变化，都是拜良玄喂她吃下的药丸所赐。

（先离开这儿再说。）才藏慢吞吞地站起来，又慢腾腾地穿过良玄的枕边，伸手准备拉开通向套廊的那扇门。

这一切看得良玄胆战心惊。他一把推开小若，拔出了自己的肋差。

“你，你就是那个伊贺忍者吧！”

才藏背对着他说：“可别出声啊，良玄。你和我之间只有四间的距离。要是你再敢嚷嚷，小心人头不保。”

良玄闭上了嘴。

才藏皱了皱眉，继续说道：“还不快把衣服穿上。那副样子，让我怎么好回头！”

虽然没有亲眼看到，但从身后发出的声音和气氛来看，小若应该已经匆忙地穿上了衣服。但良玄依旧是光着身子，似乎一直在等待逃走的时机。

“这位医生。我有一件事不太明白。你既然收留了我和佐助，又为何要通报城里的人来捕杀我们？”

“……”

“一边当着大坂的间谍。一边又将大坂的内情悉数告知本多家。你还真是个大忙人啊。不过，你其实没必要连我们也杀掉吧。”

“就说你们是盗贼不就成了！”

“让盗贼住进来的，可是你自己。这样一来，你不也成了盗贼的同伙了？你是为了不被主家误会，才把我们给捅出夫的吧？”

“不，不是！我海濑良玄一直以来，都在暗中为大坂的丰臣右大臣家行事。”

“也就是说，你依然是大坂方的间谍啰？”

“我，我并不是什么间谍！我对本多家和江户的大公仪也是心存忠义的！不论是大坂还是关东，我都是出于一片好心，想贡献一点点绵薄之力罢了！”

“有意思。”才藏对着面前的拉门，笑了起来，“人这种生物，真是不管处于怎样的境地，都能给自己找一个听起来冠冕堂皇的借口。不过如果你是我的话，听到这些会怎么想？就因为你这莫名其妙的理由，我就该被杀吗？”

“……”良玄见才藏没有转身，便慢慢地趴了下去，一点一点地向后挪动，看来打算逃走。

“别动！真是可惜啊，我背上也是长着眼睛的。”

良玄停了下来。

“良玄，看来你想独自逃走啊？怎么？那边的女人你就见死不救了？”

“……”

这时，从房间外的走廊上传来了四五个人的脚步声。良玄双眼顿时一亮，大叫一声“有刺客！”紧接着，他的身体撞向拉门，顺势与倒下的拉门一起滚了出去。

家臣们慌慌张张地赶到时，就看到自家主人光溜溜地倒在拉门上。然而当在场的四人看清良玄的身体，全都像木偶一般僵硬在了原地。

良玄的身体上，并没有头。

“头没了！”切口处还有鲜血汩汩地涌出来。再看那具尸体，四肢浮起，竟然还保持着向前跑的姿势。

“发，发生什么事了！”家臣们只得面面相觑。他们虽然身为家臣，但毕竟只是医官。遇到这类突发事件，也是一片茫然。

“不过……”其中一个人幽幽地说，“刚才，的确是主人在叫有刺客吧。但如果他尸体在这里的话，也就是说他叫我们的时候和跑出来的时候，其实已经没有头了？”

几人走进屋内，便看见良玄的头颅果然在地板上，却不见有其他人。四下里突然间安静得有些可怕。

太阳沉入了御在所山。

伴随着日落，上百个武士悄然出现在了位于武家屋敷一角的海濑良玄家大宅四周。

骑乘十骑。

物头模样的人周身被甲胄所包裹，身披猩红色的阵羽织，俨然一副出战的阵势。

铁炮足轻二十人。

弓箭组二十人。

长枪组二十人。

剩下的人则守在各自的物头身边，宅子周围的道路上，燃起五十多处篝火。

松脂燃烧的香味充溢着四周，路上也被熊熊的篝火映得宛若白昼。

“佐助，看这夸张的阵势，要逃出去还真不太容易。”才藏望着脚下的星星点点，苦笑道。

“是啊……”佐助也是一脸意外地看着下方。

两人此刻正坐在宅内的一棵老银杏的树梢上。在这个宅子里，能让两人敢出声商量事情的，也只有这里了。

佐助指了指人群，说：“你瞧那边，那些人从各个门攻进来了。”

“哟，把土仓给围起来了。”

“他们以为我们还在里边吧。”

“佐助，你说我们逃得掉么？”

“说什么话呢。这点小事都应付不了的话，我还算是甲贺的佐助么。”

“不过我这边有点小麻烦呀。我有件东西得搬出去。”

“哎哟？连才藏也忍不住偷东西啦？”

忍术又名偷盗术。在忍者之中，以盗贼为生计的人也并不少见。佐助指的就是这件事。

才藏摇了摇头说："活的。"

"你的意思是……"

"我必须把良玄的小妾救出去。"

"好女色也得有个分寸吧。"

"好什么色啊，是那个叫小若的女人求我带她一起逃走的。总不好拒绝人家吧。"

"扔下她不就成了？"

"人家可是姑娘家。那不就太可怜了吗？"

"还说不好女色……不过你有把握带着女人也能逃出生天？"

"这个嘛……"才藏若有所思。

"总之，才藏。闷头逃窜决不是我们的作风。看对方派出的人数，也对得起咱俩日本屈指可数的忍者名人的名号了，不给他们点颜色瞧瞧怎么行。你有什么法子？火遁？"

"你看这风。"才藏将手掌伸到空中。风里夹杂着些许的潮湿。

当晚担当指挥的桑名本多藩五百石的矢野勘五右卫门，是宝藏院流的枪术名手。他骑马走进御典医家的宅院后，马上命令二十名铁炮足轻守住土仓的入口，又在他们身后安置了二十名长枪组的人。

“听好了，对方可是日本第一的忍者名人！这次行动容不得半点马虎。”

“勘五右卫门。”一条人影无声无息地走到他身边。

来人并未穿戴具足和腹卷，只用袖带撩起了平服的袖子，又在额头上绑了一条吸汗的头带，下身穿着的伊贺袴的下摆也高高地扎起。

这个男人叫做川崎为之助。虽然他身为马回役[7]，但剑术上的造诣却比藩中指南役中桐源藏更胜一筹。他曾向居于上州马庭村的樋口又七郎定次修习过念流，再后来学习了一刀流，开辟了止观流这个流派。前些年在与城下东松原与相州有名的东军流高手井户孙次郎比试时，因为一刀定胜负而声名大噪。这一夜为之助是作为矢野勘五右卫门的随同出面的。

“何事?”马上的勘五右卫门压低了身子看着徒步的川崎为之助。

“我是来对你的指令提出异议的。那两人已经不在这座土仓里了。”

“你怎么知道?”勘五右卫门一脸不快地反驳，“你是亲眼见过土仓里面的情况才这么说的?”

“没见过。凡事都依赖双眼乃是常人的做法。身为兵法者，靠种种迹象来判断土仓中是否有人，这点能耐还是有的。”

“妄自尊大！”勘五右卫门虽是枪仕，但也算是兵法者。听到为之助的话，他不禁怒火中烧，“你瞧不起我？”

“并无轻侮之意。只是想忠告你一声，那里面确实感觉不到人的气息。”

“当真没有？”

“没有。”

“你既然这么说，那就独自推开那扇门进去如何？”

“当然可以。不过话说在前头，我提出忠告并无与你争执之意，只不过是想劝你将人派到其他需要的地方去。”

“多谢忠告。你还是先进去吧。”

“好！”

川崎为之助走到门前，“嘎——”的一声推开门，往后跳了一小步窥探室内的情形。过了一会儿，他开口对身后的人说：“拿松明来！”

将五六根松明扔进门里之后，为之助拔刀冲了进去。没过多久，他就又走了出来。

“没人。”话音刚落，足轻组的人一起抬头望向了身旁老银杏的树梢。

那老树的枝头上，正轻飘飘地绽开了一朵磷火。

“有妖怪啊！”在场的人见此光景，都不禁打了个寒战。银杏树梢上的磷火，扭动着与黑暗交融的淡色火焰，依旧燃烧着。

足轻里面甚至还有只是看到磷火就被吓得站不起来的。

“别乱！别乱！”矢野勘五右卫门连忙拽紧缰绳对手下喊道，“那不过是甲贺伊贺忍者的小把戏而已！铁炮队瞄准射击！”

火绳在黑暗中一齐燃起，数道火光伴着轰鸣声喷向银杏树梢。

“噢噢噢——”接着是欢呼声，“射中了！”

只见一条黑影直直地朝着硝烟弥漫的路上坠了下来。枪组的足轻见状，一拥而上围住了黑影。

“慢着，这人已经死了！”勘五右卫门跳下马走了过来，然后一把扯下了尸体上的黑布。

“是海，海濑大人！”

黑布中的正是本多藩御典医的头颅和身体。看来大概是佐助或才藏，将良玄的尸体用黑布包裹起来，挂在了这棵银杏树上。挂绳被子弹打断后，尸体就掉了下来。在做这一系列准备的同时，磷火就被点燃。按计划来说，原本就该是算好了天黑时磷火亮起，引导他们射击的。

佐助趴在母屋的栋木之下，随时关注着地上的动静。（才藏那家伙，没问题吧。）

地面上，矢野勘五右卫门离开了指挥的场所，穿着鞋就冲进了母屋的玄关。

“出大事啦！当家的主人被杀！有人在吗?”

没人回应。那是当然了。

才藏杀掉海濑良玄后，又处理掉闻声而来的四个家臣中的两人，剩下的两人也打晕了，和尸体一道塞进了储藏室里。

……玄关处的勘五右卫门还在嚷嚷：

“都出来呀！家臣都不在吗?”

过了好一会儿，走廊上才传来慌慌张张的脚步声。那人一见到勘五右卫门就跪了下去。

“在下是当家的管家。”

“礼数就免了。就算你只是个医官家侍从，这种紧急关头却不在主人身边，算什么事儿!”

“是，是。”

“快站起来。”

“在下先去把灯点上。”

“没那个必要，先出来再说!”

“……”

男人起身的同时，勘五右卫门却无声无息地瘫倒在地。一把胁差避过铠甲护腿，不偏不倚地插入了他的胯下。

这男人麻利地将尸体上的具足脱下穿上，然后把插着胁差的尸体踢到一边的拉门里。这时候，足轻头跑了过来，问道：“出了什么事？”

“看来这屋子里的人都已经跑掉了。”说着走到院内跨上马背。他的个头和背影与勘五右卫门十分相似。

骑在马上的勘五右卫门才藏一扬手，咔的一声放下了头盔上的目庇[8]。

当乔装成矢野勘五右卫门的才藏再次回到银杏树下，背后的母屋突然绽亮，竟是烧了起来。熊熊烈火舔过纸做的拉门，白色的浓烟不停地从屋内涌出。

（干得好，佐助！）骑着马的才藏出声制止了足轻们的骚动：“刺客必定就在那火中。枪组给我冲上去，铁炮组负责灭火！”

等到才藏一马当前带着队伍离开后，从银杏树的阴影里走出来两条人影——佐助和小若。佐助穿着海濑家下人的衣服，正准备走出门。

“喂！”没想到却被川崎为之助叫住了。原来这个男人还留在银杏树下。

“你们是什么人?”

“这位是当家的侧室，小的叫做泰平，是这家的下人。”

为之助见他们也没什么可疑之处，想是出去避难的人，就点头放了行。

佐助向着路上守备的足轻们点头哈腰一一致意，然后消失在了武家屋敷町晦暗的小巷之中。

“小若姑娘，要我拉你一把吗?”佐助问。

“不用了。不过您就不能再走慢一点么?”

“啊——也对。”

一路上不时有人影与他们擦肩而过。看样子应该是来帮着救火的附近宅子的家臣。各家门口都支起了篝火，挤满了人。两人走出三町前后，才把屋敷町的火光远远地抛在了身后。

这时，佐助突然停住了脚。

“小若姑娘，看来有人一路跟着我们。我来对付那人，你先躲在那边的草丛里。不管遇到什么事，都千万别动别出声!”

“小若知道了。”她说完就干干脆脆地从佐助身边走开，也真是个刚毅的女子。

佐助也躲到了路边的残垣断壁之后，跟踪两人的人蹑着脚从他面前走了过去。

“喂。”佐助出声叫住了那人，回应他的却是跟踪者拔鞘而出的一刀。佐助跃起，足尖在刀上轻轻一点，飞身站在了土墙之上。

“果然不是我多心。你就是杀死当家的那个刺客吧!”这个声音低沉的跟踪者，正是川崎为之助。

看来这位念流的高手为了独占功劳，才故意撇开同伴的协助，一路尾随他们而来。

“下来!”

“啊，好意就心领了。”佐助毫不在乎地从喉咙深处发出了笑声。

土墙上站着佐助，地上站着川崎为之助。

佐助身后映出的是满天繁星，被他身体挡住的星群，宛如从苍穹的幕布上裁下来的一块剪影一般。

“川崎为之助。”佐助对着地上的人影叫道。像佐助这般的忍者，对本多家家士的身份可谓了若指掌。

然而被叫出名字的川崎为之助，却明显有了动摇。真实身份既已被识破，要是放走了对方，岂不有损声誉?

“你这刺客，还不下来!”为之助手握短刀，沉下腰将身体放低，摆出了居合的架势。

念流流祖相马四郎义元皈依禅门，又自称念大和尚，所以其流派招式多带有浓厚的宗教意义，注重将一念凝聚于刀尖这样的心术。佐助身为忍者，若是不能分散为之助的一念，就毫无胜算可言。若是做不到，饶是佐助，也只能等着被这海道闻名的兵法者一刀两断了。

“下来!”为之助的声音中又添了几分焦躁。

“我总会下来的。不过为之助大人，高明如你的兵法者，想必也没见识过忍者的剑术吧。我劝你最好先在心里琢磨琢磨该怎么应对吧。”

“区区一个乱破……”乱破，是对忍者的蔑称，“又能有什么本事!”

“的确没什么大本事。”佐助低笑了一声，突然腾空而起，身体在夜空中停顿片刻后，在为之助的上方张开了双臂。只见他右手高高举起，猛地加速朝着为之助砸了下来。

为之助手中的长剑映着星光，一道白光闪过，佐助被劈成了两半。然而落在地上的却不是佐助的尸体，而是包裹着五块屋檐瓦的衣裳。

这时候的佐助，已经跳到了另一边的土墙之上。

“你在看哪儿啊？我在这儿呢!”

当为之助大吃一惊地转过身时，一堆黑色的小东西向他的眼睛袭来。

那些像飞虫一般的黑影，缓缓地向为之助的眼睛飞了过来，时而变大时而变小。

“你这家伙！”为之助竖着一刀劈下后，又接了一个横削。当他满心以为自己切开了眼前的黑色物体时，等待他的却是地狱。只见他手中的剑铛的一声向右边飞出，与此同时，他的身体带着被一分为二的脑袋，无声地倒了下去。

（死了吧。）佐助慢悠悠地擦净自己的刀，往小若躲藏着的草丛走去。

当佐助带着小若赶到与才藏约定好的海滨时，月亮已从漆黑海上的另一头爬了上来。

“那个……才藏大人在哪里啊？”

“在这海滨上转转，就会见到他的。”

这时，落在砂地上的一条影子蓦地被拉长。有人小声地说了一句“我是才藏，这边。”

“哦。”

佐助向人影走去。小若连忙跟上，坐到了才藏的身后。

“才藏，那之后你怎么出来的？”

“还能怎么。你放了那把火后，我就骑着马夺门而出。我把借来的具足一件件脱下来，逐个扔进了沿途经过的宅院墙内。某家院子里落了个头盔，隔壁那家的松树上又挂着一个护胸，还有的宅子窄廊上滚着个护臂。等到了早上，估计各家都会被吓到吧。”

“也就是说……”佐助略带戏谑地问，“只要追着那些具足的残片一路找来，不就知道我们在这个海滨了？”

“我可不会这么糊涂。一开始我就是朝反方向奔去的。等处理完具足，才扔下马走回来……那么，接下来该怎么办？”

“我打算从这个海滨出发，穿过海上七里[9]，到宫（热田）的驿站去。”

“船呢。”

“桑名的甲贺忍者会为我们准备好的。”

“果然无懈可击，事事都考虑周全啊。不过……”才藏看向小若，“你呢？有没有什么打算？”

“你去哪里，我就跟着去哪里！”看着小若恬静的笑容，才藏心里也没辙了。除了她曾是海濑良玄的小妾一事，他对这女子可谓一无所知。

“你这样会让我为难的。”

“为难也没关系。要丢下我也行，觉得我麻烦也无所谓，不带上我，小若就自己跟着你。”

“你没有家人吗？”

“没有。”

“闹出那样的事，我们的身份已经暴露了。这一路上绝不是游山玩水那么简单。你一个姑娘家，要是受伤不就麻烦了。”

“小若自幼就是天涯孤独之身，就算是为此丧命也无怨无悔。难道就没有小若能帮上忙的事吗？”

（真是个奇怪的女人。）虽说她自称无依无靠，但事实上她的来历根本就还是个谜。

“佐助，你怎么看？”

“有什么关系，带上她吧。”佐助窃笑，也不知是想到了什么。

不久后，近海出现了一艘三十石积[10]大小的船，三人向迎接他们的驳船靠近，登上了船。

看来船老大都是甲贺的忍者。三人上船后，众人便麻利地在夜色中升起了船帆。这时候，月亮已经蹿到了桅杆上。

“运气不错，是顺风。”船舱里的佐助竟一改往常喝起酒来，看来心情不错。

“小若姑娘。夜晚的潮风对身体不好。你还是早些歇息吧。”佐助说着脱下了自己的无袖羽织，盖在了小若的腿上。

小若并没有道谢，只是朝着佐助微微一笑道：“这样佐助大人不会冷吗？”

“不怕。我这身板可是跟寒暑无缘的！”

“如此……才藏大人？”这次她又看向了才藏，“你也把羽织给小若吧。”

“为什么？”

“夜晚的潮风对身体不好嘛。”小若紧实白皙的下颌散发出一种娇艳欲滴的妩媚。

“羽织有一件不就够了吗。”

“你这话说得，真是薄情啊……”小若瞪了才藏一眼。

才藏没辙，只得脱下无袖羽织，一言不发地扔到小若的腿上，然后躺到了一边去。

（这个身份不明的女人，到底是什么来头。）

“你要是准备歇息的话……”小若站起身，“我把腿借给你枕着如何？”

“不用。你让佐助枕吧。”

“佐助大人是个怪人，他说他讨厌女人的气味呢。”

“小若，听你的口气，似乎从前就认识佐助？”

小若顿时语塞，片刻后才出声道：“你看出来了？”

“说吧，你到底是什么人。”

“这个嘛……”小若刚要开口，就被一旁的佐助制止了。

“才藏，还是我来告诉你吧。小若姑娘是甲贺忍者的名门——望月家的女儿。”

（嚯……）伊贺是没有女忍的，在甲贺，女忍虽十分少见，但并不是没有。如果小若确是作为大坂的间谍被送去当海濑良玄的小妾的话，那至今为止她的各种不自然的行动就能想通了。

“而且……”佐助笑了笑，继续说，“她和隐岐殿的侍女阿国，是同父异母的姐妹。”

“什么?”才藏瞠目结舌，好似他现在才知道阿国也是甲贺忍者一样。

翌日一早，船停靠在了尾张宫的船坞里。宫，也就是现在的热田。

“真不愧是东海道第一的驿站啊。”穿过船坞前耸立的红色鸟居，佐助看着往来不息的旅人感叹道。

“佐助，你离我远点。”

“怎么?”

“你看你那身打扮。”

“原来如此。”

佐助瞅了瞅身上的衣服不禁苦笑。江湖艺人行头的他，自然是不能与武士模样的才藏并肩而行的。

“其实我正打算在尾张宫这边换上武士的衣服呐。这样，我就成了你们两夫妻的家臣了。”

“什么夫妻?”

“你先别火。其实关于这件事，小若姑娘已经知道了。一开始把她从桑名的宅子救出来的目的也在于此。”

“我没听明白你到底想说些什么。”

“当然是想让你和小若姑娘结为夫妇啊。小若姑娘也说了，她十分乐意成为伊贺首屈一指的雾隐才藏大人的妻子。”

“那可不行。”才藏瞄了一眼小若。她头上顶着胭脂色的涂笠，手脚各自戴上了手甲和脚绊，怎么看都是一副外出旅行的武家之妻的模样。

“小若姑娘，刚才佐助说的，你都听到了吧？”

“听着呢。”

“他可是说你要做我的妻子哟。”

“是的，只要才藏大人你愿意娶我，小若自是乐不可支。”

“只是在路上的话……”

“当然不是……”小若那胭脂色的涂笠左右晃了晃，“我可是想今生来世都能作为才藏大人的妻子相伴左右呢。”

这下轮到佐助吓了一跳，“慢着！小若姑娘，这和之前说好的可不一样啊。一路上雾隐才藏会以九州阿苏大宫司家家臣斋藤缝殿自称。我是觉得也只有小若姑娘能担当得了他妻子的角色，这才拜托你的。但也只限于路途中啊！”

“对，只是为了掩人耳目假扮作夫妻。”

“既然你们这么说，那小若就此拜别了。”

“你去哪儿？”

“回大坂的隐岐殿那里，跟她告状去。就说佐助大人你不讲理。”

“这样会让我为难啊。”佐助看向才藏，“抱歉啊才藏。你也听到小若姑娘说的话了。要是你没意见的话，这件事就依了她如何？毕竟是甲贺名门望月家的女儿，和你也算是门当户对。”

“佐助，我说你个呆子！怎么还跟我当起媒人来了！”才藏不由得笑了出来。

注释：

【1】驾笼：坐轿的一种。

【2】平城：建在平地平原上的城池。

【3】御神人：神职人员或神官家臣。

【4】鸟目：一种圆形中间有方孔的钱币。

【5】扶肘：坐在地板上时用来搭靠的把手。

【6】苦无：苦无，或称苦内，是日本忍者经常使用的小型武具。形状如一把短剑或峨嵋刺，多以铁制，体积短小，容易携带及藏匿。

【7】马回役：主君出行时，骑马护在周围的亲卫队。

【8】目庇：头盔上面遮挡额头或眉目的部分。

【9】海上七里：日本古代从伊势桑名到尾张热田的七里

海路，称为“海上七里”。

【10】三十石积：能够载重三十石的船。1 石=40 贯=150kg。

天狗文庫

司马辽太郎

1923—1996

毕业于大阪外国语学校，原名福田定一，笔名取自「远不及司马迁」之意，代表作包括《龙马奔走》《燃烧吧！剑》《新选组血风录》《国盗物语》《丰臣家的人们》《坂上之云》等。司马辽太郎曾以《枭之城》夺得第42届直木奖，此后更有多部作品获奖，是当今日本大众类文学巨匠，也是日本最受欢迎的国民级作家。

司马辽太郎作品集
SHIBA RYOTARO WORKS

风神之门【下】

[日]司马辽太郎——著
周晓晴——译

しばりょうたろう
SHIBA RYOTARO WORKS
風神の門

重庆出版集团 重庆出版社

蛐蛐儿斩

第三天，他们抵达了参州冈崎。

走下号称东海道最大的矢矧之桥，左面的那座城池，就是冈崎五万石的本多家居城。

三人并未直接朝城下去，而是下了桥往右转又走了五丁路，来到一座叫西福寺的门徒寺前。

“真是百闻不如一见。早就听说三河的门徒寺规模不小，没想到竟跟一座城差不多大。”

门徒宗是战国末期才悄然兴起的庞大新宗教。也被称作一向宗、净土真宗、真宗或本愿寺宗等。

其开山鼻祖是亲鸾。这个生活于镰仓时代的传说般的人物，在世时几乎默默无闻。然而就在其死去两百年之后，第八世的莲如大兴法统，为扩张势力而引武力入宗，与战国群豪一争高下。

直到如今，各地分寺的结构都还残留着类似小城郭的影子。这座西福寺自然也不例外。寺庙被石垒与高墙围得严严实实，四周凿有护渠，外墙处还修有一种被称为太鼓橹[1]

的瞭望用工事。

“这里就是我们今晚留宿的地方?”

听到才藏问起，佐助面露得意之色：“这座法城其实是大坂的甲贺忍者在海道上的据点。”

“据点?”

“寺庙的住持西念法师曾受过丰臣家恩惠，他把寺庙借给了我们。”

“可别又重蹈海濑良玄的覆辙啊。和尚和医生，都是些要防着点的人。”

“不用担心啦。”

“佐助你就是人太好了。”

“人好又不是坏事。都像才藏一样见人就起疑，还干什么事儿啊。”

“用人必疑，是伊贺自古的风习，又不只有我才如此。”

跟随方丈入寺，与西念寒暄了一阵，三人作为上宾受到了优厚的款待。西念是一位矮个的老僧，年纪七十上下，看来的确十分面善。

“寺庙里上上下下，尽管差遣使用。就算事态暴露，遭了德川方的处刑，我这条老命也没什么好怜惜的。”

西念离开后，佐助才开了口：“明晚，我会把二十个海道沿途的甲贺忍者召集过来。距家康隐居的骏府城越来越近，是时候制定潜入城中的计划了。”

“这一天终于要来了。”

“冈崎以东，就是敌方的阵地啦。”佐助一本正经地看着才藏，煞有介事地说，“今夜，你就与小若姑娘好好说上一晚枕边秘话吧。”

“好你个佐助，竟然拿我取乐。”才藏脸一黑，“我和小若姑娘只是在路上假扮夫妻。仅此而已。”

“我说雾隐才藏啊，”佐助竟难得地露出了严肃的表情，“夫妻可不是扮出来的，若非山盟海誓身心结合的两人，一个眼神或一个动作都会露了马脚。是吧？小若姑娘。”

才藏与小若在小沙弥的带领下，走进本堂后面的一间别室。谁知房间里却只铺了一副被褥。

“小若姑娘，你就睡这儿吧。”

小若莞尔道：“那才藏大人你呢？”

“我在哪儿不能睡？”

“真是让人为难呢。”

“这又怎么说？”

“你就这么怕小若？该不会是有什么隐情，让你无法与小若结合吧？比如……”

“比如？”

“心有所属……一类的。”那双注视着才藏的眼睛，竟与阿国惊人的相似。

“正巧有件事想问问你。”才藏顺势改变了话题，“你和隐岐殿的侍女阿国是同父异母的姐妹，是吧？”

“是的。”

“你知道你姐姐阿国与关东勾结的事吗？”

“关于此事，我已经从佐助大人那里听说了。真是没想到啊。”嘴上这么说，脸色却无丝毫变化。

“阿国私通关东，你身为她妹妹，照理说也该是被怀疑的对象啊。看你安之若素的样子，恐怕有什么内情吧。”

“呵呵呵……阿国姐姐与我的关系，只有佐助大人知道，连隐岐殿都被蒙在鼓里呢。这天下又有谁会去怀疑一件自己根本就不知道的事儿呢？”

原来小若的生父——甲贺的望月喜太夫，亦曾是已故太阁身边的忍者。

喜太夫逗留于伏见城下的拜领屋敷时，与一个叫几野的秀吉家侍女私通，还让她有了身孕。

几野是右笔佐治助右卫门的女儿，当她知道自己怀孕后，便称病请辞回了家。

虽然后来助右卫门几度问起腹中之子父亲的身份，但都无果而终。几野产下阿国后没多久，就带着这个秘密离开了人世。

助右卫门夫妇无奈，只得将阿国当作自己的孩子养大，而阿国在成长过程中也从未怀疑过自己的身世。助右卫门死后，她就被送到与亡父交好的大野修理（治长）家中，成了修理之妹隐岐殿的侍女……

“也就是说阿国至今都不知道自己的生父是谁，以及与你是姐妹的事情啰？”

“不，其实我们的父亲望月喜太夫在那之后曾见过阿国，偷偷将实情告诉了她。”

“喜太夫如今住在甲贺吗？”

“是的。”

“他还好吗？”

“他自称还能一日长驱二十里呢。眼下也差遣着下忍做一些间谍工作。”

“我算是明白了。”

“什么意思？”

“事情其实很简单。你们的父亲望月喜太夫，把自己的两个女儿一个卖给了关东，一个卖给了大坂。”

“既然你都看透到了这个份儿上，那小若更不能离开才藏大人了。还望你做好精神准备。”

“准备?”才藏一脸不解地望着小若。

“才藏大人可是伊贺的忍者。如今甲贺的秘密被伊贺人知道了，又怎会无动于衷呢?所以，才藏大人你就只有让我成为你的女人这一条路可以走了。”

“想不到啊想不到。我没要求你说出秘密哦。你一厢情愿吐露了实情，又让我来为你善后，我的立场何在?”

“那……”小若突然露出了恶作剧中的小男孩般的表情，“伤脑筋呢。原本我提起此事之时，根本没有想得那么深入。就像佐助大人说的那样，不过就想在去往骏府的途中与你扮作夫妻罢了。”

“此话当真?”

“当然是真的。”

“哎呀呀，你们甲贺的女人实在可怕!”才藏完全猜不透她到底有什么企图，心里打的又是什么主意。他着实不想与这女人打什么交道。

那夜，才藏离开房间后，就没有再回去。

“呵?”佐助一早来到房间，看了看四周，“怎么，昨晚是你一个人睡下的?”

“看来小若的能力还不够呢。”

“才藏心里还是有所警惕吧。伊贺人的心真难琢磨。”

佐助有些不安。眼下才藏与他们之间的关系，完全只依靠着与佐助的友情。才藏与佐助不同，他既未臣服于真田幸村，更没有承过丰臣家的恩义。仅仅因为“想干一场大事”，就带着一身伊贺忍者特有的霸气，接下了潜入骏府城这般骇人听闻的严峻任务。

“小若姑娘，不是说女人的头发可拴象么。无论如何在下也希望你能与才藏有更深的结合啊。”

“才藏大人心里一定是有人了。”

“你想多了。这世上哪有能迷住伊贺忍者的女人。要真有，也只能是你小若姑娘呀。”

“呵呵，佐助大人说得倒轻松。”

“有什么不对吗？”

“佐助大人你是不谙男女之事啊……”

“无可反驳。”佐助苦笑。

这时，从两人膝下的地面下方，传来咚咚咚三声响。佐助回应般地用食指在地板上弹了两下，声音所在的那块榻榻米便应声而起，从下面露出一张人脸来。正是佐助手下的甲贺忍者。

半露在榻榻米与地板间隙里的那张脸说：“已将晴海入道大人从龟山城牢狱中劫出，现在人就在宅子外面，请下令。”

“入道?”佐助似乎有些为难。虽然他让人从龟山城救出了入道，可接下来到骏府这一路上，他再也不愿与那豪迈不羁的男人同行。

“万一又因为那人搞砸了重要的任务，就得不偿失了。把他赶回九度山去吧。”

“是!”

佐助突然止住那张正欲消失的脸，补充道：“记得不能失了礼节。入道为人乖僻，切记怠慢不得。要让他回去，却不能得罪了他。”

“遵命。在下会委婉地将他赶回去的。”

榻榻米落下的同时，拉门被打开了。来人正是三好晴海入道。

“佐助！我全听到了！委婉地赶走我是什么意思？我也是有尊严的！若是不去骏府城好好立上一功，你让我武士的颜面往哪儿搁!”

“慢，慢着!”

“我什么借口都不想听！你刚刚在背后说那些坏话，敢不敢当着我再说一次！信不信我就用这法杖把你骨头都给敲碎啰?”

“实，实在抱歉。”

“我才不想听你道什么歉！我是让你带上我一起去骏府!

有我以一敌十的实力，一定能派上用场！”

“你就饶了我吧。这之后的工作，偏偏就不适合像你这样万夫不挡的勇士大人呐。后面的事就交给我们这些忍者如何？”

“让我去骏府的可是大人！倘若只到了冈崎就觍着脸回去，除了切腹我便无路可走了。佐助，你是想逼得我入道切腹吗？”

话已至此，老好人佐助又怎好再开口让他回去。

“真是没辙了。那就一起上路吧！”

“对了，这才像佐助说的话嘛。”乐不可支的入道突然瞥到旁边的小若，“真是美人呐！你叫做什么？”

“小若。”

“我是三好晴海！你是佐助的女人？”

“不是。”

“那……就是才藏的情人了。”

“我是雾隐才藏的妻子。”

“说什么胡话！那才藏可是伊贺的人！伊贺忍者怎么会有老婆！我看你就是城下的游女吧。来，让我拉拉你的手！”

入道一抓住小若的手，就发出了“呃呃”的呻吟，脸色变得乌青，额头上也冒出大颗的汗珠。

“入道大人。请你老实点儿。只要乖乖地，我就放开你。”

小若反手拧住入道的小手指，一脸微笑地看着他。

那天傍晚日落之后，小若如了厕正打算回房。当她走过回廊的时候，猛地察觉到有什么动静，便看向了庭院的方向。

（……）一切并无异样。五座点景石静静地伫立在漆黑之中的树丛里。两座竖着，三座横着，与白天所见没有区别。只是那些石头的影子，却有些过于浓重了。

小若目不转睛地盯着那几座石头。终于，五座石头竟然都缓缓动了起来。从石头背后走出五个穿着忍者装束的甲贺忍者。他们像残影一样穿过庭院，来到小若跟前默默向小若注目行礼。看样子他们都知道小若是甲贺望月家的女儿。

其中一个开口道：“小若小姐。佐助大人是否在此？”

小若点了点头问：“其他人呢？”

“大家以三人或五人的小队从海道上的各个驿站动身赶来，免不了会有人到得迟一些。”

“你的忍名是？”

“在下是潜伏于骏府城下的小石之又次。”

“辛苦了。又次。”

“……那么告辞……”话音未落，人影并未走上窄廊，而是嗖的几下钻入了地板。他们打算从地板下面抬起榻榻米，进入佐助的房间。看样子他们并不想让这家寺庙的住持或家人发现自己。

没过多久，前方的外墙上又冒出三条人影，无声无息地跃入宅内。

……此刻佐助的房间里，聚集着二十名甲贺忍者。当众人都落座后，才藏若无其事地开门走了进来。

“哟，才藏。我还在琢磨你去哪儿了呢。”佐助欣喜地说道，“昨天听说你一宿都没回屋。”

“我在本堂那尊阿弥陀佛背后凑合了一晚上。”

小若一脸（罢了）的表情瞥了瞥才藏。

佐助连忙向其他人介绍：“这位就是伊贺的雾隐才藏。大家互相熟识下，不要有太多顾虑。这一路上他会以阿苏大宫司家的家臣斋藤缝殿的化名行动，小若姑娘会假扮其内人。我呢，就是他们的随从。都听明白了吗？”

全体默默地点了点头。

“对了，骏府的大御所现在城中吗？”

“在的。”

“身体如何？”

“据说连伤风都与他无缘。时不时，还会带着军队出门鹰猎呐。”

“呵！七十多的老翁了。”

“只要没有亲眼看到丰臣家灭亡，无论如何他也要撑下去吧。”

“如此一来，问题就是刺杀大御所的时机了。是在鹰猎的时候动手，还是潜入城中暗杀更妥？他出去鹰猎的时候，一般会带上多少人？”

“这个嘛……除去势子，单武士就有五百人。”

“五百人？还真是戒备森严呢。看来果然只有靠忍者的老手段，趁夜潜入他的睡房这个法子了吧。”

“佐助大人请看。这是骏府城的略图。”小石之又次拿出一张图纸铺在佐助面前。

当然，这张图并不完整。城内构造主要靠的是还原搜集来的信息，以及从城外眺望所见后，再运用忍者独有的“城入”方面的知识想象出来的，因此还留有不少空白。

“大御所的寝室在哪儿？”

“这个嘛，应该是本丸城郭内的这个桔梗殿吧。”

“桔梗殿？骏府城里有这个殿吗？”

“不，这是在下取的，据传言位置大概就在这一带……”说着又次指了指图上的一块，继续说，“说是这里有一个大林泉（庭院），寝殿就在池的周围。据说这庭院的一角种有奥州的桔梗，所以在下才取了这个名字。能配得上大御所寝殿的，也只有这里了。”

“不过图上并没画出通向桔梗殿的道路，就算我们成功潜入了，要怎么才能准确地找到这里呢?”

“佐助，容我插一句……”才藏打断佐助，“有这幅图不就足够了么。剩下的就是先设法潜入，然后自己去摸索。虽然这样一来，恐怕得在城里潜伏上十天，不过毕竟咱们的目的不是完成图纸，而是取家康的性命。只有先试着潜进去再说。”

“你这么说我就放心了。”佐助眯了眯眼睛，“凭我们甲贺忍者的本领，绘制出这样的图纸已经到极限了。再往后就得仰赖你的本事。既然你这么说，我没什么好操心的了。”

“佐助你个油嘴滑舌的。我可不吃你这一套哦。”这种称赞看来对才藏十分受用。

“哪里，都是发自肺腑的大实话。”

之后，他们又对联络的方式、忍具的准备和潜入后的食粮筹措进行了详细的谈论。集会约莫在一刻后才结束。临散前，又次再次发言：

“有一个问题在下实在有些担忧。”

“怎么?”佐助一脸淡定地看向他。

“听说大御所手下的忍者狮子王院也在骏府城里。”

“什么！狮子王院?”佐助面色一沉，“为什么不早说！

那个狮子王院可是能够独自攻下小城的忍者啊。消息准确吗?”

狮子王院原本是甲斐武田信玄家的忍者，武田家灭亡后，有人说他死了，也有传言说他隐居在信州户隐山一带。他虽身为忍者，却没人知道他属于伊贺还是甲贺，据说根本就没人见过他的真面目。他犹如一个传说，其高明的本领也在忍者之间广为传公颂。

“他投靠家康了?”佐助眼里难得地露出了一丝惧色。

“才藏，这下事情难办了。”佐助看向才藏，“那个叫狮子王院的忍者，过去曾被称作甲斐的怪人。有他在大御所身边，方才定下的那些潜入计划，估计得全盘打消，再从长计议。”

“传言是真的么?我听说他在武田灭亡后就隐居户隐山了呀。”

“完全有可能。武田家可是曾被誉为日本第一的武勇之家，听说大御所招揽了不少武田遗臣，把狮子王院从信州户隐山招到骏府城也绝非不可能。”

“佐助，难不成就因为听到有狮子王院护着家康，你就打算收手了?”

“当然不是，只是觉得有些出乎意料。”

“那你还怕什么。先把那个狮子王院杀掉不就得了？”

“这，这件事才藏你能办到？”

“不知道。不过除了试试，也别无他法了。可若是在摸不清底细的城里和狮子王院狭路相逢，那当真是毫无胜算的。”

“啊！”

“没什么好惊讶的。只要在城外，我们还可以做做手脚。你那儿有纸吗？”

“噢，只要纸就可以了？”

“现在我想把这纸满满地涂上群青色一类的颜料。能马上找来吗？”

没多久，东西准备好了。

才藏用笔沾满了墨水，在纸上写了一个“卍”。

“噢，这就是才藏你的忍印了？”

忍者都有各自的忍印。比如猿飞佐助的忍印就是在深红色的纸上写的“申”。申，亦是十二干支中的猴子的意思。

其中也有一些忍者的印不是文字，而是画。

从流传下来的一些资料上看，这些画可以是鲫鱼、人的左耳、小手指、雨蛙等等。忍者在潜入城下时，会将其贴在町内一角，用来告知一同潜入的同伴自己已经先走一步。

而才藏的印，即是群青色纸上写的“卍”了。

“狮子王院那般的忍者，想必一定知道这群青色上的‘卍’就是我的忍印。把这个拿去，趁夜贴在骏府城大手门桥边。”

“然后?”

“狮子王院应该明白这是向他挑战的信号。至少他会发现雾隐才藏已经到了骏府城下，正在策谋着什么活动才是。”

“让他发现之后呢?”

“当然是设法杀了我。”

“于是?”

“狮子王院这样的人，一定会不择手段地将我找出来，然后除之后快。”

佐助点了点头，回应道：“这样就正中你下怀是吧?”

“不错。倒省得我们去找他了。”

“但如果狮子王院的本领在你之上，你又怎么办?”

“大不了就被杀了呗。”

佐助倒抽了一口凉气，沉默片刻后问才藏：“你这家伙难道无所谓?”

“要没这觉悟，哪儿做得了忍者？现在就是开玩笑，我也能立马死给你看。”

“连开玩笑也行?”

看着佐助瞠目结舌的表情，才藏双眉颦蹙。

“我可没有戏弄你的意思。你不也是吗？没有为游戏而死之心的人，哪能算得上忍者？忍者与武士的区别，不就在于有此心或无此心嘛。”

“死亦如戏，生亦如戏，是这个意思吧？”

“没错，佐助你领悟得挺快嘛。”才藏拍了拍佐助的肩膀。

如此放得开的一个动作，在这个男人身上是难以见到的。大概因为有狮子王院这个强敌当前，连才藏也无法抑制住高亢的情绪吧。

翌日，才藏出发离开了冈崎。

海道上万里无云，秋高气爽，风中夹着潮水的咸味。扮成才藏妻子的小若似乎有些疲惫了，作为家臣的佐助刻意配合着她的步子行走。

晴海则假扮成路上偶遇的行脚僧。

才藏戴着深编笠，走在众人前面。

“佐助，那家伙……”入道用下巴指了指才藏，“真是个人物啊。你看他走路的背影，一步一步踏踏实实，沉沉甸甸，一看就不简单。”

“那我呢？”

“你？轻飘飘的。站在才藏身边这么一比，怎么看都只像个平凡的武家奉公人，或是江湖艺人，风一吹，就没了。”

佐助扑哧一笑。

“怎么？我说的哪里不对？”

“可那偏偏就是他的缺点啊。才藏浑身上下透露出来的那种分量，给人感觉就像个兵法者。然而忍者恰恰应当如风、如烟，最忌讳的就是显眼。”

“不过佐助大人……”小若在一旁打断道，“才藏大人难道不是为了引出狮子王院，才刻意行事高调，让旁人一眼就能认出他是伊贺的雾隐才藏么？”

此时，一个飞脚模样的男人与他们擦身而过。佐助一眼就看出他是忍者。

“入道大人，千万别回头！方才那人正停下脚步，从背后观察我们呢。”

“就快进入敌阵了啊。”

“也不知还能不能活着回去。”佐助的声音，听起来阴沉沉的。

四人抵达冈部之宿时，日头还高。

才藏刚舒坦地躺下，佐助就走进了他的房间。

“看来狮子王院的爪牙伸得挺远。这一路过来我已经瞧见好几个可疑的人。本地的甲贺忍者那儿也传来了类似的报告。”

“狮子王院估计已经察觉我们这一行人的动向了吧。”

“应该是了。”

“哼。”

“才藏，接下来怎么做?”

“这个嘛……”才藏抄着手，望着窗外只能瞥见一小部分的宇津谷岭。

这条山岭位于连接箱根与东海道的险要位置。岭路全长二里，十分狭窄，勉强能容得下一匹马通过。山岭间树木繁密，遮天蔽日，就是白天也十分阴暗。

相传由平安时代的在原业平所著《伊势物语》中，也有类似的描写——

继续上路行至骏河之国。宇津山下，但见此后即将步入的山路上，树木繁茂，天光阴暗，道路渐渐狭小，且茑萝藤蔓繁生，使人不知不觉地胆怯起来……

“……”

不论是过去还是现在，不变的，是宇津谷岭的可怕之处。

“只要翻过那个山岭，就能走到丸子（鞠子）、骏府去。山岭成了骏府城西面的一座自然屏障。加之山岭内道路狭窄，如果我是狮子王院的话，应该会设法在山岭里将对方来个瓮中捉鳖吧。”

“原来如此，的确可以这么想。”

“佐助，要过那山岭难道没有其他的路？”

“若是从原路绕到朝比奈方向的话，倒是有樵夫日常通行的捷径。不过才藏，难道你想避开这个山岭逃走吗？”

“我自然不会逃。我打算与你们分头行动，今晚独自去闯这山岭上的夜路。然后把一路上来找我麻烦的狮子王院手下杀得个片甲不留。”

“你不带上我？”

“我一个人就行。毕竟是在夜里，我要斩尽所有出现的人影，带上人反而不方便。我们同时上路，你走另外那条道，在山岭的另一面找地方会合吧。”

“明白了。山里有一个叫牧之谷的樵村，村落上面的山峰上有一座荒寺，我们就在那里等你。”

“好的。对了……”才藏朝旁边的房间使了使眼色，然后故意大声地说，“晴海入道和小若姑娘的话，就把他们扔在这里便是！”

“……”看来入道是听到了，很快就听他慌慌张张的脚步声响起，人也应声冲进了才藏的房间。

“喂！才藏！”刚一嚷嚷他就愣在了原地。不过一会儿的工夫，才藏和佐助竟然像烟似的没了踪影。

夜晚的星空下。

才藏跨上佐助手下的甲贺忍者为他备好的马，单影如飞地往山岭上奔去。

伊贺有一种忍术叫做“夜马之法”。才藏穿梭于两侧杉树纵横交错的枝丫之下。每当他扬起马鞭，就有什么东西从他面前应声落下。

那是山中的鼯鼠。这座山里有不少鼯鼠栖息，想是被才藏马蹄所惊，接二连三地从枝头上滑翔而过。时不时有一两只朝着才藏的脸贴上去，都被他扬鞭打了下来。

也不知是第几次了，当一只鼯鼠又向才藏袭来的时候，才藏夹紧马鞍将手中马鞭一扔，抽出腰间佩刀将其劈成了两半。

（终于出现了。）狮子王院的忍者。

他们利用滑翔的鼯鼠来迷惑才藏的视线，蹲在路旁枝丫上的人则找准时机，像鼯鼠一样飞了出去。浮空之中，瞄准的却是马上才藏的性命。

（伊贺和甲贺可没有这样的忍术！）狮子王院的出身更加扑朔迷离了。

才藏继续让马蹄声踩得噔噔响，就是为了引来更多的敌人。

突然，才藏只觉得眼前一亮，就见一个米俵[2]大小的火团出现在杉树之间。那火团在黑暗的空中忽上忽下地翻滚着，径直向才藏逼近。

（这火是幻术？）可就算才藏排除了杂念，也不见那火消失，就是闭上了眼，那团光都会透过眼皮照进眼底。着实怪异。

（真是莫名其妙的恶作剧。）这样的术法在伊贺甲贺也是没有的。

才藏打定主意当作没看见。要是自己一直被它吸引住视线，免不得会让敌人有机可乘。那团火到了才藏面前，开始左蹦右跳。才藏加快了脚程。火团终于被他抛在了身后，但又迅速追了上来。

才藏扬鞭，猛地踹了一下马肚子，马蹄在坡道上扬起尘埃，骏马飞奔而下。

然而，此刻马上却已没了才藏的身影。他飞身下马后立即匍匐在地，只任凭马儿独自向前跑去。

只见原本漂浮在空中的火团突然下坠，罩在了马的头上。马儿顿时发出一声悲鸣，高高地抬起前蹄。

这下，才藏终于看清右边的林木上，有一条人影从枝头飞蹿而过。恐怕将火团绑在长杆上，让人产生火在黑暗中浮游假象的，就是这个人了。

（不用说，这样的术法，伊贺还是没有的。）

才藏心念一动，右手拽紧了十字手里剑，左手张开成掌，“邦！”的一声拍在地面，只见他的身体在虚空之中应声弹起，高高地落在一棵老杉树的树枝上。

而他在地面时就投出的手里剑，此刻已经穿过道路对面的树丛，击中了那个在树颠上前进的人影。

至于他的马……早就跑远了。由于马鞍上绑着一捆用黑布裹起来的干草，想必敌人把它误认作了才藏吧。如此一来，至少能稍稍迷惑敌人一阵。

这就是才藏的御敌之术。敌在暗，我在明。若不能利用混乱让敌人做出更大的动作，就很难找准出手时机。

（接下来就考验耐心了。）才藏靠在树杈上静静地等待。

被他用十字手里剑射杀的黑影，就掉在与他所在的树间隔十间的地方。而一旁，则是那人原本举在手中的火团。如今火已燃尽，只剩缕缕青烟。

（虽然此人被我杀掉，但也不得不承认，一边舞动火焰，不断地从一个枝头飞到另一个枝头的本领，不是半吊子忍者学得来的。）

应该称之为鼯鼠之术吗？这时，才藏猛然想起关东忍者之中，还有一群叫作风魔的血族集团。

连身为伊贺忍者的才藏，也从未见过他们的本尊。据说他们擅长在树颠上飞跃的忍术，曾经有传闻说，大军误入山林后，被一小拨风魔忍者所困，最终只得丢盔弃甲逃之夭夭。

（于是……那个叫狮子王院的神秘忍者，是风魔的人?）等才藏回过神来，发现有一个小个子人影靠近了路上的那具尸体。

（看来是那家伙的同伙了。）那黑影确认了周围并无危险后，跨上尸体，一下子就把人头削了下来。

（这是风魔的习俗，为的是避免长相暴露。）黑影以惊人的速度将人头埋在山的斜坡上，正准备溜走。

终究还是才藏快了一步。只见才藏飞身跳到黑影头上，大刀一晃……黑影倒下的同时，才藏已经朝着山岭的方向奔出了百步有余。

“风魔!”才藏朗声大喊，“出来吧!伊贺的雾隐才藏就在这儿!要想与伊贺的忍术决个高低的话，就洗干净脖子给我出来!”

无风的夜晚，才藏的声音却像风一样飘了出去，周围林木的树梢仿如与之回应般，发出被风吹动时的窸窣声。

两道人影自星空落下。才藏闭上双眼，向前后两方挥刀斩去。收刀之时，原地亦没了才藏的影子。

才藏消失的路上，只剩下两具尸体相对扑倒在地。

一匹风魔……从树上跳下，靠近尸体。那非人类的速度，只能以匹来形容了。没过多久，风魔的群体增加到了六人。其中一人照旧割下了同伴的头。而其他人则背朝背围成一个圆阵，警惕四方动向。

从周围树丛中巢鸟骚动来看，应该还有不少风魔潜伏在树颠。

亦或巢鸟就是风魔？风魔就是巢鸟？

才藏大着胆子躲在距离人群只有二十步的石崖背后，屏住了呼吸。

气绝之术是伊贺自古传下来的传统技艺之一。首先，默念隐形咒排除杂念，同时慢慢屏住呼吸，最终达到将丝绵屑置于鼻前也不会有微动的地步。

风魔们自然没有发现才藏的存在。

“人跑哪里去了？”声音很低，但才藏还是听到了。那是一种他从未听过的口音。甚至根本不像和语，倒更似韩语一些。

关于风魔的背景来历存在争议。有说他们出身于乱破或水破那样的野伏[3]集团，修行忍术。但另一种传闻却截然不同。

说是在战国时代的某个时期，一群来自朝鲜或大陆的流浪者集团因没有栖身的土地，做不了百姓，便以亲族为单位流浪各处卖艺为生。后来，其中一族因身怀幻术与忍术技法受到各方部将雇佣，最终形成了如今的风魔。

不过对才藏来说，对方的来历无关紧要。眼下他的心里只有一件事，那就是屠尽爪牙，以孤立身为首领的狮子王院，然后以他的尸骸为踏板，潜入骏府城。

（六个人……）才藏用眼睛点着路上风魔的人数。（现在的话，只须一击！）这一点毋庸置疑，然而要怎样防范头顶上那群风魔，他却毫无头绪。或许地上这六人只不过是诱饵。

“把火点起来！”

过了一会儿，一个风魔命令其余五人。不多时，路上就燃起了一团篝火。也不知他们是不是浇了油，总之火焰有些异样。

“扔出去！”随着一声令下，风魔们将浸油的柴火向远处扔去。柴火划了一个优美的弧度，落到了地上。

他们扔出去的不止一两根，而是每隔三间就在地上留下一团火。转瞬间，一条长两町的山路，就被照得通亮。

（这是什么意思？）才藏也迷糊了。

这么说来，似乎也听说过风魔一族擅长火术。看来事实的确如此。

在才藏眼里，他们用火的行为简直就像幻术一般。路上那六个围着大篝火的风魔，以篝火为母火，不停地将子火抛向远处。

（而且……）才藏愕然地看着那一团团落向地面的子火。也不知其中藏了什么玄机，那些子火在落地的瞬间，火势便蓦地旺起来。

（看来那决非普通的柴火。里面一定有什么机关。）

（是沾了火硝？还是将柴火掏成中空，再在里面灌上浸了油的布？）

才藏看着那些火，竟生出一种在观赏天竺国的火宴的感觉。

火一团接一团地向漆黑的空中飞去，落下的火把扬起火星，熊熊火势让四周的轮廓渐渐明晰起来。

一团子火落到才藏脚边。（糟糕！）哪里还容得他在一边看热闹。风魔们当然不是因为好玩才燃起这把梦幻火。他们的目的，正是用火让黑暗中的才藏显身。

（这下如何是好啊。）才藏一时间也想不出办法。这时，他正将身体紧贴在山崖上的一处凹陷中。（周围越来越亮了。）这样下去迟早会被发现的。

（没辙了。）才藏突然抬头看向林木的枝头。每一棵树上，都踞着一个风魔，每一个风魔的手中，都握着一把长手箭，每一把手箭的箭头，都指向树下。只要被发现，那就免不了被数箭齐袭的下场。

（这次，是我输了。）才藏无奈一笑，抬起双手拽住头上方的野草。

（不过，天无绝人之路！）一发力，身体就腾上了山崖。

（败给奇风异俗的风魔一族，是我才藏之耻。）面前是一棵杉树。才藏爬向树根，避开路上被照亮的一侧，蹲到树干背后的阴影中。

才藏双手贴上杉树树干。真是相当惊人的掌力。才藏交互向上的手掌就像吸盘，宛如夜露悄无声息地沾上枝干一般，将身体向树上带去。

粗大的树杈上，果然有一个风魔。

树杈上的风魔像猫头鹰一样蹲在那里。才藏隔着枝干，将右手伸向这人的脖子。（呃！）脸被狠狠压在枝干上的风魔无声地挣扎了几下，就断了气。

（死了吧。）才藏在大枝干上迅速换上风魔那身黑装束，再让尸体穿上自己的衣服，扔下了树。尸体以活人跳下般的姿势，扑通一声落到路上。

“喂！他现身了！”像是听到号令一般，数十支手箭同时从周围的树上向尸体射了出来。

尸体顷刻间便成了刺猬，当真是惨不忍睹。

“够了。”一个头目模样的风魔扬了扬手，一把抽出腰间的刀走向尸体。这时，树上的才藏举手“咻”的一声将手箭掷了出去。

手箭不偏不倚地刺入风魔头目的颈脖，又穿透身体从胸口飞出，在地上咯吱咯吱地转了好几圈。

“……”风魔头目口中发出了吐血一般的奇特声音，倒了下去。

才藏飞身落到地面，一边慢慢靠近尸体，一边对周围的风魔说道：“是我啊。风魔一族。伊贺的雾隐才藏便是……”

“啊！”

趁着风魔们诧异的当儿，才藏手中的剑卷风出鞘。三个男人倒了下去，他们各自的右肩、腹部及左肩中刀喷血。

才藏一跃跳过大篝火，不顾身后不断有手箭射来。

两箭、三箭……

终于，飞来的第四箭擦着才藏的左腕飞过，使其皮开肉绽。

才藏按住伤口，嗅了嗅血的气味。

（糟糕……箭上有毒。）奔跑途中，他捡起燃烧的木柴，将其摁在伤口之上。一股皮肉烧焦后的怪异气味灌入鼻腔。

他一边处理，还得避开不停射来的手箭。

（中了风魔的招了……）

才藏身处在一片明亮之中。树上的风魔们，仿佛追击一头负伤的困兽一般，不停将手箭向他射来。

（没办法了，先逃吧。）才藏扔掉火把，用刀扫落飞来的手箭，蹬地跃起。

两间、三间、四间……终于，才藏的身影消失在被火照亮的山路上。然而才藏的体力也到了极限，手箭上的毒开始扩散。

之后，才藏独自在山中徘徊了很久。其间，他几乎没了意识。只是每当头上有鼯鼠飞过时，他会反射性地用刀将其砍下来。或许，那原本就不是鼯鼠，而是风魔。

再次睁开眼时，才藏睡在一座干草堆上。天已经亮了。

（完了……）才藏正欲跳起，却被一股力量压了回去。

“是谁！”

“是我，小若。风魔是不会在白天活动的，请你安心。”

“……”

才藏环视四周，发现只能感觉到微弱的光，看来竟然失明了。

“我，我瞎了？”他不禁高声叫道。

“大概因为你用沾有毒血的左手碰了脸，才会变成这样吧。好好清洗一番，想必不出一两日就会完全恢复的。”

“我为什么会在这儿？”

“你走后，我带上两个甲贺忍者离开丸子，偷偷尾随你而去。快天亮的时候，在山里发现了失去意识的你。”

“这是哪儿？”

“是个猎户小屋。”小若轻轻地握住了才藏的手。

才藏碰到小若的手腕，眉头紧锁。

“你穿着链甲？”

“是的。”

“你一个姑娘家，怎么会穿着忍者的装束！”

“小若自幼便跟随父亲修习忍术。比起姑娘家穿的小袖，小若倒是觉得这副打扮更适合自己呢。”

“真是没必要的消遣。”说着，才藏撑起身体。看来左腕的伤不重，弯曲自如，并无大碍。

“趁天色还亮，你赶紧下山去吧。要是你也受伤了就麻烦了。”

“我怎么能扔下受伤的才藏大人自己离开呢？”

“当我是伤员吗？”才藏故意瞪大眼睛，“这双眼睛再过不久总能恢复的。今晚我就在这里等风魔了。”

“真是……”

“我一定要把他们统统杀个片甲不留，然后会会那个风魔大将狮子王院！”

“真是天不怕地不怕啊。”

“事到如今，我雾隐才藏就是拼了这条命，也要把狮子王院给扳倒！恐怕连我在这座小屋里的事，风魔那边都了若指掌吧。日落之后，我会离开这里赶往牧之谷荒寺和佐助会合。狮子王院定会尾随着我，袭击荒寺。到时候就趁机杀了他！你先回去，把我刚才说的这些告诉佐助。”

“传话的事让甲贺的人去做便成了。我绝不会离开才藏大人半步！”

天黑后，才藏与小若一同走出了猎户小屋。

山笼罩在浓浓的黑暗之中。才藏吸了一口冰凉的夜气（风魔已经出动了吧……）。

树影之中、岩石之间、草丛之内，到处都是风魔锐利的目光。当然，这些都不是才藏用眼睛看到的。他只须用肌肤，就能感觉到杀气。

才藏搂着小若柔软的腰肢，左手抓着草根，向山脊上攀去。

“才藏大人，你的眼睛已经没关系了吗？”小若小声地问。

“差不多能看见了。不过这种漆黑的夜里，是用不着眼睛的。小若姑娘，既然我们现在已经身处敌人之中，那接下来你是受伤抑或死掉，我都不会救你的。明白吗？”

“小若可是甲贺望月家的女儿。这点觉悟自然是有的。”

“有志气！”

“请再抱紧我一点。”

“这样？”才藏故意高声问道，他依旧想利用声音将风魔引出来。

他们登上了山脊。西面的天空上已经能见到稀星点点。

“小若，果然还是害怕吧？”才藏发现她的身体在战抖。

“我怕……请再用力一点抱紧我！”尽管害怕，但身为女人却十分大胆。在这种有可能被风魔包围的情况下，小若竟然还在有意煽起才藏的情欲。

（真不愧是甲贺女忍者啊。）才藏也不禁感叹。

两人来到一棵高大的赤松边，小若靠在才藏的胸前。

“小若想在这里，被才藏大人抱着死去……”

“你还真是语不惊人死不休啊。”

“才藏大人，请你快一点，抱我……”小若将身体挤向才藏。

才藏一时兴起，将手探入了小若的胯间。果真有些湿润，没想到她说的竟然是真话。

（这是个什么样的女人啊！）

“你当真想在这里和我云雨一番？”

“对！我要让那些风魔们都看着，看着小若和才藏大人结合的样子。”

其实有一个风魔就跟在才藏身后，小若发现了他。想必她做出如此痴态，就是故意露出破绽，好引对方上钩吧。

“喏，就在……你背后。”她在才藏耳边轻声细语。

“我知道。”

风魔如风一般袭向才藏之时，才藏手中刀光一闪，一股热血喷在了赤松树根上。

“小若。”才藏收起刀。

“什么事？”

“你这女人，真是可怕。”

“忍者里，怎会有单纯的女子。”星光下，女忍者露出雪白的脖颈，无声一笑。

看来就算是风魔，到底也有些畏惧了。那之后不管才藏怎么设法引诱，都再没人敢上前。

天快亮的时候，两人到了牧之谷的山寺前。

“就是这儿了。”才藏抬头看着塌掉的山门。从荒废的程度来看，想必至少有二十来年没有僧人居住了。

候在本堂里的佐助一看到才藏就说："你命真大啊。"

才藏没有搭理他，环视了一下本堂，说："这寺庙不错。就把骏府城的忍者狮子王院引到这里来吧。佐助，附近有多少甲贺的人？"

"二十个。足够了吗？"

"够了。"才藏点了点头继续说道，"我听说天正年间，近江钩之阵[4]时，伊贺与甲贺曾经历过一场相杀恶战。这一回，恐怕会是继那次以来又一大规模的忍者合战了吧。"

"指挥就由才藏你来？"

"交给你了。让你手下的甲贺忍者陪那群风魔玩吧。我要做的只有一件事——杀掉狮子王院。只不过……"

"哦？"

"风魔擅长火术。他们出手恐怕就会把这里一把火给烧了。要是寺庙成了火海，就没有动手的余地了。你们务必小心。"

"这个，我心里有数。"佐助自信满满地回应道。

才藏躺下养精蓄锐。安稳绵长呼吸的间歇中，他轻轻地唤了小若的名字。小若闻声靠到他身边。

"今晚，或者明晚。这里会变成激战的地狱。你赶紧跑吧，去哪儿都行。现在就离开！"

又过了没多久，佐助走到才藏旁边。

“才藏，听得到吗？”

“听得到。”依旧还能听到他平稳的呼吸声。

“看样子，好像是那个狮子王院来了。”

“什么！”才藏纵身蹦了起来。

“不，其实也不确定。这山下有一条藁科川。听说有一个行脚僧从河对面的一个叫羽边的村落划船过来了。”

“年纪呢？”

“那人戴着斗笠，看不清楚啊。”

“那你怎会觉得那个行脚僧就是狮子王院？”

“我之前让一个甲贺的人扮作渔夫，在河川上打鱼。那行脚僧到了岸边，托他将自己渡到对岸。”

“哦？”

“甲贺的渔夫就载上了那行脚僧。”

“然后？”

“船到岸的时候，那个甲贺渔夫已经没了踪影，只有行脚僧一人下了船。这一切，恰好被潜伏在芦苇中的另一个忍者看在眼里。”

“船上的甲贺忍者到底怎么样了？”

“大概被杀了吧。能做到的，我以为也只有狮子王院了。”

“那个疑似是狮子王院的行脚僧，过河进入了山脚下的牧之谷村。之后呢？他有什么动静？”

“这正是让我迷惑的。他进村后就突然失了踪迹。大白天的，后面还有甲贺忍者尾随，他能消失得无影无踪，绝不是简单的人物。”

“是吗……看来果然不是一般的术者啊。”才藏思索片刻，又道，“佐助，让我一个人留在寺里。你先在这一带随便找个山头藏起来如何？”

“你有什么打算？”

“能有什么？睡午觉啊。风魔的人不会在白天出现的，入夜了就会现身吧。等我睡到日头快落时再起来迎客也不迟嘛。”

才藏说完又枕着手臂躺了下去。约莫过了半刻，山脚下村落里的犬吠声，被傍晚的轻风带上了山头。

（嗯？）才藏睁眼，感到那犬吠有些不寻常。

（看来是有陌生人进了村子吧，）才藏坐起身。（想必就是狮子王院。）

……他走出山门。西边的太阳已经开始下斜，看样子离天黑还有一小段时间。

（不用等到晚上，或许趁着天亮堂的时候把他找出来解决掉更为容易。）

才藏踏上了通向山脚的小路，途中遇见一个背着柴火的老叟。那老人大约只有四尺高，一路低着头从山脚下走来。

两人擦肩而过时，对方用几不可闻的声音说：“才藏大人。你找在下何事？”是佐助手下的一个甲贺忍者。

“没什么，就想问问你看见可能是狮子王院的男人没有。”

“是个行脚僧吧？”

“蠢啊。他又不一定会一直作行脚僧打扮！”

“没见过。”

“刚才那几声狗叫是怎么回事？”

“方才我去查探了一下，发现是镇守东边的百姓家中一条狗口吐黑血死掉了。”

（必定有人为了止住狗吠，塞了毒食。）

“行了，你走吧。”

……才藏继续往下走。

村子的入口是一座镇守之森[5]。林中有一间简陋的农家房屋。

（看来就是这家的狗了。至于狗吠的对象，若非进了百姓家里，就只可能去往镇守之森深处。恐怕……应该是镇守之森。）

那是一片杂木林立的森林。才藏漫不经心地走上了落叶散布的森林小道。

忍术有阴阳之分。将自己暴露于敌人面前，行动毫无顾忌的做法称为阳忍。也就是目前才藏的举动。

在这座可能潜伏着狮子王院的森林之中，才藏却以阳忍的姿态堂堂现身。当他走到一处小小的镇守社前抬头观望时，身后传来了脚步声。

脚踩在落叶上的嚓嚓声渐渐靠近。才藏背对声音传来的方向，并未转身。那声音在距离才藏约莫二十步的地方突然停下。几乎同时，脚步声的主人发出低沉沙哑的笑声。

“你就是伊贺的雾隐才藏吧。”

“正是。”

“你的大名我可早有耳闻。”

“敢问阁下是?”才藏依旧保持着仰望社祠的姿势问道。

“我吗?”沙哑的声音再次响起，“风魔不似一般人有名有姓，不过旁人都叫我狮子王院。”

才藏还是没有转身。应该说，他就算想这么做也不可能。只要他一转身，对手就能趁此时机对他下手。

“你找我雾隐才藏所为何事?”

“有事的，不是你么？听说你不辞辛劳从纪州高野山麓九度山大老远地跑来骏河，归根结底就是受了大坂右大臣家的委托，来取大御所的首级的吧。丑话说在前头，只要骏府城内有我狮子王院在，你就休想得逞。”

“你能把我怎样？”

“当然是杀了你。”狮子王院的声音如虫语般低沉，“才藏，”狮子王院直呼其名，“你我都是忍者。有些事就算不说出来，彼此心里也都明白。看你从纪州跑一趟也挺不容易的，我希望你能放弃计划回去。”

“为什么？”

“我并不想我们之中有谁受伤。今天我之所以会来这个村子，就是为了和你谈这事。希望你能听我劝告。只要你愿意抽身，依照忍者的规矩，好处自然是少不了的。”

“我要是听不进去呢？”

“便杀了你。”

（啊！）才藏腾地一下跳上窄廊。他原本所站之处一旁的树干上，赫然插着一把狮子王院掷出的奇形怪状的手里剑。

“狮子王院！”才藏高呼一声，然而下一瞬间他整个人都呆了。才藏自出生以来，在忍者这条路上摸爬滚打近三十年，第一次为眼前的情景惊叹。

四下里根本就没有狮子王院的影子。

（哼。这个风魔还真是有意思。）才藏站在窄廊下，环视狮子王院消失的地方，抽了抽嘴角。

身为术者，才藏此次的败阵已是毋庸置疑的事实。

……我的确听到那人的脚步声。

……他的声音也还清晰地留在我的耳内。

……只是，我自始至终并没见到过他。这样下去，堂堂伊贺名人才藏，不就与中了狮子王院的傀儡术无异了嘛。

（就是扒开草根，我也要把你找出来！）才藏一棵一棵地查看着森林中的树木，直到两眼充血。当他来到一棵山毛榉边，突然身后传来鸟鸣、拍翅、以及掠过枝叶的摩擦声。

（哼！）才藏没有回头。在忍术中，有一种“鸟遁”。这是一种将揣在怀中的鸟放出以吸引敌人的注意力，借机逃向相反方向的遁法。

“狮子王院，你这招太过老套了。”虽然看不见对方，才藏仍旧露出一脸不快。“快化成阳忍吧（现身出来）。单是与我比试术法，又有什么意义。不如直接打上一场！”

这时，才藏的余光突然扫到一丝异样。杉树枝头上，傍晚最后的余晖明晃晃地照进了森林。当然，有问题的不是那阳光，而是伴随着光出现的一片黑影。

那黑影冷不丁地动了一下。

（在那儿么。）才藏装作没看到，并且故意将后背对着杉树的方向，眼望别处。此时杉树上的黑影渐渐膨胀，终于显出了人的轮廓。

（找着你了！狮子王院！）才藏没有亲眼所见，却从各种动静中感觉得到。

（对方打算逃走。）才藏又刻意地朝相反方向迈出了步子。

树梢上的黑影停留了一会儿，仿佛有些忌惮夕阳。片刻后，黑影腾空而起。同时才藏的十字手里剑脱手飞出，发出簌簌的风声飞向他身后的空中。

（没打中？）黑影并未落下，继续以飞快的速度在树之间跳跃着，发出沙沙的响声。才藏循声追了上去，却还是跟丢了。

……夜幕降临。

才藏回到山上的荒寺时，只觉得浑身上下疲惫不堪，一下子就躺在了本尊前铺的一块木板上。这时，一个矮小的身影敏捷地钻了进来。

“才藏。”是佐助的声音，“结果如何？”

“让他给跑了。”

“这么说，那果然是……”佐助咽了口唾沫，“你在下面的村落里看见狮子王院了？”

“嗯，他终于现身了。不过自始至终都像是我在演独角戏一样。那男人当真不简单。佐助，或许我赢不了他。”

“你说的什么丧气话啊，”佐助为了激励才藏，刻意让声音明朗一些，“不就是个风魔嘛！”

“不愧是被选在大御所左右的忍者。想想也知道不会是一般人。”

“说起来，那个狮子王院现在何处？”

“他总会来的。”

“来这儿？”佐助略有些惊讶。

“不错。他应该也知道我现在就在这本堂里吧。风魔是属于夜晚的忍者。只要夜再深一点，他们就会出现。”

“好嘞！”佐助用力点了点头，“风魔擅用火术，这次他们一定也会利用火焰变幻来攻击我们。能对付火的，也只有火了！”

“佐助，你想干什么？”轮到才藏愕然了。

“风魔一来，我就放上一把火，把附近的山头连这本堂全都烧掉！只要逼得他们现了身，不就好对付了么！”

“原来如此。那到时候就交给你了，佐助，我想躺会儿。”

才藏迷迷糊糊地睡了一阵子。当他醒来时，已经是下半夜了。

（还不来吗？）才藏躺在木板上，茫然地睁着眼，透过破落的格子门望着漆黑的夜空。

这一晚也没有月亮。只有漫天的繁星隔着清澈的山雾在不停地闪烁着。

（秋天啊。）这个季节已经过去了一半，还能听到虫鸣的声音。看来骏河的虫种类不少，各种鸣叫声在本堂四周的草丛中此起彼伏。

才藏闲得无事，正依着虫鸣将虫一一分类。突然，他竖起耳朵。因为有一只虫的声音，竟从本尊须弥坛背后发出来。

“是蛐蛐儿啊。”蛐蛐儿，也就是蟋蟀。才藏屏住呼吸，将全身的注意力集中到耳朵，仔细地辨识虫鸣声。

那只蛐蛐儿的叫声忽高忽低，时而如长吟，一直未有间断。

虫鸣声愈见清脆。唧唧、唧唧唧、唧唧……

要是以为这就是一般的虫鸣，倒也没什么好说。可在闭眼凝神倾听的才藏耳中，怎么都像是人肺部溢出的气息声。

（在须弥坛背后！）才藏抬眼望去（是狮子王院的声音）。笃定之后，本尊药师如来宝座下那只虫，在才藏的脑中变作了人的模样——一个趴在地上，曲着手脚，从缝隙里窥视着才藏一举一动的人。

……继续留在原地的话，保不准什么时候就会被偷袭。才藏腾地起身，滑过身下的木板，绕到须弥坛的另一边，走入本尊背后。

……虫鸣声戛然而止。四下里弥漫着让人毛骨悚然的黑暗。（被这家伙发现了。）刚这么一想，蛐蛐那阴森的声音再次出现，只是已不在先前的方向。

才藏循着声音，在须弥堂里转悠。他每移动一番，那虫鸣就换一个地方。

（不成！）才藏这时才恍然发现中了对方的计谋。敌人应该是利用虫鸣吸引才藏，将他引至便于下手的地方。

才藏用手塞住了双耳。原本被虫鸣所占领的六感一经恢复，顿时就感觉到了空气中漂浮的异样。他抬起头，目不转睛地凝视着天花板。渐渐地，一个宛如蜘蛛般贴在天花板格子上的男人身影出现在了他的视线中。

（原来你在这儿啊，狮子王院……）才藏抽出短刀，扬手掷向天井。刀无声地消失在了天井的黑暗中，或者刀已经插入了对方身体？

然而虫声还在继续。当才藏又抽出一把短刀，准备出手时，那条影子麻利地从天花板掠过。看来是想逃走。

才藏追了上去。人影似乎察觉才藏收了手，瞬间又折回，蹬离天花板向才藏杀来。一道白光在才藏头顶卷着风声闪过，才藏沉下身子，用刀柄挡住这一击。黑暗中火花四溅，铁器的焦味弥漫四周。

当才藏回过神来，对方又不见了。

真是个不好对付的忍者。

“狮子王院！出来！”黑暗中，才藏紧握刀成八相[6]的架势咆哮着。他知道，狮子王院并没有离开这间庙堂。只要一想到他还在里面，才藏就怒火中烧。

“出来！”

蛐蛐儿的声音又回应似的再度响起，仿佛是在嘲笑才藏沉不住气。

在头上？不对！是背后！现在又在脚边了！黑暗中的才藏被四面八方此起彼伏的虫鸣声弄得心烦意乱，发出了怒吼。

然而，虫鸣声下一个响起的地方，却是他的耳内。虫，在他的耳朵里唧唧唧地叫着。

才藏挥刀竖着劈下，又是横着一扫，再后跳一大步。但他的刀砍到的，除了黑暗还是黑暗。

“才藏。”才藏闻声一惊，腾地变换了位置。

“是我啊，佐助。”

“……”并不见佐助的身影。

“你在哪儿？”佐助的声音再次响起，“才藏，你出声啊。”

才藏并未回应，继续警惕地潜伏在暗处。那声音虽然与佐助十分相似，却有一种说不出来的别扭。

“才藏大人。”这次响起的是小若的声音，“我是小若啊。你在哪儿啊？”

这声音也有问题！想来狮子王院也因无法得知黑暗中才藏的所在，想利用各种变幻来诱他现身。

就在这时，四周突然一亮。看来佐助手下的甲贺忍者按计划在堂外放火了。

（哦——）借着火光，才藏第一次看到了狮子王院的轮廓。

一个小个子男人正像蝙蝠一样贴在横壁之上，应该就是狮子王院了。才藏一跃而起，大喊一声：“狮子王院！”手起刀落，将那影子一刀两断。然而刀锋划过之时，影子却如烟散去。

原来又只是才藏的幻觉。

（我输了……）才藏咬着下唇，一脸呆滞地环视自己身处的地方。烈火已经烧进了天花板，被火光映得如白昼一般明亮的内堂里，哪里有什么狮子王院的影子。

注释：

【1】橹：原为储藏武器和兵粮的“矢仓”，随着战争的扩大，储藏量也要随之增大，那么矢仓也就越来越大，最终演化成兼瞭望和防卫据点功效为一体的橹。橹按照形态和作用又有多种叫法。太鼓橹指的是具有太鼓报时功能的橹。

【2】米俵：古时日本装米用的草袋。

【3】野伏：山贼，草寇。

【4】近江钩之阵：1487—1489年，长享、延德之乱第一次出阵的别称。

【5】镇守之森：日本神社境内，将参拜道与参拜场所包围在内的森林。也被称作镇守之社。

【6】八相：剑术剑道中上段的变种。由于古代武将头盔样式的限制，往往在佩戴头盔时无法使用上段，故而在双足位置不变的情况下，将双手的位置下移，右手在嘴巴右侧一拳位置，左手位于身体中线附近。八相名称的由来，一说为此架势由正面观之两小臂斜向体侧呈“八字”，另说为此架势是古代武士以一敌多时最常用的姿势，可以应对八方之敌，故名“八相”。

骏府城

才藏还是老样子，只要有空闲，就是在睡觉。

“要下雨了？”他扭过脸看向天空。

这里是骏府的一家旅店。透过敞开的风门，能够看到旅店后的寺庙中的枫色树影。而远处则是积着厚厚云层的深秋天空。

“我输啦。”从刚才起，他就只重复着这一句话。因为他念叨了太多次，一直在一旁休息的小若也哑然失笑。

“我输啦。”对笑声置若罔闻的才藏，依旧用手指咚咚地敲着榻榻米，一脸苦恼地念叨，“我活该呀。人人都称我是伊贺第一的忍者，我还真把自己当回事儿了。全都是一派胡言。我父祖辈的那些伊贺第一，绝不是能小觑的术者。可近些年伊贺忍者大不如从前，竟然连我这样的都敢称魁。简直是闹剧嘛。”

“才藏，你怎么能把自己贬得一文不值啊！”说话的是佐助。他也照旧一副才藏家臣的打扮，“在我看来，不是你技不如人。就算那个狮子王院是个万里挑一的强手，我也不认为区区风魔之术能敌得过伊贺与甲贺的忍术。”

“佐助，你是话中有话啊。”才藏眯了眯眼睛，“你是想说，是我的技艺不精啰?”

“不，论忍术你在他之上。”

“既然如此，我怎么会输掉?”

“别激动。才藏你呀，是输给了自己，输给了自负。”

“什么意思!”

“你先别发火，听我说啊。”佐助顶着那张心平气和的笑脸继续说道，“在你心里是不太看得起狮子王院的。面对那样的对手，你竟然还以阳忍姿态迎战，你满心就只想以兵法来决胜负。你不输谁又该输?”

“这……”才藏思索了一会儿，谦虚地回应道，“这话既然出自名人佐助之口，也不无道理。”刚一说完，却又开始敲起榻榻米来。

“与狮子王院之间的胜负，关系到我们能否顺利取走大御所的人头。就算他用尽秘术多方阻拦，我们也必须潜入城中让他们瞧瞧!”

“不过才藏，情况有变……”佐助正小声地想说什么，走廊上突然传来旅店老板的脚步声。片刻后，拉门外响起一个声音：

“例行检查。”

这是驿站的官员来临检了。佐助脸色一沉，才藏则继续躺在那儿一动不动。

官员们出现在了走廊上。才藏坐起身，佐助赶紧手脚并用爬到走廊上坐好。身为才藏的家臣，回答讯问是他的职责。

“是阿苏大宫司家的家臣斋藤缝殿大人吗？”

“正是。”佐助回应道。

一名官员，只带了两个部下。佐助见来人不像是在搜捕人犯，应该只是定期检查，瞬间松了口气。

可就在官员离开以后，部下中负责拿名簿的那个五十四五岁的矮个男人却面无表情地扫了才藏一眼，然后立即移开视线。

（这家伙……）才藏的直觉告诉他，这绝不是个普通的官员。果然那人离开的时候，走廊上并未响起脚步声。

待来人都散去后，才藏问道：“佐助，你没发现哪里有问题？”

“当然发现了。那个拿着名簿的男人，应该是忍者。才藏，你怎么看？”

“跟你一样。”

“这么说来……”

“那应该就是狮子王院了。”两人相视点了点头。

不过终究只是出于直觉，他们并无证据。说不定正因为没有，才更愿意相信那就是他们的目标。

“才藏。”佐助立起膝盖靠了过去，“我们得赶紧离开。那可是来打探我们情况的啊。再迟一刻，这旅店可能就会被袭击了。要是惊动了城下的巡捕，总不能杀了他们脱身吧。”

“去哪儿?”

“大坂!”

“你的意思是放弃潜入骏府的计划，打道回府?”

“不，有件事我正琢磨着怎么跟你好好谈谈。前夜里九度山的大人派来了使者……”

照使者的口信来看，东西方的彻底决裂已经迫在眉睫。照幸村的分析，至多还有两个月，天下必将陷入战乱。

“这么突然?”才藏也颇感意外。毕竟从骏府城内人员的动向来看，也不像是大战当前的备战状态。

才藏只听说在骏府家康的劝诱下，丰臣秀赖再建了京都方广寺大佛殿，并在新铸的那口钟上，题了这样几句铭文——

国家安康

君臣丰乐

子孙殷昌

而这个，却成了导火索。

家康认为这是对德川家的诅咒而暴怒。得知情形的丰臣家正忙不迭地在对骏府进行各种外交工作。

“大坂方面内部已经下达合战的决定了。”佐助继续说道，“才藏，九度山的大人认为大坂与京都既然都要打起来了，骏府的工作如果实在有些麻烦，倒不如让我们趁早赶回去。”

“是么？真田大人让我们回大坂去？不过我是不会回去的！”才藏仰面躺下。

“哦？你不回去，在这儿干什么？”

才藏若无其事地回答：“我要杀掉那个狮子王院。事到如今，就算你说我意气用事也行，总之我必须下手了。等我得手再考虑回去的问题吧。”才藏是个一言既出，不达目的绝不回头的人。

且从立场上来看，他和佐助也并不相同。猿飞佐助毕竟是真田家的家臣，而才藏呢？既不是幸村的食客，也没有接受他的雇佣。于是听到才藏这么说，佐助也干脆地回了一句：“那我们大坂再见。”

“知道了。”

“不过小若姑娘会留在这里，说不定还能派上什么用场。”

“怎么都好。”

“真是的……”角落的小若一脸诧异地反驳道，“这是在说小若我是可有可无的咯？”

“你听到了么？”才藏打了个哈欠，站起身来，“佐助，就此告别吧。对了，你可别忘了把晴海入道带回去啊。”

四天后，猿飞佐助回到了纪州九度山的真田屋敷。

当他走到庭院边时，看到一副山民打扮的幸村正在心无旁骛地修剪院内的梅花。

“大人，这种事又哪里用得着您亲自来做啊？”

“这些日子我每天都这样。至于理由嘛，佐助你应该能领会吧。”

“啊。”佐助点了点头，静静地环视庭院内的树木。每一株的根部都施了肥，多余的枝丫也都修剪掉了，枝干也用干草包裹起来。看来在为过冬做准备了。

“明白了？”

自幸村因在关原之战加入西军阵营被流放至此以来，已经过了十五年。幸村好庭木，平日里修剪保养都是自己亲手来做，从不假手他人。可以说每一棵树，都倾注了幸村十五年来的心血。

在一旁打下手的穴山小助是个多愁善感的男人。（大人一定是在跟这些树道别，想在冬季来临前为它们再作最后一次修剪吧。）

然而佐助并不这么看。

（大人表面是在为庭木做过冬的准备，实际却是为了混淆村民的耳目。那些村民怎么也不会想到，一个今天还在为过冬的庭木作修整的流放之人，第二天就会离村而去吧。）

猜对的人，是佐助。

那一夜，幸村借着佐助返回的时机，将真田屋敷中的九个人聚集起来进行了秘密的会谈。

“各位，”幸村静静地看了看在座的人，“明日，真田家将从此地撤出。”

其他人对此想必也是早有察觉，没有人表示诧异。只是没想到一出口竟就是明日，众人的脸上还是流露出了紧张之色。

小助开口道：“明，明天吗？”

“定在明天，是因为佐助回来了。各位也知道，我们一直受纪州浅野家的监视，要想脱身并非易事。所以这个计划之中，佐助的本领是关键。在他返回的翌日便行动是我早前就决定好的。要是谁有意见，大可直言不讳。”

在座的人一同沉默片刻后，又是穴山小助作为代表出面，拜了下去，说：“并无异议。吾辈之性命，一生为您所用！”

“说得好！我虽望能借这大坂城下与天下大军对峙之机，让六文钱的旗帜再于战场扬起，只是这一仗胜负黑白尚未明了，一场前途不明的战争，叫我怎么能忍心将你们带去。”

“您这是说的什么话啊。”笕十藏单腿跪下，“丰臣、德川乃是日本武门仅有的两大栋梁。能够加入其中一方，站上这个日本第一大战的舞台，身为男儿此生已是无憾。”

“胜负根本就是最微不足道的了！”晴海入道的弟弟伊三入道也接下话。

“你们的决心，我真切地感受到了。”

幸村吩咐海野六郎备好酒肴，“各位，仅以酒宴表我心意！大家尽情畅饮！”没多久，幸村就几杯酒下了肚。

幸村平日里不常饮酒，自然不胜酒力。当他感觉到醉意上头的时候，心里却是从未有过的清醒。他想起了两年前在这流放之地仙逝的父亲昌幸。

幸村的父亲安防守昌幸是一位不亚于信玄及谦信的军略天才。

庆长五年（1600）石田三成举兵讨伐家康之时，昌幸以信州上田城为据点，负责拖住秀忠的大军。他利用绝妙的战术，最终让秀忠的大部队没能赶到关原战场。

庆长十六年（1611）六月，昌幸卒于九度山，享年六十五岁。他在弥留之际曾这样说过："在我死后三年之内，家康必会举兵讨伐丰臣家。我不甘心就这么死。只要我能活着，就能献上一个让丰臣家必胜的秘策！"

幸村的父亲昌幸在隐居九度山后，削发出家，法号一翁闲雪。顺便提一下，这位大人的画像真迹，至今还保存在真田旧伯爵家。从画上能看到，他的头与那并不算魁梧的骨架相较起来大出不少，脸上的表情也似乎藏着难掩的阴霾。他身着便服，手中却握着指挥军阵用的采配[1]。这与众不同的形象，也许就象征着智将真田昌幸不平凡的一生。

真田昌幸细长的眼睛不似其他英雄人物般扬目望天，而是低眉静静地看着前方。与其说是武将，更像是一个思想家。

昌幸在临死前曾说过"我有灭亡德川的秘策"这样的话。幸村闻言，自然大吃一惊，立刻表示："还请父亲能将此秘策授予我。"

然而昌幸却没有回应他。良久后，他才对幸村说："说了也无价值。这个秘策，没有我是成不了事的。"

"请务必告知！"

敌不过幸村的央求，昌幸终究还是开了口。

这秘策的第一步，是在东西开战之际，领兵三千翻越铃鹿岭奔向伊势的桑名，夺取城池。以桑名城防御东军攻势，只要能狠狠地打击对方，就能使东军中那些曾受过太阁恩顾的大名内心产生动摇。这个时候，估计至少也有一两个大名会倒戈至大坂方了。

然后再舍去桑名城，以铃鹿这个天险为根据地迎击敌人，以争取更多的时间。按照昌幸的计算，到了这个阶段，倒戈的大名应该会升至四五人。

而最后的阵地，就放在濑田。将濑田的唐桥烧毁，并在靠京都的岸边布阵，让铁炮队成为主力阵线。

“其实这就与过去楠木正成以千早城为据点，迎击天下之兵的战略如出一辙。在我方进行这一系列工作时，西军的大名就能陆续进入大坂城。最终右大臣家就能在兵力上压制对方。只不过……”昌幸看了一眼幸村，“这件事，你是做不来的。”

也就是说，昌幸的战术是建立在家康对他的畏惧之上。而诸位大名，也只会因为心中觉得“有昌幸的指挥，此战必胜”，才愿意站到大坂一方。然而，幸村的实力却并不为他们所知，能否撼动天下诸侯之心实在是个未知数。

“你在战争方面的才能，绝不亚于我。只可惜，名声未至。可叹如今的世界，只会为虚名所动。因此我才说这个秘策，你用不了。”

三年之后，幸村研究出了属于自己的秘策。

（总之，这就是一场赌博。）不过这场赌博的筹码，是历史——是整个天下。

一旦东西决裂，没有军师的丰臣家，自然会将身处摄津附近纪州九度山中的真田幸村视为至宝。当然，能想到这点的，不止丰臣家，还有家康。

他加强了对九度山的警戒。不仅多次从骏府城授意于纪州太守浅野家，还让高野宗门也担起了监视的职责。当然，直接负责监视的是村长及其属下的百姓。

浅野家对九度山村的诸长老以及桥本、东家、橘谷的村长都下达过严谕：

“若是发现传心月叟（幸村法名）有离开九度山的迹象，即刻向我通报！”

“要想出去，并不是件容易的事。”那夜佐助所顾虑的，皆因于此。

只让幸村一人脱身的话并不困难。可现实情况是要参与的是真田一族，外加二十多名家臣，还要带着储备的武器、金银及一些日常用品上路。如此浩大的队伍，要想完全避开他人耳目几乎是不可能的。

“大人有何打算？”

面对佐助的询问，幸村只是微微一笑，并未作答。

佐助若有所思，突然话锋一转：“您说准备在明日夜里出发对吧？明天不正是在长筱战死的两位（信纲、昌辉）[2]法事之日吗？”

“不错。”幸村点头。

“啊呀，出发的日子竟然和法事撞上了啊。”

“佐助你呀，有时候就是喜欢装糊涂。你已经看穿我的计策了吧？”

“您也太高估在下了，”佐助双手摆得像在划水一样，“吾等之辈，怎可能洞悉如此绝密的事儿呢。”

佐助这个人，胜过同为忍者的雾隐才藏的地方也就在这儿。应该说大智若愚吧，总之他是才不外露的类型。

幸村苦笑道：“明日的法事，已经邀请了近邻的村长、长老以及两百个有力的百姓参加。为了准备法事，厨房里堆着不少酒桶。这么说，还不明白吗？”

“完全不明白！”佐助摇头，不过他脸上的表情出卖了他。

“听着。在酒宴厅接待百姓时，我和其他人全都出马，把他们统统灌醉。而你，就趁机带上几个人，把行李都扛上马。”

“马？”这次佐助表现出的惊讶有些夸张得过了头，“哪里有马？”是的，流放之人的住处又怎能养马？

“呆子。来的人里可有村长。有些百姓，外出也是会骑马的。我琢磨应该有六七匹吧。”

“哦！”佐助猛拍额头，“原来是这么回事儿！”

“你到底准备演到什么时候？”

“不敢不敢。”

佐助离开了幸村的房间，悄悄开始捆包各种行李。

真田屋敷的法事是在午后举行。待僧人诵经结束，众人就将屋内的隔扇悉数拆取。法事摇身一变，成了一台酒宴。

幸村特意坐到了百姓的下座。

“平日里给各位添了不少麻烦。谨以此酒宴招待各位，聊表谢意。还望各位能够尽兴而归。”说着亲自拿着酒器挨个为百姓斟上了酒。

受宠若惊的村长和长老们连忙道谢：“能接受大人斟酒，实在三生有幸，定将传颂后世。今日看来是要不醉不归啊！”

刚元服不久的幸村长子大助幸纲也忙着为左右来客添杯，尽显周到。

伊三入道酒下了肚，嚷着：“我来献舞助兴！”跳起了故乡信浓的田乐舞[3]。

“哎呀呀，咱们村众也不能示弱啊！”说着，村长里面就有人唱起了今样歌，甚至还有装模作样跳起幸若舞的。一时间酒席之上主客不分，好不热闹。

“当家准备了寝具，各位要是醉得厉害，大可留宿于此，不必顾虑。”穴山小助这么一说，酒席上闹得更欢了。太阳还没落山，就有人喝得烂醉如泥，完全无法动弹。

幸村见时机成熟，对小助说：“动身！”

“遵命！”小助与在酒宴上与村民周旋的诸位同僚互相递了个眼色。

不出四刻半，幸村一行就出现在了通往桥本的九度山下山路上。

月色正纯。视野中如银色的纽带般漂浮在夜色中的，是纪之川。

驮着行李的是从百姓那里抢来的马，载着妇孺的坐轿被家臣前呼后拥，拿着铁炮的手里拽紧了火绳，举着长枪的拿下了枪套。

幸村与大助幸纲骑在马上。过了桥本、东家、橘谷，翻越纪之见岭后，幸村叫来佐助。

“你先走一步，奔赴大坂，将我们顺利脱身之事报告给大野修理大人！”话音刚落，佐助就消失在了漆黑的山岭道上。

事实上，关于这件事还有一种传言——第二天幸村是独自出现在大坂城内的大野修理家中的。他一身山伏（这里是修行僧）的打扮，也不知是在哪儿换上的。

这种说法显然要更有趣一些。

据说幸村先是上前殷恳地朝负责引见的武士打了招呼："在下是大峰的山伏。想要求见你家主人，献上祈祷文书。还请通报一声。"

"大人正在城中，很快就会归来。你在那里稍等片刻。"武士说完，指了指一边的岗哨。

山伏打扮的幸村，被告知"在那里等着"。武士指给他的地方，是一处简陋的岗哨。幸村进去以后，发现还有十来个年轻武士也挤在里面。一群人闲得无聊，为了打发时间，正在那里互相鉴赏佩刀。

武士们一见到幸村，连忙招呼他："和尚，你的刀看来挺不错。怎样，拿出来瞧瞧吧？"

"山伏之刀，不过是用来吓唬犬类的道具罢了。"幸村无奈，"不值一看的，不值一看的。"

幸村到底还是抵不过对方的请求，取下自己腰间的佩刀递了过去。

年轻武士接过刀，唰的一下抽出。一时间惊叹四起。不论是刀上的勾纹，还是地金的精致，都足以证明这把刀非同寻常。再看看胁差，也是把了不得的宝物。

“可否拜见一下中子[4]？”武士连措辞都变得郑重有礼。

武士拔下目钉，拆下刀装。看到大刀的刀条上赫然刻着“贞宗”，而小刀的刀铭则是“信国”。不论贞宗还是信国，可都是名器。非大名一级的人是用不起的。

就在武士们以难以置信的眼神来回打量着眼前的山伏和手中的刀时，主人大野修理治长下城归来。他一见到幸村，大惊失色，连忙恭敬地拜下：

“不知大人驾临，实在惶恐。快快快，请进，请进！”

那些岗哨里的年轻武士，听说眼前的山伏就是真田左卫门佐幸村以后，也都吓蒙了。更有说在幸村进入大坂城后，每每遇到那几个大野家的年轻武士，都还会调侃他们一句：“最近鉴刀的眼光提高了没？”

这段轶闻在《武边业话》及《武边咄闻书》中都曾出现过，然而从事实角度来看的话，恐怕这应该不是临近入城时发生的事。

我们可以设想幸村在入城前，曾多次乔装进入大坂城密会大野修理。而前面提到的那件事，应该只是其中一回发生的小插曲罢了。

事实上……

从九度山秘密逃出的幸村一行人进入丰臣家所领的河内时，天已经亮了。他们是在光天化日之下堂堂正正地进入大坂城的。

丰臣家家老大野修理亲自到平野口迎接了幸村的队伍，不仅如此，连幸村家臣们的住处都一一张罗妥当，可谓用心至极。

当天，速水甲斐守守久便作为秀赖的使者到访，传达慰劳之意，并当即下赐黄金两百枚、白银三十贯目。

一时间“真田左卫门佐入城”的消息不仅让大坂城内为之沸腾，还给予天下局势一个不小的冲击。

雾隐才藏听到这个传言的时候，正坐在骏府城外的一家茶店内。

此处是骏府的梅屋敷。才藏独自在店里饮酒，一抬头就能看到右边的城池。

“喂，女人！”

茶店前有一个大木臼，一个年轻女人正在用它舂年糕。听到才藏唤她，马上放下了手中的木杵。

“是要年糕，还是要再来点酒？”

这个驿站里的茶店，不论哪一家的年糕都是现舂现卖，保证客人能够吃上刚出炉的热年糕。骏府曾是府中，再追溯到更远一点的话，它还有一个名字叫“阿倍之市”，是取自横川市中流过的安倍川[5]。作为驿站特产的年糕，也被称为“安倍川饼”。

“拿酒来。”才藏回答。

“也来点年糕怎样？”女人已经来去他那桌不知多少回了。

“成。先放那儿。”看来才藏把年糕作了下酒菜。

就在这时，四五个貌似长途归来的年轻武士一拥而入，嚷了一声“女人，上年糕来”后，就开始大声地交谈。

“世间情势当真是越来越有意思了。听说纪州九度山的真田左卫门佐入了大坂城。”

才藏竖起了耳朵。

“看来战事不远啦。”一个人附和道，“不过这样一来，这次恐怕会是日本历来规模最大的一次战争了吧。”

“听说明日一早就会下达阵触（动员命令）了。”

才藏起身离开了茶店。（阵触就在明日么。）

这情报倒有些价值。才藏立即召来佐助留下的甲贺忍者，让他立刻将此事通报大坂方面。

自从与佐助分别，才藏一直辗转于骏府城各处露宿度日。几天前，他在安倍川岸边的辻堂里睡过一宿。他满心里想的都是要杀掉狮子王院，顺利的话再把家康也解决掉。如此天下的形势就必定会发生巨变了。

他会这么想，不是因为利欲熏心。只是对于忍者而言，在幕后亲手改变历史当真是无上的快事。

日落后，一个六部（参拜者）模样的男人蹑手蹑脚地向辻堂靠近。

“在那边的是草么？”身处窄廊上的才藏出声问道。

“正是。”来人是被叫做草的甲贺忍者。

“我听到一些风声……”

才藏将阵触的事告诉了草。

“在下这里也有才藏大人感兴趣的消息。狮子王院今夜会出城。”

“他会去哪儿？”

“在一户叫伏见屋的茶商家，有他的休息之处。听说他一直在那里养着女人。”

“女人？”

“不错。”甲贺忍者露出了一个猥琐的笑容。

说到骏府茶商伏见屋，那可是街道屈指可数的富商。家主亦是家康家乡三河土吕村出身，与德川家交往颇深。除了御用茶商的表面身份，他在暗中也为骏府城做着各种活动。

“伏见屋和山城宇治的茶商上林家不是同族吗？”听才藏

这么一问，甲贺忍者点头道："你可真了解。没错，伏见屋的当主勘左卫门正是宇治的上林庵大人的侄子。"

宇治的茶商上林家，是山城地区的首富。他们并非一般的茶商，而是拥有家康朱印状并受禄四百九十石的半商半士家族。

休庵、晓庵两代家主在市井都颇负盛名。休庵从家康仍是秀吉治下的大名时就对其尽忠尽责。因他居住的宇治靠近京都大坂，且定期会送茶到诸位大名家中，所以对上方的情势可谓了若指掌。

被称为谍报名人的家康又岂会放过如此机会？上林家也就顺理成章地成了德川家在京都大坂的谍报机关。

石田三成在大坂举兵前后，上林晓庵就曾频繁地与家康通信。待到石田方对德川的伏见城发动攻势时，身为商人的他却全副武装加入了战斗，最终与城同归于尽。

宇治上林和骏府伏见屋，就是如此特殊的家族。

"伏见屋并非普通商家。"甲贺忍者也接着解释道，"外出行商的手代约有二十人，其中半数实乃受雇于德川家的伊贺、甲贺、风魔的忍者。其中有一个甲贺忍者就是在下的同村发小，另外还有认识雾隐大人的伊贺忍者。他们平日里都被秘密地安排住在宅子中的长屋内。"

"也就是说狮子王院也是其中之一了？"

“正是。”

当夜，子之刻（零点）后，才藏出现在伏见屋的屋顶上。

繁星烁烁的天幕下，才藏背着刀，身上被久违的全套忍者装束包裹着。

夜深风寒。为了探知屋内的情况，才藏已经在屋顶趴了足有半刻。

屋里有狗。守夜的人呢？忍者居住的长屋又在哪个方位？

依才藏的判断，（至少有百人上下……在这宽绰宅院中的屋内喘着气。）长年修行锻炼出来的直觉不会有错。

才藏走在主房的走廊上。没有脚步声。

这时候即便有人在走廊下与才藏擦身而过，想必连云雾飘过的动静都察觉不到。

没过多久，风门无声无息地被卸下，才藏的身影再次来到庭院里。在他脚边的花草丛中，躺着一条死狗。才藏按照伊贺的法则，在潜入前事先投入饵食。当然，是带毒的。狗吃了自然一命呜呼。

他在建筑物间的阴暗处穿梭。宅内的长屋共有三栋。

（到底是哪栋？）忽然，才藏发现一条黑影正慢慢向其中一栋长屋边角上的一家走去。（哎？）黑影在风门上敲了六下。窗户吱嘎一声打开，一个男人出现在门缝后面。

（哦？是狮子王院！）旁若无人地拿着蜡台站在那儿的，正是狮子王院。先前敲门的那个，想来就是他的手下，应该是来报告什么情况的。事情说完以后，那人便又离开了。

才藏又在黑暗中沉寂了四半刻左右，才靠近那扇风门，他学着之前手下的样子，缓缓地在门上敲了六下。

不出所料，风门拉开了一条小缝。

"啊！"不等对方出声，才藏已经跻身进了屋内，反手带上风门，左手掐上对方的脖子。对方手上的蜡台落下，在木地板上燃起一小撮火苗。火光照亮了才藏身处的房间。这是个只有一间大小的简陋屋子，除了地板上的被褥，再无其他摆设。

令才藏诧异的是，被褥上还盘腿坐着一个身着褐色粗衣的小个子男人。

"雾隐才藏，你终于还是来了。"

才藏这才发现自己左手钳制住的是一个女人。那女子看来吓昏过去了，才藏刚一松手，她就瘫倒在了地上。

"狮子王院，这是你的妻子？"

"当家的女仆而已。"

也是个好色之徒。他与伏见屋的女仆私通，每次出城后都在这个长屋里密会。

“初次见面。”才藏开了口，“先前你扮作驿站官员的下官出现在骏府旅店时，也只是一晃而过。像这样面对面清清楚楚地看到你小子，还是头一回。”

才藏看着那男人，对方咧嘴笑了起来。这是一个微胖，有一对小圆眼，手脚粗短的四十上下的男人。那古怪的模样，乍一看还以为是动物成精变成的。

男人嘴唇很薄。刻薄的薄嘴唇动了起来。

“才藏，你送上门，是来找死的吧。”

“啊，送上门来的。”才藏脸上虽在笑，但目光并没从狮子王院身上移开，把他从脚到头到发稍都瞧了个遍。

（这男人就是稀世的忍者?）据说风魔原本就是不同的人种。这么一看，脸上的轮廓五官倒的确给人那种感觉。只是才藏怎么也没法想象面前这个盘腿坐在被褥上，个头小小的男人狮子王院，会是世间少有的术者。怎么看也只像是个百姓家的雇农。

“才藏，真是可惜啊。你人在这房间的事儿，全长屋的人都知道了。估计现在风门外、后门，连厕屋的入口都被人堵住了吧。你可千万别想还能从这里走出去哦!”

“要是……”才藏用刀拍了拍昏迷在脚边女人的背，“你敢叫人来，就不怕我杀了这女人？”

“哦？想杀，杀了便是。”

眼见狮子王院的冷漠，才藏也颇为惊讶：“她不是你这家伙心爱的女人嘛？”

“那也比不上自己吧。”

“原来如此……”对方是风魔。他们的心，也许原本就和伊贺忍者一类的不同。

（还不到时候……）才藏在等待时机。眼前可不是冲上去将狮子王院一刀解决的时候。要是现在动手，就凭对方是狮子王院这样高明的术者，他也绝不可能毫无防备。到头来估计只能以失败，甚至是被反噬的结果收场。

忍者的刀法与兵法者相异，讲究天时地利人和。忍者的刀术，靠的是捕捉光与影、树木、动物、水、火等万物的各种瞬间动作来实行的。

比如当前才藏打算利用的，就是在他脚边蜡台上徐徐燃烧着的烛火。这一撮火苗，是房间中唯一的照明。当它燃尽之时，屋内必将陷入黑暗。而在才藏看来，狮子王院一定会趁明暗转换的那一瞬间有所动作。在他选择逃走并付诸行动的一刻，他的身形就会出现破绽。才藏所等的，就是这一瞬间。

终于，豆大的火苗在最后扭动挣扎几下后，噗的一声——灭了。

四周转暗的同时，才藏向前大踏一步，白刃在黑暗中一闪。鲜血应声喷出，头颅落地的声音也随之响起。是的，才藏不会听错。然而匪夷所思的是，远处却传来狮子王院嘲讽般的笑声。

（怎么回事……）才藏赶紧用脚碰了碰他砍下的那颗头。果然，头发很长，是女人的头。（这是……）此刻的才藏，真是一肚子后悔。那个狮子王院，看来在蜡台熄灭的一瞬间以鬼神般的速度在黑暗中抛起了陷入昏迷的女人，让她做了自己的挡箭牌，死在了才藏的刀下，然后趁机逃走了。

（残酷无情……）才藏为狮子王院的女人而感伤。饶是被称作如无心化生[6]的伊贺忍者才藏，也做不出如此残忍之事。

（风魔的人，是恶鬼吗……）比起愤怒，一种名为恐惧的情绪，此刻正切实地爬上了才藏的脊背。

……就在这时，黑暗中有什么在移动。风门被轻轻拉开，才藏一刀将挥刀砍向自己的男人劈成两半。血飞溅而出，黑暗中多了几分潮湿。

（是住在长屋的其余忍者吧！）才藏抬起右脚，朝榻榻米的边缘猛一发力。榻榻米嘭的一声弹起，地板被掀了个空。又是几脚下去，六块榻榻米逐个儿应声而起。才藏爬到高高叠起的榻榻米上，趴了下去。

此乃伊贺流的忍术——叠城。这是身处室内被敌人围攻时，能够就地将房间化为城池的唯一方法。

榻榻米堆起的城下，是地板，而地板下的空间，则相当于凿出的水渠。要说这是室内的城塞，也无不妥。

对从下方爬上来的敌人，能够从制高点进行攻击，而穿过风门进来的那些，则能用手里剑来应付。对方若是使用暗器，榻榻米同样能起到防弹壁的作用。

一个、两个……不停有人在黑暗中袭来。而才藏都运用巧妙的身法一一化解。到第四个人的时候，才藏突然察觉到了什么，立刻收刀隐蔽起来。

（这些根本就不是风魔，而是伊贺甲贺的人啊！）虽然他们受雇于德川家，但到底是才藏的同乡，又让他怎么忍心下得了手。再说，对方想必也不知道潜入这个宅子的大坂刺客，其实就是伊贺的雾隐才藏。

于是才藏小声地朝着黑暗嘀咕了几声："我是雾隐。是来杀狮子王院的。不要徒增无意义的伤亡。"

"哎呀！"才藏报出名号之后，黑暗中的一个身影出现了动摇。

"这不是小平次吗？"才藏听到声音后立即询问。

“是才藏大人？没错，在下正是伊贺上柘植的小平次。现在被骏府城雇佣。才藏大人原来去了大坂那边吗？”

才藏沉默了一会儿，回答：“就算是吧……”

“这长屋里住的半数都是伊贺的人，剩下的还有甲贺忍者和风魔。”小平次为才藏列举了起来，“方才被才藏大人杀掉的是狮子王院的风魔下忍。看在同为伊贺忍者的分儿上，才藏大人你快逃吧。”

“说什么话啊，”黑暗中，才藏笑道，“就是不放走我也没关系。先告诉我狮子王院在哪儿。”

“恐怕是从书院前的庭院那边逃走了吧。那风魔平日里总是从庭院的外墙进出此地的。”

“感激不尽。其他的伊贺忍者那边，也劳烦你不动声色地将我的事告诉他们。彼此都应该避免不必要的牺牲才是。”

大家毕竟都是伊贺忍者。就算处于敌对双方，按规矩这点方便还是得给的。据说过去越后上杉谦信雇佣的伊贺忍者，就经常与甲斐武田信玄方的伊贺忍者在山中密会，交换各自手中的情报。

当然，也仅限于一些无伤大碍的情报，重要的机密当然是不能泄露的。有时候，忍者们也索性就把到手的信息当作刺探成果拿回己方阵营交差。

“如此，就照你所说……”说完，小平次消失在黑暗中。

才藏走出风门。像一抹影子般飞快地来到书院前。出现在他视线内的，是一座当时流行的仿禅院式的枯山水[7]庭院。

庭院整体以海景为基调，白砂作海面，其中立着的七块石头，就算是岛屿了。才藏走到白砂之海边，却突然畏惧地收住了脚。

不能从这里走。踩上去必然会发出声响，而此刻清朗的月光，也会将才藏的影子映在白砂之海上。

才藏无奈，只得躲到书院的回廊下窥探庭院中的动静。没过多久，（哦——）一个让才藏几欲叫出声来的情景发生了。

只见原本浮在白砂之上的其中一块石头，突然动了起来。那影子，想必是狮子王院无疑。

（被他发现了？）看样子应该没有。（他是准备逃离这里了吧）那抹黑影正准备翻越围墙时，才藏突然察觉到身后有人一点点在靠近：

“才藏大人，我是刚才的小平次。”

“那便是……”小平次压低声音，指着远处的黑影说，“狮子王院。那个人总是先翻过那座围墙，然后再越过另一面墙出去。既然正好被你撞见，才藏大人你不如绕到外面去伏击他。”

“还有其他的路?”

“请跟我来。”小平次将才藏带到书院后面，指着眼前的那堵围墙说道，“翻过这座墙，就能进到持佛堂。持佛堂后的墙外，有一条河。”

“河?”

“不错。那条河与骏府城外的护城渠是相通的。狮子王院每次从这里回城，都要坐船经过那条河。他的小船应该就藏在河边的芦苇丛里。快去吧!”

“真是帮了我大忙了。”才藏将手放在了小平次肩上，“站稳了!”手离开的一瞬间，才藏的影子已经飞过了那道墙，他是踩着小平次的肩膀跳上去的。

……没过多久，才藏来到了河边。正如小平次所说，芦苇丛中的确藏着一叶小舟。不消片刻，随风而动的芦苇丛的形态发生了些许变化。

(出现了!)一个身影拨开芦苇，向这边走来。才藏屏住呼吸，让自己的精神与黑暗融为一体。

黑影没有发现他的存在，又近了一些。

(来了!)说时迟那时快，才藏拔刀出鞘，收割般地将身旁芦苇的下茎一齐斩断。而狮子王院的双脚，也正在那丛芦苇之中。只听得骨头断裂的声音和“啊”的一声哀鸣，那一瞬间，才藏原以为黑影该向一边横飞出去，没想到对方却倒立过来。当才藏再次握好刀准备出手时，发现那人正准备以手代脚逃走。

真是了不得的技能啊。

那人的双脚被从脚踝处斩断。空气中弥漫着血的气味。然而他的双手却丝毫不比脚程慢。才藏在河滩上一路追赶，竟然敌不过对方飞快逃窜的速度。那影子逃跑的样子，简直就像是海星在用脚站立奔跑一般。海星跑到小船边上，身体一下子就砸入船内，那股力道顺势将船推入河流之中。

（糟了！）才藏将刀衔在嘴里，正欲纵身下河——

“才藏，放过我吧！”河流之上，传来了狮子王院的声音，“我认输了。我这次失血过多，想来活不长了。我不想让人见到自己难看的死相。”说着，小船消失在了黑暗的河面。

才藏没有追上去。狮子王院大概打算随船一路漂入海里，然后让自己的尸骸随之沉入海底吧。至少他是这么认为的。

注释：

【1】采配：原意是日本战国时代武将指挥作战的道具，一种指挥棒，木质长柄，柄头密缀纸条或布条，挥动时可互

相摩擦发出响声，一般物头（队长）以上才可以用其指挥作战。衍生为指挥之意。

【2】真田信纲、真田昌辉：两人分别是真田昌幸的大哥与二哥。天正三年（1575年）长筱之战中双双战死。

【3】田乐舞：一种平安时代中期形成的日本传统艺能。

【4】中子：刀条。

【5】安倍川：日语中安倍与阿倍发音相同。

【6】化生：佛教用语。无所依托唯依业力而忽现于世间的存在。

【7】枯山水：日本本土的缩微式园林景观，多见于小巧、静谧、深邃的禅宗寺院。枯山水用石块象征山峦，用白沙象征湖海。只点缀少量的灌木或者苔藓、薇蕨。

东军西上

那之后数日内，雾隐才藏辗转逗留于骏府城下的镇守神社、辻堂、废寺之间。城下已是兵马骚动。家康的阵触，已经过了三天。

以骏、远、叁[1]三国为首，近邻的大小名部队也陆续向城内涌入。骏府城内的家士为安顿这些兵马，忙得不可开交。城下的本阵、旅店，甚至富农的宅院都已经无法满足需求，兵马将城外一些村落小百姓的家宅都挤了个水泄不通。

才藏前一夜宿在慈悲之尾山的废寺里。当他走下山脚，从松树背后眺望充斥着兵马尘埃的街道以及袅袅炊烟时，不禁露出了一丝苦笑。

“这下白天别想出门活动了。”才藏身边依旧跟着佐助留下来的名叫六部的忍者。

“我在城下搜集情报的时候，听到大御所会在明日黎明动身。”

依这个甲贺忍者探听到的消息来看，东军会分两路行动。第一军，由家康亲自督阵。由海道出发，一边吸纳沿途大名的兵力，一路上京。

第二军的总大将则是由江户将军秀忠担任。他会暂时留守骏府城，待到关东、奥州其余大名进入江户后再一同西上，与第一军在京都会合。

此外，中国、四国、九州即西国的大名们还会带上各自的部队赶赴京都，加入家康及秀忠麾下。

“如此一来……”甲贺忍者亢奋地吞了一口唾沫，“差不多十月中旬过后，日本全国大部分兵力就会到达京都町内与郊外了。”

“已经向大坂报告了吗?”

“那是自然。”

“也是。”才藏心里又佩服起幸村来。

佐助虽然返回了大坂，但东海道真田谍报网的活动丝毫没有受到影响。东军的动向、人数等信息随时都在传回大坂。幸村足不出户便知天下事，甚至还能从情报中窥视到家康的心情变化。知己知彼，才是战略之精髓。

“真是当世难得的军师啊。”

“的确如此。”连这个负责跑腿的甲贺忍者，言语之中对幸村也佩服得五体投地。

“或许……”甲贺忍者又开口说道，“这将是决定天下的最后一战了吧。不论胜败，如吾等之辈能为那样的大将工作，今生无憾啊……说起来……”

“怎么?”

“雾隐大人你接下来作何打算呢?”

“当然是设法杀掉家康啰。可不能输给真田大人呐。”

“真是大胆呀。”甲贺忍者面带诧异地盯着才藏瞧了半天。

庆长十九年（1614年）十月十一日，德川家康从骏府出兵。

当时他并未穿戴甲胄，身着轻装，手执一杆马鞭的模样，活脱脱就像是个去赏红叶的隐居富商。

他带在身边的兵士不过五百余人。那张属于七十三岁老将的脸上，全然没有关原之战时的紧张之色。虽然战争还未开始，但仿佛家康早就对吞并大坂一事稳操胜券了。

家康的军队早上十点从骏府出发，在到达准备作为第一夜野阵的骏府田中时，已经是下午四点了。田中距骏府不过五里。这行军速度堪称悠闲从容。

田中村地处距离东海道藤之驿站只有十町的偏僻山村（后来改名西益津村，也就是现在的藤枝市）。地如其名，是个只有百户人家的田园小村。但这座小村庄的夕阳余晖和夜色中，却有一个古色苍然的城影耸立。

田中城是家康当夜的宿营地。这座东西长七百八十间，南北只有二百八十间的乡下城池，也经历过战国腥风血雨的洗礼。

这里原本属于今川义元家，由长谷川正长驻守。今川灭亡后，城池辗转落到甲斐武田氏手里，武田家不复存在后，城池才被德川家占据。如今是家康隐居所在骏府城的哨城。

家康到达时，京都所司代板仓伊贺守胜重的使者的场余右卫门已在城中候着了。板仓伊贺守实质相当于西国探题[2]，作为京都大坂方面情报的负责人，每日都会遣使者送报。

家康让本多上野介正纯立即将使者带入，正纯却跪拜道："长途跋涉，想必您也有些疲了。就让在下去代为听取报告吧。"正纯是自幼追随家康，常伴其左右的谋臣，自骏府出发这一路上，他充当家康的副官兼参谋长。

"弥八郎。"家康用通称招呼正纯。那将手肘搭在胁息[3]之上，让小姓揉着腰的模样看起来十分苍老。唯独一双眼睛依旧神采奕奕，炯炯有神。

"别把我当老年人啊。"看来心情不错，"我可比你多吃了二十三年的战地饭，从刀山箭雨里一路闯了过来。不过就听听战事罢了，哪里会觉得疲惫？让他进来！"

由使者带来的情报来看，家康的作战方针面临一个重大的问题。

“大坂方将粮食弹药统统运入城内，差了数百位工匠在外城郭筑起城壁，修建城橹，看样子他们军议的结果，是准备要笼城[4]了。”

从板仓伊贺守那里听到大坂方的作战方针后，家康的脸沉了下来。

“要攻城才行啊……”那个时代，恐怕再没有实战经历比他更长的武将了。然而这个在征战中活了半个世纪的男人，虽然野战所向披靡，却不太会攻城战。

在这一点上，他与上杉谦信相似，武田信玄则是野战、攻城双全的天才。丰臣秀吉在攻城战上也有着独树一帜的才干。

而攻城名人秀吉，站在守备方的立场不惜耗巨资设计修筑而成的，正是大坂城。它作为要塞的规模，不仅在日本国内，就是放眼当时的大明、吕宋及南蛮之中，也算得上庞大了。

（这下头疼了……）家康自年轻时起就悲伤不形于色，但在他烦心或者高兴的时候，却会像个少年一般把什么都写在脸上，这应该算是他的优点。正因为家康有如此招人喜欢的一面，才能在部下们的爱戴拥护中最终取得了天下。

使者退下后，本多正纯凑到家康身边说："就算大坂城固若金汤，但守在里面的到底只是一些无处谋生的浪人而已。"

"弥八郎，你果然太嫩啊。"家康自然也不是任何时候都悠闲散漫的乐天派，"要知道，就算倾天下之兵力攻击大坂城，也与赤手空拳去砸开海螺壳无异呀。"

"海螺么……"

"要勉强去砸，痛的可是自己的手。越是用力，到头来肉绽骨碎的也是自己。"

"就是说不能硬碰硬，要运用策略将内部的肉身引出壳外再行事？"

"只能如此了。"就在这个时候，家康的脑中浮现出了将大坂城的外渠填埋起来的方案。

这一夜，家康在让侍医为其针灸之后，于晚上八点左右就寝。在与他寝室只一面隔扇相隔的房间里，有十个手持刀具，一言不发正襟危坐的值夜武士。

然而深夜子之刻刚过，阵中的目付城和泉守昌茂在城内巡视，拉开值夜人所在房间门时，吓得差点叫了出来。

那十个人竟然都垂头打着瞌睡。

"喂！"和泉守挨个敲着膝盖将他们叫醒，立刻警觉到"该不是有忍者潜进来了吧？"他很早就知道伊贺甲贺的忍者在潜入城中时，通常都会使用幻戏。

由于打瞌睡时被阵中目付撞了个正着，值夜的武士个个都脸色苍白。目付城和泉守昌茂将房间每一个角落，甚至天花板的缝隙都仔仔细细查了一遍。

“有问题。”

“您的意思是？”

“或许有刺客进来了。”和泉守用手势止住了那些正欲跃起的武士，“少安毋躁！这样反而会中了对方的计。”

和泉守招来了自己的手下，令他立即将情况报告给榊原伊豆守：“叫他加强城中警戒！”

“遵命！”

片刻后，走廊上频繁地响起来往的脚步声。此刻的雾隐才藏，正蹲在天花板里的屋梁上，俯视屋内的动静，满心不甘。

（撤退么？）在家康到达之前，才藏抓准京都所司代板仓伊贺守急使一行人入城的时机混进来后，便一直潜伏在城内。

下方屋内的光，从天花板的缝隙里透上来。不久，底下传来了和泉守的声音：“大御所还在就寝吧？”

（他已经起床了！）此时才藏真想亲自告诉他。

其实家康在听到骚动后就醒了过来。此刻他正盘腿坐在被褥上，将佩刀放在身边。才藏不得不感叹，家康果然不是等闲之辈，到底是在马背上打下天下的男人，靠的绝不仅是军事和策略上的才能。

虽然他外貌愚钝，但自幼喜好刀术。自三河时代，就已经得到有马流流祖有马大膳时贞的真传。他听闻谱代奥平贞能家臣奥平休贺斋（别称奥平急贺斋）遍历诸国，开创了神影流后，即刻将其招揽。并于天正初年（1573年）取得神影流免许皆传。

家康的剑术绝非老爷们的摆设，他对剑术的见识见解亦十分高明。

一次，他在看过上泉伊势守推荐的疋田流流祖疋田文五郎景兼的刀技之后，评价道：

“当真不愧为古今之名人。但士卒之刀术，终究教不出大将之才。”并拒绝了伊势守的推举，选择了新阴流出身的柳生又右卫门为德川家子弟的指南役。

家康怀抱佩刀，静静地四下环视一圈，突然把刀往榻榻米上一扔：“谁?”

“是我，和泉守。”隔壁房间内，城昌茂跪在地上回答。

“军中不必多礼，把门打开吧。”

门被拉开的时候，家康已经用手托着脑袋横躺在被褥上了。

“我感到天花板里有忍者在活动，叫几个人上去看看！大概他已经逃到屋顶上去了，加强屋顶上下的搜索吧。”

……如家康所料，才藏已经逃到屋顶上。

为了足以抵御外敌，城池的外部修筑得十分坚固。不过，只要潜入内部，就不愁没地方藏身。

才藏用钩爪抓住屋檐，沿着一条细麻绳像蜘蛛一般滑到地面。他落地之处站着一个足轻模样的男人。那人背对他，并未察觉才藏的存在。才藏突然上前掐住那人的脖子，令他失去意识，再扒下具足穿在自己的忍者装束外，然后拿上足轻手里的长枪和松明，从容不迫地向本丸的反方向走去。

才藏打算在位于西面的二之丸内找个地方先藏起来。等家康离开后，警备自然就会松懈，到时候再逃出城也就容易多了。

他走上通向二之丸的石台阶时，看到一群负责守卫的人正围在门前的大篝火边。

“什么人？”

见才藏并未停下，有几个人便掌着松明向他走去。

“在下是枪组高木胜之助大人的手下，名叫权藏十内。”

“你这是要去哪儿？”

“是这样……”才藏指了指手中熄灭的松明，“这松明沾了湿气，可否让我从那边的篝火里取一根烧得比较旺的木柴来用?”

几个人信了他的话，让出了道。才藏走到大篝火前，将松明扔了进去，挑了一根新的木柴拿在手上。

这个时候，本丸方向传来了马蹄声，须臾就见一个骑马武者模样的人来到门前。

“三之门的各位！有刺客潜入！燃起篝火！切勿松懈！”骑马武者吩咐完毕策马离去后，门前的人不约而同地向被火光映照出的才藏那张脸看去。

“这家伙，挺面生啊。”

“是吗?”

才藏依旧一副不慌不忙的样子。

“说你呢，当真是高木大人手下的人么?”一个戴着头形头盔的物头（将校）模样的人追问。他使了使眼色，一个足轻转身离开。看样子是要去枪组的物头高木胜之助那儿确认情况。“你要是高木大人的手下，那昨日阵前所宣的军法，想必你很清楚啰? 来，说说看。”

家康的军队离开骏府城时，曾定下过十一条军令。军中应当无人不晓。

“第一条，严禁争吵！”要是潜入敌方阵营，却连对方的暗号和军令都摸不清，那还算什么忍者。才藏自然早有准备。

“哦，说得好。第二条呢？”

“记不得了。”

“那就说第三条！”

“擅自与其他势力来往者，没收其武具坐骑！”

“说得不错。”虽然看似解除了嫌疑，但物头的目光并没有从他身上离开。

才藏若不能通过三之门进入西之丸，就难有藏身之地。所以他必须过，也有信心能过去。他的自信来自刚才被扔进面前大篝火里的那根“松明”。才藏目不斜视地注视着开始燃烧起来的松明。

“噢！”物头忽然大叫，“这家伙的衣着有问题！他里面穿着链甲！”便在此时，收到通报的高木胜之助带着十来个足轻从石阶上冲了下来，看样子是来确认才藏身份的。

“慌什么！”才藏的笑声中带着讥讽。他迅速脱下具足，亮出忍者装束，“我乃大坂真田左卫门佐幸村大人麾下雾隐才藏是也！深夜前来为向大御所阁下请安。现在我要出城了！赶紧给我把门打开！”

“你这刺客！”当枪阵将才藏死死围住的时候，门前的大篝火轰然炸开。

“啊！”

才藏方才设下的火术发动了。四周顿时烟雾弥漫，却不见了才藏的踪影。身穿具足的众人，在烟雾中如无头苍蝇般乱窜时，一个声音在他们头上响起：

“我还会再来的。”其中有两三人后来证实他们听到的是这句话。

“哎？可我听到的是有人毫不在意地在唱今样之歌呀。”也有这样的说法。

“有这种事儿？”

“想不到一个伊贺忍者，行事却如此豪气。”

自骏府田中城这一夜后，真田幸村、雾隐才藏之名就成了变幻自如的代名词，在德川军中不胫而走。

此后，一路向西的家康本队人马按着——

十二日　挂川

十三日　中泉

十四日　滨松

十五日　吉田（现在的丰桥）

十六日　冈崎

十七日　名古屋

——的进程在海道上一步步推进。

进入名古屋城时天气骤变，入夜还下起了倾盆大雨。出于无奈，十八日家康只得在城内多滞留了一天。途经滨松城的时候，家康已经从京都所司代板仓伊贺守那里拿到了大坂入城客将的名簿。

打头的便是真田左卫门佐幸村。接着是土佐旧国主长曾我部盛亲、后藤又兵卫基次、仙石丰前守宗也、毛利丰前守胜永、增田兵大夫盛次、平塚左马助、大谷大学吉胤、堀内若狭守氏弘、同大和守氏满、同主水氏久、同主膳氏时、氏家内膳正行广、明石扫部全登、浅井周防守长房、淡轮重政。

不论哪一个，在关原之战前都曾是一国一城的大名，或是贵为大藩城主之人。

“不就是一群落魄浪人的头领么，能成得了什么气候！”本多正纯看了名簿，不屑地说道。

家康却并未附和于他：“万不得掉以轻心。这里头诸如幸村、又兵卫般的人才，在我的谱代之中也少有啊。有他们助阵，大坂又坐拥坚城，加上右大臣家的金银。要是战线拉长，保不准眼下还臣服于我们的毛利、福岛、加藤和岛津这些西国大名的战旗，就会被西风给吹偏啰。阵前松懈可是大忌啊。”

十七日那天，名古屋城内城外的警戒之森严，可以说到了异常的地步。因为夜里的大雨，露天无法燃起的篝火只得转到屋檐之下。于是乎城中各层建筑都被屋檐下的火光照得通亮，从城外看去，整座城灯火辉煌，好一幅不夜城的景象。

这样做，是为了防备忍者。才藏在田中城留下的那句“我还会再来的”，让全军陷入了神经过敏的状态之中。

（这下是潜不进去了。）才藏打扮成醍醐三宝院山伏的样子，走在晦暗的名古屋城下的路上。他的目的地是佐助留在名古屋的甲贺忍者的藏身之所。大雨还在无情地泼洒着，才藏已经浑身湿透。

在名古屋的七寺附近，有一个卖干货的小屋。说是商人，但并无店面，只能算是行商。这家的主人叫左平次，是个独居在七寺长屋中的六十多岁的老人。本人云：“过去侍奉过西国的一个小名，作为足轻曾多次上过战场。”当然，都是瞎编的。

因为这个左平次老爹喜欢给人讲一些在诸国行商时遇到的稀奇事儿，或是用风趣的口吻吹嘘自己年轻时的风流史。从名古屋城下到宫（热田）的驿站，只要说起“说书的左平次”，别说是城里的普通人了，就连武家奉公人之中，也是无人不晓。

这个左平次，也是一个甲贺忍者。忍者这一行，至多也就能干到四十岁上下。上了年纪以后就只有由伊贺或甲贺上忍家养着，直至终老。不过也有一些工作，只有老忍者才做得了。

他们常驻在京都、大坂、江户、东海道的各个驿站。一边做着其他生计，一边将在本地搜集到的情报不断送回自己上忍之处。左平次老人亦是如此。他一直通过猿飞佐助在暗中接受着真田幸村的援助。

（是这儿？）醍醐三宝院山伏打扮的才藏终于站在了左平次家屋檐下，此时已是十七日的日落后小半刻了。

才藏敲响了门。屋里传来老人的咳嗽声。

“哪位？”

“我是醍醐三宝院的修行者，叫做赤根坊。”

屋里突然没了声音。才藏所用的这个名字，自然是事先已经知会过的。

“你这是来干什么啊？”左平次问话的时候，刻意大声地让附近都能听到。

才藏将早就准备好的说辞搬了出来：“去年我来名古屋时你拜托我求的祈祷护符，今天我给你带来了。快把门打开吧，这瓢泼大雨快把我都给淋透啦。”

哗啦一声，拉门开了。

才藏刚走进阴暗的土间，左平次躬着老腰，把烛台凑近才藏，上上下下地打量起来。

“好面相！早就听说过伊贺雾隐才藏的大名，当真是百闻不如一见。在下……”他换了一个武家风格的口气，“……左平次。”说完一咧嘴，笑出一脸的褶子，“有个姑娘一直在等你，这十来天每天都不停地念叨‘才藏大人还没到吗’，让我这耳根子不得清静啊。”

“哦？是谁？”

“见面你就知道了。”

左平次家与其说是家宅，不如说是个小屋。虽然有地板，却一张榻榻米都看不见，全是木头。热天就铺草席，冬天就只得在土间里堆上干草凑合，这样反倒要暖和一些。屋子里连隔扇也没有，倒是有一座老旧的屏风。不用说，天花板上也是空空的，能遮风挡雨的，就只有一层木葺的屋顶了。

其实不单是左平次家如此。这大致是同一时期，从乡下出来的大部分下级庶民家的范本。

“左平次老爹，”才藏脱下被雨淋湿的山伏装束，只剩一条兜裆布，“能给我一条干布吗？”

“哦，你看我这糊涂得。”

待才藏擦干身体后，左平次从里屋拿出一件丝织的白色小袖。

“穿这个吧。”那衣服怎么看都跟这间屋子格格不入。仔细观察还能瞅见上面的葵花纹样。

“是偷来的吧。”

忍术又名偷盗术。特别是下忍之中，不乏以偷盗为癖好的人。就像武士以战场上取得的人头为傲一般，他们则是以所盗物品的珍贵程度来显示自己的高超技术。

“这上面的，是葵花呢。”

“不错。”左平次嘴咧到了耳朵根。看来大概是他从德川族人的藏衣室里给顺出来的。

“你时不时会进城去？”

“闲得无聊的时候。”

“这把年纪还能潜入城内，当是有一身好本领了。要不明天跟我同去，一同取了家康的人头如何？”

“不，”左平次顿时慌了神，“不可能的事儿！我偷得了东西可不代表我杀得了人家的大将啊。再说了，今明两晚城中守备又是异常森严，才藏大人你也千万莫要铤而走险。要是有个万一，有人会为你落泪的。”

“有人落泪？”才藏一转身，就见小若噙着温柔的微笑站在面前。

（竟然是这女人，麻烦了。）当然，才藏是不会将情绪写在脸上的。

“你什么时候来的？”

“十天前我就在这里等着了。”

“我以为你随佐助他们一同撤回大坂去了。”才藏尽量拣着比较生分的措辞，他担心一旦表现出哪怕一丁点的熟络，就会被小若乘虚而入。

“是佐助大人让我在名古屋等你的。从这儿到京都的街道上，处处都是关东设下的警卫，你一个大男人行动终归不大方便。要是与小若以夫妻之名上路的话，就毋需再多顾虑了。”

听到这儿，才藏到底还是露出了郁闷的神色。

夜深了。雨还在下。

小若忙前忙后地把散发着阳光气息的干草堆在土间里。

“晚安。”

“左平次老爹去哪儿了？”

“今晚他是不会回来的。”小若莞尔一笑。

才藏想到自己估计又被算计了，绷着一张臭脸。

“你那是什么表情啊？”

“我可不觉得自己露出了什么奇怪的表情。”

“这附近有座真言寺。听说今日有法会，左平次去参笼[5]了。附近的信者都会参加，彻夜听经讲道，闲话家常。”

“哦，在法会上探听各种家常传闻什么的，也算是左平次的工作之一。”

“所以呢，可不是小若意有所图才把那老人支出去的哦。”小若说这番话时，手上也没闲着。她用布条缠起长发，脱下小袖换上了寝服。

“你打算睡哪儿?”

“真是薄情呢。”话音刚落，小若身子一扭就钻到了才藏身边。

“我说……”她把头埋在才藏胸口，吃吃地憋着笑，也不知有什么好乐的。

“我说啊……”还是重复这句话，“你讨厌我?”

才藏没出声。

“才藏大人肯定是讨厌小若这样的女子。不过就算被你讨厌，我也不会放开你的。你就死了心吧。”

用作寝床的干草变得暖烘烘的。小若炽热的大腿缠在才藏身上，而才藏却如老僧入定般一动不动。

“我说……”

“小若。”

“什么事儿?”小若满心期待着才藏的枕边细语，谁知等来的却是黑暗中才藏深沉的声音。

“左平次原本是你生家甲贺望月家的下忍吧?”

“哎哟，这个时候怎么提起左平次来了。”

“他的命，能交给我吗?我想带上左平次，让他为我带路潜入名古屋城。不论用怎样的手段，我都必须见到家康。我和佐助、真田大人有约定，开战之前非除掉敌方的大将不可。”

“什么左平次啊，家康的，可不是这个时候该挂在嘴边的名字。抱我嘛。”

“这是男人的执着。”

“你以为女子就没有执着了?”

“有吗?”才藏是真吃了一惊。

只见小若咬着下唇，有些愤愤地说:“小若的执着，自然是跟才藏大人心里那些不能比的。”

小若枕在才藏胸口上，沉沉地睡下。想是温存之后有些疲了，才藏用手碰了碰她，她也只是嘴唇微启，继续发出绵长的呼吸声。

(可爱的女人。)这会儿，青子、阿国、隐岐殿的模样突然相继浮现在才藏的脑海里。在洛北八濑的澡堂嗅到了隐岐殿身上的异香，让他歪打正着地认识了青子，也正是因为这层关系，自己才投身至关东与大坂舞台的幕后。

（仔细想来……）还真是被女人牵着鼻子走呢。才藏辗转在一个又一个女人中，一步一步地被带入各种新的局面里。而现在身旁躺着的小若，又会将自己引向何方？才藏一想到此，不免也觉得有些可笑。

他认识的每一个女人，都为了自己的人生在努力地、鲜明地活着——除了阿国。只有她，总给人一种内心深处在为自己命运中的阴暗自怜自艾的感觉。也不知她如今身在何处。

最后一次见到阿国，是在江州的草津之宿。不过既然她实际上却是关东间谍的身份已经暴露，大坂应该是回不去了。大概在关东投靠谁了吧。

“才藏大人。”不知什么时候，小若已经醒了过来，“让我来猜猜。你现在是想起某个伊人的事儿了吧。”不愧是甲贺上忍家的女儿，仅凭直觉就能将对方的心看得如此透彻。

“小若，你听听屋顶上的声响。”才藏的声音有些阴沉。

“声响？”小若惊讶地问，“声音有什么特别吗？”

“雨变小了。”

“变小了又怎样？”

“会有麻烦。”才藏的确十分为难，“要是这雨没法下到明天，我就会失去刺杀家康的机会。再下一天的话，家康就会在城里多逗留一日。”

“关东的军队抵达大坂还有一段路程，这期间也会继续在各地扎营留宿。不必如此拘泥于在名古屋动手吧。”

“不，名古屋是最佳时机。只要曾多次潜入城内的左平次愿意相助的话。”

东方泛起鱼肚白时，左平次从法会上回来了。

“小姐。”过去曾身为望月家下忍的左平次一直这么叫小若，“请转告雾隐大人，大御所今日依旧会在名古屋停留。”

“左平次，你昨晚不是去听法会了吗？”

“不，其实我是去探了探情形。”

“去哪儿？”

“名古屋城。”左平次笑得跟没事儿人似的。

名古屋城由家康命北国及西国诸大名在庆长十五年开始动工，十九年的时候，城体才基本完成。那时候的名古屋城，崭新的木口和泛着银色光辉的屋顶瓦与周围的景色还不太协调。这座当世巨城，仅是天守阁上装饰的黄金鯱[6]，换成小判也值一万七千九百七十两之多。日间眺望城池，白色的城壁衬着指向海道蓝天上的金色光辉，巍峨坚挺的雄姿映射出德川新政权的威严。

第二天晚上。依旧阴雨绵绵。

才藏和左平次身着蓑衣，一前一后走在城后左内村的田间陇道上。据说从这个位置是最容易潜入的。

话虽如此，可看着大小天守阁各层上以昏暗的天空为幕支起的篝火，石垣上各橹的屋檐下如串珠一般列起的火光，才藏心里不禁打起了鼓。

不仅城郭内，四面的外墙各处也建起了临时的哨岗和屯所。那阵势，估计连狗都别想偷跑进去。

“哎呀，这……”才藏站在雨中，痴痴地望着城感叹，“左平次，看样子恐怕进不去吧。你昨天真的摸进去了？”

“不，昨晚我就到了这儿，原本只想探探大致的情形，凑巧听到了哨岗里武士们的对话，才知道大御所今夜仍会逗留此地。”

“原来如此。”想来也是，听左平次这么说，才藏反而放下了心。要有人真能冲破这道严密的防线，成功潜入的话，那算是有神力相助了。

“只是……才藏大人。若能想法越过外面的护渠进入石垣，城内由我左平次来带路就成。”

（就先试试吧。）才藏给自己打了打气。他们将要面对的是超乎寻常的任务。

当他们靠近搦手門的时候，一骑巡逻的武士带着五个足轻朝着他们走了过来。

“左平次，就那几个，能一下都收拾掉吗?”

“没问题。骑乘武士就交给才藏大人了。”

五个足轻中的两人稍稍拉开了距离，走在最后。左平次从蓑衣中摸到短忍刀，唰的一下抽了出来。他把鼻子凑近刀刃，确认毒药是否充分浸涂，然后闪身消失在了黑暗中。

左平次悄悄摸到目标身后，用刀在脖颈上轻轻一划。受伤的人虽有痛感，却会认为只是被虫所叮咬而已，但只要再走二三十步，便会无声无息地倒下。这种捕杀方式伊贺流把它叫做“蜂”，而甲贺则称之为“虻”。

（哦——）才藏竖起了耳朵，（得手了！）雨中传来两次身体倒地的声音。若是行事缜密的忍者，为避免倒下时发出声响，通常会奔上前去抱住将要倒下的人，轻轻放在地上。看来左平次的本领还没到这个水平。

（挺行的嘛，左平次这家伙！）老忍者左平次演出的“虻”之杀戮技，让俯身躲在树影后的才藏看入了迷，就像在欣赏一场舞蹈。

只见左平次的身体化作一只虻一般，在雨中轻盈地飞向足轻身后。他手中寒光闪过，被划伤的足轻却毫不知情地继续冒雨前行。随着毒素蔓延，足轻最终毒发倒地。

……这是第四个。

第四人倒下时，最后一个足轻终于发现事有蹊跷，却为时已晚。他的脸上还保持着正欲大叫的表情，就再没了声息。因为他的头连同铁笠，都被从树后飞身而出的才藏手起刀落一并送上了天。几乎同时，才藏又伸手抓住了马上物头的脚。

“你，你要干什么！”物头还没来得及握好手里的长枪，便被拉下马来，摔进泥水之中。

（虽然有点儿碍事。）当才藏的身影从泥水中站起时，已经穿好了铁胴具足，戴好了桃形的头盔。

“左平次，马！”

“遵命！”左平次麻利地牵来了马，自己也穿上了足轻的具足。

“把松明拿上。”

左平次又拾起还未熄灭的松明。

“我们走！”

左平次攥上马嚼子，才藏手持长枪，两人一前一后，径直朝搦手门而去。

（只要能到那门前，总会有办法。）

视野中的篝火越来越近。前面就是搦手门了。这边的警备分成了两队，一队负责门前，另一队在门前的搦手桥桥头上。

才藏来到桥头，朗声道："在下是泷川丰前守家臣'某某'！"，他刻意将那个"某某"说得含糊不清。泷川丰前守是阵中的目付之一，他的家臣在城外巡逻也并无可疑之处。

"有刺客！"他把声音又拔高了一些，"我在那边松树旁的路上，发现了被袭击的骑手和五个足轻！"说完就掉头消失在黑暗中。

哨岗的武士们目睹这一幕之时，便已经中了才藏的诈术。看似扬鞭而去的，实际上只有噔噔噔踩着蹄声的马。才藏本人早已下马，趁人不备躲入了相反方向的石垣后面，脱下了笨重的具足。当然，左平次也一样。

才藏与左平次反身贴在桥板下方。诸如飞檐走壁、倒挂行走，对忍者来说都是常用技能。而反身贴着天花板或其他物体移动的招数，叫做吊走。

"左平次，你会吊走吗？"才藏所说的吊走，是反身抓着桥板间的缝隙前进。倘若手足的指头没有超乎常人的握力，是决计做不了的。

"别因为我是老年人就小看我啊。"

"那就是会咯。"

"自然。"

两人反身挂着从桥板底下走到门的附近。此时才藏和左平次的正上方，就是守卫了。他们之间只隔了一块桥板而已。

才藏小声吩咐道："左平次，准备好烟玉。"

"是!"

"这便上去了！然后按照之前商量好的行事。"说完两人就从桥底翻了上去，蹲伏在栏杆的死角里。

门前站着的三个足轻，每人手中都握着长枪。篝火虽燃得挺旺，到底还是照不到太远的地方。才藏扯了一下左平次的衣袖，示意他把烟玉扔进篝火。

左平次点头，四颗脱手的烟玉像是被吸过去一般，纷纷落入火光之中。足轻们并未发现这一异常。左平次又掏出三把十字手里剑，右手手腕一抖，十字手里剑划出三道破风声，不偏不倚地刺入了足轻们的咽喉。

（不简单!）才藏惊讶于左平次竟有如此神技。

被刺中的足轻发出古怪的叫声，倒地挣扎，铁笼里的篝火仿佛与之呼应般"轰"的一声爆开，数股浓烟应声喷出。一瞬间，搦手门就被笼罩在白烟之中。此刻，才藏与左平次已经用忍钩抓上门梁，轻松地跳上了屋顶，落在了石垣上。

"乱了吧，不过这会儿任你怎么慌也是徒劳啦!"看着桥上像无头苍蝇一样乱窜的人，左平次张开大嘴做出大笑的表情，却没有发出声音。这人虽然上了年纪，但内心里是真的对忍术欲罢不能。

“左平次，你瞧瞧背后。”

左平次的背后，自然就是城内了。此时映入两人视线中的，是听到骚乱后急忙赶至的松明的海洋。

火光将周围照得通亮。终于，站在松树下的两个人影也不出所料地显现在了守军们的面前。

“雾隐大人，接下来怎么办?”左平次看着下方不停涌向他们的一大群守军，也有些慌了阵脚。

“看来说书的左平次，却要战死在名古屋的城壁上啦。”

“忍者战死还真挺少见的。”才藏扑哧一笑。与武士相反，忍者以战死为耻，决不是值得夸耀之事。

“那咱们不就算给将来的甲贺、伊贺贡献点笑料了么。”左平次缩了缩脖子，这人连如此关头都不忘要说笑几句，“雾隐大人，如此情形之下，你仍然想要取大御所的项上人头?”

“别提他的脑袋了！这样子咱们想要接近本丸都难！撤吧。”

“的确。看来大御所是命不该绝。不过都走到这儿来了，不去跟他请个安，总觉得挺可惜的。”

“把笔墨盒给我!”

“这儿。”

才藏接过纸笔，挨个儿写下了六个字，然后拔出小刀，将纸条钉在松树上。纸上用粗线画着六个圈，并排成两列。

“画的可是六文钱？”

这是真田幸村的家纹，也就是表达“真田幸村前来拜访”的意思。

“这样就行了。”

“真是个好主意啊。敌方看到这个，准会吓破了胆的。”

“那么，左平次——”

“就此一别，稍后于七寺的在下家中再会了。”

说完两人高高跃起，一左一右消失在了黑暗之中。下方的松明分头追向了两边，然而终究都是无果而返，只剩下四蹿的火光。

天快亮的时候，才藏回到了七寺的左平次家。

小若上前问道：“结果如何？”

“左平次回来没？”

“还没有。”

才藏扭过头，脸上露出些许担心。相反小若却十分淡定，想来是对左平次的能力相当有信心。

就在这时，远处名古屋城的上空，响起了螺号的声音。这是家康出城的信号。按照计划，大队人马出了大手门后一路南下，然后从东海道宫的驿站往西行军。

“小若，这里已经不安全了。”才藏迅速地换上了浪人模样的衣袴，一边招呼小若，“快穿上旅行用的衣物。我们得离开了。”

才藏的担心不是毫无道理的，因为行军部队的一部分，恐怕就会从这个小屋门前通过。队伍从町中经过时，往往会让足轻对沿路的宅子进行搜索，并让居民悉数出来跪在路边送队伍出行。

注释：

【1】骏、远、叁：骏河、远江、三河。

【2】探题：产生于室町幕府的重要地方职制之一，应仁之乱后，成为虚职。

【3】胁息：日本古代席地而坐时用于搭上手臂的用具。

【4】笼城：坚守，据守城池御敌。

【5】参笼：指闭居于神社、寺院中斋戒祈祷。其时间长短不一，有一昼夜、七日、百日、千日等。闭居时，远离世俗生活，并在斋戒沐浴、读经、礼拜之外，兼修断食、水垢离（敬神祈祷时，在身上淋水以除不洁）、不眠不卧等苦行。

【6】鯱：日本汉字，指一种传说生物，以及以该生物为原型的屋顶装饰。

鹰之峰

这之后，才藏在家康军队的各个缺口中穿梭、跟进。因为身边带着小若，出乎意料的不容易被怀疑。就算在路上遇到问讯，只须说："在下是肥厚阿苏大宫司家家臣斋藤缝殿。这是内人小若。在下在鹿岛、香取两社办完事，眼下在返家途中。请让我们过去吧。"然后再出示印有伪造的阿苏大神宫家的花押的手形即可。

不过，在近江草津之宿时，他们遇到的宿割奉行[1]，是家康的旗本。而这个叫落合小平次的人恰巧过去曾是尾张国二宫大县社的神主，因此颇有些刨根问底的架势。

"你身边竟一个人也不带，未免太可疑了吧。"

"在下原本有两个随从。然而肥后到关东路途遥远，途中病死了一个，另一个也与我们走散了。"

"那你把阿苏十二神的神名都说说看。"

既然假冒神宫家的人，这种程度的知识自是早有准备。才藏轻松地就答了上来。可落合却接着问，

"祝词呢？"

才藏高声地咏诵了祝词，忽然心念一动，说道：

“在下索性再为东军的胜利做一场祈愿如何？”

“没必要！”

后来小若为这事埋怨才藏。

“你怎么能说出那样儿戏的话，要是他真让你去永井（位于草津以西二里半的家康宿营）的本阵祈愿该如何是好？”

“当然就去啰。”才藏躺着没动，继续说，“草津离甲贺不远。你又是甲贺望月家的女儿。到时候就派些人手打扮成神主，我再带上他们进入永井宿营，焚火祈愿，也不失为一件乐事啊。”

“原来你盘算着利用假神主的身份靠近大御所，然后下手啊。”

“没错。”

“真是个倔强的人。”

“你说我吗？”才藏失笑。其实就连自己也觉得这次真有些执拗了。毕竟骏府、田中、名古屋，这一路失手过来，就算放弃也没什么可惜的。不过在他心里，这件未了的工作，生生地成了一桩心事。

第二天，也就是二十三日清晨。面对眼前出乎意料的事态，才藏不禁目瞪口呆。他急忙叫了小若，两人一同沿着草津川的堤防走到了琵琶湖的岸边。才藏呆呆站在原地，视线落在不远处的湖面上。

朝雾开始散去，露出了湖面上飘扬的旗帜与船影。浩浩荡荡的船队，正一路向南驶去。中央那艘有四十挺船橹的大船，载着的显然就是家康。

看来由于这些天来忍者的屡次侵扰，家康亦是有所警戒，这才改变了计划，选择乘船由水路入京。

才藏望着船队（让他给跑掉了），不禁心生挫败。小若见他那副模样，不禁咯咯娇笑。才藏用凶巴巴的眼神愤愤地瞪着她的侧脸。

待他们回到草津驿站时，家康后军才开始陆陆续续地往街道的南面行去。

驿站上人马混杂。

“这下连茶也没法好好喝了。”

各处茶屋里都塞满了关东的兵士。屋外也能听到他们吵嚷的声音。三河口音、骏河口音、甲州口音，总之各种带着关东口音的唾沫星子四处飞溅。有的吃着年糕，有的喝酒，有的让店员把茶掺进竹筒，挤挤攘攘热闹非凡。

才藏站在街道上，问道：“小若，肚子饿不饿？”

快到晌午时分，两人却连早饭也没顾得上吃。小若听才藏提起，一脸愁容地点了点头，“饿了。”

“我去给你买些年糕来吧。”

“才藏大人有时候出乎意料的体贴呢。只是那种乱哄哄的场面，买年糕着实不是件容易事儿。小若还可以再忍忍的。”

“没事儿。在这儿等我回来。”

“才藏大人……”小若满眼的畏怯，那是一个属于新婚妻子的表情。

才藏让小若在街道旁的一棵松树树荫下等着，自己进了茶屋。

舂年糕的臼摆在茶店屋檐下，旁边的蒸笼里蒸着糯米。只是那些蒸笼里的糯米一起锅，刚打在案板上还不待被揉成团子，便悉数让那些杂兵给抢了去。

（看来还真不好买啊。）

才藏毫不客气地扒开人墙，说着：“让开！”把那些杂兵推到一边。

“你，你是个什么东西！”

“滚开！”

“你说什么！”一下子上来两三个人，二话不说就扣住才藏的手腕，揪住了他胸口的衣服。也怪不得对方会发火，那可都是要上战场的人。

才藏啪地甩开肩膀，两手划出一个扇形，将抓住他的杂兵通通弹开。其中一个更是脚底打滑，摔到了地上。

“臭小子你想干什么！”

“竟敢找茬！”

旁边的杂兵见状嚷嚷着一拥而上。

“别碰我！”才藏用眼睛扫了在场的杂兵一圈，“凡是碰到我的人，不仅会因为天罚而武运骤降，还会逢战必伤！不信你们看这个！”

他从怀里摸出阿苏大神宫的大神符，接着说：“都看着！我手里的可是在众多神明的神社中被誉为最灵验的阿苏之神的神符！而我，乃是大宫司家家臣斋藤缝殿。这年糕是我用来奉献给神明，祈祷你们武运昌隆的。难道你们还不乐意？”

屋里一片死寂。毕竟谁都惧怕会战死沙场。

照这个时代的风俗，神主是介于武士和公家之间的存在。平日里梳着公家大夫样式的发髻，但出了门就会换上武士的装束，佩上双刀。有时候甚至还有可能参战。

而才藏冒称身份中的“肥后阿苏大宫司家”，更是坐拥大片的神领，还养着一群被称作“神人”的武士，其地位几乎与大名无异。日常的一些祭祀由宫司或祢宜[2]主持，需要动武的时候，就让神人们出手。遇到战事，宫司就是总大将，祢宜自然就是侍大将了。阿苏神宫的神威与武威在关东区域也是众所周知的。

“这，这是阿苏的祢宜大人啊！”

“大家可得小心说话呀！”

这些足轻后生一听到对方的来头，立马换了态度。吵吵嚷嚷叫唤几声后，一个个都闭上了嘴，满脸敬畏地望着才藏。

一个上了年纪的足轻静静地走上前说：“祢宜大人，可否求你显现神通，祈求我等大坂一战之武运呢？”

“我自然会用心为你们祈福的。”对才藏而言，只要年糕到手，什么都好说。他将右手探入怀里，抽出一张纸，同时用左手拔出腰间的胁差。

“啊！”

“不必惊慌。我只是用它来做币帛[3]而已。”说完才藏灵巧地将白纸削断，三两下就做好了币帛。然后他让一个足轻把青竹劈开，做了个柄。

“这样就行了。”

“原来如此。不愧是行家啊。”

才藏举着币帛，在臼上“飒！飒！飒！”地舞了三下，瞟了瞟身边的人。

“祭祀之中，各位站立是为何意？难道想遭天罚吗？还不赶紧跪下。”

“您说的是！您说的是呀。”一个个乐颠颠地就跪了下去。

才藏高声击掌，说了一声“木杵”。从茶屋店员手里接过木杵后，他让一个人为他翻臼[4]。然后高声吟唱着“镇守高天原之神，八百万神明……”就开始舂起了年糕。

年糕出锅之后，他将其中十个用竹皮包好，揣进怀里。

“听好了，这里有五十个年糕。个个都是带着神意的圣洁之物。只要吃了这个，就能穿梭于流矢而不中，避敌之刀剑于无形，一路武运高升！你们每人拿一个去吧。”

“感激不尽！”

才藏用手势止住一哄而上的人群。

“我可没说白给。把钱都付给茶屋。还有，不许乱挤，排好了！一个一个拿！”

才藏走出茶屋时，并没看到松树下的小若，取而代之的却是几个杂兵严严实实围起的人墙。他走上前去，听到了大声说笑的声音。

“喂！”几个杂兵应声回头，一看到才藏，顿时露出一张张挂着淫笑的脸。

“嘿，大家看！人家的相公回来了。”

“你们这是在做什么？”才藏的语气十分和气。然而那群杂兵仗着人多势众，颇有些蹬鼻子上脸的味道。

“就是相公你不在的时候，陪你家娘子玩了玩。”

“开心吗?”

“当然啦。”

“那也来陪我玩玩儿吧。”见对方有意找茬，才藏面不改色地将手搭上其中一个男人的肩。只见那人浑身一震，竟是吓软了脚。

看来这些人并非足轻。若是足轻，理应带着弓箭铁炮。再者总算也是要上战场的兵，多少还是有些秩序可言的。而眼前这些不过就是负责行李荷物的小仆，也就是军夫[5]。他们只腰间插着一把戏犬用的百姓胁差，身上也没有穿具足。

虽然军夫中亦有长期受雇于东家的人，但大多数都是在战事爆发时从领内临时征召或是自愿加入的。一旦己方开始有战败的苗头，这些人总是最先逃走；要是得胜了，往往还会拿着从敌方死者那儿搜刮来的武具，闯入民家实施强奸等勾当。大部分都与地痞流氓无异。

当然，诸如此类违反军律的行为，倘若被物头发现，亦逃不过罪罚。或许正因有一些风险，这些人才更加乐在其中吧。

才藏一言不发地推开人墙，走了进去。

(哟……还挺温顺的嘛。)

小若蹲在地上，两手紧紧地捂着脸。站在她面前的三个一脸地痞相的军夫，撩起一边短袴，正张着嘴哈哈大笑。

“女人！”其中一个开口道，“抬起头来看看嘛。平日里难得一见的稀奇之物哦。要知道老子的这话儿可是号称常州第一的宝贝！瞅瞅能养眼呢！”

“慢着！”又一个男人站出来说，“老子的是房州第一！别看样子不咋地，滋味儿好得很呐！”

“虽然我出场晚了那么一点儿……”最后的男人半蹲到小若面前，将身前的玩意儿凑到小若面前，“老子是从相模来的，老子的宝贝还有名字！人称相模太郎！”

“哟，挺热闹嘛。”才藏脸上带着笑。

小若此刻的柔弱妻子扮相实在让他忍俊不禁。身为甲贺望月家的女儿，只要她想，让区区几个小杂碎躺平的功夫还是有的。

“你们的组头呢？”他问身边的男人，只想找来组头说道说道，大事化小息事宁人便是。

谁知道对方却回答道：“那个便是。”

“呵——”原来就是那个前面坦荡荡的“常州”。

“抱歉打扰到你们的兴致。”才藏走到光着腚的组头身边，“我就是这女人的丈夫。劳烦你把那奇奇怪怪的家伙收回兜裆里去好么？”

“怎么？想找打？”看来那人喝了不少酒，“你是她相公？

那不就更有意思了。只要你愿意卖，我们就买！是吧？各位!”

周围的人叫嚷附和起来。看来这群家伙也因为面临大战而焦躁了。

虽然才藏原没打算跟他们一般见识，可一旦被触碰底线，他也容易热血上涌狂躁起来。加之他原本就是活在世间阴暗背道的伊贺忍者，就算作武士，也是个无法之人。这种场合下，总是会失了一些普通人该有的节制。

“就找（打）!”

就在才藏说出这句话的同时，两三个人突然朝他背后袭去。才藏二话不说便撂倒了他们，来人发出“哇”的哀嚎声，身体像虾子一样卷曲起来，失去了意识。原来才藏将他们扔出去时，顺手折了其小指的指骨。

“尝到苦头了？要是不想再增加伤员，就给我老老实实地散开!”

“你这家伙!”组头叉腿而立，大声叫道，“真是不知天高地厚！我看你就是不满关东的威势，胆敢与大御所大人作对的恶人!”

一想到新兴江户政权的劲头，竟然能让区区一个力夫都显出如此气势，才藏也乐了。

“听你的意思，你就是大御所咯？没想到大御所竟会在街道上强抢民女，还露出下体供人观赏，真是吓煞我也。保险起见，容我再确认一下。大家都听到了吧？刚才就这个人，说自己是大御所。”

在场个个哑口无言。

才藏是个吵架的高手。

“大家都是证人。亲耳听见了你称自己是大御所。”说着，朝前迈出了半步。

“你，你想怎样！”说时迟那时快，才藏一把抓住拔出胁差砍来的男人的手。

“如何啊？大御所。”才藏把脸凑上去一笑，男人抓着白刃的手在空中直打颤，“你，你这臭小子！”男人挣扎起来，却被才藏借了力，将他拧得双脚离地。他的身体在空中转了一圈，右肩撞上地面，又滚了两三圈，才撅着身子停了下来。只见他两手紧紧捂着裆部，带着哭腔直嚷嚷。

“你，你干的好事！”男人自豪的常州第一的宝贝，如今正血淋淋地躺在他旁边。

“这可不关我事啊。是你自己用胁差把它给切下来的哟。还不赶紧去找大夫！”

这人显然是栽在才藏电光石火的速度上了。他控制住对方的手，用刀做这么一下，然后才把人摔了出去。然而却无人察觉到这一点。在他们看来，受伤的人的确是自作自受。

事情到底还是闹大了，才藏不得不面临阵中目付的审讯。不过鉴于有人证实力夫头目当时的确轻佻提到过大御所的名号，加上茶屋的足轻们也表示“那位阿苏的祢宜当时是在为我们东军胜利祈福”，于是立马就被放了回来。当然，这一切都在才藏意料之中。

这天一反常态是个大晴天。仿佛是染出来的蔚蓝天空，冰凉的风，都预示着冬天即将到来。

从草津往膳所的路上，小若想起之前发生的事，好几次笑出了声。

“有什么好笑的？”

“难道不好笑吗？就为了给我买年糕，你不仅为东军胜利做了场祈福，还跟力夫起了争执，想想也真是夸张。”

“这就让你觉得可乐了？”才藏无奈地笑了笑。

“当然。”

“确实是我太焦躁了。骏府、田中、名古屋，我都没能成功取下家康的人头。一肚子憋屈整个撒到了那力夫的身上。现在想想，对那人也做得太过了点。”

“不过……”

“怎么？”

“没想到才藏大人为了我，竟如此的体贴，小若我实在是太开心了。”

“说这些没用的。”才藏一脸无奈。

“你怎么露出那种表情啊？”

“我不过是做了我该做的事，并非是对你才特别对待。你们女人家动不动就喜欢会错意，真让人不太痛快啊。”

“瞧你说的这话！是不是想我拧歪你的嘴呀？”

两人抵达大津的驿站时，天已经黑了。代官所前设有关卡，前往京都的旅人都必须接受严厉的搜查。而日落后，关卡就会关闭，不允许再有人通行。看来是为了阻止东国、北国的浪人进入大坂。

“这可不好办了。”

“看样子今晚上只能宿在大津了吧。”小若看起来倒是乐呵呵的。在她心里，能与才藏同宿的日子，自然是越多越好。

附近的旅馆都挤满了因关卡关闭而留宿的旅人，想住宿似乎不那么容易。况且依照代官所的指示，每家旅店都必须把所有住客的出身国及名字贴在店门外。街上隔几步就支着篝火，巡逻的士兵来来往往毫无间断。

“这样子，确实有些麻烦呀。”越是接近中心，京都大坂的险恶空气便愈见明晰。

就在这时，一个行脚僧与才藏擦身而过。“喂。”听到对方招呼，才藏支起编笠，看着对方转身朝自己走了过来，“你就是伊贺的才藏大人吧？”

行脚僧开口以后，才藏目不转睛地盯着馒头笠下对方的模样。那是一张四十上下的圆脸。圆脸微微一笑，伸出双手的食指在胸前结了一个日轮之印[6]。这个印为“在”，在佛法中是祭拜太阳（大日如来）时的印形，不过在忍者的世界，它的含义则是“甲贺忍者”。

才藏放松了警惕，回答：“正是。”

“贫僧……”行脚僧做出一种极不寻常的姿势。他发出的声音丝毫不带鸣响，这是忍者发声的独有特征。普通人就算从旁边经过，也是听不见他说话的。

“……是佐助大人的下忍，名叫云，平日里在京都鹰之峰上出家。寺庙的名字是……”他一边走着一边说道，“云龙院。”

“所以你的忍名才是云？”

“没错，正是这个云。”说着他就呵呵笑了起来，看来也是个豪爽的人。他鼓着腮帮继续说道：“别看贫僧这模样，在大津的临济宗寺庙里还算是有头有脸的人物。贫僧六岁开始在甲贺百地道顺大人身边学习忍术，二十二岁时承道顺大人举荐，入了京都花园妙心寺本山。顶着出家人的身份，已经过了二十年啦。在京都鹰之峰，说起云龙院的和尚，连村里的小孩都是心存敬爱的。”

“你是个好忍者。”这是才藏发自内心的感叹。毕竟一个忍者，要假扮成僧人却又丝毫不露出原本的气质，绝非易事。在这二十年间，这个人利用自己僧人的身份，不知道掌握了多少情报。

“贫僧早就想会一会伊贺名人雾隐才藏大人了。才藏大人一直是武士？”

云看来十分健谈。才藏好奇于云的问法，却还是不由自主地冒出了一句：“没错。一直是武士。”才藏除了偶尔会扮成山伏或是神主以外，的确大多以武士形象示人。

“真是稀奇了。”云的着眼点也够奇怪的。估计因为大多数忍者表面上都会选择僧人、放下师、非人[7]或是江湖艺人的生活方式。作为武士的终究凤毛麟角，而才藏却正是他们之中的一个。这也许就是他感叹的地方吧。

才藏把笑脸藏在编笠下：“我也是无可奈何。谁叫我是伊贺上忍家出身呢。”

“啊，原来是这样。我想起来了，你的确是上忍家的血系。方才唐突之言，还望谅解。”

上忍，亦是伊贺的地侍（乡士）。他们通常居住在村中，生活在建有长屋门的大宅院内，属于上层阶级。这些上忍会从百姓的子弟里选出好苗子，在他们三四岁时买回去，授以忍术，最终为诸国大名所用。

“说的也是啊。上忍家出身的人，理所当然应该作武士的扮相。只不过上忍亲自参与任务，倒是稀奇事儿。”

“你想说我异想天开了么?”

“不敢不敢。只是感叹如此高贵的身份，又何必劳神费心。”

谈话间，三人已经来到了位于驿站边缘的一座小寺庙前。

“这就是咱们今夜留宿的地方。”这个甲贺忍者，表面身份是鹰之峰云龙院的和尚。此时他简直就像是回自己家一样，毫不客气就进了山门。

“这是临济宗的寺庙吧。”

“不错。这寺里的住持是贫僧在花园妙心寺僧堂修行时的师弟。”

寺庙的住持是个青年秃顶小脑袋和尚，十分郑重地接待了才藏与小若。据说住持与这个甲贺忍者，自妙心寺相识以来，前前后后已经有二十年的交情了。但即便是如此亲昵的友人，住持看来并不知道自己的师兄实际上是一个叫做“云”的甲贺忍者。

住持把他们带到自己的房间。见住持离开后，才藏感叹道："你真是一个难得的好忍者。正所谓'良忍得友则百年不徙'啊。"

才藏所说的是一句伊贺的古语。意思是：要做一个好的忍者，就要终生在忍者以外的社会亦能被友人所信赖和尊敬。若做不到这个地步，是无法顺利地搜集到各种情报的。

家康手下的间谍里，有一个叫石川嘉右卫门重之的人。家康死后，他受密令打探京都宫廷的动向。在三代将军家光宽永十三年（1636）的时候，他在京都以北的一乘寺村扎根住下，自号丈山。当时他隐居的宅院被称为诗仙堂，其名声流传至今。

丈山学识渊博，又擅长诗文。京中仰慕他气节的亲王、门迹或是公卿不在少数，因此一直到他九十岁仙逝，京都情报的搜集都少不了他的一份力。而所谓忍术，实际上更多的就是如此的存在，并非现代的周刊杂志上那些天马行空，被吹得天花乱坠的东西。

同为家康间谍的，还有一个叫小幡勘兵卫景宪的人物。他原本是武田家武将小幡丰后守昌盛的儿子。武田家灭亡后，四岁的他被家康收养，做了秀忠的小姓，可以说是深得德川家宠爱。就在他十八岁的时候，却主动提出下野，做了浪人，随后遍历诸国，而实际上这时，他的身份应该已经是一名间谍了。

关原之战中，他以武士的身份参加，战后却又恢复浪人的身份继续游历。大坂之阵时，他与京都所司代板仓伊贺守胜重里应外合，表面上身为浪人响应了丰臣家的招揽，暗中却把大坂城内的情况逐一报告给了关东方。

后来他应功受赏，被提拔为一千五百石俸禄的旗本。另一方面，他开始研究武田信玄的战术，成为甲州流军学的创始人。最后以一位拥有两千弟子的军事家身份终其一生。

这个“云”也与前面提到的两人一样。因此只要是与临济宗有关系的寺庙，打出他的名号，即可在各方面加以利用。

“话说回来……”云凑到才藏身边，“猿飞佐助大人让我给你捎个话。”

那夜，才藏和小若在本堂后面的客殿里歇下。

被褥准备了两套。小若在做好临睡前的准备后，吹灭了灯。黑暗中，她开了口：“才藏大人。小若今夜之后就要与你分别了。”

“哦？是要去哪儿？”

“方才从云大人那里听说，大坂的隐岐殿命我速速归城。听说她对小若之事大为光火呢。”

“隐岐殿？”

原来这女人也是隐岐殿的手下。

“小若明明没有在外面游玩，可她却说我脑子里只有与才藏大人的夫妇游戏，完全把自己的任务给忘记了。”

“她说得不是一点也没错么？”才藏偷笑。

小若估计是被才藏毫无同情可言的态度气到了。她凑到才藏枕边，气乎乎地说：“你真的是这么认为的吗？”

“说没有那肯定是假的。”

“真是无情。”

“是吗？”

才藏心想反正也是逢场作戏。谁知道随便的应付，似乎换来了小若真切的怨气。

“人家都说是最后一夜了，你却如此冷漠！虽然小若至今为止从未提起，但有些事我也是心里有数的。你其实是喜欢隐岐殿的吧！”

话题一下子就扯远了。

“我心里，并没有称得上喜欢的女人。”

“撒谎！你在撒谎！若不是隐岐殿，那青姬呢？要不然，就是那个因为关东间谍身份暴露而被追捕的阿国！小若知道，什么都知道！”

“好了好了。你就说你想怎么样吧。”

“我这次回了大坂，想必马上就会开战，再也无法外出。今晚是最后的机会。我只想要一句话。我与才藏大人，是假夫妻这件事，我希望你能否定它。”

“什么意思？”

“我想听你亲口说，我们是真正的夫妻！”

“我不懂你在说什么。忍者的世界，什么都是假的。就连云那样的人，哪怕他一生都作为僧人度过，那僧人的身份也是假的。要恨，就恨生在忍者世家这件事吧。我们所走的，是一条虚幻的路。这条路上不会有真实的存在。”

“这些我都明白。所以我要的只是一句话。即使无法真的结为夫妻，只要你的一句话，我就心满意足了。”

小若火热的身子，贴上了才藏。

“才藏大人。只要你说，说你与小若是夫妻。大坂一旦落城，小若生死难卜。我要的，不过就是你的一句话罢了。”

“小若……”黑暗中，才藏伸出手，揽住了小若的身体。才藏压了压呼吸，终于在她的耳边轻声地说出了那句话。

才藏与佐助再会的时候，是庆长十九年（1614）的十月二十五日。地点是洛北爱宕郡鹰之峰上的云龙院。

家康的队伍已在两天前，也就是二十三日的夜里进入了京都的二条城。入城后他立即传唤藤堂高虎、片桐且元等人，召开了数次进攻大坂的军事会议。京都之内，到处都挤满了陆续进入的关东军队。

鹰之峰山村距离京都约二里路。从地理位置上来说，作为密会的场所可谓得天独厚。沿着山中的溪流往下游走，就是与京都相通的纸屋川，向反方向只要翻过一座山头，就能进入丹波地区。这里据说曾是在京都出没的夜盗老巢。

山间秋意已浓。云龙院位于一处山崖之上，小小的禅院被各种红叶似锦的落叶树簇拥其间，宛如置身锦缎。

才藏由云带领，在云龙院方丈的会客间入座时，从大坂过来的佐助还未出现。

“佐助还没到?”

“恐怕只能在夜里赶路吧。虽然山峰附近倒是安全，可市内毕竟警戒森严呐。”

日落后又过了约莫一刻，依旧一身江湖艺人打扮的佐助终于现身。

“哟！才藏。”佐助如旧识相见般搂了搂才藏的肩膀，熟络地说，“你好像晒黑了?”

“这一路可不容易啊。”

“让你受累了。大人让我代他为你所做的一切表示感激。”

“说起来是辛苦，却什么也没做成。那个大御所照旧活蹦乱跳的，正在二条城准备吹响攻打大坂的螺号呢。”

“没什么不甘心的。不就是大御所么，真要杀他也不急这一会儿。”见佐助一副胸有成竹的样子，才藏有些诧异地问道：

“怎么？能得手？”

“当然。被称为智谋之神的大人，会堂堂正正地在战场上用他的战术，把大御所逼上绝路！”

“佐助，你真的认为大坂会赢？”

“虽然我也不是没有动摇过。不过在我进了大坂城，看到阵容之后，我就坚信只要有大人在，定能再次颠覆天下。大坂必胜！”

“能胜利？”

“当然的！”

“既然佐助都这么说，肯定是不会错了。”才藏这样说绝非是在挖苦。如今的他，的确深信面前这个男人的直觉与分析力。

“不过战事虽然是交给大人了，我俩也还有其他的工作哦。这一次可是力气活儿了。”佐助所说的工作，其实就是暗杀德川方身在京都的重要人物。

来自西军军师——真田幸村的命令，倒真是“力气活儿”。佐助说的一点儿没错。

“再详细说说看。”

“总之……”照佐助所说，这是一种心理战术。为的是在对方采取作战行动前，对集结于京都的关东军队造成心理上的动摇。

“辻斩[8]？”

“不错。”佐助点了点头。

“专挑物头动手？”

“也不至于。”

“准备让我们处理掉多少人？”

“照大人的说法就是，能杀多少是多少。就当是弁庆[9]的千人斩吧。辻斩这种事儿，也算是京都的特产了。从平安朝起，一旦有什么风吹草动的，类似的事就会出现在街头。”

“佐助你也动手？”

“啊。总不能单把这种粗活儿全扔给才藏你呀。我也一起上。我们俩就让京都的大街小巷好好地闹腾一番吧。这对忍者来说，也算是种乐子了。不过此外……”

“你还有什么工作？”

“让百名忍者潜入京都，在市内散布流言。比如什么被任命为江户留守居的艺州福岛左卫门大夫正则会叛变到西军；防长的毛利、萨摩的岛津、肥后的加藤家会响应丰臣号召揭竿而起一类的。总而言之，就是让东军内部互相猜疑，挫掉他们的士气。”

“这是由佐助你来负责？”

“我只是助手，总管是隐岐殿。”

“噢——”

“乐了吧？”

“你说的这是什么话？”才藏黑了脸。

“哪儿啊。只是隐岐殿因为能见到才藏，看起来心情相当不错。我不过就这么一说而已。”佐助收敛笑容继续说道，“隐岐殿已经到京都了。现在大概藏身在市内的某处，连我也不知道她在哪儿。不过才藏……”

“又怎么？”

“只要你想见她，我就能帮你搭线。”

比起这个，才藏更关心菊亭大纳言家女儿青子的安危，但这种话他是不会说出口的。（到时候让孙八去确认下吧。）

“云。”

“有事还请吩咐。贫僧必将效劳。”

“有件事儿想拜托你。我伊贺老家的下忍们，实际上一直在京都市町开着店，做的是人力斡旋的活计。”

“是分铜屋吧。”

“真是逃不过你火眼金睛呀。那家分铜屋的番头有个叫孙八的，麻烦你跑一趟帮我转告他我已经回京的事。”

“今夜便登门拜访。”说完，身着僧衣的云站起身来。

注释：

【1】宿割奉行：负责分配住客到旅店的官职。

【2】祢宜：日本神职的一种叫法。

【3】币帛：在日本，指的是祭神驱邪幡。

【4】翻臼：一人捶打年糕时，在一旁负责捣弄臼里年糕的人。

【5】军夫：军中的力夫。

【6】日轮之印：九字真言手印中，相对于“前”的手印。

【7】非人：江户时代身份最低的人。

【8】辻斩：日本古时武士持刀在十字路无差别地袭击路人的行为。此行为自日本中世直至江户时期早期常见，直到庆长七年（1602）江户幕府才禁止了这一行为。

【9】弁庆：武藏坊弁庆（？—1189年5月17日），平安时代末期的僧兵，源义经的家臣。

影法师

似雪似霰大宫天
广寒宫中孤隐逸
忧居人间的影法师呵
愁亦忧愁
醉亦忧愁
歌亦忧愁
恋亦忧愁的影法师呵

这是突然在坊间流行起来的一首今样（流行歌）。据说一开始是在六条室町的花街中传唱的。

歌名叫《忧愁的影法师》。在当时的京都，上至年轻公卿，下到河边的乞食（乞丐），几乎人人会唱。

“听见了吗?”一个武士说，“现在满大街的京都人都在唱那首歌呢。”这首歌似乎有一种不可思议的力量，能够动摇背井离乡远赴战场的武士们的士气。

“只要一听到那首歌，就会觉得战场上的功名什么的，都不过是过眼云烟了。”

“京城真是让人喜欢不起来呀。所见所闻，处处都是让武士心中血气冷却的玩意儿。”另一个人接下话茬。

“真是不适合我们哪。”

“没错。”

一群人继续无所事事地饮着酒，不知怎的还是有人开始低声吟唱起那首歌来。

“别唱了！听着烦！”有人气冲冲地拍了拍地板。

这里是位于二条城附近町寺的本堂，如今成了伊奈筑后守忠政部队的宿营。忠政是“出头众”之一，相当于家康的亲卫队。

“昨天有人在本愿寺的墙壁上乱写一通的事儿，你们听说没？”

“知道。不过那人似乎还没抓住吧。”

“听说用来写字的，是削尖后的四条坊门的柳木呀。”

“写了些什么？”

“据说啊……”一个武士瞅了瞅四周，小声地插了一句——

御所柿成熟蒂落　秀赖居于树下　拾之

“那御所柿不用说，就是指的大御所了。所以呀，所司代役人们都急得发疯了，到处搜查犯人。可愣是连个影子也没找到。”

“是影法师吧。”

“不错，应该就是影法师干的好事。”这个点头首肯的男人，不久就倒在了方丈西边角落的窄廊边上，肩膀上血流如注。

就在他哼着《忧愁的影法师》走出茅厕时，似乎是发现了什么，立马大叫了一声：“有刺客!”然而当那群朋辈闻讯赶来时，哪里有什么刺客的影子。躺在地上的，只有被一刀左袈裟砍穿到心脏的，已经没了生气的男人。

这可是大白天，况且还是在出头众伊奈筑后守的宿营里。可以想象这件事造成了多大的骚乱。

当时筑后守正在二条城中，幸好他弟弟典膳留在营内。典膳在验尸之后，面对伤口，露出了惊慌失措的神情。

“这刀法可不简单。想必出自高明的兵法者之手。”

伊奈筑后守的手下，武士和下仆加起来也不过五十人上下。其中修习过刀术的几乎为零，更不用说高手了。理所当然的，这只会是外人所为。

“是从哪儿侵入的?”

“还是先把事情报给阵中目付吧?”

“这可是当家之耻。就当是病死的吧。”典膳阻止了部下。也不怪他会如此，要是在宿营外被暗算的还好；事情发生在营内，被上面知道，难免会落个疏于警备的罪名。

何况这伊奈家上代当家的，原本不过是尾州荒子村的一名叫“熊藏”的百姓。他能出人头地，靠的也不是勇武之力。早年他在同村的地方武士佐藤弥藤次家里做中间[1]，因精通会计事务，才被提拔为武士。正逢当年家康扩展疆域，不仅武官，文官也有了需求。家康在全国搜寻人才，弥藤次便将熊藏推荐上去。这就是伊奈家的发家史。

这一代的忠政，是熊藏之子。

“终究不过是个只会扒拉几下算盘就被捧上去的暴发户大名。难保不会在军备上有松懈。”要是营中之事传了出去，少不了会受世间的嘲弄。

“听见了没有？少多嘴。”典膳嘱咐了在场的人，洗完手，回到了自己的房间。这亦是手下的人最后一次见到他。

不久，哀嚎声响起，典膳房间的杉木门应声倒下，而他的身体也随门一同滚入庭院之中，当时就断了气。尸体上，是一刀鲜明的右袈裟斩。

翌日，这件事就在京都市内的关东部队中，甚至是平民百姓之间传开了。毕竟是发生在家康所在的二条城旁。说是町寺，但武士的宿营就相当于自家城池，营主还是家康亲卫队长之一的伊奈筑后守。

光天化日，筑后守的弟弟与手下的物头前后殒命于营中。还有比这更能挫伤关东威信的事么？

家康同时从京都所司代板仓胜重及阵中目付城昌茂处接到了报告。

“在下以为，不论是之前的留书事件，还是此次骚动，均是大坂方的计谋。必须加强市中警戒，尽快将下手之人捉拿才是。”

家康没有回应。

江户初期一部叫做《古人物语》（旧参谋本部编·日本战史所载）的随笔里，曾提到此时家康的态度是毫不介意。只是扔下了一句“别管它”。实际上，那只是针对留书事件而已。

家康认为，若是为几笔涂鸦就变得神经质，必定会影响世间对关东军队不动如山的军容之印象。而对更为关键的伊奈筑后守宿营中发生的那件事，他却未做任何表态。

阵中目付城昌茂再次问道：“此事应当如何处理才是？”

“有些话岂能从我口中说出来？”

“哎？”面对如此回答，城昌茂一时丈二和尚摸不着头脑。一旁的板仓胜重悄悄扯了扯他的衣袖，递了个眼色，两人才一并退了下去。

之后板仓才对城昌茂解释说：“在那件事上，大御所殿下当真是什么话都不能说呀。一旦他开口，伊奈筑后守就只有切腹谢罪这一条路了嘛。”

再看此时的才藏与佐助，两人正在鹰之峰的云龙院里喝着浓茶。从京都回来的云还是一副行脚僧打扮。

“那件事在京都市内造成了不小的轰动。町人们纷纷传说是影法师下的手呢。”

“影法师？”佐助有些意外，“是那个现在流行的今样歌里的影法师吗？”

“没错。才藏大人在宿营四周活动的时候，想必嘴里哼着的就是那首影法师吧。听说营里的人也听到了歌声。现在所司代认定了唱影法师的人就是凶手，正加紧四处搜查呢。这下子，市内再也没人敢唱了。”

“影法师这名字倒挺不错。才藏，就让我俩化作影法师，把京都给闹个底朝天如何？”如此血气方刚的发言，在佐助身上实为少见。

从五条大桥东岸沿鸭川一路向北，就能走到安倍晴明之墓。安倍晴明，平安时代宫廷中的阴阳师，擅于占卜预言，可以说是卜者鼻祖。

就在伊奈筑后守宿营事件不久之后，类似“墓周围会出鬼火”的传闻在街头巷尾成了新话题。也有说“那多半是狐火”的。

的确，鸭川以东就是京都的乡下地区。日落入夜后，鲜有人会去那一带活动。那附近曾有一座叫法城寺的寺庙，茂密草丛之中还留着过去的基石，掘地二尺尚有白骨隐现。这样的地方，就算说会出现鬼火或是狐火，也没人会怀疑。

“听说了没？”这个跟同伴神神秘秘讲着话的，是附近以建仁寺为宿营的藤堂高虎家中的某人。没过多久，这传闻就在各地的宿营中遍地开花。

“就在先前呐，还听说本多家有人被鬼火追得屁滚尿流的哟。”

“什么？”也有人只听到传言就吓得脸色苍白。

“偏偏这种妖异之事又发生在咱们家大人宿营附近，真不能算是吉兆啊。不仅如此，这毕竟也关系到武家的颜面。你们说是不是该叫山伏来做个加持（祈祷）什么的呀？”

这个时期，大部分大名的军营中都会有随军山伏，为队伍祈祷武运。

“那叫慈音坊来？”

听到有人这么一说，角落中一直一言不发的男人突然开口道：“慢着。这恐怕并非幽灵所为，慈音坊的加持是起不了作用的。”

“哦，是彦坂大人啊。”在座的一群人像是这才发现男人的存在一般，纷纷将视线集中在了他脸上。

这个彦坂传藏，是闻名天下的大舍流[2]高手。庆长十八年，他在藤堂家仕官。当时高虎刚从伊予今治城主升迁至伊势津城二十二万九百石的大大名，广招了不少新家臣。藤堂家自关原之战后封地大增，因此家中谱代武士较少，而彦坂传藏在新家臣中又属于资历尤其浅的。他会在这个场合上发言，也是因为自负武名吧。

“在下于诸国修行之时，曾数次遭遇类似妖异之事。而城下所发生的怪事之中，十之八九都是伊贺、甲贺忍者所为。这一次，恐怕就是大坂方的忍者作怪了。”

“你是说那狐火实际上是大坂方忍者搞的鬼？”

“不错。”彦坂传藏半睁着眼点了点头，兵法者架势十足。

“难不成就是影法师？”

“兴许吧。”

“你的意思是，若是影法师的话，加持祈祷都起不了作用啰？”

“当然。”见那人理解能力实在欠佳，传藏露出了一丝不耐烦，“对方是忍者。除了凭着兵法与其忍术抗衡外别无他法。而且，这还不是单靠半吊子的实力能做到的。”

“哦——”在场的众人都咽了一口唾沫。

“彦坂大人是打算要把在京都猖狂一时的影法师揪出来吗？连所司代都束手无策的对手，要是藤堂家能够除掉这一害，那是何等扬眉吐气呀。彦坂大人，要出手了么？”

“那是自然。不，动手是没问题，但此事难度不小。还是先通报大人，指派些人手给我才好行动。”

其实他这么说，不过是想预先告知当主高虎罢了。倘若暗地里解决了事件，也算不上自己的功绩。

“哦？传藏自告奋勇了么？”藤堂高虎的侍大将，同族仁右卫门高刑在听到风闻后大悦，立即让近习传唤了传藏。

对仁右卫门而言，要是能在大坂出阵前除掉在京都横行的“影法师”，不仅相当于在出征前祭了旗，同时还能让藤堂家在家康心中的地位上升不少。传藏刚一出现，他就迫不及待地问道：“你需要多少人手？”

“骑马武士二十人，足轻百人。”

“噢——简直与合战无异嘛。你不是说对方只有一个人么。”

“不。出手的自然只需在下即可。只不过为了以防万一，希望大人能安排些人手远远地埋伏在周围。就形式上而言，与狩猎野猪相差不远吧。”

“有道理！”仁右卫门又将此事上报给了高虎。

谁知高虎闻言后却苦着一张脸，说：“传藏他是这么说的？”

“正是。他表示有把握能除掉对方。”

“蠢货。那些兵法者为了提升自己的身价，根本就不择手段。怎么连你也被他耍得团团转呢？”

“啊？”

“别管他！”

仁右卫门虽然不懂，但高虎可不是寻常人。他能在战国乱世之中得到如今的地位，全靠手中一杆长枪。与仁右卫门这样凭借血缘发迹的人在器量上自是不可相提并论。

“你想想，费那么大的阵仗去围剿影法师一个人，就够让藤堂家丢脸了。倘若失败，岂非更是颜面扫地？还是打消这个念头为妙。”

传藏听闻此事后，内心的翻覆久久不能平静。

第二天晚上，暮五（晚上八点）的钟声响起之时，传藏走出了藤堂家宿营的建仁寺西门。

出门就是一条贯穿南北的大和大路。这个时分，路上已经不见有行人了。往西边看去，隔着鸭川隐隐闪烁着的，是京都的灯火。夜幕上繁星点点，靠着星光，虽然勉强能看见大和大路两侧并排的松树树影，但脚下的路还是一片漆黑。

传藏头上绑了头带，用皮袖带扎起袖摆，脚上也只穿了草鞋。可谓一身轻装。刀剑上的较量，若是具足的绳结散开分了神，那就完蛋了。

同一时刻，高虎叫来仁右卫门，问："传藏人在何处？"

"这个……"

见仁右卫门吞吞吐吐的样子，高虎似有所悟地露出了一个邪笑。

"看来，那人是出门了吧？"

"是……"

"我拒绝借给他人手，恐怕也让他进退两难了。既然宣称仅凭一己之力也能讨伐影法师，总不能因为无人相助就打退堂鼓吧。不出我所料，他还是行动了。"

这是只老狐狸。

"……那么，大人……那个……"仁右卫门依旧摸不着头脑。

"你以为我会说随他去？这节骨眼上怎么能坐视不管。暗中派人跟上他。"

高虎否决传藏的提议，不过是考虑到若是兴师动众，万一失败只会落人笑柄，但他却并没说过不能偷偷地行动。一旦成功，就是不得了的功绩，就算失手，也是天知地知无伤名誉的事。

"仁右卫门，不论上士还是徒士，给我挑选二十个在兵法上有些能耐的人。”

传藏一路向南。摸黑前进了约莫三町，来到晴明之墓所在的草原。法城寺遗址的残垣断壁旁，一座黑漆漆的坟墓立在夜色之中。

（这就是传言出狐火的地方吧。）

传藏立在草丛之中，手按鲤口，等待着奇怪现象出现。少顷，他眼前的坟墓竟然发出幽幽的蓝光。

（哼！）他向后大退一步。

此时坟墓上的磷光消逝，取而代之的是一团绯红色的鬼火，飘然出现在传藏眼前五尺之外的半空。

传藏并未为其所动，只是停留在原地，聚精会神地盯着鬼火，似乎想要透过它看穿背后的操纵者。

眼前的鬼火突然膨大了一圈。

“嘿嘿！区区幻戏，是骗不了我的！”传藏向后一跃，侧身拔出腰间佩刀，右脚后退，握刀的双手高举，刀身倾斜，刀尖指向天空，以大舍流独特的八双[3]之架势恫吓那团鬼火。

“出来！”

“……”

“速速现身！别指望我会为这点小伎俩蒙蔽！”

“被你看穿啦？”黑暗中，飘出一个幽幽的声音。

“看得明明白白！”传藏听见有回应，又把声音拔高了一些。

“那就让你好好见识一下！”

“呃！”鬼火骤然变大，朝着传藏飞奔而来。

传藏不假思索地猛劈下去，然后跳至其右方，扬手又是一刀。他围着鬼火，用尽全力地上下挥舞着手中的刀。第五刀时，一种砍实了物体的手感，伴随着骨头断裂的声音和四溢的血腥味传来。鬼火顿时消失无踪。

“妖怪，这下总算是超生了吧！”

“你看看背后？”

传藏下意识地回过头，什么也没有。他后退一步，又再看了看身后。在他扭头的一瞬间，视野的余光中似乎瞥到了一抹鬼火的影子。

“唔！”

原来那鬼火竟像是贴着他脊背一般，传藏转身，鬼火也跟着移动，始终在他的身后漂浮。

“可恶！”传藏已是汗流浃背。只见他沉着身子，不停地将手中的刀转向身后，意图斩掉映在他眼角的那抹鬼火。宛如一只陀螺。

“呀！”鬼火发出一声尖叫。

“瞧见了没！”传藏得意地向后跳出一大步。然而下一刻，他的五官却因恐惧而扭曲。他分明感受到了一股浓浓的杀气。

接着，白刃相交的铿锵声响起。他勉强地侧身躲过攻击，顺势横刀一斩……又是切实的手感，和人应声倒下的声响。

“传藏……”传藏闻声又猛地回过头去。

“不愧是藤堂家中首屈一指的高手。好功夫！不过妖怪可不止这一两个呀。”

“你到底是什么人！”

“我是这晴明之原的明神。”啪的一声，传藏眼前一亮。一团青色的火焰冉冉升起，“你以为你杀得了我？”

“那还用说！”传藏说着，又挥刀向前跨出一个大踏步，一股血腥味顿时冒了出来。

他立即抽刀退后，穿过草原，纵身跳过法城寺的残壁。直到再次站在了大和大路上，他才如梦初醒般地长长舒了一口气。

（真是难缠的对手啊。）他低下头，细心地用布将手中的刀擦拭干净，然后抬眼扫视一圈。四下里依旧是黑洞洞的一片。倘若在大白天，任谁见到此刻传藏的眼神，恐怕都会觉得他是失心疯了吧。

回到藤堂家的宿营，他就一头钻进仓房，昏昏沉沉地睡了下去。

清晨，仓房的门被打开。“哦，原来你在这儿呀。”

传藏腾地从干草堆上坐起了身。他的同伴们此刻正面露担忧地望着他。

“都在担心你呢。昨晚上你去晴明之墓了?”

“不仅去了，我还杀掉了影法师!”

“噢?”在场的人纷纷表示惊讶。

“的确是被我除掉了!”传藏唰地抽出自己的佩刀展示给同伴，刀身上分明沾着油脂。

(正巧现在天也亮了。到草原那边实地确认一下也好。)

传藏离开仓房。他走到门口时，虽然听到背后传来了骚动声，但并未在意。只是径直朝着法城寺西面的晴明之墓而去。

朝雾中，原野上人影攒动。仔细一看，原来是藤堂家的足轻们。

“哎呀，是你啊。”足轻们看到传藏，纷纷上前示意。地上似乎躺着四具尸体。

(啊!)传藏上前，发现那四人均是家中刀术略有造诣的年轻武士，(这……)脸色顿时一片惨白。

当家老藤堂仁右卫门接到传藏逃离现场的报告时，已是日上三竿了。

“理由大概能猜到。”仁右卫门苦着一张脸，在高虎面前低下头去，“昨夜传藏的确是去了那片草原。虽然并无证据，但失手杀死原本是为助其一臂之力而跟在他身后的四人的，应该就是他了。”

“难道不是影法师干的好事？”

“看样子像是自己人内讧。传藏无缘无故擅自逃离就是最有力的证据。据当时在草原上善后的一名足轻说，传藏口口声声说自己的确除掉了影法师，然而在看到尸体后却一言不发地离开了。”

“传令下去，此事万不得外传。”

藤堂营中人竟被影法师愚弄，传出去可是奇耻大辱。对于丰臣家恩顾大名中最受家康信赖的高虎而言，没有比这个更可怕的事了。

不过，坏事传千里。还不到当天傍晚，这件事便像长了脚一般，传遍了京都的大街小巷。

说起京都的烟花之地，以往通常指的都是二条南北附近的柳町。不过如今最负盛名的，就要数位于六条室町的花街了。自从庆长七年（1602年）原本在柳町的妓馆区搬迁至此，几乎夜夜笙歌不断。

“唉哟，真是让人眼花缭乱呀。”才藏一边扒开来往游客人群，对身边的佐助说道。这天，佐助破天荒地穿了一身浪人的衣服。腰间还插着两把细长的佩刀。

两人并肩而行的样子，怎么看都像是冲着大战从乡下上京的“借阵浪人”。所谓“借阵浪人”，是指借大名间的战场一展身手，意图能靠着战功，开辟飞黄腾达之路的一群人。

“这一带的房屋变多了啊。”

“真是增加了不少呢。这条花街上的房屋，至少有一半都是冲着关东诸军进驻京都的时机，在这一两个月内建起来的吧。”

一路上，两人不停地被两边游廊外站着的女人又拉又拽，好几次都差点被拖进去。

“还有女人。”

“嗯，也变多了。都是冲着这场战乱，从乡下四处搜罗来的。才藏，不是那个方向！”走在前面的佐助拐进了西边的小巷，“走这边儿。”

“哦，这边看来更热闹啊。”两人拐入的路上充斥着新筑的房屋，新木材的香味溢满整条街道。

“不过真没想到，佐助你竟会带我来花街。太阳打西边儿出来了？或者，你还有事儿瞒着我？”

“哪儿能啊。再说我也不是什么金身佛像，知道花街又有什么好稀奇的。”

“可我就是觉得你在搞什么鬼名堂。”才藏用扇子敲着肩膀，哼着小曲儿，看样子也有了些醉意。这时，一个醉汉模样的人突然撞了他左肩一下。那人穿着小袖，外面套着一件枯叶色的阵羽织，脚下踉跄不稳。

“啊，你这……”那人晃晃悠悠地蹿到屋檐下，一屁股坐到地上，手已经搭上了腰间的佩刀，“无，无礼之徒！”

“可真是抱歉。”才藏正准备摘下编笠，醉汉的周围突然响起一片咿咿呀呀的叫声。

“这位大人，来我们这里吧。”不愧为花街，为了避免客人因争执而负伤，原本在店前的女人们一拥而上将倒地的武士围了起来，“来来来，请进来这边。让我们为你通通武运吧。”

说着她们抬手的抬手，抬脚的抬脚，将挣扎着的男人拖进了自家店内。

“今天算是见识到了。原来在花街，不费一弓一矢也能夺得大将人头啊。”

“才藏，这一家。”

“哟呵，这不跟座小城差不多嘛。”

出现在两人面前的是一座叫“相州屋”的两层建筑。佐助摘下编笠就往里钻。

令才藏始料未及的是，当他们走进这家叫做“相州屋”的妓馆时，原本在土间里的男仆立刻上前向佐助请安。看样子佐助竟是这里的常客。男仆靠到才藏跟前鞠了一躬。

“武士老爷，请往这边儿走。”

才藏在他的引导下上了二楼，佐助却不知何时已经消失在楼下的走廊上。

“这是要去哪儿？”两人一前一后走在廊上，男仆没有回答，说道：

“嘿嘿，您有没有闻到香气呀？”

“听你这么一说，走廊上的确有一股好闻的气味。每个房间里都焚着香吗？”

“只有接待上宾时才会焚香。”

“那么说，我是上宾？”

“正是。”

“这房间是……”才藏停在一个叫初霜厅的房间前。

他下意识地看了看接下来的房间名——雄鹿厅。

再往下，若菜、关守、源氏、吴越、花王……每个都是香料的名称。早就听说这个时期除了茶道，香道也在京都的公卿、堺的大商家之间流行开来。才藏这次算是见识了。

所谓香道，就是一种将各种香料混合焚烧，只凭香气来猜测香料种类的悠闲游戏。

“真是了不得。看样子，每个房间都依照其名称焚着相应的香吧？”

“正如您所说……来，请走这边。”

走廊的尽头是一扇杉木门。男仆打开沉重的门，让才藏进去。

“小的就此退下了。接下来自有女仆来伺候您。”

果不其然，一个身着花俏小袖的女童闻声跑了出来，拉着才藏的手就往房间里面走，最后在一处黑漆柱上钉有金色桐花状钉隐的华美房间前停了下来。

“武士老爷，请。”

“是这个房间？”

“是的，请进。”

“慢着。为何只有这间房和其他房间不同，没有取上香的名字？”

“呵呵。”女童用手背掩住嘴笑道，“武士老爷不是应该比谁都清楚么？这间房里的主人，是一个不用借助任何香气却自有异香，宛如观世音菩萨一般的人呢。”

（哦，是隐岐殿么。真是没想到，堂堂大坂隐密的头头，竟干起了游女的活计……）

面前的竹帘被撩起。这座妓馆看来整个都是按着御所风格来装饰的。

“欢迎啊，影法师大人。”

“你这是什么话。”才藏苦笑，“真是许久不见呐。不过说起来距离你我近江一别，也才过两个月而已。世间的变化之大，让人唏嘘。”

“我从佐助那儿听说了。骏府之行，真是辛苦。”

“不过是劳而无功罢了。能平安回到京都，已经算是不幸中的万幸。虽然有一次成功潜入了大御所的寝间，却还是失手告终。过去老听说家康从年轻时起就时运极佳，这一趟下来，总算是体会到了。”

隐岐殿嫣然一笑：“才藏大人觉得自己是徒劳无功了么？可对我而言，才藏大人的骏府之行当真是收获颇丰呢。”

“什么意思？”才藏皱了皱眉头。眼前这个女子，总会有一些出乎意料的发言。

“我并无他意。不过是觉得，正因为有了这一路的艰辛，才藏大人你心中的那杆秤，才偏向了大坂这一边呐。”

“原来你指的是这件事。”才藏自嘲道，“是啊，到了这地步，与其说是关心关东或是大坂今后会如何，倒不如说是徒生了想亲眼目送右大臣家走到最后的想法罢了。”

“您能这样说，实在让人欣喜。”

“不过……我说隐岐殿啊，”才藏看了看四周，“这里就是你在京都的老巢？”

“巢？说得人家跟鸟儿似的。”隐岐殿忍俊不禁。

才藏却没有笑：“依我看，这间相州屋也是右大臣家出资修建的吧？那些与来客同床共枕的男女，恐怕也是你的手下。是不是？”

“真是什么都逃不过您的眼睛。”

“谁又会想到京都市内的一间妓馆，竟然就是右大臣家隐密的据点。如此胆识实在让人自叹不如。完全不像是一个女子应有的器量。”

“我不就是女人么。”

“可这样一来，我总算明白了。近来京都四起的流言，其源头想必就是这家相州屋吧。各式的传闻，只要由姑娘们给来客吹吹枕边风，火种自然能蔓延开来。我唯独没想到，背后的操纵者会是你。真是个可怕的女人哟。”

“才藏大人……”隐岐殿偏着头，眼带笑意地望着才藏，“您要是这么说的话，那怎么不说说，这些日子袭击关东武士，如鬼魅般来去无踪的影法师又是谁呢？”

“此事自然是说不得。”

女童端上了酒水。

秋意阑珊，昼短夜长。外面太阳落山后，屋里渐渐晦暗起来。

隐岐殿眉目含笑，光润柔顺的头发长长地垂下。三件贴身小衣之上，套着印有金箔做成的松皮菱模样的小袖。外面松松地披了一件白绫小袖。

有人拿来了烛火。对饮间，窗外传来了远处寺町的钟声。夜，深了。

楼下的客人愈发增多，人声、歌声、丝竹声不断。才藏口衔酒杯，竖起耳朵仔细分辨各种声音。

“是些关东的人。”

隐岐殿也侧耳听了听，“好像真的是呵。”说完把自己的手放到才藏的大腿上，整个人端着酒杯凑了上去，“别去管那些人吧。”

“你们这儿倒是热闹。也亏得那些人不知道自己所在的妓馆其实是右大臣家隐密的老巢，不然估计连魂儿都得给吓到九霄云外去。”

“嘘——”隐岐殿嬉笑着将手指按在唇上，让才藏噤声。楼下传来的歌声，不知什么时候起就变成了京都流行的那首《忧愁的影法师》。隐岐殿用手指在才藏的腿上轻轻打着拍子，跟着低唱起来。那旋律用略带沙哑的假嗓唱出来，美得竟有些不真切。

似雪似霰大宫天

广寒宫中孤隐逸

忧居人间的影法师呵

愁亦忧愁

醉亦忧愁

歌亦忧愁

恋亦忧愁的影法师呵

这首今样，唱的是一个人独自走在洒满月光的都城大路上，看着紧跟在自己身后的影子，感叹其别样忧愁的情景。不论是在歌唱还是恋爱中，那份忧愁都如影随形。整首歌，透着一抹淡淡的厌世情绪。

隐岐殿突然收声，歪着头看向才藏。

“我说……影法师大人呐。”

“影法师？你是在说我吗？”

“您也唱唱这首歌吧。我一直想从在京都让人闻风丧胆的影法师本人口中听到这首歌呢。”

“不唱！我唱歌不好听。”

“唉唉，别这么说好不好？嗯？”隐岐殿朦胧的双眼里，满满的都是醉意，“就让我听听吧。这一刻，我不是什么隐岐殿，只不过是京都夜色中的一介游女。我将随曲一舞，为贵客助兴。”说着，唰的一声展开了手中那把红底描着金色红叶的扇子。

“那么，请……”

“既然都说到这份儿上，罢了，唱就唱。”

“您能如此，真是让人欢喜。今夜，就让你我尽情度过吧。隐岐我啊，只要一想到这具终将与大坂命运共存亡的躯壳，也曾有过这一夜的回忆，此生……无悔。”说这话的时候，她的眼里噙着泪。

（这女人，也有这样的一面啊……）才藏调整呼吸，低声地轻轻吟唱起来。

过了一会儿，女童适时出现，将才藏带到了就寝的地方。那间房看起来是隐岐殿平日里起居之处。多宝架上，放着书写用的纸张、砚台和各种书籍。据说这间房是照着隐岐殿在大坂城内的居所格局装饰的。

女童帮着才藏更衣。才藏穿上事先备好的白绢小袖，躺进了地板上的被褥之中。

“请好好歇息。”

房间里暖暖的，都归功于屋内四角放着的火桶，足以体现隐岐殿心思的周密。

才藏灭了烛火。屋里顿时陷入黑暗。约莫睡了半刻，一股突然在黑暗中满溢开来的香气让他醒了过来。他发现自己的枕边，坐着一个人影。

“哦?”

“是我，隐岐。看来您睡得挺沉的嘛。刚才那样，倘若被人暗算，恐怕你也无知无觉。”

“你来做什么？”

“做什么？您这说法，真是让人心酸呐。我可是室町的游女呀。与贵客同枕而眠，不是理所当然的事么？”

“你经常这样与客人共寝？”

“有时会，也可能不会。没个定数。”

“原来如此。若来的是身份显赫的武士，为了能在卧榻之间听到一些风声，应该就会由你来侍寝了吧。”

“才藏大人……”隐岐殿轻声唤了一句，缓缓躺到了才藏的身边，“您是在吃醋么？请您回答我说是好吗？我从早前就一直爱慕着才藏大人您啊。没想到自己这样的女子，也会有如此心思。只是就算心存恋慕……”隐岐殿忽然停住。

随着被褥里温度升高，隐岐殿身上的异香愈见浓郁，连才藏的身上也如被香熏过一般。“如我这样为右大臣家效劳的人，爱恋之情什么的，也不过是自寻忧愁罢了。”

“是啊，更何况对方还是如烟如影的伊贺忍者。就算两情相悦，也绝不可能开花结果。不过，你我自八濑风吕初会以来，的确是缘分挺深的。”

“就算无花无果，我也无怨无悔。今夜，就请你忘了隐岐殿的事，把我当做游女拥在怀里吧。”

“这样？”

“嗯。就像这样。”起初与往日里无异的隐岐殿，却在将脸贴在才藏胸口上，微微发着抖。

“隐岐殿，你真是让人捉摸不透的女人。”

“……”

“你竟然还是处子之身……”

隐岐殿忽地抽开了手，只是默默地不停摇着头，也不知是想表达什么。

子之刻（午夜零点）的钟声响起。无可奈何，才藏碰触了女人的身体。

那天刚破晓，彦坂传藏从藤堂家在京都的宿营中逃出后，便独自追查影法师的踪迹。当然，他也并非毫无收获。

（那个男人，到底能不能起作用？）虽然心里尚存不安，但他还是备上了礼金。（反正都是些为了钱不要命的家伙。）传藏去找的，是住在六角堂背后的一个叫备前六的人。

备前六这个人是个放免。所谓放免，后来又叫做目明。多是一些曾因触犯了赌博、买卖烟草等禁令等轻罪，对犯罪社会比较了解的人。所司代役人时常会利用他们作为眼线搜查罪犯。也就是后来的江户冈引。

六角背后的备前六家，是栋红瓦格子的两层屋子。表面上应该是做人力介绍的，建筑风格看起来也比较堂皇。

传藏拉开格子门。进去便是一间宽敞的土间。地面的草席上，坐着五六个留立发的男人，正在玩骰子，一看就不是什么善茬。

“……在吗？”几个男人纷纷转头看了一眼传藏后，又撇过头去。这些家伙，根本就不把武士什么的放在眼里。

“我在问你们，备前六在吗！”

“那你得问当家的在不在。”其中一个手下朝传藏嚷道。

“怎么？不能叫备前六？”备前六这个叫法实际上是略称。因为他出身备前，本名六藏。当然，这也是市井中人暗地里对他的蔑称。

“你是什么人？”

“我的名字没必要让你们这样的人知道。只要跟备前六说我来了便是。”

“这家伙是来找事儿的吧！”在场的人二话不说抓起了大胁差。

“会受伤的哦。”

“臭小子！”一个人抽刀就砍了过来，但他又岂是大舍流高手的对手。

传藏把来人的手拧到背后：“如何？是要我把这条胳膊给弄折呢？还是干脆就送你上西天？”

屋里的人顿时乱成了一锅粥。这时，一个四十出头的细眼男人听到骚动，从二楼走了下来。

“唉哟！这不是彦坂老爷嘛。”

“是备前六啊。”

“我还念着有好一阵子没见着你呢，这是为什么事儿闹的呀？”

传藏言简意赅地把事情的来龙去脉说了一遍。备前六听完立马蹦下了土间，抽出身上的刀，朝着刚才挑事的男人腰上狠狠一脚踢去。

“混账东西！还不赶紧跪下认错！竟敢怠慢这位贵人，我看你是活得不耐烦了！”

传藏这人伶俐得很。见备前六当着他的面教训手下，他反倒唱起了白脸：

“也怨我没有报上自己的名字。罢了罢了，就放他一马吧。再说我接下来有些事儿，还得让他们去跑动跑动。喏！”说着朝那男人扔出一枚银子，“拿着这个，帮我去买些酒回来！”

传藏跟着备前六进了客间，然后立即让其屏退了身边的人。

“我这边有事相求。”

“只管吩咐便是！我这条命，还是你给捡回来的啊！”听备前六的口气，传藏要不就是救过他的命，不然就是过去混黑道时候的同伴。不过两人似乎都不想再提起过往。

“我听说这些日子，你在为所司代办事?”

“不错。”

“影法师在哪儿?”

“什么？你再说一次?”

“我说影法师!”

见备前六脸上的表情有了些许的动摇，传藏便把在藤堂家发生的事简单明了地说了一遍，结了还不忘说上一句：“我要亲手杀了他!”

“原来如此。就是说你只有独自找出影法师，然后除掉他，目前的困境才有转机是吧。不过关于那个影法师，其实役所那边早就闹开了锅，整日整日地下令让我们在市内搜索他的踪迹。可惜呀，至今也没个苗头。我倒想你能给我点儿线索呢。”

“是么……”传藏思索一番，接着说，“不如这样？让我暂时住在你这儿，跟你们一起找。至于条件嘛，自然就是如果找到了，在通报给所司代前，先让我动手收拾了他。你觉得如何?”

“这可不好办呐。”

“为什么?”

“这样，不就得不到银子（赏钱）了嘛。”

他们需要将影法师的动向上报给所司代，就能得到一笔赏钱。所以当然无法接受有人断其财路。不过传藏也不是个吃素的。只见他从怀里掏出一把金银，哗啦撒在了榻榻米上。

“要钱的话，我这里有的是！再说了，只要到时候再跟役所说协助我除掉了影法师，赏钱也少不了你们的吧。”

“可是彦坂老爷……”备前六并没有去碰榻榻米上的金银，一双眼睛闪着贼光，“凭你的实力，真的能做得到？”

“我看对方不过就是些伊贺或甲贺的忍者罢了。再说，我的身手，你不是应该很清楚么？”

“成！”备前六伸出双臂将面前的金银刨入怀里，站起身子，“我说这几天怎么老觉得会发生什么大事儿，琢磨着今晚再去探探风头呢。你倒是来得是时候，我就与你同去吧。”

“去哪儿？”

“室町六条的一户女宿[4]，屋号相州屋。是近期才刚开的户子，报给所司代的那边的许可，是用的堺商相州屋太左卫门的名义，不过我听说那商人前些日子死了。”

于是乎，传藏和备前六就在那日黄昏后去了室町的相州屋。

房间铺满了琉球[5]风格的苇席。就一座在短时间内修建起来的妓馆而言，不难看出室内装潢和日用品选择上都是下了不少功夫的。

两人在蒲团上落座后，从各自陪侍的女人那里接过酒水，喝了起来。备前六一副没见过世面的模样，把屋里上上下下里里外外瞧了个遍。

“真是够奢华的呀。怪不得那些酒客口口声声说能过一晚上大名的瘾嘞。”

彦坂传藏并未多沾酒，只是抽着一旁女子为他端着的大烟管，问了一句：“这里当家的可在？”

“上代太左卫门大人过世后，如今是由他的外甥二代太左卫门大人继承的。”

“把他叫来。”

“当家的不会在酒席上露面，这是来这条街寻乐之人的共识，还望谅解。”

“不叫他来是吧？可以。那就由我自己去他屋里找他。”说完正欲起身，就被一旁的女子挥袖挡了下来。

“既然您说到这份儿上，我就去把他唤来吧。其实定下规矩，也不过就是怕当家的露面会碍了客人酒兴罢了。既然客人您都不介意……”

絮叨辩解一番后，女子起身离开。须臾，当家的已经跪坐在走廊上俯身叩首了。

这人一副寒酸相。虽然看得出月代细心打理过，但发髻却只用一根银绳绕了几圈，垂在后脑。

“你就是当家的？我是彦坂传藏。来，喝一杯。”

“嘿！”当家的虽然连忙道了谢，却以天生不胜酒力的理由婉拒了。

“既然如此，那就跟我聊聊。到这边来。有时候闲话也是不错的下酒菜嘛。”

对方都说到这地步了，当家的也不好再做推辞。于是便立膝而行，坐到了房间的角落，又鞠了一躬，这才抬起了头。

竟是佐助。

“您尽管吩咐。”微微一笑。

佐助虽然与才藏一起待在鹰之峰的云龙院，但暗地里也干着相州屋当家的行当。这件事，连才藏也不知晓。

“当家的，我有件事儿想问问……”

“哎嘿！”恭敬到低三下四的态度。尽管佐助知道眼前这个彦坂传藏，就是前几天夜里自己和才藏在晴明塚用幻戏戏弄过的那个人。

传藏对相州屋的由来一番刨根问底。谁知佐助应对自如丝毫不愿得罪客人的态度，反而令他得寸进尺。

“你们这儿有客人的名簿吧。拿来让我瞧瞧！”

佐助依旧没有反驳，立即差了手代去取来。

“有点儿意思。这下关东各军中来消遣的人便一目了然了嘛。”

关东各个部队进入京都以来，市中的旅店都接到通告，要求每日将留宿者的姓名张贴在店面外，就连花街里也必须用名簿记录上游客的名字。

彦坂传藏扫视着名簿上所记的名号，突然他的目光停留在其中一行上。

“这个阿苏大宫司家臣斋藤缝殿，看来是这两三天才到此地的嘛。不管他是神主、祢宜还是神人，这手头未免也太有闲钱了。”

“您说的是……”这一次，佐助的一脸阴郁并非演技，而是发自内心了。对他而言，隐岐殿攥着才藏不愿放手的现实原本就没少让他头疼。

“喏，备前六。你不觉得可疑吗？”传藏回头问。看来他俩怀疑的矛头已经从相州屋本身转向了酒客。

（恐怕大坂方的间谍是在这些酒客之中）。

“的确。”备前六附和了一声。

“当家的，这客人留宿的房间是哪一个？”

“客人所在的房间，实在是无法告知……”

“相州屋的……”备前六在一旁小声插话，“你知道我是谁吧。六角堂背后那家口入屋[6]只是表面上的事业，私底下还干着另外的活计。今天咱就是为了那私下里的事儿才来的。有些话，你可得想好了再说哦。”

“那是当然，当然。久闻大名，要不也不会连客人的名簿也献上了。”

“知道就好。那就乖乖地把这个斋藤缝殿在的那间儿给吐出来。”

“这……”佐助当家思索片刻道，“不如由小的去将斋藤大人请到这儿来如何?”

“不行!”

“既然如此，那小的就吩咐人领二位去吧……喂!”他正准备唤手代来，不想却被传藏给阻止了。

“就由你带路。”

“是让小的来为二位引路吗?”佐助刻意拔高了音量。原本悄悄站在走廊上竖着耳朵听着房内动静的某个相州屋手代，听到这句话立马从拉门背后走出，急匆匆地跑上了二楼。这手代自然也是佐助手下的甲贺忍者。

听到他的通报后。

“怎么？是所司代手下的官员?”才藏询问道。

“并非是官员。他们一个是放免，另一个自称叫彦坂传藏。传藏就是那个……”

“我知道了。等下你就告诉他们斋藤缝殿不巧已经出门去了。”说着用手捞起一旁的编笠。

隐岐殿望着才藏准备离开的背影，轻声道：“屋中不乏藏身之处，我不许你出去。”

“要是我再继续逗留此地，会让整个相州屋都招来怀疑。那男人必定会继续盯梢我，今晚我就回云龙院去。”

才藏选了另一边楼梯下楼。腰间插着配有奢侈的描金画银刀鞘的两把刀，优哉游哉地出了相州屋。

虽然此时太阳已经落了山，室町的街上却还是喧闹依旧。才藏目不斜视，朝着西面迈开了脚步。

男丁们开始穿梭于街头，逐一点亮各处的辻行灯，然而天色还不算太暗，尚能看清擦身而去的过客眼眉。原本这个时间段，用京都本地话来说，是“彼谁时”，与“谁彼”[7]（黄昏）如出一辙。

才藏正走在通向朱雀方[8]的路上。（不妙啊，没想到竟然还亮堂着。）他十分清楚自己的能力。若在夜间，他的剑法可谓举世无双，一旦暴露在白昼之下，恐怕不是彦坂传藏的对手。

（只要余晖尽早散去……）太阳刚落入西山上空，天空便被夕阳映成了如火烧一般的血红色。而彦坂传藏也在六条室町的辻行灯边，找到了才藏。

“老爷……”备前六的声音明显在发抖。饶是一个过着刀尖舔血日子的男人，在被扯进如此一触即发的场面里时，也有些撑不住了，“去向所司代报告吧。那个要真是影法师，万一坏了事就得不偿失了呀。”

“我不会失手的。”传藏面朝前方，根本没有看备前六。

“要不要我去叫上百来号人？”

“有你那些手下就足够了。”传藏可不想这块大肥肉被官员们抢了去。

“那些混账东西派不上什么用场呀。”

“我也没指望他们。”

于是，七八个备前六的手下，拿着伪装成草席包裹的大胁差，跟在才藏后面。当时所司代严令禁止庶民持有大刀，因此他们只得用东西包在刀的外面才敢上路。

看到才藏往西面拐去，传藏命令备前六：“让你的手下去捡些石子来！”

没多久，才藏走进了本愿寺北墙边的一条小巷。那一带几乎没什么人往来。不过这时，传藏瞅着渐渐暗下来的四周，有些按捺不住了。

“备前六，你带上两个人，抄到他前面去。”

“这，这是要做什么？”

“看准时机，用石子扔他。在他被石子吸引注意力的空当，我就出手。还不快去!”

“我，我不干!”

“给我去!”传藏用刀撞了一下备前六的背。或许是豁出去了，被传藏这么顺势一推，他带上两个手下就往前跑了上去。

才藏察觉到了背后的动静。

当备前六从才藏的左边绕到他面前时，才藏的左手就搭在了左侧的胁差上。毫无察觉的备前六又往前跑了几步后，身体突然就往前摔了出去。他的手下赶来一看，备前六的头和身体就已经只连着一张皮了。

“啊——”悲鸣声起。再看路上，哪里还有才藏的影子。

用左手拔出胁差砍掉备前六头的同时，才藏就高高跳起，稳稳地落在了本愿寺墙内。沿着墙根又往东走出二十步后，他再次蹿上了墙头。

备前六的那几个手下早已作鸟兽散。而尸体旁的彦坂传藏，则沉下腰摆出了居合的架势，谨慎地窥视着四周。

才藏落在了传藏身后。传藏惊觉，当即顿地撤开了一大步。

“现在天色已暗。”才藏小声说道，“这场对决，是我赢了。别再做无意义的挣扎了，收手吧。”

“你就是影法师。”

“据我所知，你是藤堂家的彦坂传藏吧。作为一个大舍流的高手，这几年不时能听到你的名号。想必你也是挫骨修行，才练得今天这身功夫。虽然专攻不同，但经历应该是相似的。你我同为以技为生之人，亦非以武功勇于战场的普通武士，今日我就放你一马吧……慢着！”才藏见对方已经将右脚踏出，连忙阻止道，“对付我你能有什么好处？”

“少说废话！”

“不就是能增俸么。我听说就凭你这一身功夫，却被归在区区百五十石的小姓组里。那些当大名的，根本就看不起剑术，对他们而言，犒赏在战场上有功的人才是惯例。你根本没必要为一时意气用事而赔上性命嘛。”

“你这个伊贺忍者！”

“原来如此，看来在你眼里，伊贺忍者也是低贱的存在。不过都是凭本事吃饭的人，该好好谈谈的事，还是得一码归一码。”

“你想让我收手？”

“没错。”

传藏不再言语，只是一步步逼近。这就是他的答案——杀掉才藏。

才藏从怀里摸出一根一尺来长的筒状物，高举过头。那筒中突然绽亮，让彦坂传藏大惊失色。

“没什么好怕的吧。这就是前夜里，让你被磷火迷了眼的东西。”

才藏手中的东西似乎绑着绳子，只见它突地飞向空中，下一刻又回到他手里，进而前后左右地蹿动起来。

“这是伊贺的雨松明。”

雨松明，选用白色的牛角，将其内部挖空，边缘削至只有纸张厚度，再往筒状的角身中放入二三十根鸬鹚的羽毛管。据说是因为羽毛管中事先灌有水银，当水银受热化为蒸汽时，能呈现出宛若月晕一般的光芒。实际原理不详。

没多久，晃眼的光晕绕着才藏飞转了起来。

“卑，卑鄙！”

“伊贺自然也有伊贺的‘刀法’嘛。”

光团之中，根本无法看清才藏的身影。

“妖怪”，传藏心里不得已生出了如此的念头。眼前划过的无数光弧，时而似勾勒出人影轮廓，但立刻弥散于空中，不时又给传藏一种贴地而过的错觉。

（既然已经知道是怎么回事）没错，机关已经由才藏本人在刚才暴露给他了，然而……

“彦坂传藏。”此刻，他身后却响起了才藏的声音。

但当他猛地转身看向背后时，却没有任何人站在那里的迹象。这正是才藏的诱敌之术。如此让对方错觉声音从另一面传出的忍术，在伊贺被称作“燕目”。按理说应是属于腹语的一种。也就是在转身的瞬间，传藏的架势出现了微妙的变形。

“方才那一下，原本我可以取你性命，但我不会动手，你还是赶快退去吧。”

“我都看到了！影法师！”传藏向前猛踏出去的同时，挥刀右斩。这一下直接砍断了才藏手中牵着的那根绳子，绑在前端的雨松明应声飞出老远，划了一个弧线，掉进了本愿寺的墙内。

“你看到什么啦？”才藏持刀呈中段[9]，但刀身却平放着，刀刃朝向一边。那是一种充满怪异的架势。这时，他的身影噌噌噌地朝后退了好几步，突然啪嗒的一声趴在了地上。

“……”漆黑之中，传藏眼中的才藏如同一块平铺于地面的黑布一般。

（这又是什么招数？）传藏心中存了疑虑，竟也没法往前再踏出去。

才藏此举，却有他自己的理由。实际上，他将右耳贴在地面，是在探听脚步声传来方向的情况。他发现，来人不止一两个，而是一大伙。

（应该是所司代的人手了。）摆在他面前有两条路。逃走，或是杀了传藏。才藏将刀架在自己的左肩上，陷入了沉思。

远处传来犬吠，大概是朝所司代的人在叫唤。没多久，附近的狗也都跟着叫了起来。

“传藏，看来是所司代的人来了哦。”全然一副跟同伴搭话般的口气。

传藏其实也早就发现了。估计是备前六那几个逃走的手下去报的信吧。要是不能在所司代的人赶到之前将影法师了断的话，自己就没法回藤堂家去。这么一想，传藏也有些慌了神，只见他跳着脚，“喀！”地发出宛如兽类嚎叫的气合[10]，一下子从才藏身上跳了过去。待他落在另一边后，才藏这才起身，越过水渠纵身一跃，落在土墙的另一面。

至于传藏，已经倒在路边，胸口再没了起伏。

少顷，本愿寺一带就被所司代的人手中的松明围了起来。城中的木门早已闭上，这时候的路上，到处都是各家大名派出的警备队，就连蚂蚁也休想钻进城里。

所司代的人在简单地对大街上的传藏与备前六的尸体验

尸后，发现两具躯体都尚存余温。那也就是说……

“应该还没走远。”其中有人如此说道。

“……跑进寺里了？”在场的其他所司代官员纷纷颔首，“应该就是进了这本愿寺里。”

一行人立即将情况通报给了本愿寺家老下间丹后守赖道。本愿寺中的人也早就察觉了周遭的喧闹。所司代的使者抵达时，外围的各门已经燃起了警备用的篝火。

虽说是寺庙，却并非等闲之地。这是一座包括寺武士、中间、小者，足有千余人的近似大名规格的大型寺庙。

它也曾有过以强大武威震世的时代。且这个过去，实际上并不遥远。就在元龟、天正年间，这一宗门将全国的门徒召集到石山本愿寺（之后成了秀吉的大坂城），与信长进行了持续十一年的漫长对抗。这一段历史被称为石山之战。

后来，秀吉赐封其京都下京之地。转移到此处后他们便被解除了武装，加之家康又在前一年把本愿寺的分院分割开来，将本山划为东西两座本愿寺，因此其势力半数被削弱。然而即便是往日武威不复，警备规模却并未减少。

才藏逃入的，是“西”本愿寺。

家老下间丹后守将本愿寺那扇几乎媲美大名屋敷的长屋门八字敞开，被武士们簇拥着坐在折凳上。丹后守年轻时，曾作为守城方的一名大将在石山之战中大展身手，已经苍老的脸上，那双炯炯有神的大眼中，闪着警惕的精光。

所司代首席与力平田源左卫门出现在他面前。

“职责所在，请允许在下一行进入搜查。”

丹后守沉默片刻，开口道：“你说职责？”

“不错。”

“那我就更不能让你们踏入一步。”

自镰仓时代以来，寺院就是连守护大名也不得干涉的法外之地，德川幕府也不例外。寺院的司法措施，全权掌握在寺社奉行们的手中。

然而寺社奉行如今远在江户。虽然在遥远的京都，这一项工作一般来说由本地的京都所司代代理执行，但若说到“职责”，却从来都是在寺社奉行手中，绝非所司代所有。丹后守抓住的，就是首席与力的那句不慎发言。

可源左卫门是个老练的与力，为了避免与本愿寺结下梁子，立刻致歉并改口道：“的确是有十万火急之事，请允许我们进入寺内。有贼人潜入，异名影法师。”

“什么？影法师？”下间丹后守听闻后表情一动，看来对此事颇有兴趣。

至于这个本愿寺家老下间丹后守，为何会对影法师这个名字如此敏感，理由我们会在后文中提到。

丹后守马上恢复了先前的表情："那贼人确是逃入了本寺?"

"千真万确。"平田源左卫门点了点头继续说，"万万不能再耽搁了呀。不然贼人随时可能逃之夭夭。还望能网开一面呐。"

对方都说到了这个份上，下间丹后守也没有再拒绝的理由，就放他们入了寺。

"能再借一些人手吗?"这要求也是情理之中。

于是，所司代加上本愿寺，上下近五百号人手持松明在偌大的寺内搜索起来。没想到这工作比源左卫门一开始想象的要棘手得多。寺内除了阿弥陀堂、本堂，还立着林林总总各式建筑。总不可能挨个把天花板里都找个遍吧。

当他们把寺内的二十来口水井都查了个底朝天后，"没有……"负责搜索的人中开始出现了近乎绝望的私语声。东边的天空也开始亮堂起来。

"下间大人。这下就剩阿弥陀堂和本堂的天花板里还没搜过了。请允许我派捕吏上去，就当是为庙堂扫去落尘蛛网可行?"

"那可不行。"丹后守毫不客气地拒绝了。这对于寺庙而言，也是理所当然的。

"还请务必……"

“不成啊……”

“那就让所司代板仓伊贺守大人亲自去向住持请愿如何？倘若还是拒绝……要知道那贼法师可是大坂方的间谍，情形对贵寺不利呀。”

“有什么不利？”

“贵寺与已故太阁殿下因缘匪浅。这要是弄出个影法师来的话，难免不会落下个与大坂私通的话柄，无端遭人怀疑。”与力见软的不行，开始威胁。

“也是无可奈何。”丹后守虽然口头上应允，脸上却难掩不快。

可就算把阿弥陀堂和本堂也都找了个遍，却仍是连影法师的脚印都没看到半个。天快亮的时候，疲惫不堪的所司代手下们才从本愿寺撤离，下间丹后守也朝着寺内的一处上房走去。

当他拉开自己房间的门时，原本应该空无一人的屋内，却飘出了一股香气。

“是，是谁！”

“吾乃影法师是也。”

他的眼前，是随意横躺着的才藏。

饶是历来大胆的下间丹后守，此刻的声音也带着颤抖。

才藏一边慢慢起身一边说："也就是借个地方小睡了一下。没有要劫财索命的意思。要是你希望的话，我的刀也可以先交由你保管。"

"有胆识。"丹后守的目光钉在才藏身上，"只是有一点我不太明白。就在刚才，所司代的人手撤出了本寺。不过我分明记得这房间他们也是搜索过的。那时候你到底藏在何处？着实让人匪夷所思。"

"就在那里面。"才藏用下巴努了努一旁的隔扇。那扇门后嵌着一座正面有三间宽的大佛龛。他之前就是睡在那上面。

"影法师啊，你肚子不饿么？"

"顺便再给我来点酒。"

"你这贼人脸皮倒是挺厚。我这就让人去准备。"说完他正准备走出房间，却被才藏用一本正经的声音给叫住了。

"慢着！不能叫人。"

"你以为我会去向所司代告密？"

"当然不是。只是我的事若是走漏了风声，此寺也就危险了。让我自己去厨房找点酒菜便是。"

"要是在路上被人瞧见了呢？"

"我可是影法师。怎么会轻易让人看到。"

不一会儿，才藏就端回了现成的干鱼和酒。

“让我先来试试毒。”说完就喝了一口酒。

“到底谁才是客人呐。”丹后守惊讶于才藏的举动，然而从语气里不难听出，他对这个来历不明的影法师颇有好感，“我说影法师，我在大坂丰臣右大臣尚幼时曾经拜见过他，不知他现在可安好？”

“秀赖什么的……”才藏直呼其名道，“我怎么知道。”

“还真是语出惊人啊。难道在京都声名大噪的影法师，竟不是大坂方的人？”

“差不多算是。”

“既然如此，却连大将的消息也毫不关心，未免……”

“我不过是在完成委托罢了。谁有闲工夫去管那些云层上的贵人们。不过话说回来，不愧是本愿寺呀。事到如今还能顾及太阁当年的恩义，帮助我这样的人藏匿，真是感激不尽啊。”

“下不为例。”丹后守强调。要是三天两头这么来一次，他也肯定吃不消吧。

正如才藏所言，太阁有恩于本愿寺。过去的住持在被信长赶出石山本愿寺后，曾经在纪州流浪了一段时间。后来被秀吉出于好意召回，还受赐下京的土地，得以建成宏大的寺庙，也就是如今的西本愿寺。

作为本愿寺家本家的西本愿寺，却对德川家十分怨恨。

而这份怨恨确确实实地一直持续到了两百多年后的幕末，以至于维新前夜同为一家的西本愿寺和东本愿寺却分别加入了勤皇和佐幕派。

虽然是题外话，不妨就再来详细地了解下其中因果吧。

就在石山之战，本愿寺与信长签订了屈辱的和解条约，开城投降，落得一个辗转纪州鹭之森、泉州贝冢、摄津天满等地的下场。当年的家主，是本愿寺显如。

之后，天下易主。新主人秀吉便向落魄的住持伸出了援助之手，并让其管理京都七条堀川的地盘。然而显如福浅，没多久便病死了，家业传给了长子教如。

教如这人个性刚烈，即便是在石山之战变成了拉锯战，感到头疼的信长搬出朝廷的面子提出讲和时，他也是一如既往主战，甚至为此与父亲显如起了冲突。他在本愿寺撤离石山后，离开父亲浪迹诸国。那份对信长的憎恨并未褪色。信长死于本能寺，秀吉继承织田政权君临天下之后，教如的憎恶也丝毫未减。对他而言，不过就是织田变成丰臣罢了。

而秀吉也察觉到了教如的不安分，他认为“如果让那个人担任住持，总有一天会重蹈石山之战的覆辙”。于是虽然教如在显如离世后继承了家业，但短短三年之后，秀吉便提拔了教如之弟准如为家主。

那之后的教如，原本以为余生都要在丰臣政权之下过着不得志的日子。谁想人算不如天算。秀吉西去之后，天下的霸权又到了在关原之战中取得胜利的家康囊中。

家康盘算着将本愿寺这头沉睡的雄狮饲为己用，于是教唆教如建了另一个本愿寺，也就是东本愿寺。可以说，西本愿寺是丰臣所建，而东本愿寺却出自德川之手。

因为这层关系，西本愿寺的家老下间丹后守偏袒丰臣一方，自然是在情理之中。才藏正是看准了这点，才会潜入这位老人的房间。

而丹后守对才藏的态度，可谓亲切得让才藏都不自在起来。

“现在街上到处都是警备的人。入夜前，你好好在此歇息便是。”

才藏道谢后，又捏搓起自己身上的小袖，说：“还有一事相求。”小袖上的花纹已被追兵见过，不换一件衣服恐怕不敢再走出门去了。

“噢！瞧我都没想到。我这就去准备一套新的。对了，刀要不要也换换？我这里可有不错的刀哦。”

说着，丹后守随手就递给才藏一大一小两把刀。大刀刻着长船新十郎祐定，而胁差的刀铭则是堀川国广。

“如此逸品对伊贺忍者而言太浪费了。”

“不不，比起被放在寺里，它们更适合让影法师大人你使用。老衲可是巴望着能看到丰臣盛世再临啊。”

才藏回到鹰之峰的云龙院后，躺着过了好几日。

直到云看不下去，开口问道：“影法师大人这些天是不是准备出动啰？”

“嗯，放假。”

就算去了都内，各处都戒备森严，根本无从下手。最重要的是，六条室町的相州屋也没了。就在前一天，所司代进行突击搜查后，把那里的房门都用木钉封了起来。

只是黎明时分，当所司代负责检查的官员还在路上时，相州屋里早就人去楼空，只剩下一些不知所措的无关游女和女佣。佐助当家、隐岐殿，还有那些甲贺众扮作的男仆，都不见了踪影。

但让才藏隐约感到不安的是佐助和隐岐殿并没有回到云龙院来。从昨日起，才藏也不止一次有意无意地探过云的口风。

“发生什么事儿么？”才藏似在自言自语，“真是怪了。他们该不会回大坂去了吧？”

“怎么会？两位是不会把雾隐大人独自留在这里的。”

“这就难说了。毕竟我只是个外人嘛。”

“您有些太过偏执了。”

平日里云一早就会到市内去托钵化缘。然而那一天日头还高着，却见他慌慌张张地回来了。

“出大事了！我们八个甲贺同伴的头颅，正被挂在六条河原示众！”八人，也就是当时伪装成相州屋男仆的全部人手。而六条河原上立着的所司代公告牌上，只是写着——

“此干人等犯盗贼之刑，故斩首。”

却连行刑前的游街示众也没有。

“他们是在哪儿，又是怎么被抓住的？你在市内打听到点儿什么没有？”

“在下已经尽可能地搜集了情报。据说是今天天还没亮时，所司代的人手就突袭了寺町的一座叫本寿寺的寺庙，然后将人犯尽数捉拿云云。”

“本寿寺？”

“您不知道吗？说起那个本寿寺……”

其实净土宗本寿寺的住持与身处云龙院的云如出一辙。都是年轻时遁入佛门，最终升居高位的甲贺忍者。

“他们从六条室町撤至本寿寺时，被所司代的密探盯梢了吧。对了，佐助和隐岐殿呢？有没有他们的消息？”

“据说收押之人中，有女子……”云咽了口唾沫，“……一人。被捕是事实，但详细情况也不太清楚。会不会就是隐岐殿?”

黎明将近，猿飞佐助踏着鹰之峰的月光回到了云龙院。

他脸上冒油，只有双眼还算有神，看来十分疲惫。见他浑身上下到处都是血迹，才藏上前询问，得到的回答是“溅上的”，当然自己身上也负了几处轻伤。他从京都市内杀出一条血路，好不容易才得以突围。

“把详细情形说来听听吧。”

“没什么好说的。只是没料到对方竟然会突袭本寿寺。这次，是我的失策。而且……眼睁睁地看着隐岐殿被他们带走，我却因为要对付面前的敌人而分身乏术。本想使出障眼术，奈何当时四周还未暗下。当真是束手无策，不得已只得扔下他们，自己杀了出来。”

“隐岐殿身在何处?”

“不知道。恐怕不是在所司代的大牢里，就是被带去大名的宿阵了吧。要是不设法救出隐岐殿，我还有什么脸回去见大人和大野修理大人啊。眼下，甲贺大半人手都已进了大坂城，原本供我差遣的人也在本寿寺全部丧命。就算我想去救她，也是无从下手。才藏，无论如何你都得帮帮我们!”

“我应该怎么做?”

“就是那个。”佐助心中早有打算。他所说的那个，便是才藏身边的下忍。

伊贺雾隐家代代都会在京都开店，让自家下忍打理经营。室町的分铜屋也就是这么来的。前文中出现过的以孙八为首的几个小头领，分别在那间店里扮演着掌柜或手代的角色。

“你是让我动用分铜屋?”

“算我求你。”

“可……”才藏面露难色，“佐助你也是知道的。甲贺与我们伊贺，在组织上有着根本的不同。你们之间存在主仆关系，但在伊贺，大家终究不过都是独立的术者。就算我生在上忍之家，也无权命令他们去赴死。最关键的一点，加入丰臣方的，就只有我一个人。至于他们，各有各的考虑吧。这就是伊贺忍者。”

“原来如此。”

“明白了?”

“归根结底就是钱吧。”

“聪明。伊贺忍者不似甲贺会为大义所动，能搬得动他们的只有钱。佐助，你手上有军资吗?”

“有。云，去把御用金拿过来。”

片刻后，云将三十块铸成竹节形状的金块摆在了才藏面前。一块竹流金[11]，相当于十枚大判金币。三百两大判黄金，绝不是一笔小数目了。

“这些够不够？”

“先把这事儿告知他们一声吧。云，能不能叫使者去分铜屋把孙八唤来？”

“感激不尽。若有伊贺忍者相助，当真比甲贺众人更让人心中有底。”

“佐助，你这是要去哪儿？”

“我再回都内一趟，探探隐岐殿被囚在何处。”

注释：

【1】中间：武家侍者的一种称呼。

【2】大舍流：剑术流派，又作体捨流。

【3】八双：类似前文提到的八相。又称为车之构，大舍流所有太刀形的起手架势。

【4】女宿：妓院。

【5】琉球：江户时代的琉球王国。

【6】口入屋：江户时代，收留来自乡下的求职者，提供住宿，并为其介绍工作。食客们与老板为主从关系。

【7】彼谁时、谁彼：日语原文为“彼は誰時”，意思为“对方是谁？”而“谁彼”与日语中“黄昏”的发音相近。

【8】朱雀方：南方。

【9】中段：剑道的架势中最平常但也是最基本最重要的

架势。刀尖对准对方眼睛，故又称正眼。

【10】气合：气势或运气时所表现出的大喊声。

【11】竹流金：将黄金灌入竹筒中，铸成金块。上面一般有刻印。

霞之阵

分铜屋下的秘密组织开始了活动。这一群人不动则已，一动起真格来，其行动能力绝非甲贺忍者所能比拟。

分铜屋除了以孙八为首的三个掌柜，还有二十来个扮成手代的伊贺忍者。只是这些人自然是不够的，于是孙八从伊贺本国以及京都各地又招来了自己的旧识。没过多久，就集结成了五十人的精英队伍。而待在鹰之峰云龙院才藏身边的孙八，则全权负责指挥他们的行动。

在伊贺忍者们的搜索网下，他们终于了解到所司代将隐岐殿送到了藤堂高虎的宿阵中代为看管。如果情报无误的话，那么隐岐殿明日就将被秘密处死。

这两个消息，都是伊贺忍者们在仅一天之内打探到的。身为甲贺忍者的佐助自是赞不绝口，却不知道其中另有玄机。

实际上伊贺忍者之间，有一个“市”。这个市，即是传言之市，在甲贺忍者的社会中是不存在的。

所谓市，就是不论受雇主家的敌友关系，伊贺忍者们以城市为据点，比如京都地区的就在京都，大坂的就在大坂，每月几次在夜里的秘密集会。他们会在市上交换各自的情报。世间的情势无论大小，都能在市上了解一二。

身在京都的孙八召集了替各家工作的伊贺忍者们，举行了一次市，并在席间询问了隐岐殿所在。于是就有一个受雇于藤堂家的忍者告诉他“她在我东家家中”。而且会在十一月一日的夜里被处决。

才藏在云龙院听过孙八的报告后说：“看来免不得一战了。”

除了带上五十名忍者一举攻入藤堂部队的宿阵，别无他法。他们商量好在救出隐岐殿，将其转移到京都以外之后，便立刻原地解散。

“这也算一桩大买卖了。不过，任务既然做到那种地步，室町的分铜屋怕是再开不得了啊。”

“关就关了吧。不管赢的是关东还是大坂，世道终究都会步入与乱世无缘的时代。忍者再没了用处，留这个分铜屋又有何用？店里那些钱，大家就看着分了吧。”

“我倒是无所谓，只不过……”孙八一脸狡黠地瞅了瞅才藏，“让咱们的人为了毫无关系的丰臣家做到这种地步，用于打赏的钱未免也太寒酸了点吧。再怎么也得是笔能让他们在逃散后能一生不愁吃穿的数目才合理嘛。”

“去跟佐助提一提如何？”

佐助知情后，立刻表示“此言有理”。于是那五十位忍者都分别得到了十枚大判金。也不知果然是有钱能使鬼推磨呢，还是各自心里都有了这一次也许就是最后的任务的觉悟。总之他们一个个都以一种异常高涨的热情在候着才藏与佐助的指示。

庆长十九年（1614年）十月三十日，夜。雾隐才藏将雾隐家包括孙八在内的五十名忍者聚集在鹰之峰云龙院的一室之内。

在座的成员打扮得五花八门。有江湖艺人、买卖人打扮的，有云水，甚至连无赖都没落下。

“才藏大人，久违了啊。”也有像这位蹭到才藏身前请安的老年忍者。

被才藏唤了名字，三个忍者闻声上前。这三人的名字也有些奇特。为首的那个叫做“兰”，后面的两位分别叫“菊”“梅”，当真是风雅得很。类似三人这样以植物命名，是伊贺明张川流域出身忍者的特征，而那一带的忍者均是身怀入城特技的高手。才藏事先让他们三人潜入了藤堂家宿阵所在的建仁寺，事先摸清了寺内的地理环境。

“兰，你先来给大家仔细地解说一下隐岐殿的牢房位置。”

兰从怀里摸出绘有建仁寺结构的图纸摊开。从图上可以看出建仁寺内颇为广阔。

建仁寺是始建于镰仓时代的建仁二年（1202年）的大型禅寺。开山鼻祖为荣西禅师。寺庙南起五条、西至鸭川，向东一直到下河原，占地五万余坪[1]。据说寺院的样式取荣西所好，参照了中国百丈山的风格。

这座曾经经历过繁华的寺庙，曾几何时亦拥有京都五山之一的荣耀。在沐浴了天文年间[2]兵火之后，寺庙却被长年废弃。后来于关原之战战败大名之一的安国寺惠瓊生前为建仁寺再建倾尽心力，终于才使得堂塔诸门再现昔日风采。即便是在收容了藤堂家五百兵士的情况下，寺内的空间仍是绰绰有余。

“在下认为隐岐殿肯定是在这个位置。”菊指着图纸的一点说。

“哦？可这里不是浴殿么。”那是一处单独立于寺中的建筑，殿如其名，是一个浴场。而且还不单是洗浴之地那么简单，应该是修筑有澡堂在内的。用来做牢狱倒有些不伦不类了。

“正是。不过这里如今已经不再使用。殿的内部修有牢房，隐岐殿被囚在其中。”

“看守呢？”

“骑兵三骑，足轻十人。”

“挺松懈的嘛。”

“虽为大坂方的间谍，但隐岐殿毕竟是女子。大战在即，只是看管一个女人家却还要派上大批的人马，对藤堂家来说，着实有失武家体面。这一点对我们而言，倒是意料之外的幸事。”

“那是自然。”

才藏细致地为众人分配了任务。五十人首先分为四队，以夜里十点的钟声为信号，分别从东西南北侵入寺庙。其中一队负责救出隐岐殿，剩下的三队掩护断后。任务结束之际，亦是各自消失在这个世界上之时。

有人问：“阵法呢？”

“就用霞之阵。”才藏当即回答。

这是伊贺忍者在潜入城内时擅用的一种战术。

“说起来也是许久没用过了呀。”叫田草的老年忍者微笑着说。他年轻时曾受石山本愿寺雇佣，当年让织田方伤透了脑筋的，正是霞之阵。

“所以这一次，禁用火术。”才藏又说。

“那还用说么。”老忍者回应道。

用火，是霞之阵的大忌。再说了，若是在藤堂宿营中放火，不免会招来都内屯驻的关东诸军，只要入京的七口被封死，五十名伊贺忍者就是瓮中之鳖了。

“一旦事成，就各自朝定好的方向散去。这些是给你们路上的盘缠。”说完又分配给忍者们一些金银。忍者原本无俸无禄，只拿佣金。金银的那种冰冷的触感，似乎尤其能让他们感到愉悦。

“感激感激。”

“不愧是天下的丰臣家呀。”众人纷纷道谢。

“那么才藏大人，现在我们可以先散了吧？”

“保险起见，我再强调一次。兰、菊、梅作为伏兵，先行一步，立刻出发。其他人现在暂且各自在都内逗留。明夜四之钟（晚上十点）响起之时，便从各自分配的方位潜入。到时候我会在矢之根门的屋顶上，甲贺的佐助则候在门下。听明白了吗？”

“得令！”众人散去。

担当伏兵的兰、菊、梅当日就趁夜摸进了建仁寺。在第二天夜里的行动开始之前，他们必须将一切准备妥当。

伏兵的工作十分繁忙。其中还包括向水井中投毒。毒药需分三次投入。最初的那份，叫做“惨”，吃下去只会出现轻微的腹泻症状。接着是“瘴”，能让人产生倦怠感。最后一味是“疠”。这种毒药能让人犯困，进而身体麻木，最终丧失运动能力，无法战斗。之所以不使用致命的毒药，是由于一旦出现毒发身亡的情况，城中就会提高警戒，不再饮用井水。

另外，他们还必须事先与牢中的隐岐殿取得联系，告知她井水已经投毒，千万不能食用宿阵提供的用井水烹制的食物。并将饥渴丸交付与她。

饥渴丸是一种忍者特有的应急粮。据说每天只要吃上三两颗，即便是十日之内不沾其他粮食也无碍。

按照传书上的配方，其制作方法是：取大蒜粉末十两、荞麦粉二十两、甘草粉一两、薏仁粉十两、山芋粉若干，在三升酒中浸泡三年，待酒全部挥发后，将剩下的材料搓成桃核大小的药丸即可。

那晚四之钟响起的时候，牢中的隐岐殿听着屋外肆虐的风声，蜷起身体。冷。已是深秋时节，再过一天，就是霜月[3]了。

突然，从牢房的格子之间露出了当班足轻的脸。

“喂！怎么还不睡？”

隐岐殿将脸偏向一边，并未理睬他。

“快睡！”

“睡着了我会被冻死的。”所谓的寝具，不过只是在地板上铺着一张草席，上面盖了一床用纸做的被子。

“我可偷听到对你的审讯了。你不就是那个横行于京都的影法师的女头领么。这种程度的冷，应该冻不到你才对呀。快睡！到时间就必须就寝，这是牢中的规矩。怎么，你还想遭遭罪不成？”

“你要对我怎样？”

“这样！”足轻将手中的六尺长棍伸进牢中。看他熟练的身手，想必也是个使棍的好手。不等隐岐殿避开，长棍不偏不倚地捅到了她的胸口。

“你在干什么！不得无礼！别怪我不客气！”

“你有什么权利反对？”看到一介罪人如此高傲的态度，足轻顿时来了火。他心里琢磨，反正也是活不过第二天的女人，于是……

“先前听说你是影法师的头头，我还以为是个跟安达之原女鬼模样的女人嘞。倒是长着一张招人喜欢的脸蛋儿嘛。那到底哪儿像鬼，让我来仔细检查检查。”

长棍应声像蛇一般缠上了隐岐殿的大腿，瞬间就撩起了她的下摆。隐岐殿向后倒下。虽然她拼命地夹紧双膝，却被长棍轻易撬开。足轻见状，饥渴地咽了一口唾沫：“怪不得呢……我来让你老老实实地……喂……”话还没说完，足轻眼皮一重，周身关节上的力气尽卸，握着的长棍也脱手而出。然后就倚着牢狱的格子门瘫倒在了地上。

隐岐殿惊讶于突发的异变，慌乱中不忘理好不整的衣衫，站起身来。她朝格子外面一看，发现那足轻并非是丧了命，似乎只是睡着了。原本在土间里打瞌睡的另外两名牢头，此刻也躺在地上，睡得不省人事。

突然，从墙壁的缝隙灌入的风将烛火吹灭。与此同时，一条黑影出现在隐岐殿身后。隐岐殿正在惊讶是何人的时候，黑影抓住她的手，递上了什么硬硬的东西。

“这些是饥渴丸。吃下去。明日切记不要碰牢中的食物。”

“你，你是……”

“在下是雾隐大人的下忍，名叫兰。明日夜里四之时，我们会来接你。”

第二天一大早，隐岐殿就等不及夜晚来临了。

（才藏大人的下忍说四之时会来。）在这个念头不知第几次出现在脑海里的时候，钟声终于响起。僧堂里的半钟声，静静地回响在庙堂之间。当最后一声残响散去之时，隐岐殿胸口一紧。

不幸的是，四周的空气并没有流动。从板间可以窥见的天空中闪烁的星光，显示着这绝不算是利于潜入的夜晚。

突然，外面响起几个人的脚步声，接着是牢锁被打开的咔嗒声。隐岐殿忽地站起身来……

“女人！”不是她期待中的声音，“阵中目付大人巡逻来了。”

那个号称目付的人，带着三个常服的武士。当隐岐殿看到其中独眼人脸上的烧伤痕迹时，心里扑通一跳。

“牢头，都准备好了？”疲软无力的语气，与锐利的目光极不相衬。不只他，另外的几个人也都是脸色青白，像是抱恙在身。当然，隐岐殿不知道，这一切都是拜兰、菊、梅所设下的“死井”之术所赐。

平日一入夜就在寺内游荡、吠叫的那些狗，这夜也都默契地没了声响。想必也是受到兰他们的照顾了吧。

独眼武士突然闪进牢房内，紧接着，又有人抬着装满水的大盆跟了进来。顷刻间狭窄的牢房就被几个大男人挤得伸不开手脚。

“女人，虽然挺可怜的，不过……”感受到独眼男人的视线，隐岐殿只是挑了挑眉毛。

“还是得杀了你。”

隐岐殿的嘴唇微启。虽然从她自丰臣家家老大野修理那里接下密令之日起，就做好了随时可能死于非命的准备。然而真的到了这一天，还是无法抑制住传遍全身的颤抖。

“这副美貌，当真是名不虚传啊。杀了着实可惜。”独眼的阵中目付伸出手中的折扇，搁在了隐岐殿的颌下。只一发力，便将隐岐殿的脸撬了起来。

“多美的唇形。说点什么来听听？不说么。”

“无礼之徒。”

“声音真是好听。一想到就要听不见如此曼妙的音色，心里就觉得不忍呐。可军法难违，间谍乃是重罪。原本按照常理，等着你的不是车裂，就是锯切之刑，总之不会让你轻轻松松就去地府报道的。不过所司代吩咐了，要低调地处死你。砍头倒是不费什么功夫，但这里毕竟是寺庙，若是让血污了寺内，免不得会遭僧人们怨恨。所以呢，只有让你溺死了。”

（溺死？是要把我沉入鸭川吗？）

“把盆拿过来。”他指着足轻抬过来的大盆继续说，“要溺死一个人，用不着江河大海，只消几升水即可。把她的双手给拧起来。”

几个足轻上前制住了隐岐殿的身体，左右的人把她的手腕反剪了起来。

“把脸放进去！”

“不！”然而，这却是隐岐殿发出的最后的声音。她的整个脸瞬间被摁进了水中，盆中的水没过了她的发际。

才藏登上建仁寺矢之根门，俯视着星空下黑漆漆的各处庙堂寺门。矢之根门其实就是所谓的勅使门。据说这扇门原本是在平家六波罗府的，门上布满了不知什么时代战争留下的箭痕，因此这里的人习惯叫它矢之根门。

四之时的钟声响起。

……动了。不，应该说只是感觉。毕竟才藏也并非能完全看清，但他能感觉到这偌大的建仁寺四面，正不断有黑影涌入。

（看样子是顺利进来了。）

按计划佐助应该就在门的下方。才藏屈膝一蹲，只一发力，身体就跃向了夜空之中。

“是才藏？”候在那里的佐助用的是唇语，并未发出声音。

“哎哟，结果还是杀生了么。”

佐助脚边躺着两三具足轻的尸体。

“我也是出于无奈嘛……话说回来，才藏，霞之阵交给我来指挥就足够了，你赶紧去浴殿那边吧。”

“浴殿不是有兰、菊、梅在么。”

“一码归一码，能救出隐岐殿的，只有你啊！”

“为什么？”

“像我这样的男人也说不清其中就里。不过男女之间的感情，不就该是这个样子吗?”说完佐助板着脸，咚地捶了才藏后背一把。催促他快去。

“真是无聊。”才藏的视线转向黑暗的寺内。

有雾气在渐渐降下。这自然也是那五十名伊贺忍者制造出来的雾了。

其实方法很简单。只须往寺内各处焚烧起来的篝火中扔入烟玉即可。但要让篝火边守着的足轻们毫不察觉，从暗处将烟玉不偏不倚地扔进篝火，可不是一般程度的练习能够实现的。

同一时刻，隐岐殿正面临被“溺杀”。已有了赴死决心的隐岐殿，无言地承受着痛苦。但令她始料不及的是，每当自己快要因窒息而失神断气的那一刻，头就会被拉出水面。本能地胡乱吸入一口气之后，又再次被按入水中。气管进水后，原本已经做好准备的身体也开始不顾一切地挣扎起来。阵中目付们看着眼前这个天生尤物垂死挣扎的模样，似乎乐在其中。

就在这时，角落的一座烛台轰然倒下。

“什，什么情况!”被白烟充溢的牢房内，发生了一点小变化。天井上的一块木板被卸开，却没有任何人察觉。从天井的洞里，一个个黑蜘蛛般的影子唰地落在了人群之间。

人影一共有三条。打头的是兰，菊、梅则紧随其后。他们落入白烟之中后，就顺利地混入了人群。一切都发生在一瞬之间。

“哇!”阵中目付的喉咙深处，发出了一个诡异的声音。他的下巴脱臼了。不只是目付，他的家臣、以及其他足轻的下巴也都无一幸免。且不仅是下巴，一干人的手足关节也同时松脱。眨眼间，地上滚动着的就是一个个如软体动物的身体。而他们从喉咙深处发出的哀嚎也只有那么一瞬间。因为下一刻，那几张嘴就被三名忍者迅速地用布塞了起来。

兰扶起隐岐殿，隔着面巾轻轻一笑：“身体觉得怎样?”

“你……是谁?”三人一连串行动可谓神速，快到就连隐岐殿在看到兰的时候才终于意识到发生了什么。

“你是问在下吗?”他并未脱下面巾，只是说：“我就是昨天晚上的兰。”

“啊，那才藏大人呢?”

“我去请他过来。”说着就出了牢房。外面的土间里，也倒着几个足轻。只是动手的并非他们三人，而是其他小队。

哗啦一声打开浴殿大门，铺在眼前的是星光四溢下的寺院。雾气开始转淡，寺内各处的黑影，也渐渐显出了轮廓。

兰心中暗道不妙，转头对身后的菊说：“糟了，西风一起，雾就快散了。”

“总之先朝矢之根门去吧。”

正在这时，寺内某处的警钟疯狂地响了起来。

“被发现了。”兰皱起了眉头。

远处的一角，也开始有人影攒动，依稀还能听到在叫嚷着什么。

“隐岐殿。”

“在。”

“请闭上眼。”

隐岐殿还未回过神来，身体就已经落在了兰的背上。紧接着，兰脚下就像蹬上了飞云一般飞跑了起来，菊与梅则一前一后负责掩护。当走到法堂东面时，几个握着长枪的武士突然从暗中跳出，意欲挡住去路，却都被菊掷出的十字手里剑封喉而死。

这之后一路上出现的人都被菊用十字手里剑收拾掉了。真可谓是人挡杀人，佛挡杀佛之技。

“就是他们，追！”身后传来一声呼喝。紧接着，伴随杂乱的脚步声，从住持房的方向冲出来一大群手持松明的人。

当矢之根门出现在四人视野中时，兰的气息竟丝毫不见紊乱，他用平静的语调说：“隐岐殿，这附近有我们同伴撒下的铁菱，在下无法走过去，只能跳跃前行，没关系吧？请你抓牢在下。”

兰捡起事先放在附近的竹竿，踩着一种近乎飘然的奇怪步伐往前跑了几步，“喝！”的一声大呼，只见他的身体突然就向着空中飞出几丈。

兰背着隐岐殿落在矢之根门前时，佐助已经在那里等着他们了。

“您平安无事就好。”佐助跪在地上说。

“才藏大人呢？他在何处？”

“他就在那边。”

“在哪儿？”隐岐殿拼命地在四周寻找才藏，然而黑暗之中，哪有他的身影，“我怎么看不到他！”

其实，才藏就站在离隐岐殿近在咫尺的松树树影之中。不过此刻的他正屏息而立，施展隐形之术，心无旁骛地盯着法堂的方向。他视线的尽头，是正在向他们逼近的松明海洋。

“早晚……”佐助开口道，“才藏总归会来与您见面的。现在不是纠结这些的时候。赶快逃出去吧。兰，接下来就拜托你了……”

不等佐助说完，兰将隐岐殿抱起，在菊与梅的左右护拥下夺门而出，朝着大和大路方向而去。须臾间，他们的身影就消失在了黑暗之中。

与此同时，寺内北角响起一大群狗刺耳的吠叫。从狗急迫的叫声来看，它们应该是在追着什么可疑的人。不过那声音竟然愈走愈远，似乎正渐渐往下河原的后门方向而去。

听到喧嚣后，手持松明的追兵也产生了迷惑。

“啊？该不会是往后门那边跑了吧？”

“分头追！”

于是一群人兵分两路，这意味着藤堂兵们中了霞之阵的迷魂局。实际上那些犬吠，是伊贺忍者们发出来的拟声。

追兵循着拟声一路跟到后门时，看到位于右侧的开山堂的大屋顶上，浮现出一个宛如星光的蓝色小光团。

“星星？”不等一群人回过神来，光团突然增加到十个。这下子，一些久经沙场的人发现了蹊跷。

“不对！是伊贺忍者惯用的大国火矢！”他们没有看走眼。没错，那些美如星光的伊贺大国火矢，正嗖嗖嗖地飞向他们。以星空为背景乱舞的无数星光，挨个刺入了寺内的一棵棵松树枝干上，冒出了浓浓的白烟。这就是“忍霞之术”。一种依靠大国火矢内的烟药燃烧产生的烟雾，人为制造出暮霭的忍术。

另一边，才藏和佐助所在的矢之根门附近，则传出了藤堂兵们踩在满是铁菱的路上发出的哀嚎。

“退下！”物头模样的男人高声指挥道，“那边的，去把风门、榻榻米拆下来，一直铺到矢之根门前!”

听到这句话时，门边的才藏向佐助笑着说：“佐助，看来敌人是入套了呀。”

“不错。在他们把时间浪费在这些事的时候，我们的人已经平安地逃出生天了。现在寺内的，就只有你和我了。怎样，要不要在藤堂宿阵里大干一场，算是给京都留个手信啊?”

“哦？有点儿意思。”

没过多久，矢之根门前就铺起了一条门板与榻榻米做成的路。如果说遍地的铁菱是一条河的话，那条路就该算是座独木桥了。

“哇呀呀——”藤堂兵排成两列纵队，开始渡桥。而这一举动，正中才藏与佐助的下怀。依这样的队形，无论对方有多少人手，站在他俩面前的，终究只有两个人。

“噢！那边有可疑的人!”有人大叫一声。循声望去，一身忍者装束的才藏和佐助，正背对矢之根门站在那里。

“在那儿!”物头拧枪上前，“什么人！报上名来!”

“影法师……”一干人等在听到这句话后开始躁动起来。只有物头手握长枪，几乎是扑着朝佐助冲了过去。佐助轻轻一跃，一脚踢在物头头盔上的眼庇下。趁着对手咚地倒地的间隙，佐助抓住门檐，顺势一个翻身绕上了屋顶。这一连串的动作，都发生在弹指之间。

另一边，才藏夺过对手的长枪，几下就放倒了排在最前列的两三人。

“用箭射他们!”不用铁炮，是因为藤堂家不想在夜间的京都引起骚动吧。

弓组得令上前。但屋顶上佐助的半弓却比他们更快。接连不断的箭雨从天而降，追兵们相继倒地。负责指挥的人终于按捺不住，下达了“用铁炮”的命令。就在同时，矢之根门的脚下绽出闪光，“轰”的一声炸出股股白烟，门扉转眼就被淹没在浓烟之中。

才藏与佐助从建仁寺脱身后，沿着大和大路向南一路狂奔，然后往东拐入了东山，又依山北上回到了鹰之峰的云龙院。这时已是日上三竿了。

隐岐殿迎了出来:“才藏大人，实在是太感谢您了。”

“我所做的那点事，还不值得让你感恩戴德。”

“为什么要这样说?”

“能把你救出来，全亏了佐助手上的那些竹流金，要谢就谢金钱吧。”

“可是……”

“我要睡了。”说完他又如往常那般，就地躺了下去，没多久便听到他熟睡后绵长的气息声。

注释：

【1】坪：日本古时面积单位。1坪≈$3.3m^2$。

【2】天文年间：1532—1555年。

【3】霜月：日本对11月的别称。文中指的是旧历11月。

淀之河风

几天后的一个傍晚，京都粟田口到伏见的道路，在往来如织的兵马踩踏下显得格外喧嚣。原来将军秀忠所率领的关东本队到了。这一天是庆长十九年（1614）十一月十日，入夜后，路上降下了浓雾。

秀忠当夜宿在伏见城中，第二天一大早就去二条城觐见了家康，呈递到阵报告后，又一起商讨了对大坂城的作战方略。

至此，抵达的关东军队人数已十万有余。京都的居民们一想到大战将至，一个个都乌青着嘴唇眼神呆滞地目送军队通过。

十一日正午刚过，才藏骑马从京都出发路过伏见，途中就被关东的兵士拦下来审查了好几次。当然，他每次都是用“肥后国阿苏大宫司家臣斋藤缝殿”的名义瞒混过关的。为此，他还专门伪造了通行用的文书。

要是被问到：“为何事出行？”

他就回答：“于香取鹿岛神宫参拜后，顺道游历东国，目前正在返回九州的路上。这人……”指着佐助说，“是我身边的若党长次。至于那边的……”刻意用下巴朝着一身风尘仆仆旅行装束横坐在马上的隐岐殿努了努，“是内子。”

伏见到大坂有九里路。才藏一行人沿着淀川的堤防一路下到枚方之宿一带时，太阳已经没入了山中。

“隐岐殿，这附近的旅店想来客满了。村民家里也该防备着有人趁火打劫，不会随便收留过客的。今天就在野外夜宿吧。”

“如果到大坂京桥只剩五里路的话，明天一早就能赶到吧？还是彻夜赶路为好。如今京都的任务已经结束，我们应当立即返回大坂，一刻也不能耽搁。”

“你就这么想回去?”

一旦回了城，等着他们的就是兵火连天的日子。每天只要睡下，就不知能不能见到第二天的太阳。然而隐岐殿似乎真的已经完全放弃了自己今后的命运。

“那毕竟是我出生长大的城啊。况且除了那儿，哪里还有我能够回去的地方呢。”隐岐殿侧对着才藏，白皙的脸上露出一个微笑。那是一种属于这个女人的带着坚定的表情。“还是说，才藏大人会把我从这里带走，一起逃到遥远不知名的地方去呢?”

才藏嘿嘿笑了笑：“喂喂，佐助还在旁边听着呢。”

隐岐殿看了一眼佐助。见他正牵着自己的马，垂着头不紧不慢地走着。那模样看起来倒好像是在边走边打瞌睡了。

“作为隐密，我能做的工作到此为止。接下来的战事，自然就是男人们的事，于我并无相干。只要才藏大人您愿意……”

才藏一言不发。倒是佐助故意轻咳了两声。

黎明前，一行人到达了河内守口的驿站。从这里到大坂城京桥口，就只有两里路了。隐岐殿望着被芜菁田包围的驿站灯火，开口道：“到了这儿，就与入城并无差别了。”

正如她所说，站在堤坝上朝下望去，视野之中到处是点燃的篝火，那些应该就是驻屯中的大坂军队了。这一带，基本上可以算是大坂城防卫阵营的最前线吧。

“我先去更衣。”隐岐殿一身尘土，接下来她必须差遣使者入城，等候坐轿出来迎接。

他们进了一家叫十六屋五兵卫方的客栈。才藏泡好了澡回到房间时，纸门外已经亮堂了起来。视线的尽头，是仿佛近在眼前的大坂巨城的天守阁。

“才藏，我们和隐岐殿在这儿就得分开了。大野修理大人会派人来接她的。”

“那我们接下来该如何？”

“我已经派了人去城里报告，过不多久穴山小助应该就会带人来迎接我们吧。”

“我的任务也就到此为止了。”

“你说什么？”佐助诧异道，“说什么完了？战争这才开始啊！”

“那个什么战争的，交给那些枪兵、杂兵什么的不就成了？我可不会。”

“瞧你又说这种话了。真田大人在等着我们回去呢。你就这么不情愿入城？”

“总觉得没那心情。”

“为什么？”佐助的口气有些不耐烦。

“若是成了真田大人的家臣，也就那么回事儿了。而继续在青天下做一介浪人的话，反倒是没了要为天下而折腰的必要。”说着，才藏的目光突然转向路上，镇静如他竟也在那一瞬间变了脸色。

“怎么了？”佐助顺着他的视线瞅了瞅，“噢——那个女香客不是……”

“你也看出来了吧。佐助，放她一马吧，别惊动其他人。”

女香客斗笠下的那张脸，正是自草津就销声匿迹的阿国。那个以隐岐殿侍女身份隐藏自己的关东女间谍。

“岂有放过她的道理？既然知道她是敌方的间谍，管他三七二十一，杀了再说！”

似乎并未觉察自己已被发现，阿国不经意地支起斗笠。这下她才惊觉到才藏的视线。

阿国露出一个（啊！）的惊讶表情。出乎预料的是，那神情之中竟无半分恐惧，反倒是充满了喜悦。

看到阿国那样的表情，才藏提刀站起了身。为什么会像被吸了魂儿一样做出如此举动，才藏自己也说不清。

“你又怎地？”佐助也惊讶地望着才藏。

才藏困惑地回头，沉默了好一会儿，终于开口道：“我出去。”

“你要去哪儿？再过不久城里的穴山小助就会来接我们了，可不能放着你四处乱跑。就在这儿老实地等着吧。”

“佐助，那是我的女人呀。”

“是你的女人？”佐助脸上复杂的神情转瞬即逝，下一刻他抓紧了才藏袴的下摆，“算我求你，留下来。若是小助到了却发现你不在，我的颜面何存！”

“放开！”

“不放！”佐助比谁都了解自己这位随性的同伴。他担心要是这时候放了手，让他走出旅店，就再也寻不到这个人了。

“才藏，你一定是害怕战争，想跑了吧？”

“我是不是个胆小怕事的人，你最清楚不过了。我会再去大坂城找你的。帮我替佐大人（真田幸村）传达一声！”

“说什么？说你追着女人跑掉了？”

“随你怎么说。”才藏戴上深编笠走出了旅店。店的后门，就是淀川的堤坝。阿国蹲在堤脚下等着才藏，一脸笃定了才藏会出来找她的表情。

“我说……”她走上前来，“走走吧。”

两人上了堤坝。脚步十分自然地向大坂方向迈了出去。

“你怎么一副香客打扮在这附近游荡？还在替关东做隐密？”

“怎么会。那种危险的工作，自草津之宿一别以来，就再也不曾参与过了。”

“你在撒谎。隐秘组织这种东西，岂能是你想来就来想走就走的。”

“我是逃出来的。”

“哦？从你同伴那里？”

“对。”

“不过这样一来，你还是一身旅行的装扮，未免有些不太合乎情理呀。”

“您还不明白么？”阿国眺望着淀川上穿梭着的船帆，小声说道，“您让我找得好苦啊。自从那次分开后，阿国我才意识到原来自己对才藏大人的爱恋竟是如此的强烈。所以……”

“打住。”才藏的语气十分坚决，“男女情事什么的无聊得很。”

话是这么说，然而编笠下才藏的脸，却已经涨得通红了。如此表情，在这个男人身上并不多见。

才藏上一次到大坂，还是在夏天的时候。然而短短几个月，大坂的模样就变得让人有些认不出来了。简单地说，如今的它成了这个国家最大的武装都市。

“真是让人瞠目啊。”才藏随意地在市内闲逛，阿国紧紧跟在他身后。

防卫工事规模之大，甚至让人感觉有些不合常理。大坂东北淀川的鸭野，从今福到片原町之间筑起的堤坝，宛如城堡，其间各处高橹耸立。这样的场景，让人不禁联想到唐土的那座万里长城。河川之中，也到处是横七竖八的乱桩，断了敌军乘船从水路攻来的可能性。

另外，在玉造至猫间川之间新掘出了二町之宽的护渠，其上筑起了垒壁。以南，生玉到玉造一路上，延绵不断的全是足有一丈高的石垒，壁垒之上每隔十间还设有橹、堞口[1]，各自备有十挺铁炮。

不只如此，木津川尻、博劳之渊、阿波座、土佐座、河原町、福岛上紧急筑起了防卫堡垒，远至野田、海老江、中之岛、传法、九条都设置了屯驻营，而传法的河口还停靠着五十挺船橹的日本最大战舰安宅丸，以迎击海路上攻入的敌军。

（这阵仗可不得了呀。）才藏也有些惊讶。

守军十万。充斥在市街之中。

阿国亦轻叹道："才藏大人。我身为女子，许多事也看不透彻。您说大坂与关东这一战，到底获胜的会是哪一方？"

"看这情形，也不能说关东就一定稳操胜券了。倒是一场胜负难分的好戏。"

两人定下的旅店在本町桥以西两町前后的一个叫大和屋平右卫门的地方。店内拥挤非凡，才藏与阿国无奈也只能住进了十叠大的六人拼间里。

同室的人大多都是西国各处的商人。大坂城庞大的物资需求，让他们察觉到了商机。

才藏正准备睡下，楼下突然传来一阵喧闹。接着，一个带着四五名足轻的武士在老板的带领下，哗啦一声拉开了才藏所在房间的门。

"阿苏大宫司家家臣斋藤缝殿在不在！"

“……”才藏瞪了武士一眼。

按照城下的规矩，旅店必须将旅客的姓名贴示在外。因此他人知道自己的姓名也是理所当然，只不过这讯问的方式，着实是太过粗暴了。

“我就是缝殿。”

“我们要审问你！给我上！”话音一落，足轻们就冲进来抓住了才藏的手臂。武士则抽出自己腰间的大刀，将刀尖径直指向了才藏的咽喉。

才藏被捕绳捆起来时，问了一句：“凭什么绑我？”

“理由嘛，到了驻屯所你就知道了。老老实实地让他们绑上就是。”

京桥口驻屯所背后是一处狭窄的临时白洲[2]。武士一行人将才藏强行带离旅店大和屋。他们用一种叫“士行总角”的绑法缚住才藏，把他按在了白洲之上。

罪人的捆绑法，也是分身份的。大将级别的人所用的“将真总角”，是不用把手别到身后的。身份较低的士卒采用“轻卒草总角”，浪人是“本阳十文字”，而女子采用的是一种将绳子穿过两乳下方的打结法，叫做“女五方”。除此之外，包括其他诸如一般居民、出家人、山伏等等方法在内，总共有十八种不同绑法。

从绳扣的样式上来看，才藏应该是被归作了武士。不过打从一开始，才藏就没有要反抗的意思。在他心里，只有一个想法——事情越来越有趣了……也是个无事不欢的人。

大坂城京桥口的指挥官是个叫藤野半弥的武士，其手下有三千兵士。从秀吉近习被提拔到如今地位的这个男人，看起来也并不像是有大将气度的模样。

“不胜惶恐。”才藏轻轻地垂下了头，“竟能承蒙大将亲自问讯。只是在下尚不知所犯罪状，还望告知。”

“你自称阿苏大宫司家家臣斋藤缝殿，根本就是一派胡言。”

“在下冤枉啊。”

“毋需辩解。”藤野半弥轻笑道，“肥后斋藤缝殿大人的至交，如今就在城内。”

这一下，才藏算是清楚自己的嫌疑了。应该是那个真肥后斋藤缝殿的友人在城中逗留之时，恰巧看到了旅店大和屋门口贴出的名簿，发现蹊跷报了官。

“这之间必有误会。在下的的确确就是斋藤缝殿。”

“住口！据说斋藤缝殿本人早在两年前就因染上劳咳[3]逝世了！”

“哦？”这一下，连才藏也感到了意外，“不过，您也看到了。在下现在还好好地活着呀。”

“好大的胆子。我看你其实是关东的间谍吧。最好老实交代，不然有你好受的。”

（看来大坂这一战是没胜算了。）才藏看似目不斜视地盯着对方，心里却想着其他的事。面前这个尖声尖气的中年男人，怎么看都不像是有驱使三千兵士与关东那些身经百战的大名相抗衡的能耐。如果没猜错，他能够发家升官，靠的恐怕是淀殿或大野治长的权势。意识到这一点，才藏顿时失了与其周旋的兴致。

“随你们的便。”

接下来的一幕，让在场的人纷纷错愕失语。

只见原本紧紧缚住身体的绳索，竟轻飘飘地滑落，才藏也缓缓地站了起来。这并非什么奇术，只要才藏将自己上半身的各个关节一一移位，使捆绑出现松动，挣脱如此的束缚，简直就是小菜一碟。

“你，你是忍者！”藤野半弥虽然声音中夹杂着颤抖，但也并没有忘记朝左右的人递眼色。

“给我射！”走廊边待机的五名铁炮足轻已经点燃了火绳，迅速地将枪口瞄准才藏的心脏。

“竟然用铁炮来制我，真是够谨慎的呀。”

白洲上的人谁都没有搭话，只是屏息凝神地注视着才藏。

“哎哟哟，我怕了。”嘴上这么说，才藏的注意力却集中到那五挺铁炮的枪口上。他在琢磨射击的顺序。

（是从哪挺铁炮开始？）若是五挺齐发，反倒简单。枪口瞄准的都是才藏的心脏，只要他在足轻们扣动扳机的瞬间让开，那所有的子弹全都会射偏。

可要是分为两次、三次发射的话，就算一开始能躲开，也必定会被接踵而至的其他子弹给打中。

（要是这样就麻烦了。）因此，才藏要做的，就是对五个足轻施展幻戏，操控他们的心智，让其只能进行齐射。

“这儿！”才藏审视着足轻们的表情，指了指自己的胸口，“看准了射。在你们射击之前，就让我将稻富流的炮术传授于你们吧。也算是临行前的赠礼了。我说第二个异风啊……”

“异风”在这个时代指的是铁炮的射击手，弓箭手则是被称为“射手”。

“你的左手抬太高了。这样子弹会歪到天上去。第三个异风，你的右眼完全就没准神了，都是让闭着的左眼用力过度给带的……”

在说话之时，才藏也必须随时观察他们的呼吸节奏。只要有人露出即将发射的表情，“第五个！”才藏就会间不容发地出声阻止，“火绳都快灭了。第四个和第三个，左边手肘有松懈。”

才藏站在原地并无动作，只是眼睛始终都直直地注视着那几个足轻。他必须同时把握五个人的呼吸节奏，直到将他们的呼吸节奏都带到同一个频率上，容不得一丝松懈。若是让他们各自回到本身的节奏，按照自主的判断扣动了扳机……那么才藏就只有一命呜呼了。

（就是现在！）才藏找准时机。瞬间解开了足轻身上的幻术咒缚。与此同时，他用短促的气合声喝道——“开火！”

五个足轻就像被才藏的声音牵引一般，同时扣动了扳机。五个黑洞洞的枪口同时轰然喷出火舌。浓烟迸出，一瞬间又散布开来。当足轻们站起身来再看时，原地哪里还有才藏的影子？

“怪事！”当他们发现才藏跳到了背后的墙上时，京桥口的大将藤野一脸恐惧地跑到了白洲上，莫名其妙大叫起来：“射手！射手！”看来是在叫弓组的足轻。

对才藏而言，这一段空白就是最安全的“时间”。铁炮在使用一次之后，需要进行一番准备才能再次发射。

这时候，一个身高异于旁人的武士冲到了藤野半弥身前。他未着具足，身着柿色的无袖羽织及皮袴，肩缠白色袖带。总发披肩，眼角大开。两边眼白带着些许黄色，一看就不是个简单人物。

“藤野大人。”他以半弥的姓来称呼，看来此人并非藤野半弥的家臣。多半是以门客身份暂住在京桥口阵屋的浪人吧。

“此人着实古怪！就由在下来处置吧。”

藤野半弥也不知是不是被吓得出不了声了，只是飞快地点了两三下头。武士突然目光一转，向身边的半弥家臣说：“那道墙的另一面，应该是水渠吧。”

“正，正是。”

“如此，你们立刻绕至外面将他包围起来。那家伙，说不定会跳水渠逃走。弓和铁炮都各自做好随时可以发射的准备。”

下令完毕后，武士这才头一次看向了围墙上的才藏，并向前走近两步。迈脚的同时，他抽出了胁差握在左手上。

这人，不简单。

才藏没有动。因为他只要一动，武士左手上的胁差，就会以比飞箭更快的速度插向他的胸口。

……何方神圣。才藏这一辈子还没遇见过拥有如此气魄的人。他感到自己的背脊冒出了冷汗。

（据说大坂丰臣家从诸国召集入城的浪人，没有七万也有五万。其中不乏关原后声名大噪的浪人。那这个人，到底是谁？）

虽然知道他是兵法者。但却又并非只是兵法者那么简单。

武士又逼近三步。围墙上的才藏为了引诱武士上钩，突然卸掉了周身的杀气，有意地露出了一脸轻松的表情。

然而武士却并不吃他这一套。只见他上身保持不动，脚下却拨弄着尘土，踏出了最后半步。然后他就立于原地，不紧不慢地抬头看向墙上的才藏。那站姿乍一看竟带着一些木讷。

“敢问大名？”围墙上的才藏平静地问道。

“新免宫本武藏。”武士回答。

他年纪看来三十二三。美作国赞甘乡宫本村的乡士中，出过一个有名的兵法者。他曾经单枪匹马将京都兵法名门吉冈一族一门数人悉数斩杀。这些，才藏也是有所耳闻的。

那兵法者十七岁时，跟着西军宇喜多秀家的家臣新免伊贺守出战关原，之后流浪诸国，自行修得了剑术。如今他也进了大坂城，大概是因为有过从属西军的经历吧。

“你叫什么？”

“我就是个忍者。不过旁人都称我做雾隐才藏。”

“雾隐？”武藏看来没有听说过。起风了。这日的天空，晴朗得不像冬天该有的。武藏貌似不经意地站着，半眯着他那硕大的眼睛，微微地歪着头。那模样看起来倒像是个正在斟酌诗句的风雅之士。这是他与人交手时的一个习惯。

（这人惹不起。）才藏警惕地将视线从武藏的眼神移开。因为那双眼拥有仿佛能将人吸入的野性之力。就如蛇能用眼神让青蛙放弃抵抗那样。

才藏保持着淡淡的微笑。他并未正视武藏，只是一直盯着他的影子。午后的阳光，从栏舍外照入，在大地上雕刻出了兵法者那黑而短的影子轮廓。

影子所映出的武藏，露出了与本人截然不同的鬼相。那亦是浑身的精气神渗入地面的一种表现。

“我说，雾隐……”武藏沉重地开口，发出低沉的声音，“你打算在墙上待到什么时候？”

“咳，”才藏嘴唇不动，只是静静地朝着武藏的影子腹语般地说道，“又碍着你什么事儿了？”

“倒不如说是对你无益。我想你也察觉了，我们的人已经绕到你背后的水渠附近。我身后的铁炮差不多也要做好第二发的准备了。你再继续站在上面，不就跟寒冬中被枪炮瞄准的困鸟无异了么。”

“你真是新免宫本武藏？”

“当然。”

“没想到武藏大人这般的兵法者，为了收拾我却也得借助铁炮之力，真是让人意外呀。”

“并没什么可意外的。”武藏的声音越来越低，“兵法本就是打倒敌人之法。至于是用刀还是用弓箭，在某些时候和情形下，必然需要不择手段。不过现在，我的兵法就是让你一动不动地站在墙上。”

“……”正如他所说。只要才藏一动，那么数间之外武藏手左手的小刀，就会刺入才藏的胸口。

“将你钉在原地，才能由铁炮射击。归根究底，打倒你的还是我的兵法。兵法可不只是挥刀斩杀。而是利用天地间一切可利用之动向，临机应变。你可以这么想。现在我身后点燃火绳的铁炮并非一般的铁炮，它们亦是我手中之太刀。”

“……”其实才藏也发现铁炮足轻做出了举枪射击的姿势。当他看到其中一人闭上了左眼准备发射时，才藏做出了反射性的举动。只见他蹬离了围墙，高高地朝着空中跳了起来。

与此同时，武藏左手的小刀脱手而出。像是有生命一般直直地飞向了空中的才藏。才藏见势拔出刀，只听得“锵”的一声，小刀划着白光落下。而紧接着，像是追着白光一样，才藏的身体慢了一步落回到地上，又立即跳起，向后退去。因为武藏高挑的身躯已经朝着才藏冲了过来。

武藏又将自己和才藏之间的距离追到了三间之内。然后突然停住脚步，将手中太刀一翻，摆出了八双的架势。

而才藏在落地的瞬间，刀依旧在鞘中，并未拔出。也不知是个什么招数，只见他双手耷拉在身前站在那里，看来并没有再跑的意思。不过他的身后就是木门，原本也无路可退。

（这人为何不拔刀?）武藏的眼里写满了疑虑。

但才藏立刻回应了他："来杀我呀。"他刻意地露出破绽，像是在诱敌。

武藏并没有上钩。在他脑中，正进行着属于兵法者的精密计算。

按照他的计算，距离是足够的。因此武藏判断"能得手"。判断的方式是"见切"，这是武藏独创的一门技术。将与对手之间的距离，对手的能耐及自身能力进行"背比"（武藏自造语），并将对手的小动作、位置和心理进行彻底计算后得出结论的一种境界。

只要见切完毕，对于武藏而言，即使太刀还未落下，自己也是必胜无疑了。

但这一次，武藏没有动。眼前的这个人，是他在兵法上无法计算的对手。因为他连刀也没有拔出。武藏提高了警惕。毕竟对方是伊贺忍者，说不定还藏着一些不为人知的秘术。

“咔!”武藏将剑尖指向空中,发出了奇特的气合声。这种做法,在任何流派里都是存在的……在无法看清对手心境之时,只要强势挑衅,敌人就有可能做出不经意的举动。这在武藏的流派中,被称作“动影”。

然而这一次,他却扑了个空。

才藏一动不动。倒像是一个悠然而立,没有生命的物体一般。实际上这个时候,才藏自身已经进入了伊贺流所谓的“虚”中。所谓“虚”,即是将精神从五体中抽离之术。因此此刻武藏面前的,不过是一具没有心神的躯壳。才藏自身也会因为使用了这种术法,而不会留下这之后与武藏对峙的记忆。

武藏在三十岁前经历过大大小小六十多场比试,但这样的对手,却是头一遭。

(木头?)这么一想,看着就像了。若觉得才藏是石头,倒也会觉得真就是那么回事儿。

这样的情形之下,才藏也无法对武藏出手。因为如今的他不过只是个“虚像”,与草木石头无异。

武藏看着眼前这不明底细的虚像,却也无从下手,只是无意义地高举着刀,用右脚的拇趾碾着泥土。

这时,武藏身后响起了喧嚣声。接着,似乎有几个人跳入了白洲之中。“两位！”打头的那一个出声道，“收起刀来。你们彼此都不能伤了对方啊。那位雾隐才藏，亦与右大臣家颇有因缘。”

“你是何人？”武藏保持着姿势，问向身后之人。

“老夫么？”声音之中自然透着威严，“真田左卫门佐。”

这日幸村正巧有事来拜访京桥口的守将藤野半弥，没想到却目睹了这场骚乱。他对才藏及武藏两人说：“你们都放下戒备，咱们先过去坐下，再作详谈。”之后幸村就带着两人去了别室，还向藤野借了个小姓，为两人备上酒肴。

岂料武藏却不容分说地将酒杯扣在餐桌上：“在下并不饮酒。”

“那就用些点心吧。”幸村又让小姓送来了点心。

这时候的武藏，也才三十出头，名号还不似他晚年那样为世间尽知。那日席间，他亦是寡言少语，自始至终也没说上几句话。

才藏也不吭声。言多必失，两人都害怕若是说了什么不该说的，会招来不好的结果。毕竟就在方才，彼此还是生死相搏的敌手。

幸村不愧为长者，察知两人异样的气氛，尽量用温和的措辞来拉近席间的距离。

“这位武藏，老夫并不精于刀术，不过有一点我不太明白。你将才藏逼到木门处时，为何没有再出手？”

武藏闷闷地抬了抬眼：“为什么这样问？”

“至少在老夫看来，当时才藏浑身都是破绽。倘在那时动手，才藏必定没命。我说的没错吧？”

……武藏沉下脸来忿忿不语。

的确，当时的才藏因为用了“虚”之术，已与木石无异。就算幼儿也能取他性命。再说了，他的双手垂在身前，连刀也没有拔出来。

“我说才藏……”幸村把话茬转开。

才藏苦笑道：“咳。宫本大人应该是没法下手吧。”

“……此话怎讲？”武藏皱眉，“你这是看不起在下？”

“并非如此。实际上那时候，恐怕一名孩童就能置我于死地。”

“孩童？”

“在你这样浑身都被兵法武装起来的人眼中，我当时的行动应当是毫无意义且违背常理的。因此破掉你兵法的人恰恰就是你自己，也多亏如此，如今我才能安然无恙地坐在这里。方才你看到的，是虚像。”

“哦？此话当真？你能否在这儿再把那个虚像展示一次？”

“这又是为何?”

“在下自年轻时起，至今已经历了六十余次生死较量，但你这样的对手，我还是第一次遇上。我想探明其中就里。”

“恐怕我办不到。那种术法不是想用就能施展得出来的。危急关头，心自然归于空寂，最终达到无我无心，五体皆成皮囊空壳，仅此而已。因此就算你叫我再来一次，我现在的心境也万万做不到呀。”

“今天算是见识到奇术了。”武藏像是有些畏惧才藏一般，立马向幸村告退离开了。

“喏……”幸村又看向才藏，饶有深意地笑道，“这回你可跑不掉了。来我的阵所吧，佐助、小助还有晴海入道还都在等着你呢。”

注释：

【1】堞口：城上如齿状的矮墙。

【2】白洲：江户时代作为奉行所诉讼机关法庭的场所。

【3】劳咳：肺结核。

冬之阵

庆长十九年十一月十六日，家康离开奈良宿阵。翌日，宿于法隆寺。

另一方面，二代将军秀忠从河内枚方出发，行至生驹山麓的枚冈明神，焚起大片篝火就地宿营。

十七日，家康队伍再向前挺进，翻越大和·河内边境的关屋岭进入河内，当日就停留在了摄津住吉的住吉明神社家津守家。

同一日晨，秀忠离开枚冈明神。傍晚时分抵达摄津平野乡，派遣土井利胜为联络将校，连夜赶赴住吉明神以获取家康的指示。

家康心情大好，摊开图纸，咚地指向地图上的一点："肿包就在这儿吧？"他所指的部分是天王寺的茶臼山。那里原本是摄津古代豪族为修陵墓而形成的人工山冈，如今还残留着一些水渠。战国初期，细川胜元的部队曾在此筑城。

"就把咱们的本阵安置在这儿吧。明日拂晓就与大树大人（秀忠）于此会合。到时候就由我巡视诸军，明白了？"

……当日，茶臼山上由两层铁制盾牌围出了一处军议场所。山脚下有藤堂高虎手下的兵士持三十挺铁炮警戒待命，剩下的数万兵士将周边团团包围。

家康身着常服。在儿子秀忠的陪伴下走在山路之上，突然，他朝着北方望了望：“从这儿看得见啊。飞得可真精神呐。”

“哦？”

“你也看到了吧？”

“您指的是城么？”秀忠是个像从画里走出来一般的翩翩君子。他歪着头抿嘴一笑回答道。

“城怎么可能飞得起来？我是说鹰。”家康看来也被秀忠的一本正经给逗乐了，他指着城的方向，“刚才我放了鹰出去。现在正在那边飞呢。”

“儿子愚钝。”

两人走进铁盾之中，家康单膝立起，坐在了熊皮制成的地毯上。

“说起那座城啊……”家康用教孩子一样的口吻对秀忠说，“不是那么简单就能攻克的。毕竟是已故太阁倾尽国力铸筑而成，举国上下无能出其右者，就是唐土或南蛮也无如此巨城。若要硬碰硬，即使能攻下外郭，估计就得耗费五万兵力。要是不走运没有成功，在我们为失败而不知所措之时，好不易靠这双手得到的天下……”家康说着伸出右手，“就会再次从手中逃走。世上的人都睁大了眼睛在等着，等着看我如何进攻。一旦失手，德川家的气运便会大损。那些曾受过丰臣家恩顾的大名们，就会觉得我的实力不过如此，相继倒戈至大坂方，举兵反扑德川家。明白了吗？”

家康喝了一口近习端上来的热水，接着说：“这一次，咱们采取持久战。在那座城的周围尽可能多地建起对城，阻断其与外界的交通。至于你，带着军队回伏见去吧。”

“啊？可军队这才刚刚抵达呀。”

“足够了。关东军容的威武，想必已经切实地在市井之民及城中百姓的心中留下了深刻的印象。至于我嘛……”

“您有何安排？”

“就先在这附近鹰猎一番再回骏府去吧。”

“哎？”

“余下的，我心中自有打算。”

大坂城以南是一处小山岗。山麓下有个小桥村，零零落落地分布着一些茅草屋。村里只有一条街道穿过，一直通向城中的平野口门。

这座山冈位于外护渠的外围。竹林茂密，赤土遍布，登上山冈眺望南北，风景与城西的大坂市内大相径庭，视野之内，只有冬日萧瑟的原野绵延起伏。

真田幸村的据点真田丸就在这山岗之上。虽说是赶造的城塞，但也拥有三层高橹、左右走橹[1]及护渠，一个个箭眼之间都可见铁炮黑洞洞的枪口。整个规模绝不亚于一座乡下的小城池。

才藏被带到了真田丸。从其突出的位置来看，恐怕是为了将关东的军队引至此处，再由幸村独自为大坂方担起苦战重责。

“说起来，真田丸在修建之时，还发生过一件挺有意思的事。”负责将来龙去脉告诉才藏的，自然是穴山小助。

幸村在进入大坂城的同时，对城内外的地形进行了勘察，然后将自己的计策献给大野修理。

“不愧是已故太阁殿下亲自设计的不落名城，但这座城却存在着一处软肋。”他指向地图上的小桥村，“据我的推测，敌人恐怕会集中从这个街道进攻。但这一处的防卫，却只有平野口。如果可能的话，希望能在城外建起一座出丸[2]，交由在下来打理。”

大野修理当时就露出了复杂的表情，并未立即应答，却在之后叫来了浪人组七将之一的后藤又兵卫基次，询问他对幸村提案的看法。又兵卫露出一个所见略同的微笑，回应他：“在下不得不佩服左卫门佐大人的深谋远策啊。不必怀疑，此乃绝妙之策。”

“不过……”修理的脸上闪过一丝阴霾，眼神飘忽不定，似有些闪烁其词。当然，他的心思，又兵卫都看在眼里。

“您会疑虑也是理所当然。毕竟左卫门佐大人的兄长——信州上田六万三千石的真田伊豆守信之（信幸）大人，不仅一早就投靠了德川家，还参与了这一次的大坂攻势。修理大人您是怀疑左卫门佐大人想利用城外修筑的出丸，与关东里应外合吧。”

“不，还不至如此。”修理虽然嘴上否认，但他心中的确就是那么想的。事实上又兵卫对于大权掌握在一个如此无能的人手中颇有微词。有一次修理与其手下一名叫做渡边纠（摄津御灵神社神官）的部将发生口角，双方甚至闹到要拔刀相向的地步。在众人的劝阻下，好不容易才将两人拉开。据说在那之后，又兵卫曾大声感叹过：“真可惜。”

“那两个家伙，怎么就没死呢。”

“修理大人。”又兵卫毫不掩饰怒颜，用手中的扇子敲打榻榻米道，“您的猜疑只会将城引至毁灭。左卫门佐大人的人品、大志，只要是用心看在眼里的人，都应该明白他倾尽毕生之力，为的就是让自己名留后世。难道身为右大臣家总指挥的您，却看不出来吗？”

“不不不，这不过是你我之间的玩笑话罢了。莫要让旁人听了去。”

真田丸就是在如此情况下得以诞生的。突出于敌前的特殊位置，是幸村精神的象征，是耸立于苍天之下的信念之城。才藏相当钟爱这个出丸，看着它，总有一种是在看着幸村本人的感觉。

家康壮年时期曾被誉为海道首屈一指的武士，但也并非全能。据说他精于野战而不擅攻城。不过他在大坂攻城战上却进行了十分透彻的研究，学习攻城名人秀吉的方法扬长避短。也就是说，家康用来对付秀赖这个遗孤的战术，偏偏就出自其亡父。

在秀吉的战术中，攻城不以力取，而是对城制造出“荆棘”之环般的包围圈，采用持久战来消耗目标城池的补给与斗志。因此家康的攻城战，可以说是从土木工程开始的。他下令紧急建起的对城分别在天王寺、茶臼山、今宫村、木津川尻、传法口、大和路筋、金福村各有一座，守口与天满之间三座，加上其他地方的两座，共是十二城。

此外，为了除去流经大坂城北面的天满川这条天然护渠，他还向诸大名下令，于春日井修筑新堤，将淀川之水引入长柄川。

家康定下日子，对各个阵营的工作进行了巡视。虽然他一路上都坐在轿中，并未骑马，但那种轻快的指挥风格，着实不像已年过七十的老人。

守踞在真田丸的幸村得知家康每日进行前线巡视，也拍着大腿感叹：“老头子，好习惯嘛。”在幸村看来，己方真正的阻碍只有家康，扳倒他就与得胜无异。只要家康一死，一大批失去依附德川方理由的东军外样大名们，应当就会再次顺应其旧主秀赖。

幸村立即唤来佐助与才藏：“近段时间，你们斥候方面的工作，就只针对随时调查和掌握家康动向即可。”

斥候，指的是战场上的谍报，或是间谍本身。幸村的战术与其他部将的不同之处，就在于他重视战场谍报这一点。正因为如此，他才会不惜动用高价笼络佐助与才藏等人。

真田丸中共有五十名甲贺忍者。甲贺组交由佐助全权支配，而才藏则是物头格，相当于佐助的辅佐。

当然，那五十名斥候只有在夜间才会回到城内，他们白天的身份也许是农夫，也许是河边的渔夫。而真田丸也因为有他们的频繁出入与活跃，又被称作间忍丸。

两人退下后，才藏提出：“佐助，我去吧。”这是在十一月二十七日的傍晚时分。

“哪里用得着你亲自上阵，我们人手多的是。”

“不行!”

才藏趁着夜色出了城门。那日月黑云低，苍穹也无星星闪烁。他换了一身黑衣、黑布覆面的忍者装束。

（与家康老儿自海道以来倒挺有缘的。）

顺着平野街道向南走上一段，面朝北就能看见东军黑压压的阵地，以及成片的篝火。

才藏从井伊直孝和松平忠直两阵营的节点处穿过，抵达茶臼山时还未到夜半，不过已能察觉到军队行动的迹象了。

（应该是在为家康例行巡视做准备吧。）

不久后，一挺坐轿在五十名骑马武者、三百枪卒的簇拥中往山下走去。队伍向西挺近，那个方位上有今宫村与木津村。

才藏躺在路边的灌木丛中，面向漆黑的夜空闭上眼睛，将注意力全部集中到听觉之上，以此来分辨远近各种各样的人声。

这期间不乏有人从他身旁走过。觉得有可能被草鞋踩到，才藏就会不动声色地挪开身体，好几次他都将被踩的危机这样化解掉。谁让他躺在军队前进的路上呢。

突然他隐隐约约听到一个略带慌张的声音。

——船真的不够？

……怎么可能。木津川尻渔家众多。再说了，那一带是浅野大人的阵营，他手中掌握着不少船只。若是真不够，向他借一些便是。

……不过福岛村沿岸，不是有不少九鬼水军的船么。为何不动用他们的船？

……说什么蠢话。咱们又不是真的去打水战。不过就是巡视，当然是机动性越高越好嘛。

（原来家康不取陆路，是打算从水路去巡视各个阵营啊。目的地看来就该是福岛村了。）

才藏起身，向东出了平野川的堤坝，像一阵风似的往北奔去。夜半时分，他回到真田丸，将所得情报上报后，幸村面露喜色："如此一来，家康的队伍应该是从狗子岛和苇岛之间通过，由九天村沿岸西行，到达下福岛村后，再继续前进，从中之岛一带出天满川了。"

"想必是这样。"

"才藏也是这么想的吧。"心情大好的幸村唤来小助，"立刻准备出城。给我选上五十名铁炮好手、二十个精于刀枪之人。才藏……"

才藏并未回应，只是抬起头望着幸村。

"偶尔也打上一仗试试如何？现在出发的话，天亮之前就能抵达下福岛村。让咱们的人先埋伏在芦苇之中。说不定这一次，真的就能端掉大御所的人头哦。”

“愿随同行。”

没过多久，七十余人组成的别动队全员骑着马走出了真田丸的城门。

寒风夹杂着雨水，他们握着缰绳的手被冻得生痛。

到了天神桥，幸村命令一行人下马。将马匹交予在桥南一带布阵的西军毛利胜永，稍作休整后，再换乘船只继续沿天满川往下游前进。最后在博劳之渊以南的苇岛登陆。

苇岛说是一座岛屿，其实不过就是河口的一个三角洲（现在的元松岛游郭附近）。那一带芦苇茂密，只要猫着腰，就算是七十个大男人躲在里面也是绰绰有余。

距离天明还有半刻时分。四周还笼罩在黑暗之中。夹着冰碴的寒风冰冻着士兵们的具足。他们只得互相抱在一起取暖。

幸村打开酒樽，将酒水分予众人。天亮之前他又拿出年糕，让一行人充饥。又过了片刻，眼看时间差不多了，铁炮手们备好火绳，并在手指上抹了油。这是才藏提出来的方法，以避免手指被冻僵而无法顺利扣动扳机。

“才藏，你说大御所究竟会不会来？”幸村盯着漆黑的水面，似问非问。

“那就要看大御所的运气了。要是真有老天佑他，他兴许就不会出现在这里。”

这时候的家康，其实正打算从木津村河岸上船。谁想后方却突然传来骚动之声，接着一骑快马拨开家康的队伍奔驰而来。马上的骑士大声呼喊着“且慢！”

坐轿中的家康见状问向来人：“这不是孙十郎么？”

“正是在下。”原来是秀忠的部将榊原远江守康胜。此番他是奉了秀忠之命来阻止家康巡视的。

“夜寒露重，万一让您贵体抱恙可如何是好。大树大人有交代，让在下代替您去巡视。”

“无须多虑。”家康不以为然。就算让秀忠进行巡视，对于外样大名们的刺激远远没有家康亲自上阵大。再说计划既然已经传达下去，福岛方面的东军诸将引颈期盼着自己亲临。若是现在中止，说不定军中就会出现一些类似家康急病的猜疑传言，从而导致士气大落。军阵之中，最忌讳的便是各种流言蜚语。

“我自己去。赶紧出发吧。”

就在这时，家康手下的谋臣本多佐渡守正信带着僧正天海出现在他的面前。

“不得了了！”

听他们这么一说，家康的脸色更加难看了。

“都给我听好了。此类言辞，一律不能在军阵之中出现。若是被士卒听见，岂不动摇军心！”

“如此谨慎，实在事出有因。”天海上前一步道，“小僧方才为此次巡视占卜，两次卜卦，两卦皆是凶相啊。还望您取消此次巡视。”

“不行。”对家康来说，他担心的只有风评传言。这个大半辈子都在战场上度过的老人，比谁都更能理解战争的真意。

“不然……”本多正信走到家康坐轿旁，“今天原本就有京都方面的敕使亲临茶臼山本阵，我们可以向诸位大名宣布敕使提前到达，因此不得不终止巡视。如此一来，众人应该能够理解，也不至于产生不利于我军的流言。”

“如此您意下如何？”

“倒是合情合理。”正信及时的良策，让家康内心也松了一口气。毕竟在如此寒风之中，趁夜赶往福岛村前线视察这样的不理智行为，也并非这老人所期待的。在丰臣家灭亡之前，他还想要好好地顾着自己这把老骨头。

正信见自己的智慧派上用场，毫不掩饰得意之情：“没想到京都那些无用的长袖（公卿）们，有些时候还是能派上用场的嘛。”

“正信！”家康面带责备之色。正信虽作为谋臣十分受家康的重用和青睐，但性格使然，这人若是一步走偏，都可能让妙计成为奸计。加之他生性贫嘴薄舌，区区三河乡下出身的他，竟不把京中的天子或是公卿放在眼里。当然，家康本人也觉得以京都御所为中心聚集着的天子和公卿一族形同摆设。说到底，这样的观念也可以说是德川家的家风了。

“战争之中，你永远都想不到什么东西会在何时派上用场。这一次，京都来的敕使让我得以避开寒夜出行，也不能说他们就再没了其他用处吧。走，回程。”

待家康的坐轿开始往茶臼山的方向行进时，正信一行幕将就前前后后走下岸边，逐个登上了船。

“开船。”正信低声发令。

另一边，潜伏在芦苇丛中的幸村，一边鼓励着冻僵的士兵，一边静静地等待时间流逝。过了一阵子，生驹山南侧天空渐渐亮了起来，博劳之渊的河面上飘起一层水雾。

就在这时——

“是船橹的声音。”才藏轻声告知幸村。

“你听到了？”幸村也竖起了耳朵。一开始只有才藏能听见的船橹声，片刻后就清晰到众人皆能听见的程度。接着，三艘旗帜林立的船影，穿过水雾向岛上靠去。

幸村死死地盯着船上的马印及指物[3]，确认一番后，忽地吐出一口气，叹道：“才藏，大御所不在上面。”

“不仅是马印，在下也未发现有形似大御所之人。”

“撤退。”幸村思索片刻后发出号令。

“那不实在可惜？船上载着的定是关东方面的重臣幕僚。就算大御所走运逃过一劫，至少也给那些人一点颜色瞧瞧吧。”

“倘若我们现在进行无谓的攻击，那么就会腹背受敌。船上和福岛方面都会向我们发起攻势。若上面载着的是大御所，倒可以一拼。而现在船上那些人的生死，自然不值得我幸村用命去换。回吧。”

一行人悄然离去，乘上停靠在苇岛北岸的船，撤退至对岸，如一阵风般又回到了城内。

苇岛枯草之间，只剩下一个才藏独自持枪而立。

才藏是得到幸村应允才留下来的。在他看来，若是全体回城未免太过无趣。哪怕是能发射一发枪弹震震敌方军心，也不失为一件乐事。幸村离开时曾叮嘱他：“你可别不把自己的命当回事儿啊。”

才藏天真一笑，回应道：“伊贺流的忍术，也只有在这些时候才能派上用场了。”

才藏端着铁炮。火绳燃烧后留下的甜焦味在他的鼻尖久久不散。待到敌船进入射程之内二十间处时，他将枪口瞄准了立于船头的身穿猩红色阵羽织的男人。

“呯!”一声枪响后，才藏清楚地看到猩红阵羽织倒下，滚入了船中。他顺手将铁炮往雾气中一扔，发出噗通的水声。几乎同时，他向与声响相反的方向如鬼魅般穿过芦苇逃走。

那边船里一片混乱。有人在大声嚷嚷着：“苇岛上有伏兵!”

正信等幕僚所乘坐的船闻讯立刻往水道中间退避。两艘护卫船中的一艘迅速摇橹向苇岛靠去。船舷一触岸，数十名武者先后跳下船来，手握长枪钻进芦苇丛中开始搜索。

当然，芦苇里是找不到才藏的。

“没人。”

“怪了。”

有人找得不耐烦的时候，视线突然被岛北的一处水面吸引，继而发出“啊”的惊叹声。其他人闻声望去，只见雾气弥漫的水面上，闪过一个白色的人影。

“该不会是妖怪吧?”影子仿佛漂浮一般行走于水面，朝着离岛而去，那情景看来着实诡异。

对才藏来说，这不过是雕虫小技。其实他脚上穿了伊贺流独有的一种叫“水蜘蛛”的浮漂，只要利用腰力不断调整稳住重心，就能随意地在水上划过。至于关东军眼中的“白衣”，不过是才藏为了在雾中隐匿身形，用来搭在肩上的白衣罢了。

“射他！”等手持弓箭、铁炮等远程武器的人跑到岸边摆好架势准备射击时，才藏早就跑到了距离他们四十间开外之地。

轰鸣声冲破雾气，弓箭与枪弹伴着各种声响不断落在才藏周围的水面上，却没伤到他分毫。若不用强力火药，要用铁炮射中四十间以外的目标，实在太过勉强。

才藏的脚刚沾到对岸的陆地，只一转身便消失在了一边的芦苇丛里。

大坂冬之阵中，一开始还只是小部队之间的冲突在各地频发。几乎没有什么像样的战斗便进入了十二月的严寒。

家康早早地提出了讲和，他的目的是靠谋略拿下大坂城，所以在正面攻势上采取怀柔政策，并暗中下令麾下诸军收敛行动。

家康心中的算盘，自然逃不过幸村的眼睛。于是他意图对敌军进行挑衅，将两军引至激战之中。

这时盘踞于真田丸正面的敌军有——

前田利常　一万二千人

松仓重政　二百人

榊原康胜　三百人

吉田重治　一千人

寺泽广高　五百人

共计一万四千人。

一日，幸村带着佐助与才藏登上瞭望台，看着真田丸前方的旷野。视野之内黑压压的全是人和马，盾牌整齐，马印、指物林立。

眼前的这个敌阵，与真田丸之间只隔着一个小桥村。

“才藏，你有无办法让敌人自愿打过来?”

“那还不简单。”才藏指着横在敌阵与真田丸之间的小桥山，“只要利用这座小山，再施以甲贺、伊贺的幻术即可。”

“有意思!”拍手赞叹的自然是佐助。只是略一点拨，他立马就明白了才藏的计略。

……庆长十九年十二月四日黎明。后世东军方面各个记录中所载的一场以奇异著称的战事，就发生在这天。

那日东军阵营前的小桥山下，突然出现两三个狐火一般的光团。没多久，那些光团就增加到十个，忽明忽暗地往前移动。

“啊!”最早发现的，是前田阵营最前线的先遣队本多安房队伍中的人，“那是什么?”骚乱之中狐火越变越多，不出片刻，百来个光团密密麻麻地散布着，开始逐渐逼近。

“难不成是篝火？”

“不可能。要是篝火，火光未免太弱。那样子，看着倒像鬼火。”

“怎么可能是鬼火，虽然的确也不像篝火。再说了，那山中也没有真田的军队呀。”

“何事喧闹！”本多安房走出营房。虽因夜色难辨事物，但当他凝神细看，立刻发现那些狐火一般的光团周围，似有指物模样的东西在上下攒动。安房脸色大变，厉声道，“敌军夜袭！”

这下，营里顿时像炸开了锅。

“镇定！要是乱了阵脚，岂不让敌人有机可乘。”安房不愧是善战的老手。这时候他满心盘算的，是如何反击这一次夜袭，为自己增加功绩。为此，他刻意没有将情况上报给自己的主人前田利常，擅自指挥了行动。

本多安房挑选出五十名强兵，吩咐他们用绳子绑好具足的草褶以消去摩擦之声，然后端起长枪，排成枪林，一步一步地向小桥山逼近。

在安房看来，眼前这座山上，除了竹林，连一棵大树也没有，决计不是能藏得住百来人的环境。只要一举围剿上去，应该就能轻松地压制住对方。然而当枪阵靠近目标时，那些指物的幻影却瞬间消失了。

（这是……）不等他细想，那些狐火也同时熄灭。（被作弄了么。）

安房这个人大胆豪迈，面对突发情况他只是表现出愤怒。但他手下的兵士中，有许多是还未适应战场的新丁，见状立马就乱了阵脚。

夜战，总是伴随着或多或少的恐惧。敌人在明处的时候还好，一旦捕捉不到目标所在，连黑暗本身也几乎成了敌人。是从侧腹突袭？或是从背后偷袭自己？疑心生暗鬼，也就是这么回事。

“哇！”就在这时，有人发出了不该发出的声音，“在，在那儿！”那人指着的，是他面前的道祖神[4]。然而他却把它看成了田方武者的影子。与此同时，包括安房在内的所有在场的人，都听到他们周围响起的诡异声音。那是数百名武者同时行进才会发出的具足摩擦声。

“现身了！”安房也被那个声音迷惑，“给我冲啊！”高声发令后，他也顺势朝竹林之中奔去。而那里，根本就没有敌人。

安房队的呼声，让附近的松仓重政及寺泽广高的部队也陷入了骚动。

“快听！前田阵营的人想抢功啦！”一个个都被功名冲昏

了头。只要能拿下一个人头，等着自己的就是家禄大增，福荫子孙。如今这个机会就摆在面前，任谁也不愿放过。

“可不能让加贺那群家伙独占了去！”

“战场就在真田丸前！”

这时，天已经快亮了。各支部队争先恐后地翻过小桥山，朝真田丸涌去。就连原本布阵在西面更远处的井伊、藤堂部队的人也被功名撼动，一群、两群……武者们纷纷加入到奔赴战场的队伍之中。

一开始冲幻影之敌奔去的本多安房部队，与其说是向着敌人挺进，不如说是被后面蜂拥而至的己方推搡着，不得不向前了。这一群人中，根本没人带着可以躲避弹丸的盾牌或竹排。也就是说，他们几乎是赤裸着冲入了真田丸的射程范围之中。

天一亮，身穿忍者装束的才藏与佐助，带着二十个甲贺的人回到了真田丸。

“干得好！”幸村从箭眼里审视着原野上的情形，对他们说道。

“看来对方乖乖上钩了呀。”

“简直就像是被狐迷了心窍一样。”

“会有更多的人加入这支大军吧。”

战后，好不容易捡回一条命的前田家先遣队队员——富田弥兵卫高泽曾在留书中写道：即使多次尝试回顾他们为何如此拼命，却怎么也想不明白。

“还会再增加的。”幸村并没有收回视线。因为原野上的人数就如才藏所说，愈见增多，最后连越前少将忠直之弟松平出羽守也带着自己的人冲了过来。幸村微微一笑。待到敌方人数已经差不多过万的时候，他高高地举起了右手上的采配。

一瞬间，百鼓齐鸣般的轰响顿起，伴随着震耳欲聋之声的，是真田丸中飞出的箭林弹雨。

原野上充斥着血的腥味。

既然是旷野，理所当然毫无遮挡。加之武者们并非受令冲锋，几乎都是自己走到战场上的，因此他们之中也不存在会发令撤退的总司令。

将他们推至如此地步的，还有虚荣心。这群乌合之众，除了前田、松仓、寺泽手下的部队，还掺杂了不少其他阵营的，诸如松平、藤堂等队的士兵。即便是想逃，却会因为羞耻心作祟而无法后退。毕竟这种情况下，哪一队要是带头逃走，事后必定背上响彻全军的骂名。他们若想避开飞弹，就只得用尸体作掩护，或者干脆索性装死，就地不动。

而大坂城方面在听到真田丸的发炮声后，青木民部少辅、伊藤丹后守、野野村伊予守、真野丰后守等诸将带领手下的枪队赶来，从走橹、高橹和箭眼后开始了射击。因为原野里密密麻麻地挤满了敌军，其中不少又一动不动地趴在地上，铁炮手们根本不需瞄准，只消将射角偏下任意射击，也能枪枪命中。

“这场仗打得也太奇了吧！”真田兵们嘻嘻哈哈地进行着射击，其中有一个老兵感叹，“我也是经历过关原之战的人了，但如此奇妙的战场，还是头一遭啊。”

位于后方茶臼山的本阵里，听到真田丸方向的枪炮声响起时，最为惊讶的正是家康。

终于，家康的使者一路奔至茶臼山，向他汇报了战况。

家康闻讯扔掉手中鞭子站起身来：“你说什么？两万人的军队跑到真田丸前面，趴在地上装死让人打？”虽然他及时地下达了撤退指令，但当全体兵士逃脱虎口的时候，已经是日落前了。这一仗，关东军战死九百人，负伤者两千余人。

家康唤来前田利常、藤堂高虎、井伊直孝诸将，这个老人身上的怒气鲜为一见，他怒气冲冲地训斥道：“你们倒是跟我解释，没有我的命令，为什么要擅自攻城！你们脑子里都在想些什么！”

在场的所有人皆畏惧于家康的震怒，其中最年长的藤堂高虎上前解释：“此次并非属下们下令。而是侍大将、足轻大将们私下所为啊。”

“你的意思是，全都是你们的家臣干的好事啰？”

“属下惭愧，的确如此。”

“你们的家臣，不仅不听主人的话，连我的军令也充耳不闻么？如此不把主君放在眼里，就是你们平时管教的结果？”

“不，这……”这一下，高虎也急出了一身汗。

包括前田家先遣队队长本多安房在内，作为整个事件起因的山崎闲斋、本多丹下等人被带到家康面前问话。然而他们也说不清自己为何会做出那般举动。家康气不打一处来：“难不成你们被狐妖给迷了么！”

家康无奈，只有放他们回到各自的阵营中去。

冬之阵中，真田方忍者创下的最大功绩，便是这一仗。

其间，大坂与家康的和平对谈仍在继续。

实际上，从这场对弈开始，家康就秘密送信给守将织田有乐，劝他为关东进行间谍活动。有乐应允后，将其子庄藏作为人质送到了江户，并且把城内的状况，事无巨细都透露给了德川方。而这个秘密，大坂城内却无人知晓。

家康嘱咐有乐在城内推进和平谈判，而秀赖生母淀殿则交给其妹常高院去做工作。

对于和解一事，真田幸村、后藤又兵卫基次、明石扫部全登、长曾我部盛亲、毛利丰前守胜永等，也就是所谓的浪人武将均表示强烈反对，一时间城内首脑阶级的意见产生了分歧。

家康从织田有乐那里得到守将出现分裂的消息时，表示要“再推波助澜一把”。于是，他指派了两门南蛮舶来的火炮，又选了数十名铁炮名手，让他们从南部阵线的藤堂高虎阵地，以及北部战线的备前岛，向大坂城发起轰击。

一发炮弹击中了天守阁的梁柱，另一发则落入了淀殿使用的千叠敷之间，妇女们发出悲鸣四散开来。

淀殿在极度的恐惧下，不顾周遭意见独断地敲定了与家康的和谈。

庆长十九年十二月二十一日，冬之阵结束。

才藏离开了大坂城。

注释：

【1】走橹：连接橹之间的一种工事。

【2】出丸：城外之城。

【3】指物：日本古代武将背上的靠旗。一般为单面旗，旗上多绘制有家徽或姓名，旗的底色和字的颜色各有不同，主要用作战时指引自家的队伍前进或其他行动的标志。

【4】道祖神：日本村庄的守护神。立在村边道旁。据说可防止恶魔瘟神进村。

白山茶

停战后，守城的十万将士纷纷涌至城外及三之丸中。虽说是城池的三之丸，但实际上其占地几乎就有如今上町台的一半之多，是一个包括码头船场在内的广阔地带。三之丸内不仅有武家屋敷，还建有不少商家、旅店，甚至妓馆。

真田幸村、长曾我部盛亲、后藤又兵卫等诸侯待遇的浪人大将们离城后，均得到了属于自己的宅院，而塙团右卫门这般的侍大将，也在三之丸内拥有自己的宿阵。

“才藏。”佐助叫住他，“这边为我们准备了武士长屋，你要是有喜欢的女子，大可以把她带去那里共同生活。”

在佐助看来，自己算是说了些知情达理的话了。才藏听完却只是皱着眉头回应：“我这个人，从来没有过自己的房子。过去没有，将来也不打算有。因为住着不舒畅。”

“那你打算怎么办？”

“我琢磨着要不要去堺一趟。”

“为什么？”

佐助还不知道，自从才藏将菊亭大纳言之女青子托付给堺商津野宗全后，就一直没有机会再过问。才藏担心那之后的情况，因此决定上门拜访。

（不过……）才藏心想：青子只要一直待在津野家，倒是不用担心她的安全。当务之急，应该是先找到阿国才是。

旅店一别后，才藏就被卷入战事之中，阿国自然也就不知行踪了。

（总是让人有些挂念。）

某日，才藏腰佩金银刀装的大小双刀，身着胭脂色无袖羽织和南蛮鞣革皮袴。他穿着这身颇具其风格的豪奢衣物，离开了真田家。

这个时期，城内还驻扎着两三万东军。他们平日里就各自与相识的西军将士在妓馆等地交游联谊。这个时代战国余风尚存，对武士们而言自身名誉最为重要。只要战争一结束，没了敌我，也就再没了彼此憎恶的道理。

才藏将武士聚集的茶屋、旅店挨个找了个遍，也没发现阿国的身影。兴许是为了躲避战争，逃去远方了吧。

无奈，才藏按原计划去了堺。他没想到在市之町的津野宗全大宅里，同样有能让他吃惊的事在等着他。

青子已经不在那里了。

见到才藏后，一向大气的津野宗全像个堂堂男儿一般低头认错。

“发生什么事了?”

“你也看到了，如今的堺到处是德川的军队。也许是关东的间谍也在找那位御料人吧，也不知什么时候，怎么地就打听到她在我家中的消息。京都所司代那边派来使者，让我交人。要是交出小姐，免不得会被讯问私藏小姐的原因，随随便便是搪塞不了的。但若是不交……”

“就说要抄你的家是吧?”

“没错。”

“什么时候的事儿?”

“冬天的战事开始前不久。真是抱歉，难得你如此信得过我。”

“罢了。反正青子身上的危机已经解除了。”

才藏离开位于堺市之町的津野宗全大宅后，漫无目的地在市中闲逛。他走到人头攒动的路口，找到一些看似来自大坂的旅人，向他们打听大坂的情况。虽然大坂动乱已平息，但看样子市民们却并不相信天下已经太平了。大家心里都明白，冬之阵只是前兆，真正的强震不久就会发生。

……会是什么时候呢?

这就是他们所关心的。

……会有多大的规模?

而这，是他们最为担心的。

才藏从知道大坂情况的旅人那里打听到现状，至于那些问题的答案，自然是要靠自己去摸索了。

（但我的位置又该在哪儿？）原本加盟大坂也并非才藏所愿。一切，都是因为一场偶然。

正是因为他在洛北的八濑遇到了伪装成“菊亭大纳言女儿青子”的隐岐殿，才被卷入了青子的事件，接着又与意图拐走青子的关东“黑屋敷”势力对抗。

不知不觉间，又置身在了大坂方的隐岐殿及猿飞佐助这一群人之间。

（这些奇妙的遭遇，都是缘于青子。）才藏一边思索着，一边走在路上。（青子既然已经被交给了江户，也就意味着我眼中的那个世界已经消失。如此说来，那我又有什么理由再待在大坂一方？）

才藏是个喜欢思考的人。他像狗剔骨头一般，将自己身上的各种可能性一一梳理、考量一番。

（理由消失，不就跟我自己从大坂消失无异了么？）想着想着，他突然觉得成天考虑这些莫名其妙的理论，自己的脑子也变得有些奇怪了。

（真是不太正常啊）才藏不禁讪笑。（我装着一副沉着的样子，其实早就不知所措了吧。真没想到失去青子，对我的影响竟如此之大。）

才藏突然停下脚步，望向面前一座三层的楼阁。从其间不断传出的管弦之音来看，这里应该是一座妓馆。

（进去喝杯酒寻欢作乐吧。这种时候，还能靠得住的只有这些了。）

他走进门，自称是“津野屋敷的人”。男仆赶紧引他去了上房。

才藏坐在木地板上铺着的圆形坐垫上，扫视房间。家具用度全用的南蛮舶来品。窗户上嵌着青、红、黄色的彩色玻璃，紫檀做的灯座上，玻璃灯绽放着妖异的光芒。

没过多久，老女就领来了一名女子，肤色白皙，面容温和。眼角的细纹无声地表明青春已逝，就像是在向旁人细说这座城市如今的萧条一般。江户政权建立以来，这座城市的经济实力，已是一日不如一日了。

“这是桔梗。”老女寒暄一番后，退了下去。

女子盈盈一拜，半蹲半坐地就拿起了酒壶。正欲斟酒的她突然开口道：“您该不会是……”同时脸上的笑容也没了踪影，“才藏大人吧？”

才藏将女子上下打量一番：“为什么这么问？”

“呃，其实是我的一位伙伴……”女子一边倒酒一边解释，“正在找一位男子，我只是看您似乎与她所说的人有那么一些相似。”

“弄错人了。不过你的说的那女子，叫什么？”

“我记得她的俗名，好像是叫阿国什么的。”

“倒酒。”才藏撇开视线，“不认识。”

之后，他借口小解离开房间，在走廊上踱步。此刻他的心中，充满了惊讶与疑问。他怎么也想不明白，阿国为何会出现在堺这个地方。

当才藏走到面向中庭的东栋时，隔着庭院的另一边走廊上出现了两条人影。看模样应该也是欢客。这两人一个是小个子的武士，另一个留着立发，一身兵法者打扮。看样子，估计是小个子武士的随从。

（那不是小幡勘兵卫么。）对方的身影，没多久就走进庭院里的凤尾松后。

小幡勘兵卫是之前进攻真田丸时东军中的一个武士。他在撤退的时候，为了取回自己忘记拿走的绘有酒杯纹样的指物，竟大着胆子孤身一人折回战场去了。

“什么人？”

他被城内的一个真田兵叫住，却转身反问：“你问我么？”

守城兵打算逗弄一下他：“那里除了你还能有谁。怎么，想吃铁炮子儿么?”

“你要是打得中，就打呀！别看我现在借阵于加贺大人，要知道我小幡勘兵卫景宪在德川家那可是有头有脸的人物。要打就打。要是能杀了我，可是你的造化!”

“既然你这么说，恭敬不如从命!”一旁的铁炮队长正准备发令射击的时候，却被幸村拦了下来。

“用几十挺铁炮去射击一个人，未免太小家子气。”

没错，就是那时的勘兵卫。当时因为隔得较远，真田丸上的守军其实并没有看清他的眉目长相，但才藏却看得分明。他的行为虽然带着些许滑稽，但在才藏的印象中，更多的是阴险小人的感觉。

(这个勘兵卫又是为了什么来堺?)才藏嗅到了事件的味道。

那夜，才藏等女子熟睡后，钻出了被褥。想必是因为酒劲尚存，加上爱抚后的疲劳，那女子丝毫没有醒过来的迹象。

才藏绕到女子脚那一边，“咻”地轻轻跳起，同时他抓住天花板上的横格，四肢就像吸附上一般地贴到了天花板上。他慢慢地将天花板的羽目板扯掉两块，一发力，整个人就钻进了天花板中。然后再把板子嵌回了原处。

接着，他就身轻如燕地在横梁上行走起来。也不知是一种怎样的技巧，他明明穿梭在满是尘埃的房梁之间，却又能衣不沾灰。这一点，也是忍者奥义的体现了吧。

（是这儿吧。）脚下就是小幡勘兵卫的房间。隐约能听见交谈之声。应该是两男一女正在喝酒谈天。天井里的才藏将脚背挂在横梁上，倒吊着将双手抱在胸前。而垂下的头，则是贴近了天花板隔板间的缝隙，从那里面依稀可以窥见房间内的情形。

（那女子，是阿国吧。）只凭声音才藏就听出来了。不过她的声音很小，不只她，两个男人的声音也压得相当低。这下就连才藏也听不清他们谈话的内容。才藏保持同样的姿势在天花板里听了二十多分钟，察觉到一个不自然的地方。那就是他竟然一次也没听到三人的笑声。这样的情况，实在不该出现在有女人一起的妓馆酒席之上。

当才藏分明地听到“调略”这个词时。他立即笃定勘兵卫绝非普通武士。

（间谍么。）

关于这个勘兵卫的履历，才藏也是在后来才知道的。这个男人是原甲斐武田家遗臣之子，主家灭亡的时候他还是个幼童。家康出于怜悯让他做了自己儿子秀忠的小姓，十六岁时元服后，成为知行两百石的近习。家康及其身边的人对多才多艺的他疼爱有加。然而如此恩宠之下，他却在十八岁时毅然擅自出走，离开了德川家。这在当时，即使他回心转意，也难免会以“弃主”的罪名被诛罚。最终，家康却只是不动声色地说了一句“随他去。”

勘兵卫晚年所著文章里，回顾了他出走之后遍历诸国进行“武者修行”的一段人生。现在看来，他真正的身份其实正是家康的间谍。

大坂冬之阵打响之时，他刻意没有官复旧职，而是以借阵浪人的身份暂时加入了加贺前田家的阵营。据说前田家对勘兵卫毫不怠慢，奉为上宾极尽礼遇。

大坂之阵后，回归江户的勘兵卫受封行知一千五百石。后来，他兴办甲州军学，教授战略谈判、攻城法、筑城法、调略、谍报等，一直活到了九十多岁。

（终于看出些苗头。看来，阿国应该就是勘兵卫手下的人了。）

阿国还在隐岐殿身边的时候，她的背后就存在着勘兵卫这个操纵者。

（这样的话，那个扮成兵法者的男人，应该就是勘兵卫雇来的保镖了吧。）

在才藏眼里，如今的情形倒真是越来越有意思了。

伊贺流忍术中有一种奇妙的术法——“奈（音）之术”。

“奈”，是地震的古老说法。而这个术法的奇妙之处就在于，能够人工地引发地震。在甲贺流亦被称作“鸣动术”，内容并无太大差异。

这里我们再说一个题外话。战国中期的伊贺名人百地三太夫，在受武田信玄委托，潜入信州諏访豪族諏访赖满宅邸，却不慎被发现并被逼得无处可逃。

关于这件事的结果，绝大多数的伊贺流传书上都是如此记载的——

“此时，屋舍鸣动，人人惊魂失措，争先恐后逃至屋外避难。三太夫顺利抽身……”

三太夫靠“奈之术”脱身。而眼下，才藏打算使用的也正是这个“奈之术”。只要在房中制造鸣动，让屋内的人仓皇逃到屋外，他就能趁乱将阿国掳走。要想能神不知鬼不觉地接近阿国，从她口中问出整件事的来龙去脉，也只有这个办法。

才藏从天花板里跳下，蹑手蹑脚地在屋内走动。一座房屋的房顶上，必定有一处负责承重受力的中心。才藏首先要做的，就是找出中心，双脚踩在上面发力。这与在充分地利用反作用力的前提下，能靠一根手指撼动重达千贯的吊钟原理如出一辙。只要找准窍门，要震动这座妓馆，也并非难事。

（就是这儿吧……）才藏所站的位置，是储藏室的一角。

整个过程需要十分的耐心。两脚交替发力，数百次后，才藏灵敏地察觉到一阵几乎微不可察的“晃动”。然后他在此基础上加大力度，反作用力的效果越来越大，最终，整座妓馆开始轰隆作响地摇晃起来。

妓馆内部一片混乱。

男仆们一个个跑出屋外，女人们也尖叫着冲到走廊上。才藏见状并未停下脚上的动作，晃动也愈加剧烈起来。

不久，一个男人的身影出现在中庭里。那人正是小幡勘兵卫。紧随其后的，是留着立发的男人，然后是阿国。

中庭里一片漆黑。才藏凑到阿国身后时，地震已经停了下来。

“噢——停了？”待到勘兵卫和他的保镖爬上套廊的时候，才藏一把捂住了阿国的嘴。阿国当即挣扎起来，但她听到身后的人揽住她的脖子在耳边轻声说“我是才藏”，身体一震，立刻停止了反抗。

“到外面去。”才藏抱着阿国走出屋外，翻过围墙落到了路上。

两人走出一段距离后，来到了一座旅店前。店里的男仆正站在门口，为一早出门的旅客点灯。才藏走过去，拍了一下他的肩膀："我的同伴身体欠佳，劳烦为我们准备一间安静的房间。"

"是。"男仆立刻应声。他看到阿国身上华丽的小袖，马上意识到这不是一般的旅客，也不知联想到了什么，只听他哆哆嗦嗦地又说了一句："要不，小的去请医生来？"

"你这是打算去报官吧？"

听才藏这么一说，旅店的男仆吓得浑身发抖。

"小，小的绝无此意。"

"那就好。要是你敢做多余的事，我可不会轻饶你。老板那边，你就好好应付一番便是。"说着，才藏往男仆手中塞了几枚钱。

男仆将才藏与阿国带到最里面的一间屋子，然后逃也似的退了下去。估计是把才藏当成盗贼头领什么的了。

"阿国……"才藏坐定，"没想到你还在做关东的隐密，真是好了伤疤忘了疼啊。"

"……"

"别想瞒我。你与小幡勘兵卫之间的密议……"

"呃？"

"我可是亲眼瞧见的。你一个女人家，别再干什么隐密了。"

“我没有选择。”阿国一脸幽怨地望着才藏，“只要才藏大人没有娶阿国为妻，我就无法与关东隐密断了干系。”

“为什么这么说？”

“勘兵卫大人是阿国已故祖父的主人。”

“你祖父是甲州的武士？”

“嗯。”

“头一次听说。”

小幡家原本是远州葛俣的城主，到了小幡山城守虎盛一代，被今川家所灭。之后一家代代侍奉甲州武田家。阿国的本家伊能家，是小幡家家祖山城守虎盛时代以来的家臣，甲州武田灭亡之时，其祖父伊能元右卫门掩护幼小的勘兵卫逃进了甲州深山之中，后来主从二人都被德川家康收了过去。

在勘兵卫奉家康密令作为间谍活动于诸国时，他改名为佐治助右卫门，加入了丰臣秀吉手下，担任其祐笔，俸禄五十石。其间，正是他将城内情报透露给勘兵卫，而勘兵卫再报告给家康。

“也就是说，你一家两代都是关东的间谍啰？”

“不错。”阿国垂头说道，“我一直以为，若是真田家伊贺众才藏大人能够娶我为妻，就算是勘兵卫大人，恐怕也会出于忌惮，再不起用我才是。”

“你这推销的手段倒是高明。要我娶你是吧？”

“若想让我放弃隐密的工作，总该给我一个能够放弃的条件吧。”

才藏看着面前这个狡猾的女子，不禁苦笑。

才藏思索片刻，突然用一种仿佛初次见到某种生物般的眼神，盯着阿国娇弱的身体。阿国被他看得全身发毛，伸手拨拢自己的衣摆，不解地问道：“为什么要这样看着我？”

“你……是勘兵卫的情妇吧。”

“……”那一瞬间，阿国只觉得眼前一片空白。

“我是这么想的。就算对你而言，勘兵卫也许真的不过就是主君而已。如果你是男人，倒是不好说，但身为女人的你，绝对不会只是因为这样的理由，就甘愿对勘兵卫唯命是从。勘兵卫还是浪人身份的时候，为了将你改造成他的‘撇点撇横’，就一直与身在大坂大野屋敷的你暗通款曲。你甘愿踏上这座危桥，全都是为了自己的情夫。”

“不！不是这样的！”然而声音却没有底气。

“你是谁的妻子，都无所谓。”才藏自嘲，“与我没有半点相干。我这一辈子，都将与行云流水为伴。”说完，右手突然抓起刀柄，“阿国，你看着！”

阿国瞠目地注视着才藏，似乎以为他疯了一般。

刀光闪过，隔扇上那幅白山茶绘顷刻裂为两半。阿国见状发出了尖叫。因为她看到那画上原本应该是白色的山茶花，正渐渐被染成红色。

“出来!”才藏一脚踢倒隔扇。出现在面前的，正是先前看到的那个兵法者。此刻他的左肩上，正汩汩地渗着鲜血。

“终于来了。不枉我离开时一番大张旗鼓的行动，就是在等着你们跟上来啊，这位贵客，敢问大名?”

“听好了。中条流兵法者日野左内!”

“勘兵卫花钱雇来的吧。”

“看招!”

这一刀来得太快。才藏根本来不及应付，只得在榻榻米上向后一跃，一直退到壁龛前，连带着把青瓷作的狮子形状的香炉也绊倒了。

左内持中段，朝阿国努了努下巴：“快逃吧。小幡大人在等着你。”

“我不走！我是才藏大人的妻子!”

“你疯了么?”

“左内。”才藏插入两人的对话，“看来勘兵卫和阿国两口子正在吵架呀。赶紧把她带回去，让他们和好吧。”

“你这小子!”电光石火之间，左内的刀已经刺了过来。才藏却并没有躲开的意思，只是微微地沉下了腰。刹那之后，榻榻米上就多了一具左内的尸体。他胸口上插着的，正是才藏掷出的胁差。

“阿国。”才藏从尸体上拔出自己的胁差，看着阿国，“你我不会再见了吧。我的确曾经有意于你。但伊贺人的心中，本就没有女人的位置。现在想来，生出那般心思的自己真是蠢得可以啊。”

说完这些话，才藏转身走出了房间。

夏之阵

才藏离开堺后又去了趟京都，再绕道至伊贺，在久违的故乡休整了一番。当他回到大坂时，已经是樱花含苞待放的季节了。刚一迈进大坂的市街（这，这是……），他不禁为眼前的情形感到错愕。城内二之丸到三之丸之间的模样，已经面目全非。

数以万计的力工挤满了城中的街道，一个个都像工蚁般在忙碌着什么。仔细观察，就会发现他们是在填埋护渠。不止是护渠，二之丸的千贯橹也被弄垮。绕到西之丸，还能发现连大野修理的宅院也被破坏掉了。

才藏一回到真田丸，马上抓来佐助质问："到底是怎么回事儿？"

"这事儿说起来诡异得很。"佐助的笑容里，夹杂着些许阴郁。

佐助告诉才藏，在停战时举行的与关东之间的议和会议上，家康交给秀赖一份宣誓书。上面写着——

一、确保丰臣家领地（摄河泉六十五万七千石）。

二、对于城内新旧将士的身份，并无异议。

而秀赖递给家康的宣誓书上则写着——

一、对家康及秀忠绝无二心。

二、诸事皆事先告知后实行。

然而问题就在于，不论哪一份宣誓书上，都丝毫没有提及“破城”之事。只有家康“口头”上不经意提出的“难得我专程大老远地从关东来一趟。至少还是把外围的护渠掩埋一番，也算是留个出阵的印记吧。”

因为家康说得十分轻巧，反倒没人发现这才是他最根本的用意，一个个竟都表示“如果只是外围的护渠……”，而纷纷默认了。

于是乎家康指派松平忠明、本多康纪、本多忠政为奉行，立即将破城的土木工作分配给了诸藩首领，然后自己带着轻兵回了骏府。

谁知道工程开始后，便渐渐朝着奇怪的方向发展下去。力工们在诸藩的竞争督励下，不止是三之丸，竟然开始填埋起二之丸的护渠来。大野修理大惊失色，马上造访松平忠明，指责其违约的行为，然而得到的答复却是——

“这些都是大御所的命令。若是有意见，就请派使者去骏府。”

淀殿方面，也遣了自己手下的侍女阿玉局去质问家康的部将成濑隼人正，而隼人正也是装作没听见一般，只是对阿玉的美貌赞不绝口：“太美了！若是能与如你一般的可人儿一尽春宵，我这个庸俗的三河人隼人，愿意赔上这条性命啊。”还不忘调戏一番。

怒火中烧的大野修理又亲自去向留在京都的家康谋将本多正信申诉，而正信俨然一副不知情的样子。

“岂有此理。那几个奉行也太不像话了，一定是他们曲解了大御所的意思。在下也认为应该立即返回骏府向大御所报告此事。不巧的是，在下这几日受了风寒，待在下痊愈之后再行动也无妨吧？”

随后，大坂方无奈又向家康派出了使者。家康表示惊讶，并扬言“一定会好好教训那几个奉行”。但也只是说说罢了，工程依旧进行着。事到如今，大坂城几乎已与裸城无异。

在才藏眼里，大坂城的首脑阶层都是无能之辈，简直让人怀疑他们到底是不是脑子不正常。

最高权力者淀殿被二位局、大藏卿局、正永尼等一干有些小聪明的妇人簇拥着，手握军事、外交的主导权。而这些人中唯一的一个男子，便是秀赖家老大野修理治长。

但治长这人有今天的地位，不过因为他是淀殿的女官大藏卿局之子。即便有些才能，也不过是小商人的程度。

家康打从一开始就存心要作弄这支由寡妇、女官还有女官儿子组成的领导队伍。如哄小孩子一般幼稚的外交手段，却能如此顺利地剥掉大坂城的外衣。怪不得家康老奸巨猾，一切都是因为大坂方太过无能。

首脑部的无能，后藤又兵卫、真田幸村、明石扫部、长曾我部盛亲等浪人大将们看在眼里，也是心灰意冷。

他们只被允许担当战斗之职，在战略及外交上根本不让他们插手分毫。

冬之阵和议之时，几位也提出“这是家康设下的陷阱”，而强烈反对过。一开始秀赖也赞同浪人诸将的意见。但后来治长在私底下又找到秀赖。

“自家之事，怎能容得那些浪人来决定？不过都是被这个城捡回来的人罢了，对他们而言，要是没了战争，就只能再回去饿着等死啊。所以他们才如此反对和议。”

秀赖在听完治长的言论后，竟点头表示“原来如此，竟是这样”。

有如此愚不可及的首脑存在，大坂如何还有能力与关东进行二分天下的对弈？

才藏去向幸村请安，报告自己回城。

“哦，你回来啦。”幸村一见到他，立刻心情大好。他是真心喜欢这个不属于任何组织和场所的，叫做雾隐才藏的男人。“堺和京都的情势如何啊？”

“实在是不太好启齿，不单是普通民众，就连下人之中如今也没有人觉得大坂会获胜了。”

“那是当然。敌人攻不下的城池，却往往溃陷在守城者自己的手中。”幸村所言并非毫无根据。庆长五年（1600）秋天，他就曾与父亲昌幸一同响应石田三成出兵，死守信州上田城。当时正因为有他们拖住了家康第二军秀忠的军队，才导致秀忠最终没有来得及赶赴关原加入战阵。对幸村而言，区区一座上田小城，便能抵抗住天下的大军而不落城，至于大坂城，若是方针正确，万万没有被攻陷的理由。

“事已至此，如今留在我们手中的，就剩下这座裸城，怎么想也是回天乏术了呀。下一仗，就让我以城外的山野为阵地，尽情冲锋吧。我要让真田左卫门佐之名流芳后世。只要这么一想，我就兴奋得夜不能寐啊。”说完，幸村大笑起来。笑声中尽是爽朗。

家康眼见大坂城变得一丝不挂，立马向秀赖抛出了两三个难题。受到惊吓的淀殿马上将大藏卿局及常高院等女官派到骏府，妄图乞得家康的宽容，但家康根本不把她们放在眼里。元和元年（1615）三月，他向诸大名下达了大坂讨伐令。

无奈之下，大坂方也只得重整军备，再次向诸国发出浪人征召令，这一次，依旧聚集了十万余人。

城内每日举行军事会议，以幸村为首，后藤又兵卫、木村长门守重成等人纷纷主张“在敌军行动之前主动出击”。

毕竟没了坚不可摧的堡垒后，留给他们的只有野外决战这一条路可走了。然而家康最擅长的，偏偏就是野战，所以又必须尽可能地避开大型会战。如此一来，最佳的对策就是在家康大军出现之前，抢先手尽全力将前卫部队歼灭，斩断家康的手足之后，再与其决一死战。

可如此简单的道理，大野修理却还是不明白。

“此举对我军不利。”他零零碎碎地提出了各种理由，总之就是推崇大会战。因为双方分歧，军议毫无进展，始终没有一个结论。

一天夜里，后藤又兵卫造访真田丸，若有所思地对幸村说：“修理的样子有些不太对劲啊。”

幸村听他这么一说，也点头道：“你也这么看？从修理的言行来看，他对军略的熟悉程度，倒是比起冬之阵时更深了。不过一般来说仅仅数月，就能够变得如此熟练地运用军事术语么?”

“不，那样子看来不像是临时抱佛脚从兵书上学来的。

恐怕他是被臭狐狸给找上了呀。”

“此言有理。”幸村摇铃唤来近习，“叫才藏来。”

又兵卫接着说道：“前几日征召浪人时，我发现多了许多新面孔。说不定其中就有关东方面的人化身间谍混在其中，然后被修理看中带入了自己的幕营。”

片刻后，才藏出现在距离两人较远的下座方向。

“凑近些。”幸村一边朝着才藏招手，一边向又兵卫介绍道，“这一个，就是驱赶狐狸的高手。”

又兵卫看了一眼下座的才藏：“伊贺忍者？”

“正是。”才藏低声回应道。

“瞧这一身的气势，身为伊贺忍者实在有些大材小用啊。早就听说真田大人手下忍术高手云集，我还是第一次见到这个人。叫什么名字？”

“哎？”面对又兵卫朴素的问题，才藏苦笑着回答，“忍者无名无姓。但世人都称我为雾隐才藏。”

才藏不得已踏上了“驱赶大野修理身边狐狸”的路途。为了让他能够在城中各个阵所畅通无阻，真田幸村为他准备了亲笔书写的通关手札，其身份也成了幸村的“使者”。因此他身着平装，身边也无随从。

才藏离开真田丸的时候，还是午后时分。等他绕过城内曲曲折折的道路，终于进入本丸的城郭之内时，太阳已经开始落山了。城内竟宽广到了如此地步。

他打算先去见隐岐殿。说不定她对至亲大野修理身边的一些事略有了解。

……但事情远没有那么简单。毕竟隐岐殿真正的身份是淀殿身边的女官，一旦回了城，就不是那么容易能见到了。与在京都作为隐密活动之时自不能相提并论，如今的她可以说是云层上方高不可攀的存在。

（对方可是上臈。要是走正规的途径去见她，也许反倒弄巧成拙，弄不好还会给左卫门佐大人带来麻烦。还是等到夜里摸进去吧。）

隐岐殿的长局[1]，在一座俗称杜鹃屋敷的建筑物内。

……恰逢那日隐岐殿不当班，留在自己的局中。晚膳之后，她闲得无聊，于是唤来三名家臣（侍女），玩起了南蛮骨牌。

过了很久，隐岐殿也没有收手的迹象。其中一名家臣看她虽然手拿骨牌，但心思却似乎根本不在上面，终于忍不住开口道："主人。夜色已晚。明日是您当值之日，还是早些歇息吧。"

"好。"听到家臣劝告，她回过神来露出一个微笑。

其实这天从傍晚起，她就莫名地觉得胸中有些忐忑。也不知为何，心中突然就被才藏的事装得满满的。她正愁这样下去恐怕无法入睡。

“那就索性玩到天亮吧。”

“这……”家臣们面面相觑，眼神中难掩惊讶。

这时候的才藏，正躲在天花板里一边打瞌睡，一边听着房间里的谈话声。时不时地还会像想起了什么一样，从天花板的缝隙里瞄一瞄下方的情况。

（这真是那个隐岐殿?）也怨不得才藏如此惊讶。在他看来，眼前这个隐岐殿，与过去相比简直就像是换了个人。

一颦一笑，一言一行，那谈笑俏皮的神情动作，怎么看也都是个单纯烂漫的小姑娘。

（不对，说不定这天真无邪的样子，才是她的本来面目。）

正因为她是这样的一个女子，在她被赋予京都隐密头领的重任时，才不得不将自己全副武装起来，利用与生俱来的才能，勉强地扮演着另一个自己吧。

这时，一个年长的家臣神情严肃地叫住她：“小姐……”说话的口气，完全就像是在教育幼女一般，“快些歇息吧。骨牌明夜再玩便是!”

“不要。”隐岐殿头摇得拨浪鼓似的，“你们要睡，就自己先睡嘛。”隐岐殿的这些行为，看在才藏眼里，着实是新鲜到让他心疼。

虽然隐岐殿放出豪言，但当戌之下刻（晚上九点）的太鼓声响起时，阵阵袭来的困意让她也有些撑不住了。

“我去睡了。”说完就扔下了骨牌。

“正应如此。”侍女们赶紧上前替她宽衣，再为她换上了入睡时穿的小袖。这三个女家臣看来十分喜爱隐岐殿这个主人，只看她们的动作和态度，还会以为她们这是在给小女孩更衣。

“来，入睡前先去净手吧。”其中一人手持烛台站起了身。

隐岐殿走在长长的走廊上，一边用手不停地揉着眼睛。

“看来您也是困得紧了。谁让您偏执于那样的胜负之事呢。”

“嗯……”隐岐殿露出了十分孩子气的表情。她从侍女手中接过烛台，走进了厕屋。

这间厕屋有四叠大小，地面上铺着榻榻米，屋内还焚着香。

隐岐殿解完手正欲起身，突如其来的一阵风将她手中烛台上的火焰拉扯得扭曲起来。她忽地抬头一看，发现天花板上的木板已经被卸掉了三块，露出一个黑漆漆的洞口。

（啊！）不等她握住怀里的短刀，才藏就现身在了她的面前。

“是我。”

“您怎么偏得要选这样一个让人羞耻的地方出现?”

“没听说过厕所的神灵么。”

“这意思是，您就是厕所的神灵啰?”隐岐殿扑哧一笑。这样的表情，在她执行任务期间，才藏从未见过。这一刻，才藏的心中竟少有地生出了怜爱，一心只想将面前的人拥入怀中。当他想把手轻轻放在隐岐殿的肩上时，却被对方避开。

“听说你在守口之宿见过阿国了。你们都做了些什么?”

“哎哟，到底如何了呢?我这颗心的构造，就是会自动忘记太早前的事儿呀。”

“不说也罢。”

“我是来找你的。”

“没想到事到如今您竟然还会有事找我么?”

“是有关城中的大事。”

“如今的我已经不是隐密了。与你在京都的那段日子，也已经成为过去。早就被我忘得一干二净了。”

“别说得这么冷漠嘛。”

“真是稀奇了。”隐岐殿莞尔一笑，“才藏大人你竟然也会有在意女子心情的时候?”

“嘘，外面可听得到。”

“半刻之后，你再来寝室找我吧。我会支开家臣们等着你的。”

到了约好的时间，隐岐殿端坐在枕边，等待才藏的到来。不一会儿，隔扇无声无息地拉开，才藏走了进来。隐岐殿没有移动视线，只是死死地盯着他脚上的忍者足袋说：“我去给你沏杯茶吧。”

“先让我脱下这身再说。”说着便三下五除二地脱掉了黑色的装束，露出一身平装。

房间一角有一个炉子，旁边围着屏风，可以听见炉上正烧着水的声音。

“那我就不客气了。”才藏坐了下去。

隐岐殿也挪到炉前，保持着平静祥和的姿势，用充满生机的灵巧指尖沏好了茶。她将茶碗轻轻放到才藏的膝前，然后自己也慢慢地用双手托起茶碗，说：“真是许久不见了。原本距离守口驿站一别，并没过多少时日。也不知是因为其间战争勃发，才让人觉得似乎过了很久一般。”

“你平安就好。听说战争中家康的和兰陀（荷兰）炮弹炸碎了本丸的柱子，当时就在旁边的淀殿侍女们慌忙逃窜。你当时也逃走了吗？”才藏不忘逗弄她一番。

“逃了呀。”隐岐殿像是回忆起了当时的自己一样，笑着说，“说起来，当时好像还哭了呢。在京都的时候，做了那么多不像是女人该做的工作，原以为多少已经能克制住心中的恐惧。谁知道一回到城里，终究还是变回了自己。那一日，远雷般的大炮一大早就响个不停，那轰鸣声至今还残留在耳畔。”

“看你说得那柔弱劲儿。”

“我本就是柔弱温和的女子呀。”

“是么。可我怎么记得连我才藏也有好几次都差点栽在你手上啊。”

“求你，别再提从前了。京都的那个我，不是真正的我呀。”

“先说正事。”才藏打断话题的行为，招来隐岐殿一脸的不满，“是有关你兄长修理（大野治长）的事儿。修理大人近来有没有特别关照某个浪人男子？比如那种对军阵特别熟悉，又颇有才干，能言善道的。”

“叫什么？”

“这正是我想问你的。”

“这么说起来。兄长虽没有向我提起，但我的确听淀殿说过‘听说最近修理雇到一个让他如获至宝的人’这样的话。至于名字嘛，应该是叫小栗利兵卫。”

“你可曾在修理大人宅中见过此人？”

“见过。”隐岐殿将利兵卫的年纪、样貌以及身型描述了一遍。

（果然就是小幡勘兵卫。没想到他竟然混到城内权臣的身边去了，真是胆大包天。）

“那男人就是我们在找的狐狸。”

“你的意思是……”

“那不过是他的化名。其本名小幡勘兵卫，曾经是家康的近习。去年冬天那一战，他暂时加入了加贺前田阵营，现在则是干起了间谍的勾当。”

“间谍哦……”隐岐殿喃喃自语地看着远处，大概想起了自己也曾置身于那场动乱中的那些日子吧，“那么，才藏大人你又打算怎么对付那个小幡勘兵卫呢？”

“神不知鬼不觉地除掉他。”才藏满不在乎地回答。

“可他毕竟是兄长的宠臣，恐怕会招来不少麻烦。不如让我去劝说兄长，由他自己来下令的话，应当是更为妥当些。”

“不成，你把事情想得太过简单。要知道你兄长修理大人与真田、后藤、长曾我部盛亲等浪人大将们本就不和。要是他知道指出其人是间谍的其实是真田的话，免不得会认为是对方中伤自己的手段，妄自生出各种揣测。这种时候，就要按着忍者的做法来。他既然从暗处来，就让他葬身于暗处。”

“但我见着他的时候，他的身边一直跟着五个身强体壮的人。”

“五个？”（也许是风魔的人。）这是才藏的直觉。因为风魔总是以五人为单位行动。

“我这一趟算是来对了。你的这些情报，可算是帮我大忙了。”才藏正欲起身离开，隐岐殿只是将视线停在他身上，幽幽地说了一句：“才藏大人就像是一阵风……难道在你的身体里，没有属于人的心么……”

“心？”无心，是才藏所学伊贺忍术的理想极致。但在才藏那双低头看着隐岐殿的眼睛里，却分明带着这男人少有的爱怜之情。此刻他心中所想的是，今日一别，也许就是与隐岐殿的永别了吧？

“战争要是开始了，你千万不要跑到那些流弹横飞的地方去哦。”

“若是连城中也陷入战火呢？”

“那就逃走。”

“你是让我抛下右大臣、淀殿和我的兄长自己逃生么？”

“你在京都的时候，已经尽力为丰臣家做得够多了。你一个姑娘家，就算与城共存亡，也没人会称赞你什么。倒不如在剩下的年月里，为你自己而活。”

“可一旦城池陷落，战火四起、敌军肆虐的环境中，你让我一个女子怎么逃脱？”

“……”

“才藏大人你会来救我吗？”

“真拿你没办法。”才藏挤出一个苦瓜脸，“既然是我提出来的，那么你若是遇到万一，不管我身在何处，都会来救你，行了吧？”

“真的？”隐岐殿一脸天真地雀跃道，“既然你都说了，应该不会有假了吧。”

“我雾隐才藏向你保证。只要我还活在这个世上一天，就必定会做到。”

“说定了？”隐岐殿双膝立起，继续追问才藏。虽然她其实本就无所谓自己的生死，但出乎她意料的是，才藏竟然以性命承诺会来迎接她。这无疑带给了她精神与灵魂上的喜悦与震撼。

“才藏大人，快抱着我。不然我一定会倒下去的。”

此刻的小幡勘兵卫正感到不寒而栗。这也怪不得他。毕竟自己的手下，这些天来每天都会少掉一个。原本的五个人如今就只剩下俩了。

他们到底是何时，又是在何地被杀掉的，自己也毫无头绪。唯一可以确定的是，每天清晨，他们的尸体就会浮在本丸下的护渠水面上。致命伤都是右袈裟斩，且下手之人本领高超，均是一刀毙命。

（为什么刺客偏偏只对我的家臣下手？）敌人在暗处，其意图实在让人无法捉摸，这更让勘兵卫毛骨悚然。

大野修理从阵中目付那里听到了有关这件事的报告后，也认为其中有古怪。他叫来勘兵卫说："怪了。怎么被杀的只有你的手下呢？你是不是跟什么人结过仇呀？"

"大人，关于这件事……"不愧是未来在江户大兴门户的军学者，勘兵卫不慌不忙地搬出早已准备好的说辞，"绝不简单。那些人虽说是陪臣，但到底还是大人的家臣。依我看，恐怕这是城内的某些嫉妒大人权势的人所为呀。"

"要是针对我的话，我的家臣、与力众如此之多，为何又偏偏只对安排在你身边的人下手？"

"这个么……"勘兵卫思索片刻后接着说道，"在下身为新人，却备受大人您的重用，甚至还被提拔到了参谋之位。旁人看来在下必是大人您的心腹。他们一定是企图以加害我来达到让大人您受惊的目的。"

"那到底会是谁？"

“借一步说话。”勘兵卫凑到修理五尺之内，“从手段的高明细致上来看，除了真田左卫门佐不作他想。”

勘兵卫身为间谍的主要工作，就是离间实力派浪人诸将和谱代大野修理之间的关系，所以这种说法无疑是辩解与谋略的一石二鸟之计。不过这次，连蠢笨的大野修理也失笑道：“就算真田左卫门佐再有能耐，也犯不着做这类小动作吧。是你想多了。”

勘兵卫回到自己的宿阵，心里的不安蔓延开来。

(那刺客想来应该不是个等闲之辈。)

正如才藏所料，勘兵卫的手下们的确是在他入城时暗地从骏河、甲斐招来的风魔一族。每个人都身怀高超忍术，按理说不是那么轻易能对付的。

勘兵卫叫来了宿阵一室中剩下的两个风魔，问：“你们觉得对手会是谁?”

“恐怕是伊贺忍者。”

听到这句话，勘兵卫像是在掸去恐惧一般紧紧咬住了嘴唇。毕竟他也是个紧要关头敢只身闯入敌城的人，谨慎的背后蕴藏着不寻常的勇气。

“要是坐以待毙，就是中了刺客的圈套，无所适从。今晚起，就把这宿阵四周里外调查一番，只要发现踪迹，立刻格杀勿论。”

勘兵卫话音刚落，房间一角突然迸出一团火光，接着就冒出了浓浓的白烟。在场的人见状，纷纷惊慌起身。

“刺客！现出身……”勘兵卫正欲高呼，只觉白刃冰冷的触感搭上了自己的脖颈。

“别吵！”一个低沉的声音。刀刃一点点地陷入皮肉，最终使勘兵卫四肢平伏地趴在了地上。

“什，什么人！土藏！”勘兵卫叫了其中一个风魔的名字，“猪太郎？你们在干什么？”

“叫也没用……瞧着吧。”眼前的一幕，让勘兵卫差点失声叫出来。随着烟雾散去，榻榻米上黑影显现，分明就是那两个风魔的头颅。一个仰面朝天，一个睁眼瞪着烛台的方向。

“要不想跟他们一样，就给我老实点儿。”

“……”

“我有话要问你。小栗利兵卫，不，应该称呼你的本名小幡勘兵卫才对吧。”

勘兵卫手肘一弯，看来是认命了。

“我在堺的某座青楼里，见过你。”

“……”

“不仅如此，还偷偷听到了你的密计。虽然为了功名无可厚非，但胆敢深入敌营，也是胆量不小。我身为伊贺忍者，不禁对你有些钦佩。”

“呵呵。”勘兵卫这时像是略微放松下来，他笑出了声，说道，“要是这么佩服我，不如做我的弟子。”

“成啊。毕竟在伊贺被称为能人的我，也没能耐扮成敌人混入如此严密的城中。你身为一个忍术的门外汉，这作为倒是可圈可点。不过，在堺的时候，你遇到地震了是吧？”

“呃……”

“那是我弄出来的。”

勘兵卫立马闭上了嘴，一脸的难以置信。

“就算懂得那般奇术，潜入城中却仍是一大难题。你这个外行终究还是不走运，被我看破了行当，如今落到我的刀下。也算是对你的一次教训，今后再不准回到这里来。”

“噢——”勘兵卫狡猾地歪了歪嘴，“你的意思是要放了我？”

“一言既出，驷马难追。明日一早城门打开之时，别让我再看到你的影子。时至今日，就算捉到一两只你这样的臭狐狸，也不会对这座城有多大的作用。”

“我再问你一次，你是要放走我吗？”

“啊……”

“感激不尽。待到关东胜利的那一天，我会向上方推举你。”

“你个不怕死的。”才藏冷笑道，“别一副反倒是施恩于我的口气。要谢的话，就去谢阿国吧。我与阿国多少有些情义，所以才放你一条生路。仅此而已。”

家康为征讨大坂，于元和元年四月四日从骏府出发。虽然早就向诸侯下达了出征令，但家康本人为了隐藏自身的企图，声称西上是“为了参加尾张宰相义直的婚礼”。

同月十日，家康进入名古屋城。当日他就接见了从大坂城逃出来的小幡勘兵卫，而十三日，又迎来了曾与勘兵卫共同作为间谍潜伏大坂城内的织田有乐及其子尚长。家康从这三人口中听到了不少城内的情报。

同月十八日，家康入住京都二条城，将军秀忠则是在二十一日那天进入了伏见城。

这一时期，京都方面奥州的伊达政宗、筑前的黑田长政等远国大名都已到达。动员参与到进攻大坂的关东军队，这一次达到了二十万人的巨大规模。

另一方面，大坂方终于定下了“先敌进攻”的战略。因此先发制人地发兵大和、和泉，并将郡山、堺烧毁。至于对堺的处置，主要是因为堺商们虽身处丰臣领内却私通关东的缘故。

那一日，堺的街道燃起的火焰，连身在真田丸的才藏也能望到。让他痛心的是恐怕津野宗全的宅邸也难逃火难。

“真是……佐助啊。太孩子气了。”他咬牙切齿地说道，“这简直就与山贼无异。对方不过就是些买卖人，哪有不为自己打算的道理?”

大坂方的做法或多或少地已经开始偏离了常轨。

而大和方面，是只有一万石的城主筒井正次居住的郡山城。正次眼见敌众我寡，当即弃城而逃。大坂军入城后，焚烧城下，甚至还想趁机冲入奈良放火。大坂城派出了急使，以“奈良大寺众多，不得入内”之令阻止了这种行为，这才使奈良幸免于难。然而已经被火烧疯狂了的人，依旧还是对法隆寺村及龙田村等村落下了手，一把火烧掉之后，军队才从国分岭撤回了大坂。

堺失火是在四月二十八日这天。执行部队是大野治房的直辖部队，由五名部将指挥。

他们分别是大野道犬、塙团右卫门、御宿堪兵卫、冈部大学及长冈正近。他们领兵攻入堺，将畿内诸城攻破直至岸和田后，大野治房向先锋大将冈部大学下达了指令。

急功近利的塙团右卫门得知后甚是不悦，叫嚷着“凭什么把我撇一边，让大学去当先锋”，就擅自开始冲锋，以至于只带了轻兵的他在樫井附近与浅野军队展开激战，乱军之中不幸战死。

翌日，樫井败绩传回城中。虽然大家纷纷谴责团右卫门的莽撞打乱了作战的计划，但才藏却不予苟同。事实上，团右卫门早就看清大坂已无胜算，因此才想要寻找一种方式，能够名留青史死得其所吧。说他是自杀也一点不为过。

泉州樫井的残兵满身血污地回到城内时，已经是五月一日的午后了。极度的疲劳，令他们一进城便脱下具足，选了阴凉处，光着身子不分场合倒地大睡。

才藏作为幸村使者前去本丸的路上，就经过了他们的所在之地。一群群人围在一起，高声讨论着。

“怎么就说那是场败仗了呢?”有的武者歪着脖子一脸不解。他的同伴立刻接过话茬道:“就是，我也弄不明白了。当时我虽然只是预备队吧，可我一直就听着前线的铁炮响个不停，也没见有敌人攻过来啊。再说我们人多，根本就没想过会输呀。哪想没多久，竟然就让我们撤了。简直就像是白去岸和田、贝塚郊外走了一趟嘛。”

“我呀，那时候就在前面。亲眼看到了那场战争。那绝对是胜仗呀。”

“怎么说?”不知是谁从旁问了一句。

“虽然先锋塙团右卫门大人的确是冲过了头战死了，但不也仅限于此么？整体来说，我方军队基本无伤，人数也更多。怎么就不能在那儿乘胜追击一把？”

“大野大人懦弱得很呀。”

“我年轻的时候是参加过关原之战的，战争根本就是不顾一切啊。乱军之中，谁还弄得清己方到底是赢还是输了。可只要听到大将级别的人，大声叫唤着‘势在必得！冲啊！冲啊！’一类的话，力量一下子就涌出来了。这就是大将存在的意义啊。像大野大人那样，看到前锋略有受损，就立马撤军，实在不是大将风范。”

如今连身份低微的士卒之中，也充满了对大坂城首脑部的不信任感。

才藏正要走上通往本丸的台阶时，从上方走下来一个带着近习的魁梧武将。是后藤又兵卫。看样子刚从本丸的军议会回来，闷闷不乐。

他发现才藏后立马停下脚步，忽然地就换上了一张笑脸。

“哎哟，这不是前几天那位无名大人么。”

“……”才藏在台阶右侧站定，单膝跪地苦笑着。

“来得正是时候。”又兵卫毫无架子地凑到他跟前，突然蹲了下来，语气中带着戏谑，“我说美男子。单这么看你，似乎跟我这张臭男人的脸也没什么区别嘛，可我怎么就没什么女人缘。你又为什么那么得女人欢心呢，说来听听？”

“您这样拿在下打趣，着实让在下有些为难呀。”

“我可是在佩服你啊。怎样，要不要吃点心？”说完又兵卫拿出了一个纸包摊开来放在地上，看样子应该是从本丸拿来的点心。据说又兵卫虽不饮酒，对甜食却爱不释手。

他自己先拿起了一个：“你也吃吧。”一边催促才藏，一边对身后的近习说，“你们那谁谁谁，不懂得什么叫亲切么？既然是野点[2]，是不是该沏些茶来呀？”

“啊！是！这就去准备。”两三名近习立刻朝着位于附近的赤座直规的屯所跑去。大家都十分喜爱又兵卫带着稚气的地方。从他们脸上露出的明朗笑容，就能看得出来。在才藏看来，他们并非将又兵卫当作主人在敬畏，而是把他当做一个普通长辈，打从心底里敬爱着他。这一点实在是了不起。毕竟又兵卫与他家臣之间的关系，并非是累代的主从。他们一开始都是身为浪人来到这座城里，在这里结缘。但他们之间那种浓得化不开的感情，却是只有做了百年主从的人之间才会有的。

不多久，近习们回来了。一个拿了篝火代替炉子，用铁锅充当茶釜。另一个则摸出两支军营里常用的竹筒，当做茶碗。最后回来的那个人，竟然还搬来了一扇古屏风，也不知是从哪儿找来的。

“哎哟，你弄来的东西不错嘛！”

“要没这个，哪儿能有饮茶的气氛。”

“不过风 吹就倒了啊。”

“您放心。有我们在背后给大人您撑着。”

“大人，这边是坐垫。”一个近习又为又兵卫与他的客人在地面上铺好了草席，“这样就万事俱备了。”

“感激呀。”

又兵卫对近习们所做的每一件事都点头肯定，眼睛还不停地眨巴着。年轻时被称为日本第一勇武的后藤又兵卫，如今也是五十有六的年纪。也许是岁月让他变成了多愁善感的人吧。

“像这样坐在草席上，用竹筒喝着茶，总让人想起还在京都河滩上乞食的那段日子啊。”

“身为伊贺忍者，竟能得赐茶点，实在是不胜荣幸。”

“说什么呐。我原本也就是个乞丐罢了。”说着，又笑了起来，“人啊，真是奇妙的生物呢。一旦知道吾命已不久矣，随便看到什么人都会觉得他们可爱起来。更何况是看到有你这般气概的男儿，过去的种种涌上心头啊。这才不分场合地就把你拉到路边来了。”

“真是过分呐。”

“话说回来，方才说起美男子的事儿。”又兵卫放下手中的茶碗，“昨日我见到隐岐殿了。她对我说她想见你哟。”

“恕在下冒昧。后藤大人您与隐岐殿是何交情?”

“因缘不浅呐。我在京都的时候,全靠着她暗中扶持。”

“原来如此。”才藏端起茶碗,想把自己的羞涩隐藏起来。

“好啦。”又兵卫笑道,“隐岐殿告诉我,要是见到你,务必让你去找她。”

“您就别消遣我了吧。不过据我所知,隐岐殿不是会说这种话的女子。”

“嘿!”这下又兵卫乐了,“你是不知道我又兵卫和隐岐殿交情有多好才这么说的吧。隐岐殿啊,在我面前什么都说,毫无保留。你们在京都的那些事儿,我可都听她说了。要是我把话说明白了,你在我面前可就抬不起头啦。”

“……”

“这座城还能支撑多久,谁也拿不准。对一个女子来说,哪怕是最后仅存的时间也好,也想再尝尝这世间所谓爱怜的滋味吧。”这种话,实在不像是又兵卫这样的人会说出口的。

突然,才藏心生了一个想法。说不定能拜托这个又兵卫在城池攻陷前带隐岐殿逃出生天了。

“大人。”才藏欲言又止,他感受到又兵卫看着自己的目光异样明亮。只有看清了自身命运的人,才会拥有如此眼神。

又兵卫话锋一转："才藏，你是个忍者。身为忍者的你，会穿上具足上阵杀敌吗?"

"不会。"

"可惜呀。战争可是十分有趣的呀。要不要去跟真田大人说说？要是大人说不行，就跟着我如何?"

"人有分工。对在下而言，背负指物乘马冲锋这样的活，只要想想就厌倦得很。"

"厌倦么……"

"是的。"

"也许真是这样吧。我从隐岐殿那里听说了，你在京都、海道已经让关东一方吃了不少苦头。应该说属于你的战争，在你入城的那一刻，就已经结束了吧。"

没有酒量的又兵卫，露出了仿佛连茶也把他给喝醉了一般的表情："再来一杯，怎样?"

"足够了。"

"我啊……"又兵卫拍着下巴的右边说，"有牙痛的毛病。听说喝茶能治牙痛啊，就再来一杯吧。"

"要真那么痛的话，治疗一下不是更好?"

"哦？难不成忍者还会治疗牙齿?"

"略懂。"

“成吧。方才我在军议上才提出了御敌的秘策。只要计划能够顺利实行，回城之后我就去找你给我治治。要是没成功的话估计就没命了。那个世界，应该没有牙痛了吧。”

“别急着去送死。”

“怎么可能。你也是，能活多久就得好好地活多久呀。”又兵卫缓缓起身。西风吹起，眼下赤座阵营中随风招展的旗海，正向着天空发出鸣响。

那夜，才藏突然兴起，潜进了隐岐殿的寓所，坐到她的枕边，将嘴唇凑到隐岐殿小巧的耳垂边上轻声道：“我得到后藤大人的传言了。找我，何事？”

“啊！”

才藏捂住她的嘴：“别出声。你的侍女可就睡在旁边房间里。”

隐岐殿握住才藏的手，确认道：“当真是才藏大人？”

“那是。”

“刚才，我梦到才藏大人了。现在，就像是梦的延续一样。”

“有事还不快说。”

“其实没什么事儿。只是，我想你了。”

“是么。那几日之后我会再来。到时候，就是我们的战争打响之时。我将会如修罗一般冲入敌军的人海之中。在那之前，你必须好好地留在这里。”

才藏正欲起身离开。

“不行！”隐岐殿一改往日的语气，高声叫住了他，“别走。留在这里，你必须留在这里给我慰藉。才藏大人，你让一个女子说出这样的话，真是坏人。”

“我就是坏人。”

“你会下地狱的。”

“啊，下就下。”

这座城已经失去了光鲜。所有的话题，自然开始围绕着死这个主题。

“我倒巴不得下地狱。到时候去找找狱卒的茬儿，大闹一场也不失为一件乐事。”

“要是才藏大人去了地狱，我也会跟去的。”

“打住，别说这种丧气话。”才藏用他与生俱来的明朗声调对隐岐殿说道，“这座城会被灭。本该沦陷的大坂城终究会落城。弱肉强食，是大自然的规律。当年太阁也是除掉了自己主人信长的子弟，才夺得了天下。如今家康要灭掉太阁的遗孤，不过是太阁生前作为的重演罢了。要是反过来，大坂获胜，灭亡的是德川家的话，又会怎样？”

“……”

“天下会陷入一片黑暗之中。那个脸上涂满厚厚妆粉的老妇就会跟愚昧的右大臣手牵手地君临天下。在那样的背景下，似你兄长那般头脑不灵光的人身处政要，手持大权。丰臣家气数已尽。它的灭亡是对这个世界最后的贡献。诸侯们并不傻，只要他们明白这点，就不会有人再愿意对旧主伸出援手的。”

“才藏大人你的话里有反意……”

“这算是反意么？要知道我为了这个与我本无缘的丰臣家付出了多少。只不过，我自己其实也觉得挺有意思的就是了。”

“行了。别再提家中之事！”

“这些话听在你耳里不好受吧。”

“是的……”

外面似乎下起了雨。雨点拍打在风门上的声音渐渐密集起来，才藏与隐岐殿突然默契地选择了沉默，静静地听着雨声。

后藤又兵卫提出了能一转大坂城颓势的必胜作战方案，并在军议上得到采纳。即先由真田幸村、长曾我部盛亲、木村重成等人将东军引至四天王寺周边进行决战，却未得又兵卫的首肯。

“四天王寺一带，地势过于开阔。”虽然又兵卫也赞成真田幸村的意见，认为应该弃掉等同裸城的大坂城，将决战战场移到野外去，但他同样认为四天王寺附近的平原地带作为战场并不合适。

“家康可是野战的行家。加之东军兵力比我方更为精锐。若是进行平原战，那就正中家康的下怀，一切都会被他牵着鼻子走。”

“你说的有道理，不过……”大野修理治长插嘴道，“咱们城池的附近可没有山地呀。又兵卫大人你如此不屑平原，难不成事到如今还打算在摄河泉修几座山出来么？”

“你……”又兵卫强忍怒气。修理这人并不能算恶人，不过身为秀赖侧近，拥有权势，因而措辞言行实在是让人火大。又兵卫白了修理一眼，“谁在说要筑山了？”

“我不过是打个比方罢了。”

“如此场合用不着你来打什么比方！”又兵卫说完就把脸别开了。

幸村见状赶紧上前打圆场：“后藤大人。如今心中有什么愤慨，都将它雪藏到取得胜利那一天如何？现在咱们的敌人是家康。请你继续介绍你的战略吧。”

明石扫部全登和长曾我部宫内少辅盛亲也连忙附和：“后藤大人，我们还想继续听下去呀。”

听到这些，又兵卫的情绪总算缓和些许，继续说道：“正如修理大人所言，摄河泉平野上没有山地。但河泉、大和境内则有生驹、信贵、葛城、金刚山的延绵山脉。从敌人的主力构成来看，他们应该从大和方向攻来。至少我是这么看的。”

“合情合理。”幸村点头赞成。

“只要我们在大和国境之内集中兵力等候敌人到来，然后再采取连续击破的战术。敌军必然会往奈良、郡山方向撤退，如此若是敌军意欲再次发起攻势，估计也要花上好几天。到时候，我们再根据当时情况定下应变之策如何？”

不得不说这是一个宏伟的作战计划。

大和与河内之间的山脉中，包括小道在内，约有十七条可翻越的山路。然而其中能够供大部队人马通过的，只有北面暗岭、龟之濑越以及关屋越三条大道。龟之濑与关屋越这条路又会在河内的国分地区汇流。在又兵卫看来，国分的地势成口袋形状，易守难攻，只要将主力部队安置在此，必定能够战胜来敌。

“有意思。”其余诸将纷纷表示赞同。

后藤又兵卫基次的方案被采纳后，大坂方终于开始向大和口方向出击，而各位将士的部署也定了下来。

前锋队由后藤基次、薄田兼相、井上定利、山川贤信、北川宣胜、山本公雄、槙岛重利、明石全登带领，共计六千四百人。

护卫队由真田幸村、毛利胜永、福岛正守（东军福岛正则之弟）、渡边纠、小仓行春、大谷吉胤、长冈兴秋、宫田时定率领，共计一万二千人。

城内因为各种出击的准备乱成一团，就在这个关头，却发生了一件意料之外的变故。后藤又兵卫不知为何而大怒，带着自己手下的两千人，不等后续部队跟上，便在五月一日夜里悄悄地孤军出城而去。

这一来，饶是淀殿和秀赖也慌了阵脚，立即下令召集其余诸将至本丸。

真田幸村带着数名近习离开真田丸时，对跪在一边的才藏说："听说前几日你与后藤大人在本丸下的台阶上饮过茶？"

"是。"

"他那时心情怎样？"

"后藤大人当时对在下说他是在刚献完秘策返回的路上，心情大好。我也听说后来他的计策被采纳，后藤大人缘何会突然悲愤心起，不等军令下达自己就先出发了呢？"

"那的确是他的风格啊。"幸村苦笑。

“也就是说，后藤大人的愤怒，果然是因为修理大人插手么……”

“哦？你也知道了？”

“如今城中恐怕是无人不晓吧。”

从士卒们之间流传的议论来看，整件事问题就在大野修理身上。据说他在向秀赖报告军情的时候，将又兵卫煞费苦心想到的良策揽到了自己的头上。又兵卫从秀赖的近习那里得知此事后义愤填膺，仰天道：“如此生死存亡之秋，心中却只有如何抢夺他人成果之事，简直无可救药。若是要以那般人物为大将，我情愿早一步遇敌战死沙场。”

对于年过五十的又兵卫来说，一心想的是将这场大坂攻防战作为自己武将生涯的最后舞台。为了让功名能流芳后世，自然少不了明确的事情经过。然而丰臣家谱代大野治长，却连这个浪人部将倾注悲壮的功绩都不放过。

“事到如今，只有一死！”怨不得又兵卫会如此怒气冲冲地带兵孤军出阵。

幸村赶到军议场所时，秀赖顶着一张惨白僵硬的脸命令道：“真田卿，即刻出兵后援！”

然而幸村身为后卫队指挥，当时部队根本没做好万全的准备。无奈之下，他只得接收了原本应该由又兵卫指挥的前锋队诸将的队伍。

另一方面，东军诸队从大和宿营地出发，五月五日这天，三万大军果然如又兵卫推测的那样，出现在了河内国分越的附近。

这一天，又兵卫的部队已经抵达大坂南郊平野乡一带，而幸村的部队还在后方的天王寺附近集阵。

才藏再次作为幸村的使者出发，依旧如往常一般只骑着一匹马，身着平装，并未佩戴头盔与具足。幸村见他这身打扮，出声招呼他："这可防不了流弹。"

才藏听到后，只是无畏地一笑："无妨。这样子，一旦有什么危险反而跑得更利索些。"

这一日黄昏前，幸村与毛利丰前守胜永一同进入了位于平野乡的又兵卫幕营，准备为第二天的决战做最后的商讨。

之后，幸村、又兵卫、胜永三人饮下诀别酒，并彼此表示："明日长驱直行，冲入家康、秀忠本阵。若不能取下他二人项上人头，就只有葬身于荒野！两者只取其一！"

当时又兵卫挥泪向二将讲述了一件往事。

"城中曾有人散布过在下被策反的风言风语。"

这件事其实幸村与胜永也早有耳闻。就在之前的冬之阵结束后，家康得知谋将本多正信在相国寺有位叫做扬西堂的旧识，此人与又兵卫有些交情，便让那僧人找到又兵卫，劝他归降：“只要你愿意离开大坂城，就赐予你播磨一国五十万石如何？”又兵卫见身为敌将的家康竟如此器重自己，不禁感激涕零。

“不过，”他最终还是拒绝了，“若是立场颠倒，如日中天的是大坂，而危在旦夕的是关东，我又兵卫必将责无旁贷地接受。但如今的情势下，我若是抛下风中残烛的丰臣家倒戈至德川，那么世人必会评价我后藤又兵卫不过是个利欲熏心的小人。这件事，就当做你没提过吧。”

这之后，事情的经过却以各种不同的形式在城中流传，终于招致了大野治长等人的怀疑。

其实不只又兵卫，家康对当时守城的诸将都做了相应的工作，其中也包括幸村。不过幸村自然与又兵卫一样拒绝了劝降，当然，结果也同样招来了治长的怀疑。

“如此……”又兵卫对幸村及胜永说道，“明日便尽毕生之力而战，一死方休！”

当夜零点，又兵卫率二千八百兵士从平野乡出发。数百松明沿大和街道一路南下，拂晓时分就抵达了藤井寺村。

藤井寺村前方不远就是道明寺村，原本按计划，又兵卫的军队将在黎明前与幸村、胜永带领的一万多人的守卫部队在此会合。然而天公不作美，由于夜里的浓雾，后继部队行军受阻。当前方已经出现零散敌军时，道明寺村的己方军队却只有后藤部队。

（继续等，还是冲上去?）又兵卫只犹豫了片刻，便领兵进军。

又兵卫带兵占领了能够俯瞰大和街道的小松山。

“接下来该怎样收拾这些敌人呢。”他坐在松墩之上，盯着脚下涌动的人马。最后他选择将兵力划分为数队，利用进退自如的机动力，倒是给了蜂拥而至的敌人不少颜色。

他首先让一队人击溃了东军先锋松仓重政队伍，然后趁热打铁地追发一队急行军，一面掩护铁炮队，一面与敌军本队的水野日向守大军展开激战。不久，发现胜成手下的先遣队陷入混乱，又兵卫见机下达“给我上”的指令，又加派了一支预备队。

又兵卫军在短时间内可以说是取得了压倒性的胜利。但这种一边倒的局面却并未持续多久。由伊达政宗率领的东军大部队现身国分丘陵，作为中继的本多忠政大军及后卫部队的松平忠明军也相继赶到。一时间两万三千余人的大军齐集，而后藤部队却只有仅仅两千八百人。

一片混战后。又兵卫本人终于上马，带上左右不过三四十骑人马一路朝山麓地带冲锋。正在他身下马蹄如飞般越草而过时，一颗来自伊达队中的弹丸贯穿了他的胸口。

从马上坠下后，又兵卫一息尚存。家臣金马平右卫门见状立即下马准备扶起他，却被他制止。

“罢了。”又兵卫摆摆手，咳出几口血和堵住咽喉的痰，总算回过一口气后，缓缓地吐出一句，“把我的头砍下来，绝不能让敌人给拿去。”

平右卫门茫然不知所措。在被又兵卫怒喝数声后，他才不情不愿地绕到又兵卫身后，砍下其首级埋在路边田地里，又转身投入乱战之中。

那一日，在知晓又兵卫战死的消息后，许多人久久不愿离去。如此情形发生在并非主从关系的他们之间，也成就了一段佳话。这也许就是又兵卫深得将士人心的最好证据吧。在这一战中，作后藤队后援的薄田隼人正兼相、井上定利也相继战死。

因浓雾耽搁行程的幸村部队抵达藤井寺时，已是激战结束后的早上十一点左右。

幸村部队首先收容了败退下来的残兵，在应神帝陵旁的土堤上布阵，将追击而来的东军击破，一路退出七八町的距离。途中城内快马加鞭派来使者，带来了若江、八尾方面并进中的己方军队败退的消息。

“此方面敌军正以锐不可当之势攻向城下，速速回军！”在治长的军令之下，众人不得不再次起兵回撤。

待到部队撤回城内，猿飞佐助找到才藏，对他说：“看来这一战大局已定。”

才藏露出一脸落寞的苦笑：“这位右府大人（秀赖），看来真是时运不济呀。今日一战，要是没有那场浓雾，只要真田部队急行军与后藤部队顺利会合，必能齐心合力将敌人撵出国分岭。摊上一个在运、才、勇三件大事儿上都不具备的大将，这城要是不被攻陷，反而才是怪事了。”

“我说才藏，你要不要跟我一起去茶臼山的阵营?”茶臼山之阵，也就是幸村进行野战的阵地。

在道明寺、八尾、若江一败涂地的大坂方，采纳了幸村的方案，将明日的主战场设在了天王寺附近。主将幸村布阵茶臼山；其嫡子真田大助幸纲、大谷吉胤、渡边纠、伊木远雄、福岛正守等人被安排在茶臼山南面；毛利胜永负责固守四天王寺南门，吉田好是等丰臣家谱代的十二部将位其左右；江原高次等七将镇守四天王寺与一心寺之间，而已经失去主将的后藤又兵卫、薄田隼人正、木村重成等部队的残兵则被安置在了位于后方阵地的四天王寺毗沙门附近。

“明日应该会是关原之战以来的又一场大战吧。不过忍者是不参战的。要是万一死在战场上，那可会成为伊贺故乡众人的笑柄。”才藏厚着脸皮笑道。

“你怕了吧?”

“怕什么。只是一想到之后的工作，心里有些紧张罢了。”

“之后的工作？”

“把隐岐殿从城里弄出来。”

听到这里，佐助的神情立马缓和下来：“你愿意接下这个工作？她毕竟在京都时曾是我的主人，我正琢磨着如有万一怎么也得让她逃出生天呢。要是你愿意帮我这个忙，我可以再借三个甲贺的人给你。”

“若已落城，又哪里还需要那么多人手？我还嫌自己都碍事儿呢。总之，我是不会去天王寺的。再说就算我去了，也不能扭转什么战局。明天东军的主力就会进攻天王寺了吧。要是天王寺失守，接下来就是大举攻城。要想救隐岐殿出城，就只有趁这唯一的一点时间。话说……”才藏看向佐助，“你该不会是准备战死吧？”

“才不会。”佐助自信满满地回应，“忍者哪能战死。不过一旦天王寺失守，我总得想办法救出大人和少主吧。所以才得去茶臼山本阵候着啊。”

“成吧。这样一来，恐怕你我今生一别再难相见了。今后彼此都要好好活下去呀。”

“现在想想，也给你添了不少麻烦。让你接下那么一桩大任务，谁想丰臣家竟是那般狼狈模样，倒真得给你赔不是了。”

“罢了。德川获胜，丰臣灭亡是天意所致。也多亏亲眼到这城中看了一遭，才算明白了。腐朽不堪的丰臣家，要真的再次得了天下，还不知会施行如何愚昧的政道。该亡的，就让它随风而亡。能有这点体会，也算是个有意义的收获吧。”

“那我这就动身去天王寺了。”

佐助说完这句话，起身离开。

五月七日拂晓。东军从南、北、西三面开始攻城。大军如乌云般压向大坂。依照当时担任守军的《日本基督教史》（《日本切支丹宗门史》）作者雷恩·帕金斯的记录来看，东军在这场攻城战中，动用了三十万大军。即使其中略有夸大，想来实际人数应该不会低于二十万。而与此相对的守城方军队，却不过十二万。

大战前夜，幸村曾劝说过到访茶臼山阵营的大野修理治长：“明日一战，将决定右府大人之天命。在下一行必将誓死赴战，只望右府大人能够亲自出城，扬旗于阵头，如此己方必将士气百倍！”

这一回，治长也表示谅察此举，并保证自己将即刻回城将幸村的意愿传达。

然而等到第二天早上，秀赖的身影却并未出现在阵头。

“右府大人还未到吗？”幸村看着步步逼近茶臼山下的敌方大军，几度喃喃自语。如今他心中所望的也只有这件事了。

到底还是按捺不住，幸村叫来了自己的嫡子大助幸纲，吩咐他：“立即返城，恳求大人即刻出马。”

大助却无法接受大战当前，自己却要退向后方的现实：“即便是父亲的指示，也恕难从命。就算是下地狱，儿子也要与父亲并驾而驱！”

幸村想方设法，只为劝说这个年仅十六岁的大助：“这一仗，丰臣家的马印现身与否是胜负的关键所在。若是右府大人不出面，那么不仅是我，战死的后藤大人等人的辛苦都将付诸流水呀。”

据说后来大助是哭着策马奔向城内的。

之后，东军先锋本多忠朝队开始频频用火炮挑衅，而幸村一心等待秀赖抵阵，遂命令全军按兵不动。可时间是残酷的，等到太阳就快蹿上头顶的时候，仍是不见秀赖的踪影。

举目望去，蜂拥而至的敌军指物中，一杆高于旁人的马印赫然立于军阵之中。年过七十的老人方可远从东国而来，亲临兵阵，不过二十三岁的秀赖，却连走出城外半里前线的勇气也没有。幸村不禁扼腕。之所以会变成如此局面，据说是秀赖的生母淀殿担心其受伤，阻止了出阵。在淀殿看来，战争什么的根本就只是浪人的事。

幸村原本仍心存侥幸，然而战场不待人。东军本多忠朝队与西军毛利胜永的射击战，拉断了全面战的紧弦，一时间兵戈声起，天地晦暗。

秀赖到最后依旧没有现身，大坂方一败涂地。幸村奋勇杀敌，终于战死。时年四十九岁。

真田大助幸纲在回到本丸的樱门前时，看到秀赖麾下的旗奉行们已经准备好旌旗聚集在了门内。

“右府大人何在?”大助连忙上前讯问，得到的回答却是“还未出来”。看那样子，秀赖倒应该是一早便下定了出马的决心的。只是听说正要出发时有人在城内放火并出现了城中有内应的流言，这才不得不耽搁下来。

不久，幸村战死的噩耗传回。几乎同时，天王寺、冈山方面也传来了败战的消息。随着败兵回撤，城内一时间乱作一团。

正在这时，本丸伙房附近火起。不凑巧刮起的强风又为火势增添了几分劲头。这场火听说是曾作为东军内应的伙夫长大隅某所放。

东军部队见城内失火，纷纷争前恐后涌入城中。他们翻越已经无人值守的三之丸南部的木栅栏，长驱直入。又在包括大野治长宅院在内的建筑物内放火，城内顿时黑烟冲天。

(看来离落城不远了。)

才藏沿着樱门前通向二之丸的大道，独自向北走着。当他抬头看向西边的城垒时，发现太阳已经开始沉向石垒背后。这应该就是丰臣家迎来的最后一次落日了吧。

仓皇逃窜中的男男女女，不断从才藏左右擦身而去。倒是没见到有端着长枪的武士。这座大坂城内，除了士卒，还住着万名女子及两万多杂役。他们此刻的哀鸣声，让城内的混乱更加真切起来。

才藏走在这些人中，也是一副杂役的打扮。他把刀用草席卷起，扛在肩上，将破烂的衣服随意裹在腰间，再用绳子当衣带系紧，露在外面的小腿上绑着脚绊。

(看来还有些时间。)他所指的是与隐岐殿约好的时间。就在前一天，才藏向佐助借来一名甲贺忍者，让他悄悄潜入隐岐殿身边，告诉她会面的时间与地点。

……明神之榎，暮六之时（下午六点）。明神之榎是京桥口旁边的一棵老树，在城内只要说起它，当是人人知晓的。

才藏之所以会选择京桥口附近，因为那里有城郭北部唯一一道通向外界的门。幸得东军主力从前一夜起便悉数被引到了城南的天王寺方面，北面的敌军少了许多。

要想顺利逃出城，就只有从京桥口渡过天满川，然后藏身于河对岸片原町的芦苇之中……剩下的，就要看两人的命了。

谁想当才藏快要走到京桥口时，却发现此刻城内竟然仍有完整的部队，并且在将校的率领下不断进行射击。那是长曾我部盛亲和他手下的五千兵士。

（这下麻烦了。）

只要尚有人在抵抗，城门就不会轻易打开。就在这时，才藏身后的城橹燃尽坠落，火星溅到了他的肩上。一个女子的身影，随着四起的浓烟扑了出来。

“隐岐殿？”听到才藏的呼喊声，光脚的隐岐殿立刻点了点头。她的脸颊已经被黑色的煤烟包裹，只剩下那双细长的眼睛还闪烁着光芒。说来也是奇怪，看着眼前的隐岐殿，才藏从没有像这时这般心生爱怜过。

榎树旁的石垣上是明神的祠堂。才藏将隐岐殿拉到一旁的阴暗处，拍了拍她的肩膀，忽地抽出了一把双刃的匕首。

“闭上眼睛！”话音未落，他抓起隐岐殿的头发，手起刀落削下了一尺黑发。然后再用茶染色的长布巾把她的头包了起来。

“你这身小袖也不成，快换上这个。”说着又将一套脏兮兮的杂役和服交给了隐岐殿，“从城出去六里，在北河内有一个叫杉的山村，那里有我旧识的家。到了那儿我再向他们借旅行装，让你恢复女子打扮。在这之前就忍耐一下吧。接下来，我们必须连夜赶路去那个叫杉的山村。”

“是……不过……”隐岐殿转身看向已经被火舌吞没的本丸。在她心中，对于舍下秀赖以及淀殿等人，自己独逃出城一事，仍是心存踌躇。

“别看了！紧要关头无用的怜悯是大忌！”才藏这一句说得坚决。隐岐殿听到才藏的声音，像是回过神来一般望着眼前的男人，问：“才藏大人，今后，你会对我好么？”

“……”

“我并非想要你对我山盟海誓。只是至今为止的我，为了这座城，过的都不似通常女子的生活。而今天开始，我就要为自己而活了。但若那岁月中，没有才藏大人的呵护，那么我就算活着又有何意义？如果，你的回答是不……我只有再次回到那火焰之中。”

听着几近威胁的言论，才藏也只得苦笑：“那就如你所愿。”

“当真？”

“御津……”这是才藏第一次呼唤隐岐殿的本名，“都说要纵身投火了，除了好好待你我还能怎样？”

“一辈子?”

正在这时，京桥口的枪声戛然而止，与此同时城门呈八字敞开，城内的兵马一举蜂拥而出。原本最后坚守着组织作战的长曾我部部队也瓦解阵势，开始各自退城了。

才藏看准时机，一脚撬开一个骑马从旁经过的武者的脚，将他撂下马后自己翻身坐了上去。

“别怪我。”他朝翻滚在地的武者笑了笑，像是强行拐走一般将隐岐殿捞上马，如风一样向着城外而去。

从京桥口出去后，才藏在京都街道的小道上一路策马扬沙，当他们到了守口村一带时，发现前方地藏堂的阴暗处，似乎埋伏着几个拿着长枪的土民。

(这么快就出现了。)不用说，这些人的目标自然是战争的产物——落武者。一些近郊的地痞会将他们捕捉到的落武者残忍杀害，抢夺他们的刀枪具足。若发现对方有些名声，还会将其头颅呈献给胜利方以获得褒赏。

才藏一把戳破背后的草席卷，将手搭在了刀柄上，然后对把脸紧紧埋在他胸前的隐岐殿说：“不论发生什么，都不要放手!”话音一落，他们就连人带马朝着前方的人影冲去。

当土民们慌慌张张拿起长枪时。

“……”才藏的马无声无息地从他们头上飞了过去。马的后蹄之处，迸出一团血雾，紧接着是一具头破血流的尸体，夹杂着沙尘滚落在了地上。当一行人回过神来的时候，才藏的马已经朝着薄暮中的街道扬长而去。在这些土寇眼里，他们仿佛才是经历了神出鬼没杀人魔的受害者吧。

到了庭洼村后，马累得无法上路。两人便从此往东上了旁道，然后徒步朝着山里前进。日头早已落下，饭盛山上，已经能看见一弯细细的新月。

身后的天空是红色的。那是大坂城落城的大火。火势愈旺，连城上方的云彩也被染上了妖异的颜色。

“右府殿不知现在境况如何……”

“死了吧。”才藏的声音不带任何情绪。

“那夫人呢？”

“肯定死了。”这一声也透着冷漠。

“兄长（大野修理）呢？”

“恐怕也死了吧。后藤又兵卫大人、真田幸村大人，还有那些成千上万的士卒，不都为了个毫无守护价值的丰臣家送了命么。每一个人都死得轰轰烈烈，就算到了冥土，他们应该也不会后悔。毕竟作为男人的一生能以如此壮大的一战落下帷幕，当真有幸。”

“才藏大人呢，这之后你准备怎么办？”

“我？”才藏沉默了。就算他想回答，脑子里却没有答案。

这时候他发现隐岐殿因为路上无光，已经踢到了好几次石头。他用手一探，发现隐岐殿的脚趾早已渗出了血。

“我背你吧。”

隐岐殿雀跃地将身体靠了上去。

才藏背着隐岐殿一路走到北河内山中的杉之村时，天已经快蒙蒙亮了。

他刚一敲响被称为“杉之长者”的钱屋与兵卫家的后门，仿佛是在等着他的到来一般，里面的人立马就敞开了门。

这一家百年来与伊贺的才藏家因缘匪浅。才藏的祖父及父亲，在京都或者西国一带执行任务的时候，都会将这里作为落脚点。冬之阵结束后，才藏就为以防万一，遣使者造访过这家。与兵卫也听闻了大坂落城一事，估摸着差不多就是这天，才藏就应该到了。

因为那一带对落武者的追查尤其森严，在“杉之长者”家一洗疲惫后，才藏与隐岐殿半夜才上路。

两人沿着山间小道一路向北。隐岐殿头戴市女笠，已经恢复了女装打扮。而才藏则扮成了一个“落叶法师”。上身着便装，下身未穿袴，头戴浅笠，腰间插着尺八。也就是后来世间常说的“虚无僧”。

“接下来要去哪儿?”

京都实在是太过冒险。才藏选择先去宇治，再返回山中，然后沿着尾根的道路北上。路旁的杉树林渐渐茂密起来，懒懒地照在青苔上的日光，预示着初秋的到来。

两人到达洛北八濑之里时，已是当日的傍晚。

“这里不是八濑么?”隐岐殿惊讶道。

“没错啊。”

日落后，山谷间流过的高野川的潺潺水声愈加清晰明朗。

“我琢磨着先在与你相遇的这个村落静养一段时间，再慢慢去考虑今后的事。”

才藏要了一间面向溪流的茶屋。八濑之里，自上古以来便流传着奇妙的入浴风俗。在这并无温泉的山中，从平安朝起，京中的公卿、门迹们便时常为疗养而在此逗留。为的，就是这里俗称的釜风吕。

沐浴后，才藏喝着丝毫不清亮的八濑浊酒，感叹：“这都快一年半了呀。”

“你指的是?”

“从与你在这村中初次相遇的那一天算起的话……”才藏的眼神中，少有地带着些酒气。“那时候，你对我而言就是一名谜一般的女性。只是觉得你肌肤上的香气万中无一，定是这世间不该存在的一个瑞兆。就为了这个，我开始打听你的底细，哪知道却被卷入了大坂之战。虽然我也倾尽自己的生死投身那场动乱之中，但一切都在落城的那一刻结束，最后留在我手中的，就只有一个你……”

“瞧你……”隐岐殿莞尔道，“这说法我可不喜欢。像我是个大麻烦似的。”

“这可不是我在闹别扭。你想想，我与丰臣家无缘无分。可这一年半以来，却像是被什么附身了一样，为他们拼了命在工作啊。到底为了什么？不过现在，看着在八濑的你，我算是释怀了。敢情之前我所做的一切，都不过是为了得到你啊。”

“……”

“以丰臣家的灭亡为前提才能得偿所愿的爱情，代价未免太高。你我都不能不懂得珍惜呀。”才藏拉过隐岐殿的手躺了下去。他闭着眼睛，轻声嘟囔着。

才藏那一脸明朗的神情像是在思考着什么。看样子，大概就是该如何过日子的事了。

山谷间穿过的风突然转变了方向，潺潺的溪流声愈见增大，仿佛就在他耳边。

“要不，就去当个商人吧。”

此刻的才藏，怎么看都是一副为自己今后的命运乐在其中的表情。

注释：

【1】长局：宫中或江户大奥里，一栋长形建筑中有数间供女官们居住的地方。

【2】野点：茶道用语。在郊外点茶之意。

（全文完）

译后记

我似乎看了一本武侠小说——不知道这样的感想，由身为译者的人说出来，会不会稍显欠妥。

司马先生是日本时代小说界的领头人物之一。或许是因为兴趣偏好，此前看得不多，这该是我初次真正接触他的作品原文。大概源于大众对司马先生的常规印象，对他的作品，我总感到仰之弥高。

然而当我拿到《风神之门》后，立刻惊觉自己犯了先入为主的毛病。本书虽带着强烈的司马风格，但又略不同于他后期以维新时代为题材的代表作。主角雾隐才藏，是一个并无太多史实记载的传奇人物。而书中那些为时代小说爱好者所熟知的历史事件，也因为作品的视角以身为忍者的主角为主的缘故，显现出了全新一面。

本书是司马先生早期传奇忍者作品的最后一部长篇小说，同时也是当时文坛忍者风潮的后期作品，整个基调与他最早获得直木奖的忍者小说《枭之城》略有差别。虽然由于本书最初在报纸上连载，因而在完成度上不及前者，但对人物形象和人心的描写则更胜一筹。且《枭》中随处可见的“插一句题外话”、“顺便说一句”的司马风格唠嗑的踪影淡了不少，倒是让人更容易全神贯注地集中在人物和故事本身之上。

正如我在开头所感叹的那般，本书就像是那些我们曾在学生时代读过，至今仍如数家珍一般的武侠小说。风流倜傥、特立独行却又极具人格魅力的主角；主角身边永远不乏各种能人异士围绕；被卷入数位女子的情感漩涡之间，洒脱与无奈混杂，最终成就的姻缘；各种天马行空的术法武功……无一不带着熟悉的味道。

本书在喜欢传统时代故事之人眼中，也许会稍稍显得不够正统。然而司马先生的作品，本身就充斥着不少野史甚至是并非史实的桥段，若能放开成见，便能从中发现乐趣。本书娱乐性颇高，而需要的历史知识并不太深，非常适合一些刚刚接触时代小说的读者。

当然，说到语言特点，不得不承认这种简单却不苍白的风格，反而让我在翻译的过程中倍感压力，时常为之叹服。如果书中的一些描写让读者感到力度不足，那必是我能力不足以驾驭司马先生的文风所致了。

全文印象最深的几个段落除了才藏与幸村的相遇，才藏与疯魔光怪陆离的对决，充满毁灭美学的大阪陷落以及留下无限想象空间的结尾外，最初的心动，还要数才藏与佐助在浮船上的对话了。那是我第一次知道甲贺伊贺忍者集团的根本区别，而那一番辩论无疑又为后期高潮部分两方联手行动做了铺垫。一定要问我更喜欢哪一方的话，虽然甲贺的大义与忠心让人感服，但伊贺人的无拘无束更使人向往。司马先生似乎借着对忍者集团的评价，又给了大家所熟悉的武士道狠狠一巴掌。

《风神之门》成书的年代较早，几乎是将连载的篇章直接整理成文，并未通篇进行调整。书中各个段落间可见承上与启下的痕迹，且因连载时间较长，多少出现一些前后描写略有出入或后期欠缺交代之处。如果时光倒流，我十分想问司马先生一个问题——“青子最后得到幸福了吗?”也许是觉得没必要再写，也可能是真的写到最后就忘了还有这位姑娘的存在。虽然小若也是再未出现过，但不知为何，青子却更让同样作为读者的译者难以放下。也许，算是我一点小小的私心吧。

这是我第一次翻译司马先生的著作，我由衷地希望各位能够在阅读此书之中得到放松。也愿自己的文字，能够尽可能地接近、还原司马先生的这部作品。

最后我要感谢出版社与众位编辑们在翻译过程中的关怀与包容。厚厚的修改稿，细致的批改让我受益匪浅。各位的支持是我前进的牵引力，也是鞭策我成长的动力，让我能一路走来，并一直走下去。

周晓晴

2015年冬